U0487414

2019

民间文艺研究论丛

年选佳作

ANNUAL SELECTIONS OF PAPERS ON
FOLK LITERATURE AND ART STUDIES 2019:
FOLKLORE

总主编／潘鲁生　邱运华

执行总主编／王锦强

主　编／王加华

社会科学文献出版社
SOCIAL SCIENCES ACADEMIC PRESS (CHINA)

总　序

新时代民间文艺创作实践和学术研究具有多样性特点，传统的创作的主题、手段和呈现方式已经大大改变。而创作实践的变化，必然带来理论的改变。在这个背景下，系统思考民间文艺理论，就显得十分紧迫。因此，我们每年将整理上年度我国在民间工艺、民俗文化和民间文学方面的研究成果，将其奉献给学术界，以便大家共同思考。

一

“民间文艺”在当下社会是一门显学，这对于一个学科来说，是一件很幸运的事情。之所以说“在当下社会”，是因为进入 21 世纪以来，社会各界都清晰地认识到中国文化建设和发展的基础，离不开传统文化。而传统文化，除了诗书礼义之学、唐诗宋词等，其他的大多都归属于民间文化。离开了民间文化，所谓传统文化，就所剩无几了。毕竟五千多年来，老百姓坚守千百年形成的日常生活方式，不间断传承民族的生活习俗、生存和生产技艺，创造生产工具和生活用具，鼎力拱卫中华民族世代认同的传统价值观，维护传统审美风尚和艺术趣味，将这些民间文化凝聚为世代相传的民间文艺。中华美学里有一个命题叫作“由艺进道”，可以很恰当地指称这个关系。在新的历史时期，作为传统文化中的重要组成部分，民间文艺也成为当下社会关注的热点。

21 世纪之初，中国民协倡导中国民间文化遗产抢救工程，全社会对文化遗产的高度认同，已经预示着一个新的文化高潮的到来。这一文化高潮与 20 世纪八九十年代的“文化热”具有完全不同的性质。20 世纪 80 年代曾经发生以回归和批判为指向的文化热潮，在文化界和思想界产生了巨大影响，它裹挟着形形色色的西学思潮，成为80年代启蒙或曰“新启蒙”运动的重要推手。我们可以在当下日渐沉寂的一批思想家、文学家的名字里体味那个时代的思想和艺术。到了90年代，则转入了文化反思阶段，有的学者称为“文化保守主义”时代。这个时代诞生了属于我们自己的文化思想，对于21世纪的文化走向来说，也许这个十年更具有研究价值。不止是主题转向问题，而是那个“退场”“出场”的口号，实际上把文化独立于其他元素的命题再次提出来，并得到学术圈内外的认同。这是历史给予学术界的机遇。笔者认为，90年代留下来的众多遗产中，一个是民族文化主体地位凸显，另一个是文化研究（不局限于伯明翰学派意义上的文化研究）独立领域形成，对21世纪学术（包括民间文艺的学术研究和创作实践）研究的影响力最为巨大。在这个背景下，我们来看进入21世纪以来将近20年的学术进展，就能够深刻感受到，一个全民族高度认同的对传统文化的抢救、保护、发掘、利用和研究的局面，是民间文艺成为显学的背景。这是它的幸运。

但是，这也潜含着作为一门学科的民间文艺的不幸。相对全社会普遍关注的这一局面，民间文艺学科体制的格局就过于狭窄。学科体制主要存在于高等教育、科学研究领域，自新中国成立以来，民间文艺的学科地位就分别设置在中国语言文学学科（包括汉语言文学和各民族语言文学）和艺术学科两个学科中，受到学科体制的限制，没有得到整合。知识体系、课程设置、学位点设置、人才培养和科研评价体系等，长期以来分而设之，缺乏整体设计。改革开放以来，随着学位制度体系规范化，民间文艺学科的两翼——民间文学和民间工艺美术各自都得到长足发展。例如，以北京师范大学、北京大学、复旦大学、中央民族大学、中山大学、山东大学、四川大学和辽宁大学等为代表的高等院校系统，以中国社会科学院和各省市自治区为代表的科学院系统，是民间文学学科的代表；以中国艺术研究院、中央工艺美术学院、中央美术学院、中国美术学院和省市自治区所属美术学院、工艺美术学院和师范大学美术学院为主体，是民间工艺美术学科的主体。这两个系统彼此长期独立运行，缺乏相应的融合。这一局面的存在，实际上说明了民间文艺学科建设存在缺陷。

民间文艺作为一门学科，长期以文艺学、民族学、社会学等学科为支撑。进入20世纪90年代以后，西方文化学的影响越来越大，而民间文艺界也越发清晰地认识到民间文艺作为文化生存的特殊形态的重要意义。钟敬文先生因此提出民俗文化研究作为两者的超越，成立了北京师范大学民俗文化研究基地，并被列入了校“985”项目建设重点基地。后来，中国语言文学学科的二级学科序列里就不再有“民间文学”了。民间工艺美术学科的命运随着也发生巨大变化，标志之一是中央工艺美术学院整体并入清华大学，新中国成立初期以传承民族民间工艺为使命的中央工艺美术学院，结束了它50年的办学历史。

二

民间文艺这个术语具有某种暗示性、导向性，使用这个术语，自然就进入另一个传统的“文学艺术”话语体系进行观察、思考、判断，这是20世纪90年代之前中国民间文艺学科的语境。但有些国家学术界并不使用“民间文艺”这个术语，而是使用“民间创作”（如俄罗斯学术界使用“фольклор”这个词，意思是“民间创作”）来涵盖民间文艺这个术语下的领域。

在20世纪这个更为宏大的背景下，民间文学已经不仅仅是“文学”了，学术界逐渐在民间文学文本存在的时间和空间上发现了更为广阔的世界，民间文学的话语体系发生了以下变化：民间文学日渐脱离“文学作品”的范围，越来越多地成为民族、民间和民俗文化的主要载体，成为民俗文化和民族、区域文化的研究对象；民间文学的“文学性”再一次被弱化，研究民间文学的艺术技巧和艺术手法等，不再作为学界的主要领域；田野调查与民间文学文本的生成关系更为紧密化，与此相应，民间文学的文本性也不再独立为作品，而与相关“传承人”“口述者”“语境”等密切联系。这些新叙事文本的产生，意味着作为传统学科体制下的“民间文学”已经超越了“文学”范围；它从独立的文学作品，变成了文化研究的文本材料构成诸元素之一。

几乎与此同时，文学研究领域也产生了文化研究走向。经典文学作品研究，逐渐“漫出”内容/形式研究，走出内容/形式二元对举的研究范式，超越所谓“内部研究”与“外部研究”的范式，走向两者融合。在20世纪的最后20年到21世纪的最初10多年，单一“内部研究”或“外部研究”的大师们，例如，社会学文学研究、历史主义研究和意识形态研究，以及新批评、形式主义批评，都没有成为主流，而那些以两者相融合的学派，例如新历史主义、女权主义批评、伯明翰学派，却领一时风骚。不能不承认，对于整个学术研究来说，简单以作品为中心的研究范式被文化文本性研究范式超越，是一种研究理念的进步；它更为缜密而宽阔，也更贴近民间文学作为人类文化财富之表征的实质（以当下的学术思维力来看）。

但是，是否就可以或者断然放弃对民间文学作品的艺术特征和艺术模式的研究呢？我以为应十分谨慎。就民间故事而言，华北地区与华南地区的故事既有相同的叙述方式，也存在各自的艺术特点；与其他艺术门类结缘的歌谣、戏曲就更是各擅胜场，叙述方式和艺术特点更鲜明，在叙事学研究方面，大有文章可做。例如，湖北省各地区的叙事长诗，与云南省各地区、各民族的叙事长诗相比，两者在艺术表现方面都各有特色，不能一概而论；在类型学研究和语言学研究方面，也各领风骚。因此，断然取消民间文学的艺术研究，未必是可取的学术思维方向。当然，在民间文学里面有更为丰富的研究领域，这在新的学术思想启迪下被凸显出来，例如，与传承区域文化习俗和传承人的个性相关联的史诗传唱艺术，较之于史诗文本单一研究维度而言，就丰富很多；在民间小戏领域，从传统的文本研究理路（“内容的”或“形式的”），到拓展出的文本演唱、方言、接受者和改编方式等综合研究，两相结合，形成民间小戏研究的新格局，如此等等。

三

由单一文本“内容/形式”二元对举研究范式过渡到文化研究范式，在民间美术和民间工艺领域显得具有更大的合法性。

民间美术和民间工艺领域的实用性作品多是批量制作，如木版年画，同一模版的年画可以印制数千幅，甚至可能更多；泥塑、陶瓷、刺绣等门类作品也是如此，它的任何创新若是分布到1000件作品上，就显得重复，成为模式化的符号。单独看一个作品，与前人的作品相比，它的新颖性或许显得很突出，可是与其自身序列相比，就不是这样了。如此看来，民间文艺领域的确存在“同一个作品的复数文本”现象。这一现象的合法性明显区别于文人创作作品的“单一文本属性”。换言之，在职业作家、艺术家创作领域，倘若出现相似（不说雷同或相同）的两部作品，那么，其中一部作品的合法性就会受到质疑；而在民间文艺领域，出现两篇差异在5%的民间故事文本则是极其正常的，出现两幅差异率在5%以内的木版年画、泥塑或陶瓷作品，也极其正常。这是民间创作的基本特点之一。

我觉得，应从三个方面来看待这一现象。

一是民间创作是与区域文化紧密结合的，表现了特定区域文化。民间艺术更多地根植于特定区域民众的日常生活和民间风俗，反映和呈现这一生活和风俗，因此，我们把特定种类民间艺术称为“某一区域”的艺术。例如，年画有杨柳青年画、朱仙镇年画、桃花坞年画；刺绣艺术分有苏绣、潮绣、湘绣、蜀绣、汴绣等；木作家具艺术有广作、苏作，如此等，均与区域密切相关。区域文化既可能体现在主题、题材趣味方面，也可能体现在技法、色彩、材料等方面。比如，相同的主题在相邻区域流传过程中会出现关联性变异，区域其他文化元素会参与主题流传过程之中，主题原型“A”从而演变为“A+”或“A-”。这个增加或减少的元素，就是区域文化元素所致。与此相比，民间创作的个人趣味、爱好等因素，则退到相对次要的位置，不再凸显。

二是民间创作是群体性质的创作，具有群体创作者认同的相对一致性。每一个艺术种类都是独立的群体，与其他艺术种类区别开，在本种类内部对话、交流、影响和比较。例如，剪纸有剪纸的艺术世界，刺绣有刺绣的世界，木雕、石雕、漆艺、陶瓷、泥塑等，各自有独立的艺术空间，每一个空间都有自身的艺术标准和评价方式，自然也都有自己的艺术史。在这里，民间创作本身的特征更加明显：民间创作是在有原型的基础上予以创作，而不是虚构创作。他们的创作是有“本”的创作，不是向隅虚构。因而，他们的创作严格来说是改造和重构。在这个意义上，还需要注意：民间文艺家是以群体的规模进行创作，而非个体独立创作，这使得创作群体的文化多样性、差异性表现得更为鲜明。

三是民间创作是在前辈创作基础上的再创作，具有传承性。特定民间艺术种类都是在继承前辈的过程中前行，在继承和创新、旧与新的辩证关系中发展。民间创作的本质是在传承基础上创新，而非在“无”的基础上创作，这就意味着在这一过程中，对原型的模仿和改造是核心元素。例如，在浙江青瓷的创作中，当代艺术家必然在前人上釉、着色、绘制等技术环节的基础上来制作新的瓷器，从明、清、民国到现在，青瓷的艺术风格方可保持一惯性。当代传唱艺术家在对“格萨尔”的传唱中，在对前辈艺术家模仿中寻求自己的风格，而他们现行的风格也将作为传统，影响和制约后代艺术家。总之，在原有内容和形式的基础上从事创作是民间文艺创作的基本规律，也是它区别于文人创作的基本特征。

民间创作还存在更多与日常生活、日常民俗密切相关的现象，与“文学艺术”研究对象区别更大。

学术界超越作品中心论，进入文化研究和综合研究的趋势，对于一般文学研究来说，属于学术发展趋势而呈现的方法论的变化，而对于民间创作来说，则似乎原本就是其本质。

四

超越作品中心论，拓展了民间创作研究新领域，使之回到了田野和现场，使一些社会学、人类学的社会科学方法焕发了生机。在相当程度上，方法论的变化体现了对本质认识的改变。倡导田野性质，是民间创作研究引进人类学和社会学的表现之一，它从发生学角度很准确地抓住了民间创作的本质，相对于作品中心论研究范式，它更具有前沿性。

“田野”观念的引进，乃是对民间创作性质的重新认识。五四新文化运动之初推出民歌收集整理运动，由北京大学率先发起，嗣后各大中小学校开展得风生水起。毛泽东在延安时期回忆，他在湖南学校教书时就有发动学生假期回家收集民歌之举。延安“鲁艺”时期，毛泽东大力倡导民间文学，号召文学家、艺术家到人民中去，运用民间文学形式表现新民主主义内容，成功地赋予五四传统以崭新的面貌，这一先进传统一直延续到20世纪50年代新民歌运动。此后，民间文艺研究多以文本研究为主体，表现为把民间文学"文学化"，寻找其中的"文学性"的研究旨趣。当然，也有先觉者超越这一旨趣，拓展为风俗、区域文化研究。如何进行民间美术和民间工艺的研究，在20世纪50年代也发生过激烈争论，侧重点一直在"平民意识""民族精神""装饰""设计"之间摇摆，最终走向工艺美术创作成为一种实用的倾向。但工艺美术与民间工艺之间最大的差异是前者偏向设计、制作、生产和市场，在这个意义上，工艺美术偏向作品中心；后者是田野、区域文化、传承和原型，强调民间创作生存于日常民俗生活的具体语境中。田野性的现场感、传承人、区域文化差异、时间和空间等，在作品中心论时期多多少少被忽略、轻视。而在当下强调田野的民间创作研究理念下，上述因素都是文本构建过程中的必需要素。

"田野"观念引进民间创作研究，破解了作品中心观念，重新把民间创作放进了具体生活语境之中，使之再语境化，避免民间创作研究脱离文化语境和日常生活流程。但是，田野性并非民间创作本身，而是一种研究方法；在后工业化和城市化趋势越来越严重的时代，呼吁民间创作本身回归日常生活现场、民间创作如何"在（being）民间"，是另一个课题。

在"民间文艺"总名目下，以"民间工艺""民俗文化""民间文学"为专题，编选三卷年度论文集，是中国民间文艺家协会（简称"民协"）强调学术立会、引领学术研究服务社会（首先是服务民间创作和研究领域）诸项工作的一个体现，如何把这项工作做得更为得体，必须依靠学术界和创作界的大力支持。

让我们民间文艺界全体同仁共同努力，营建一个"百花齐放、百家争鸣"的良好氛围，为繁荣和发展社会主义文化作出应有的贡献。

邱运华

2018年7月28日初稿、8月3日修改

北京市丰台区万芳园

目 录

contents

非遗论坛

民俗观察

导语　关注当下与面向未来的民俗学

王加华

从1918年北京大学歌谣运动算起，现代民俗学在中国已走过了100多年的发展历程。虽然在中华人民共和国成立之前的30年，中国民俗学在学术研究、课程设置、刊物主办等方面已获得了很大发展，但真正取得长足进步却是中华人民共和国成立以后的事。相较于欧美、日本等民俗学的"衰落"甚或干脆"改换门庭"（如德国"民俗学"向"欧洲民族学"的转变），今天的中国民俗学则正在日益成为一门显学。得益于中华人民共和国成立70年来，尤其是十一届三中全会后民俗学突飞猛进的发展，就从业队伍、学科规模来说，今天的中国民俗学已毫无疑问地走在了世界前列。

在学科理论层面，虽然中国民俗学缺乏阿兰·邓迪思所说的那种具有通约性、能被其他学科所借鉴与运用的宏大理论（邓迪思认为这正是导致美国民俗学走向衰落的最重要原因），虽然我们所指称或言说的"理论"在日本同行眼中可能根本算不上什么"理论"，但中国民俗学界近些年来对理论的追索却不能被抹杀。以2000年左右为界，我们可以发现中国民俗学在研究的路径与话题探讨上，越来越由单纯的民俗事象描述向日常生活、功能意义、理论探讨转变，这一点翻一翻《民俗研究》杂志就能明显感觉出来。尤其是2010年以后，《民俗研究》杂志已基本不再刊发单纯事象描述性的文章。虽然这在一定程度上与《民俗研究》杂志刊发标准的变化有关，但直观反映出近些年来中国民俗学的整体性变化。在此过程中，一系列或大或小的概念、理论等被提出或倡导，如"生活世界""日常生活""礼俗互动""家乡民俗学""身体民俗学""感受生活的民俗学""实践民俗学""有温度的田野""都市民俗学""灾害民俗学"，等等。这些理念、视角或某某“理论”，虽然算不上什么宏大理论（施爱东认为中国民俗学界算得上宏大理论的可能只有基于“层累造史”而形成的“历史演进法”），却都对中国民俗学的发展做出了自己应有的启发、促进与贡献。

与由单纯民俗事象描述向理论探讨转变相伴随的，是中国民俗学整体研究视角与关注点的转变，即越来越由关注民俗事象本身向关注作为民俗承载主体的“民”的转变，“民”的主体性与能动性越来越得到关注。在此过程中，“日常生活”成为切近、关注俗民主体的一个重要视角与切入点，由此使民俗学出现了从传统遗留物研究向日常生活文化研究的转变：深入民众日常生活，通过面对面的对话交流与代入式的参与观察，在日常生活的“琐碎”与一言一行中，以一种“有温度”的方式去切身观察、感受、理解民众主体的所思、所感与所做，进而深刻理解民众“过日子”的逻辑与意义世界。正是基于这一“主体性”转向与对“日常生活”的关切，2014 年以来中国民俗学界提出了“实践民俗学”的概念，今天其已然成为学界讨论的前沿与热门主题。在实践民俗学看来，“实践”首先指向的就是日常生活，普通民众是其主体，实践民俗学就是对民众日常生活实践复杂性与丰富性的深入理解与阐释。而转向日常生活的实践民俗学，也是广大民俗学人在当下民俗学阐释危机背景下进行的一种学术自救与学科自觉，有助于从生活实践文化的传统演进及其创造性转化的视角，重新认识和深刻理解当下中国社会正在发生的巨大变化。

尽管还存在诸多问题与不足（如缺乏阿兰・邓迪思所说的宏大理论），中华人民共和国成立之后的中国民俗学，尤其是最近几十年的中国民俗学，不论在学科建设、人才培养还是在理论探讨等诸方面都获得了飞速发展。这离不开以钟敬文先生为代表的一代代民俗学人的努力与奋斗，但更根本的原因还在于中国民俗学关注“当下”的现代性转型。受西方人类学派“遗留物”学说的影响，中国民俗学发展的早期主要是朝向“过去”的。20 世纪 90 年代以后，“遗留物”说逐渐被大家所批判与放弃，关注“当下”成为民俗研究的绝对主流，由此中国民俗学的“现代性”得以进一步凸显。一个人文社会科学学科的现代性，大体而言可从三个方面来加以理解。一是主要以现代社会现象、社会思潮等为研究对象；二是研究主题、理论、观念、方法时时受当下社会政治经济结构及社会文化思潮的影响；三是强调经世济民、服务社会，将研究成果与社会进步发展相联系。其中第三个方面，又可具体分为显性与隐性两个面向。所谓“显性”，即将研究成果直接服务于社会发展，如将某一研究成果直接应用于社会管理、经济开发；所谓“隐性”，即研究成果并非直接服务于社会发展，而是通过启发民智、涵养民众价值观、引导观念方向等方式对国家社会建设发挥作用。这“显”与“隐”，也即相当于刘铁梁教授所说的民俗文化的“内价值”与“外价值”。

纵观中国民俗学的发展历程，可以说在上述评判学科“现代性”的三个方面都有具体表征与体现。就第一个方面来说，虽一度深受“遗留物”学说的影响，但总体而言，中国民俗学一直是以活生生的“当下”之“民俗事象”为最主要研究对象的。第二个方面，更是一直贯穿中国民俗学发展之始终，即使中华人民共和国成立后30年间民间文学呈现“一枝独秀”的局面，其本质上也是一种“现代性”的体现。第三个方面，即强调经世致用，在中国民俗学发展的不同阶段，其表现“强度”并不相同。总体而言，在20世纪90年代以前更加强调的是民俗学的“隐性”社会价值。20世纪90年代以后，“民俗”日益受到各级政府的重视并越来越被作为推动地方经济发展的一个重要因素，民俗学的“显性”社会价值得到了明显体现。总之，作为一门与民众生活紧密结合的学问，民俗学的学科性质决定了其现代性取向。我们之所以说民俗学是一门关注“当下”的学问，主要是就第三个方面来说的。

回望中国民俗学百余年的发展历程，虽然对“当下”的关注一直或隐或显地存在着，但从未像20世纪90年代之后那样“深入”与“猛烈”，如广泛参与非物质文化遗产保护与传统文化开发，加强传统节日保护研究并积极建言献策，积极参与城镇化建设与基层社会治理，等等。当然，众所周知，其中对中国民俗学发展影响最大的还是非物质文化遗产保护运动。正是得益于这一文化保护运动的推动与促进，今天的民俗学才越来越成为一门“显学”并获得了前所未有的发展契机。反映在学术研究上，“非遗保护”一直都是近些年来中国民俗学界关注的热门话题，迄今未见“降温”之势。只是，就整体的研究水准来说，今天的“非遗”讨论似乎进入了学术研究的“瓶颈期”，大量研究都是在做无意义的重复讨论，让人“耳目一新”的研究成果并不多见。

由于关注“当下”并始终与国家社会需求密切相关，今天的中国民俗学正日益成为一门“显学”，呈现繁荣发展的势头。在此背景下，民俗学是不是一门独立的学科、民俗学能否“安身立命”并长期存在下去，似乎已不再如早些年那样是诸多学者心头的疑问。但我们真的可以高枕无忧吗？答案当然是否定的，一些欧洲国家及美国的民俗学就是我们的前车之鉴。因此，如何避免中国民俗学陷入衰落甚或“消失”的境地，是一个必须严肃对待并认真思考的问题，尤其是考虑到我们当下的学科“繁荣”主要是得益于文化保护运动而非自身发展壮大的现实。因此，中国民俗学在立足并关注当下的同时，还必须有面向未来的长远眼光。大体来说，中国民俗学要想面向未来并长期存在下去，至少要做好两个方面的事情，即对内要练好“内功”，对外要对接国家社会需求。

练好“内功”，也就是要不断顺应社会发展需要，加强自身的理论与方法建设，为学术研究、学科发展、人才培养等提供切实的理论保障。不是研究“民俗”就一定是“民俗学”，民俗学要想成为区别于其他学科的学问，就必须有自己相对独到的理论体系与方法论，虽然学科交叉与借鉴是当下学术发展的一大潮流。而这些理论，不一定非得是阿兰 · 邓迪思所指称的那种宏大理论，凡是能因应社会需求、满足学术发展需要的，我们不妨就以“某某理论”称呼。比如，今天随着城市化的迅速推进及数字传媒技术的飞速发展，我们“日常生活”的节奏与场域正在发生着日新月异的变化，那么面对人与人之间关系相对冷漠的城市世界，面对日益增强的流动性，面对线上与虚拟网络世界，面对“传统”“社区”正被日益消解的社会现实，传统民俗学所赖以为基的概念（如“传统”“社区”）、方法（如面对面的深入访谈与参与观察）等，在处理这些问题时还能像以往那样得心应手吗？尤其是在“线上”生活、“虚拟”社区大行其道的当下。正如新冠肺炎疫情下广大民众的生活实际所揭示的那样，“线上”生活其实离我们并不遥远。为此，我们必须不断适应社会发展的需要，紧跟社会形势，贴近民众生活，不断探索、调整、发展我们的研究视角、理论与方法。

对接国家社会需求，就是要努力发挥民俗学在当下国家与社会建设中的积极价值，使其在时代发展中发挥自己的积极作用，使民俗学成为一门对国家与社会有“作用”的学问。新中国70余年，中国民俗学发展的一大经验就是要将学科建设与国家社会需要密切联系，在今后的发展过程中必须继续坚持这一点。有鉴于此，一方面，我们要继续发挥民俗学学科特点，通过“有温度”的细微观察与平等交流等方式，深入民众日常生活，倾听并了解民众所思、所想与所做，关注民众与社会需求，探寻并总结民众生活的逻辑与智慧。另一方面，在深入了解民众日常生活逻辑与诉求的基础上，积极对接并服务于国家发展与社会需求。为此，必须进一步扩大民俗学的施展“场域”，不能将眼光只盯着非遗保护等少数领域，城镇化、乡村振兴、基层社会组织与治理、意识形态宣传、核心价值观建设、生态文明建设，甚至是疫情抗击等，都应该是民俗学“大展身手”的领域。在此过程中，不能只强调民俗文化与民俗研究的“显性”价值（外价值），“隐性”价值（内价值）其实才是我们更应该关注的面向。

总之，中国民俗学要想更好地发展，更好地面向未来，必须在加强自身学科、理论等建设的同时，积极对接并服务于国家和社会需求。在此，借用施爱东在《民俗学的未来与出路》一文中的一句话作为本导语的结语：

> 中国民俗学如果不能适应时代变化，抓住时代需求，适时调整自己的项目和选题，一味地拒斥政治和体制的需求，坚持与政治的不合作态度，恐怕就只有一条必然的“消亡”道路。事实上，接受政府项目，通过项目提出建议，帮助政府在具体事务中做出更科学、更合理的决策，也应该是民俗学经世济民的有效途径之一。

中国民俗学70年

1949年10月1日，中华人民共和国成立。在中国共产党的领导下，经过70年的建设与发展，中国社会在各个方面都取得了突飞猛进的发展，实现了从站起来到富起来、强起来的伟大转变。70年间，在以钟敬文先生为代表的一代代民俗学人的共同努力下，趁着国家发展的东风与文化保护运动的开展，中国民俗学亦取得了长足发展与进步，正在日益成为一门“显学”。回顾中国民俗学70年的发展历程，总结中国民俗学70年发展的经验与教训，梳理民俗学参与国家社会建设的过程，对于当下及未来中国民俗学的发展具有极为重要的价值与意义。

70 年中国民俗学学科建设历程、经验与反思*

萧　放　贾　琛**

摘　要：回顾中国民俗学学科建设历程，70 年民俗学学科建设经验体现在以下几个方面：学科建设始终与国家社会需要密切相关；学科体系与人才队伍建设是学科发展的基石；学科理论的阶段总结与推进是学科方向的保障；始终保持以人为本的学科意识。论文从学科的自主性与独立性、实践性与历史性、本土性与国际性、融合性与开放性四个方面讨论了新时代民俗学的发展方向。

关键词：中国民俗学；民俗学学科史；钟敬文；民间文学

中国民俗学学科经过萌发阶段的积累孕育，探索时期的初步建设，提升阶段的快速成长，目前进入转型跃升的关键时期。新中国成立 70 年来，中国民俗学学科建设与学术研究取得了丰硕成果与长足进步。在此背景下，总结民俗学学科建设历程与发展经验，借鉴国内外及相邻学科优秀研究成果，反思民俗学研究路径与学术伦理，不忘本来，吸收外来，面向未来，

---

* 本文选自《华中师范大学学报（人文社会科学版）》2019 年第 6 期。本文为国家社科基金特别委托重大项目“新中国 70 年社会治理研究”（18ZH011）阶段性成果。

** 萧放，北京师范大学中国社会管理研究院/社会学院教授、博士生导师；贾琛，北京师范大学中国社会管理研究院/社会学院民俗学专业博士研究生。

将更有助于确立民俗学科“安身立命”[①]的合法性，使之成为助益时代发展与社会进步的“伟大学科”[②]。

一　70年中国民俗学学科建设历程

从1918年北京大学歌谣征集运动开始，现代中国民俗学已走过百年历程。百年树人，如果将学科建设史比作生命成长史，民俗学是播撒于新文化运动之风中的种子，孕育于民间文学和民俗研究的沃土，在新中国成立后破土而出，经历一段曲折之后，终于在改革开放的春风中强筋壮骨，显露模样，在21世纪学人的培育下，风华正茂，茁壮成长。

一般认为中国现代民俗学运动是新文化运动的重要组成部分，新文化运动中知识分子将目光投注到平民文学与民间风俗，伴生了“眼光向下的革命”[③]。1918年北京大学歌谣征集运动标志着中国现代民俗学的开端，经过北京大学、中山大学、杭州时期三个重要时段，在周作人、刘半农、胡适、顾颉刚、常惠、董作宾、茅盾、魏建功、钟敬文、陈锡襄、杨成志、钱南扬、江绍原、娄子匡等一批学者的努力下，民国时期的民俗学在学术研究、课程设立[④]、刊物建设[⑤]、学会建设、人才培养[⑥]、田野调查[⑦]、民俗

---

① 关于“民俗学何以安身立命”的问题，学界进行了诸多讨论。如吕微《民俗学的笛卡尔沉思》，《民俗研究》2010年第1期；高丙中：《民俗文化与民俗生活》，中国社会科学出版社，1994；赵世瑜：《传承与记忆：民俗学的学科本位——关于“民俗学何以安身立命”问题的对话》，《民俗研究》2011年第2期；刘铁梁：《感受生活的民俗学》，《民俗研究》2011年第2期；陈连山：《民俗学是一门可以安身立命的学问》，2017年中国民俗学年会会议论文；等等。

② 吕微：《民俗学：一门伟大的学科——从学术反思到实践科学的历史与逻辑研究》，中国社会科学出版社，2015。

③ 参见赵世瑜《眼光向下的革命——中国现代民俗学思想史论（1918—1937）》，北京师范大学出版社，1999。

④ 参见萧放、孙英芳《民国时期大学民俗学学科建设述略》，《中国大学教育》2017年第2期。

⑤ 参见王文宝《中国民俗学史》，巴蜀书社，1995。

⑥ 除了以课程教学方式培养人才，1928年4月至6月，中山大学曾举办一次民俗学传习班，何思敬、庄泽宣、汪敬熙、刘奇峰、崔载阳、顾颉刚、马太玄、陈锡襄、容肇祖、余永梁、钟敬文、杨成志等学者分专题分享了相关研究。

⑦ 1925年4月30日至5月2日顾颉刚、孙伏园、容肇祖等学者进行的妙峰山庙会调查，1928年辛树帜、杨成志的西南少数民族调查是中国现代民俗学田野调查研究的里程碑事件。

博物馆筹建等方面取得巨大成绩。民俗学学科主要研究对象：民间文学和民俗事象的搜集研究获得了突出成就。整体而言，民间文学研究体现出“文史之学”的特性，但民间文学向民俗研究领域过渡的倾向也有所显露。之后，抗日战争的爆发虽然对民间文学与民俗学的发展造成冲击，但仍然形成了俗文学派、社会—民族学派，以及大西南民间文学采录与延安民间文艺采风学派等局部发展高潮①。

（一）前 30 年：民间文学一枝独秀（1949—1977 年）

毛泽东于 1942 年 5 月发表的《在延安文艺座谈会上的讲话》在新中国成立后一段时间内持续影响了民间文艺事业的发展，它抬升了民间文艺的地位，确定了社会主义的文艺方针，通过改造旧文艺、发展新文艺，突出了民间文艺为革命斗争和政权建设服务的社会和政治功能。新中国成立后，建设社会主义新文艺仍然是国家文化建设和意识形态建设的重点。阶级斗争格局全面影响了民间文学和民俗学的发展路径，民俗学因被说成是资产阶级学问而受到人为遮蔽，民俗研究退居幕后，民间文学方向受到特殊重视。这一时期，民间文学进入高等教育体系、中国民间文艺研究会成立并多方面参与民间文艺的搜集与研究，成为民俗学学科建设探索启动阶段的两个重要方面。

首先，民间文学进入高等教育体系，民俗学学科的课程建设与人才培养正式启动。1949 年，钟敬文开始在北京师范大学任教，为北京师范大学、北京大学、辅仁大学的本科生开设民间文艺课程，并将苏联及国内资深学者的 22 篇文章选编为《民间文艺新论集》② 作为教学参考资料。赵景深、罗永麟也曾分别于复旦大学、震旦大学讲授民间文学。③ 1950 年，全国第一次高等教育会议上颁布的《高等学校课程草案》④ 将“民间文艺”设定为中国语文系选修课，正式确定了民间文学在高等教育中的位置。1952 年的

---

① 相关讨论参见刘锡诚《二十世纪中国民间文学学术史（上下卷）》，中国文联出版社，2014。

② 钟敬文：《民间文艺新论集》，中外出版社，1950。

③ 郑土有：《问道民间世纪行·罗永麟》，上海锦绣文章出版社，2011，第 5 页。

④ 中央人民政府教育部：《高等学校课程草案》，《光明日报丛刊》第三辑，光明日报社，1950，第 3 页。

“院系调整”特别强调进行以苏联模式为中心的高等教育改革，扶持符合国家建设需求的专业人才，民俗学、心理学、社会学等被打上资产阶级烙印，受到冲击，而民间文艺因为符合苏联课程设置和社会建设需求得到了保留。在1953年颁布的《师范学院教学计划（草案）》中，“民间文艺”的名称为适应苏联课程模式被调整为“人民口头创作”，并开始成为必修课。[①] 这一年，钟敬文开始招收北京师范大学第一批民间文学专业研究生，并于1955年成立第一个民间文学教研室。这次民间文学专业在高校的建设持续到“反右倾”运动之前[②]。

其次，中国民间文艺研究会成立，民俗学相关社会组织建设与期刊建设得到发展。新中国成立前夕，中华全国文学艺术界联合会宣告成立，钟敬文在成立大会上提出设立民间文艺学专业机构的倡议获得时任文化部副部长周扬的认可。1950年3月中国民间文艺研究会宣告成立，周扬在讲话中强调要以社会主义新文艺方针引领研究会建设，“为新中国新文艺创作出更优秀的更丰富的民间文艺作品”[③]。中国民间文艺研究会成立后，于1950年11月至1951年9月刊发《民间文艺集刊》，1955年4月至1962年6月刊发《民间文学》（月刊，后改为双月刊），主要发表民间文学作品、民间文学评论以及苏联学者的理论研究文章。刘锡诚谈到其中钟敬文撰写的《口头文学：一宗重大的民族文化遗产》一文时，认为它“在苏联口头文学理论的影响下，第一次提出了‘人民口头文学’、‘人民口头创作’等概念（术语）……并将其作者定位为‘人民’或‘劳动人民’……由他首倡的这种学术理念，几乎流行了整个20世纪五六十年代”[④]。

1958年3月，毛泽东在成都会议上提出各地领导干部要搜集民歌，将民歌和古典诗词视作新诗发展的基础。《人民日报》4月14日发表的《大规

① 钟敬文主编《民间文学概论》，上海文艺出版社，1980，《前言》第1页。

② 1963年“反右倾”运动较为缓和后，钟敬文写作了《晚清革命派著作家的民间文艺学》《晚清革命派作家对民间文学的运用》《晚清改良派学者的民间文学见解》等文，对学科发展历史进行了新的探索。

③ 周扬：《在中国民间文艺研究会成立大会上的开幕词》，《周扬文集》第2卷，人民文学出版社，1985，第10页。

④ 刘锡诚：《二十世纪中国民间文学学术史》下卷，中国文联出版社，2014，第631页。

模地收集全国民歌》的社论正式拉开了新民歌运动的序幕。在此背景下，以中国三大英雄史诗为代表的史诗和长篇叙事诗等民间文学作品的收集以及少数民族民间文学史的建设取得了重要进展，但新民歌运动造成的民间文艺勃兴的假象和极左思潮影响下文学政治化的乱象严重影响了民间文学的生态与价值。“文化大革命”期间，民间文学的教学和科研机构被取消，民俗传统作为封建文化受到严重冲击，中国民俗学学科建设与学术研究处于停滞状态。

（二）后 40 年：民俗学与民间文学并蒂花开（1978—2019 年）

一直到“文化大革命”结束以及十一届三中全会带来的伟大转折，民俗学学科建设才得以恢复。进入学术春天的中国民俗学一扫往日阴霾，在新的社会环境下呈现出勃勃生机。从稳步发展阶段过渡到转型跃升阶段，民俗学与民间文学研究并蒂花开、相得益彰，民俗学学科建设快速提升，并日趋成熟。

1. 民俗学学科建设的稳步发展阶段（1978—1997 年）

改革开放以后，中国的政治文化生态得到良性变革。以钟敬文为代表的学者抓住这一历史机遇，积极投身民俗学学科建设。在一系列努力之下，学科建设要素，包括师资队伍、教材建设、期刊平台等逐渐配齐，民俗学与民间文学研究同步发展、结构体系日益清晰，民俗学学科稳中求进，学科建制趋于成型。

（1）民间文学继续发展，取得重要成绩

1978 年 6 月，教育部在武汉召开了文科教材座谈会，受政治运动影响而在 20 世纪 60 年代停开的民间文学课程重新被纳入大学教育体系。① 但师资溃散与教材缺乏严重阻碍着民间文学的课程建设。这年冬天，“《中国少数民族文学作品选》教材编写及学术研讨会”在西北民族学院（现西北民族大学）召开，钟敬文利用该机会召开座谈会，民俗学与民间文学的研究力量重新得到整合与动员。1979 年初，受教育部委托，钟敬文主持开设了民间文学进修班，一边进行学术骨干培训，一边利用一年的时间组织学员

① 钟敬文主编《民间文学概论》，上海文艺出版社，1980，第 2 页。

编写了《民间文学概论》教材。这一支学术队伍后来在各高校民间文学专业建设与课程研发方面发挥了举足轻重的作用，编写的学术教材也成为当前民间文学专业使用最普遍的教程。此后，多所高校开始陆续招收民间文学硕士研究生，北京师范大学在 20 世纪 80 年代初最先成为民间文学、民俗学博士培养单位。在这个阶段，民间文学教材，如《民间文学基本知识》（张紫晨）、《民间文学概论》（乌丙安）、《中国民间文学概要》（段宝林）、《少数民族民间文学概论》（朱宜初、李子贤）、《民族民间文学基础理论》（陶立璠）、《简明民间文艺学教程》（叶春生）[①] 等出版，民间文学学科建设逐渐走上正轨。

钟敬文对于"民间文艺学"的研究对象、研究视角、研究方法等也进行了系统自觉的探讨。"民间文艺学"的概念是钟敬文在 1935 年提出的[②]，在这一时段他又陆续发表《把我国民间文艺学提高到新的水平》《建立具有中国特点的民间文艺学》《建立新民间文艺学的一些设想》[③] 等报告和演讲，号召建立"以马列主义为指导的、从实际出发的、具有中国特色的、系统的民间文艺学"[④]。

从学术研究方面讲，20 世纪 80 年代以后，中国学者在神话研究（钟敬文、袁珂、张振犁、马昌仪、乌丙安、李子贤、刘锡诚、王孝廉、叶舒宪、陈建宪、吕微、鹿忆鹿、钟宗宪、田兆元、陈连山、刘宗迪、杨利慧

---

① 见张紫晨《民间文学基本知识》，上海文艺出版社，1979；乌丙安：《民间文学概论》，春风文艺出版社，1980；段宝林：《中国民间文学概要》，北京大学出版社，1981；朱宜初、李子贤主编《少数民族民间文学概论》，云南人民出版社，1983；陶立璠：《民族民间文学基础理论》，广西人民出版社，1985；叶春生：《简明民间文艺学教程》，湖南文艺出版社，1987。后来，李慧芳的《中国民间文学》（武汉大学出版社，1996），刘守华、陈建宪主编的《民间文学教程》（华中师范大学出版社，2002），黄涛编著的《中国民间文学概论》（中国人民大学出版社，2004），田兆元、敖其的《民间文学概论》（华东师范大学出版社，2009）等也是重要的民间文学教材。

② 钟敬文：《民间文艺学的建设》，见董晓萍选编《钟敬文文选》，中华书局，2013，第 99－106 页。

③ 钟敬文：《把我国民间文艺学提高到新的水平》，《民间文学》1980 年第 2 期；钟敬文：《建立具有中国特点的民间文艺学》，《思想战线》1980 年第 5 期；钟敬文：《建立新民间文艺学的一些设想》，《民间文化论坛》1983 年第 3 期。以上 3 篇文章都收录于钟敬文《新的驿程》，中国民间文艺出版社，1987。

④ 钟敬文：《建立新的民间文艺学的一些设想》，《民间文化论坛》1983 年第 3 期。

等)、故事研究（刘守华、许钰、姜彬、刘魁立、金荣华、祁连休、顾希佳、江帆、万建中、李扬、林继富、施爱东、陈岗龙、康丽等)、史诗和叙事诗研究（潜明兹、郎樱、杨恩洪、朝戈金、尹虎彬、刘亚虎、巴莫曲布嫫等)、传说研究（赵景深、罗永麟、张紫晨、程蔷、贺学君、陈勤建、陈泳超、陈益源、刘惠萍、陈金文、邹明华等)、歌谣研究（贾芝、柯杨、陈子艾、叶春生、郗慧民、王娟、夏敏、毛巧晖等)、民间小戏研究（张紫晨、谭达先、乌丙安、王秋桂、施德玉等)、笑话研究（赵景深、段宝林、王杰文等)、语言民俗研究（朱介凡、曲彦斌、黄涛等）等方面积累了丰富的研究成果。[①] 伴随着西方传播学派、神话学派、原型批评理论、精神分析法、故事形态学、口头程式理论、表演理论、民族志诗学等理论流派与研究方法的引入，中国民间文艺学的研究范式得到了更新与突破。

中国民间文艺家协会（原“中国民间文艺研究会”，1987 年改为现名）在民间文学期刊建设、民间文化遗产普查与保护工作中也支持了民俗学学科的建设。

在期刊建设方面，中国民间文艺研究会上海分会（后改称上海民间文艺家协会）先后创办的《民间文艺集刊》（1981—1985 年)、《民间文艺季刊》(1986—1990 年)、《中国民间文化》（1991—1997 年)，在外国民间文学流派介绍、民歌手与故事家研究、都市民俗学研究、新故事研究等方面开风气之先。1982 年，中国民间文艺研究会依托中国民间文艺出版社，开始出版官方学术刊物《民间文学论坛》，打造民间文学前沿讨论和组织建设的重要平台。[②]《民间文学论坛》（2008 年复刊为《民间文化论坛》)、《民俗研究》(山东大学主办)、《民族文学研究》（中国社会科学院民族文学研究所主办)、《民族艺术》（广西民族文化艺术研究院主办)、《西北民族研究》(西北民族大学主办)、《文化遗产》(中山大学主办)、《民俗典籍文字研究》(北京师范大学民俗典籍文字研究中心主办）以及一大批高校学报，

① 刘锡诚:《二十世纪中国民间文学学术史》下卷，中国文联出版社，2014，第 830－958 页。

② 20 世纪 80 年代民俗学相关刊物参见王文宝《中国民俗学史》，巴蜀书社，1995，373－380 页。

如《北京师范大学学报》[①]、《中央民族大学学报》、《华中师范大学学报》、《华东师范大学学报》等成为新时期中国民俗学学科的主要期刊阵地。

1984 年中华人民共和国文化部、国家民族事务委员会和中国民间文艺研究会联合签发了《关于编辑出版〈中国民间故事集成〉、〈中国歌谣集成〉、〈中国谚语集成〉的通知》[②]。中国民间文艺家协会作为发起者和组织者，于 1984 年起领导进行了全面、系统、科学的全国民间文学普查工作。在 1984—1990 年，全国约有 200 万人次参加了民间文学普查采录工作，各地共搜集民间故事 184 万篇、歌谣 302 万首、谚语 748 万余条，总字数超过 40 亿字。各地编选县、地、市卷本约有 3000 余种，形成了规模空前的民间文学作品搜集整理高峰。[③] 此后，2003 年起由中国民间文艺家协会发起的“中国民间文化遗产抢救工程”，以及 2018 年实施的“中国民间文学大系”出版工程等在民间文学、民间艺术抢救、普查、整理、编辑、出版等方面也做出了重要贡献。

（2）民俗学恢复建设，并取得独立学科地位

1978 年在钟敬文的奔走联络下，顾颉刚、白寿彝、容肇祖、杨堃、杨成志、罗致平、钟敬文 7 位教授以《建立民俗学及其有关研究机构的倡议书》致函时任中国社会科学院院长胡乔木同志，倡议系统研究民俗志、民俗史，并成立民俗学研究机构。[④] 在一系列努力之下，1983 年 5 月中国民俗学会正式宣告成立，成为新中国成立后的第一个全国性民俗学研究团体，在学术共同体建设、学术交流、国际合作、政府协同等方面始终发挥着重要引领作用。其间辽宁大学、牡丹江师范学院开设“民俗学”选修课，“辽宁省首届民俗学学术研讨会”召开，辽宁、吉林、浙江等地方性民俗学会成立，北京师范大学、复旦大学、辽宁大学、中央民族大学等高校相继成

---

① 从 1991 年起，《北京师范大学学报》连续 20 年开设民俗学专栏，发布国内外重要学术研究成果，成为民俗研究与交流的重要平台。相关成果见董晓萍、万建中主编《北师大民俗学论丛》，中华书局，2013。

② 文民字（84）第 808 号文件。

③ 见《中国民间文艺家协会 1997—1999 年工作规划要点草案》，《民间文艺家》1998 年第 1 期。又见许钰《口承故事论》，北京师范大学出版社，1999；刘锡诚：《二十世纪中国民间文学学术史》下卷，中国文联出版社，2014，第 766 页。

④ 钟敬文执笔《建立民俗学及有关研究机构的倡议书》，《民间文学》1979 年第 12 期。

立民俗学社[①]，也是民俗学学科建设的重要事件。

1983 年，中国民俗学会和少数民族文学学会联合举办的“首届全国民俗学与少数民族文学讲习班”在中央民族学院（现中央民族大学）开班，费孝通、钟敬文、杨成志、杨堃、马学良、白寿彝、罗致平、常任侠、容肇祖、伊藤清司、刘魁立、张紫晨等 28 位学者授课，150 名学员参加学习。张紫晨选编的《民俗学讲演集》是这次课程的成果集。[②] 1987 年 9 月又于门头沟民俗博物馆举办了第二届民俗学讲习班。它们培育了新时期民俗学学术力量，撒下遍布全国各地的学术火种，讲习班中的多位学员后来成为民俗学学科的中坚力量。

在高校教育体制中，民俗学原没有独立学科地位，只能依托“中国文学”一级学科下的“民间文学”二级学科发展。1979 年，在北京师范大学全国暑期民间文学讲习班上，钟敬文最初提出在全国高校设立“民俗学科”的想法[③]，之后钟敬文开始在北师大开设民俗学课程，招收民俗学专业硕士和博士研究生。1988 年北师大民俗学学科开始成为国家级重点学科，1996 年被教育部列入“211 工程”重点建设学科。1992 年钟敬文开始主持编写《民俗学概论》[④]，历时 6 年出版发行，与《中国民俗学》（乌丙安）、《中国民俗与民俗学》（张紫晨）、《民俗学概论》（陶立璠），以及后来的《民俗学导论》（叶涛、吴存浩）、《中国民俗概论》（高丙中）、《民俗学概论》（王娟）、《民俗学概论新编》（邢莉）等[⑤]一起成为民俗学专业的主要教材。

1997 年，国务院学位委员会和教育部重新调整学科目录，民俗学成为

---

① 参见中国民俗学会秘书处组织编写、施爱东执笔《中国民俗学会大事记（1983—2018）》，学苑出版社，2018，第 5－27 页。

② 张紫晨编《民俗学讲演集》，书目文献出版社，1986。

③ 钟敬文：《民俗学与民间文学——在北京师范大学暑期民间文学讲习班上的讲话》，见钟敬文《钟敬文民俗学论集》，上海文艺出版社，1998，第 230－251 页。

④ 《民俗学概论》（第一版）由钟敬文教授主持编写，许钰、董晓萍担任副主编。武汉大学李惠芳教授在书稿审校中做出了贡献。

⑤ 乌丙安：《中国民俗学》，辽宁大学出版社，1985；张紫晨：《中国民俗与民俗学》，浙江人民出版社，1985；陶立璠：《民俗学概论》，中央民族学院出版社，1987；叶涛、吴存浩：《民俗学导论》，山东教育出版社，2002；高丙中：《中国民俗概论》，北京大学出版社，2009；王娟：《民俗学概论》，北京大学出版社，2002；邢莉：《民俗学概论新编》，北京师范大学出版社，2016；等等。

法学门类“社会学”一级学科下的二级学科，开始在国家学科建制中获得独立学科地位。从属于社会学一级学科的定位为民俗学与民间文学研究都带来了机遇和挑战。截至 2012 年，“全国已有 10 多所大学和研究院所设立民俗学博士点，设立硕士点的单位则达到近 50 家”①。

在民俗学结构体系、研究对象、研究方法，民俗学与民间文学专业关系上，钟敬文同样做了系统的思考和规划，1980 年以后他围绕该主题连续发表了多篇文章进行讨论，比如《中国民俗史与民俗学史》《关于民俗学结构体系的设想》《民俗学的历史、问题和今后的工作——1983 年 5 月在中国民俗学会成立期间的讲话》《民俗学研究的指导思想及方法论》《民俗学与民间文学——在北京师范大学暑期民间文学讲习班上的讲话》② 等。最终 1998 年在中国民俗学会第四次全国代表大会暨中国民俗学运动 80 周年纪念大会上，钟敬文做了“建立中国民俗学学派刍议”发言，正式提出“建立中国民俗学派”的口号，全面阐述了建立中国民俗学学派的必要性与可能性，中国民俗学派的特殊性格、旨趣和结构体系，以及今后的发展方向等，为中国民俗研究的发展路径与学科目标做了系统论述。③

值得指出的是，20 世纪 80 年代以后，少数民族民俗学与民间文学研究成果突出，为民俗学学科建设提供了重要支撑。如，以仁钦道尔吉、满都呼、郝苏民、邢莉、朝戈金、敖其、色音、陈岗龙等学者为代表的蒙古族民间文学与民俗学研究；朱宜初、李子贤、杨知勇、邓启耀、傅光宇、张福三、朱霞等所做的云南少数民族文学与民俗学研究；以冯元蔚、冯敏、巴莫曲布嫫等为代表的彝族民俗学与民间文学研究；梁庭望、廖明君、杨树喆、陈金文、许晓明等从事的壮族民族民俗研究；以降边嘉措、杨恩洪、岗措、范长风等为代表的藏族民族民俗研究，以及郎樱等在维吾尔族，白庚胜等在纳西族，邓敏文、刘亚虎等在侗族，富育光、江帆等在满族，李建宗等在裕固族，邱国珍等在畲族所从事的民俗学与民间文学研究等。“多

---

① 安德明、杨利慧：《1970 年代末以来的中国民俗学：成就、困境与挑战》，《民俗研究》2012 年第 5 期。

② 以上论文分别见钟敬文《钟敬文民俗学论集》，上海文艺出版社，1998，第 138 - 153、154 - 178、203 - 212、230 - 251 页。

③ 钟敬文：《建立中国民俗学派》，黑龙江教育出版社，1999。

民族的一国民俗学”[①] 是中国民俗学的主要特征之一，在中华民俗文化大格局下进行多样化与在地性的民族民俗与民间文学研究符合中国历史文化发展特色，也有助于涵养中国民俗文化的宏大气象。

2. 民俗学学科建设的转型跃升阶段（1998 年至今）

步入 21 世纪，中国民俗学学科在民族文化振兴和国家文化发展战略的背景下，在全球化与国际化交流融合的潮流里，在学科属性与学术范式反思更新的过程中，学科地位得以显著提升，研究视野与研究方法实现转型跨越。依靠历史、立足当下、对话国际、朝向未来的民俗学学科建设，成为民俗学界同人的主要共识与努力方向。

（1）民族文化振兴和国家文化发展战略背景下，民俗学学科地位显著提升

“中国经历了一个从把自己在现代所遭遇的问题归咎于自己的文化，到把完成民族国家建设的未竟事业寄望于自己的固有文化的转变”[②]。新时期国家文化发展战略中，1986 年中国共产党第十二届中央委员会《中共中央关于社会主义精神文明建设指导方针的决议》，2005 年国务院《关于加强文化遗产保护的通知》《国务院办公厅关于加强我国非物质文化遗产保护工作的意见》，2005 年中央宣传部、教育部等五部委《关于运用传统节日弘扬民族文化的优秀传统的意见》，2012 年住房和城乡建设部等三部委《关于加强传统村落保护发展工作的指导意见》，2017 年中共中央办公厅、国务院办公厅《关于实施中华优秀传统文化传承发展工程的意见》，2018 年中共中央、国务院《乡村振兴战略规划（2018—2022 年）》等国家政策和文件精神为以民众生活文化为研究对象和以村落为田野传统的民俗学学科提供了宽松而积极的政策环境和学术机遇。通过切实参与、协助、指导文化工程实施，并申请、论证相关研究课题，民俗学研究者使民俗学的学科意义与学术价值获得社会广泛关注与公众深度认可，民俗学学科的社会地位得到迅速提升，民俗学者的研究能力也在这一过程中得到了锻炼。

---

① 钟敬文：《建立中国民俗学派》，黑龙江教育出版社，1999。

② 高丙中：《“中国民俗志”的书写问题》，《文化艺术研究》2008 年第 1 期。

（2）在全球化与国际化交流融合中，民俗学学科视野得到扩展

改革开放后，尤其是 20 世纪 90 年代以后，民俗学学科的全球化与国际化交流融合迅速发展，官方层面、民间层面与国际学界的联系与对话取得了重大进展。

从官方层面而言，中国民俗学会、中国民间文艺家协会等组织以及高等院校和科研单位在国际交流合作方面发挥了重要作用。1986 年进行的中国—芬兰联合调查[①]，1990 年之后进行的“中日农耕文化联合考察”[②]，1990 年中澳在广东江门的考察，1994 年成立的亚细亚民间叙事文学学会，1996 年成立的国际亚细亚民俗学会，2006 年中国学者开始参加的每年一届的美国民俗学年会，2011 年发起的“中美非物质文化遗产论坛”，2013 年开始进行的中美民族志博物馆交流与暑期研究生研讨，2014 年于湖北孝感举办的国际亚细亚民俗学会第 15 次年会，2016 年“二十四节气——中国人通过观察太阳周年运动而形成的时间知识体系及其实践”列入联合国教科文组织人类非物质文化遗产代表作名录，2017 年“国际民俗学联合会”成立，等等，都离不开以中国民俗学会为代表的相关组织的参与协调。高校民俗学项目点之间的交流，比如北京师范大学社会学院人类学与民俗学系聘任美国威拉姆特大学张举文教授担任兼职教授并举办“民俗翻译工作坊”[③]，邀请日本福田亚细男教授围绕“日本民俗学的形成、发展与展望”展开系列讲座[④]等，都极大促进了国际前沿学术的交流切磋与合作共进。

此外，民俗学及相邻学科学术经典的译介，比如“外国民间文学理论

---

① 1986 年 4 月，中国民间文艺研究会、广西民间文学研究会和芬兰文学协会、北欧民俗研究所、土尔库大学文化研究系在广西壮族自治区三江侗族自治县进行了中国 - 芬兰民间文学联合考察。见刘锡诚《二十世纪中国民间文学学术史》下卷，中国文联出版社，2014，第 768 - 776 页。

② 张森生：《中日民俗学者联合考察江南农耕文化》，《杭州教育学院学报》1993 年第 1 期。

③ 工作坊成果参见张举文编译《民俗学概念与方法——丹·本 - 阿默思文集》，中国社会科学出版社，2018。

④ 讲座综述《日本民俗学的特色——福田亚细男教授北师大系列讲座之一》《日本民俗学的形成——福田亚细男教授北师大系列讲座之二》《后柳田时代的民俗学——福田亚细男教授北师大系列讲座第三讲》《日本现代民俗学的潮流——福田亚细男教授北师大系列讲座之四》，见《民间文化论坛》2016 年第 4 - 6 期、2017 年第 1 期。另见贺少雅等《日本民俗学的形成、发展和展望——民俗学家福田亚细男教授北京师范大学系列讲座综述》，《民俗典籍文字研究》2017 年第 19 辑。

著作翻译丛书”（中国民间文艺出版社）、“世界民间文化译丛”（上海文艺出版社）、“原始文化名著译丛”（上海文艺出版社）、“外国民俗文化研究名著译丛”（中华书局）、“民间文化新经典译丛”（广西师范大学出版社）、“汉译世界学术名著丛书”（商务印书馆）、“日本民俗学译丛”（学苑出版社）、“当代日常文化研究系列”（广西师范大学出版社）、“汉译人类学名著丛书”（商务印书馆）、凤凰文库“海外中国研究系列”（江苏人民出版社）、“人文与社会译丛”（译林出版社）等对中国民俗学学科的理论建设、方法探索、学科对话产生了重要影响。值得说明的是，除引介国外经典，中国民俗学在国际交流中开始走出去，形成中国民俗学派的国际影响力。中国民俗学人赴国外交流访学，以及民俗学者之间的交往都更加常态化。中国史诗研究已跻身世界先进行列，中国民俗学学科建设经验与学术研究成果也获得了国外学者的广泛关注，“2015 年《亚洲民族学》刊发中美民俗学者共同对中国民俗学学科成长与成熟的反思；2015 年《美国民俗学刊》刊发首个有关美国华裔和亚裔民俗的特刊；2016 年《美国民俗学刊》神话特刊中突出了中国学者的研究成果；2017 年美国《西部民俗》发表了有关中国非遗研究特刊”①，中国民俗学者开始在国际学术平台发出自己的声音，中外民俗学者的交流、合作、对话在广度和深度上进一步迈进。

（3）学科属性与学术范式在更新，民俗学学科立足之本逐步夯实

20 世纪 90 年代以后，围绕民俗学的现代转型，中国民俗学界形成了一股声势浩大、百家争鸣的学术潮流。这一潮流是在反思研究传统、对话哲学理论、参与公共建设、面对日常生活、学习优秀经典等多种背景下交织产生的。总的来说，民俗学学科如何自证其在现代社会科学体系和社会生活现实中的合法性成为学者们反复思考和论证的问题。

民俗学的现代转型立足于对传统民俗学研究对象、研究方法、研究视野、研究伦理的全面反思和总结。一般认为，传统的民俗研究是朝向“过去”的，民俗之“俗”是事象、文本本身，民俗之“民”是劳动人民为代表的下层民众，他们是研究的客体、教化的对象、俗的承载者，民俗研究

---

① 张举文：《亚民俗：学科发展的有机动力》，张举文、宋俊华编《亚民俗：中美民俗学者交流的故事》第一辑，中山大学出版社，2017，第 6 页。

方法是传统的文史研究或者“遗留物”学说。这种传统的民俗研究使民俗学学科不仅无法应对社会现实、无法与生活变迁同步，也无法面对人民的需求，民俗学学科存在的理据遭受质疑。

围绕共同的问题意识，民俗学人从不同侧面和角度进行了关注与回应，且彼此间理论观点与研究路径多有交叉融合。综合来看，研究取向包括但不限于以下几种。

• 日常生活研究。高丙中借鉴现象学中“生活世界”的理论，将民俗学的研究对象扩展为民众的生活整体，将日常生活作为民俗学的“对象”、“方法”与“目的”，将民俗作为实现日常生活研究的途径。[①] 这一观点对民俗学转型产生了重要影响，众多学者以理论对话或经验研究回应了这一理论。

• 实践民俗学理论。吕微、户晓辉针对经验民俗学取向提出做纯粹哲学探讨的实践民俗学理论，以建立民俗学的整体研究和先验研究。刘铁梁、王杰文、萧放、鞠熙等学者围绕经验意义的“实践”概念进行了对话与再阐释。[②]

• 公民社会视角。高丙中在近期研究中将民俗之“民”从国民发展到公民，将其从研究对象发展为实践主体，为民俗之“俗”赋予公共文化属性，推动了“公民社会”系列讨论。实践民俗学对于自由意志、公民、交互主体关系等主题同样做了诸多深刻探讨。“交流式民俗志”、个人叙事研

---

① 参见高丙中《民俗文化与民俗生活》，中国社会科学出版社，1994；高丙中：《日常生活的现代与后现代遭遇：中国民俗学发展的机遇与路向》，《民间文化论坛》2006 年第 3 期；高丙中：《中国人的生活世界：民俗学的路径》，《民俗研究》2010 年第 1 期；高丙中：《日常生活的未来民俗学论纲》，《民俗研究》2017 年第 1 期等。

② 参见吕微《民俗学：一门伟大的学科——从学术反思到实践科学的历史与逻辑研究》，中国社会科学出版社，2015；吕微：《实践民俗学的提倡》，《民间文化论坛》2016 年第 1 期；户晓辉：《返回民间文学的实践理性起点》，《民族文学研究》2015 年第 1 期；户晓辉：《人是目的：实践民俗学的伦理原则》，《民族文学研究》2017 年第 3 期；户晓辉：《民俗学为什么需要先验逻辑》，《民俗研究》2017 年第 3 期；户晓辉：《日常生活的苦难与希望：实践民俗学田野笔记》，中国社会科学出版社，2017；刘铁梁：《个人叙事与交流式民俗志：关于实践民俗学的一些思考》，《民俗研究》2019 年第 1 期；萧放、鞠熙：《实践民俗学：从理论到乡村研究》，《民俗研究》2019 年第 1 期；周星：《民俗主义、学科反思与民俗学的实践性》，《民俗研究》2016 年第 3 期；王杰文：《“实践民俗学”的“实践论”批评》，《民俗研究》2018 年第 3 期；等等。

究亦有力地参与了这一讨论。[①]

• 感受生活的民俗学。刘铁梁倡导“感受生活的民俗学”，他强调将民俗放在生活中，以感受的方式进行生活整体研究，提出“标志性文化统领式民俗志写作”方式。[②]

• 家乡民俗学理念。安德明的“家乡民俗学”关注将家乡民俗文化作为研究对象，学者以局内人的视角做平等交流、同情理解、理性批判的观点。[③]

• 对语境的关注。随着表演理论、民族志诗学、口头程式理论等的引介，“语境”成为民俗学关注的一个关键概念。刘晓春认为从“民俗”到“语境中的民俗”体现了中国民俗学研究范式的转型，他以“时空、人、社会、表演、变迁、日常生活”为关键词列举了民俗学者相关研究成果。[④]

• 记忆研究。以记忆为核心，讨论记忆与传承、建构的关系等。以王晓葵为代表的学者在讨论民俗学的记忆研究、灾难记忆研究方面取得了突出成绩。[⑤] 王霄冰、林继富等学者探讨中国民俗学民间文学仪式与口头传统

---

① 参见高丙中《民间文化与公民社会》，北京大学出版社，2008；高丙中：《中国民俗学的新时代：开创公民日常生活的文化科学》，《民俗研究》，2015 年第 1 期；高丙中：《民间、人民、公民：民俗学与现代中国的关键范畴》，《西北民族研究》2015 年第 2 期；吕微：《民俗复兴与公民社会相联结的可能性——古典理想与后现代思想的对话》，《民俗研究》2013 年第 3 期；户晓辉：《民间文学：最值得保护的是权力还是权利?》，《民间文化论坛》2014 年第 1 期；户晓辉：《民主化的对话式博物馆——实践民俗学的愿景》，《民俗研究》2018 年第 3 期；刘铁梁：《个人叙事与交流式民俗志：关于实践民俗学的一些思考》，《民俗研究》2019 年第 1 期；毛晓帅：《民俗学视野中的个人叙事与公共文化实践》，《民族文学研究》2019 年第 3 期；等等。

② 参见刘铁梁《感受生活的民俗学》，《民俗研究》2011 年第 2 期；刘铁梁：《“标志性文化统领式”民俗志的理论与实践》，《北京师范大学学报（社会科学版）》2005 年 6 月；等等。

③ 参见安德明《家乡——中国现代民俗学的一个起点和支点》，《民族艺术》2004 年第 2 期；安德明：《作为范畴、视角与立场的家乡民俗学》，《西北民族研究》2019 年第 2 期；等等。

④ 参见刘晓春《从“民俗”到“语境中的民俗”——中国民俗学研究的范式转换》及文中所涉论文，《民俗研究》2009 年第 2 期；杨利慧：《语境、过程、表演者与朝向当下的民俗学——表演理论与中国民俗学的当代转型》，《民俗研究》2011 年第 1 期；王杰文：《“表演理论”之后的民俗学——“文化研究”或“后民俗学”》，《民俗研究》2011 年第 1 期等；廖明君、巴莫曲布嫫：《田野研究的“五个在场”：巴莫曲布嫫访谈录》，《民族艺术》2004 年第 3 期；等等。

⑤ 参见王晓葵《民俗学与现代社会》，上海文艺出版社，2011；王晓葵：《记忆论与民俗学》，《民俗研究》2011 年第 2 期；王晓葵：《灾害记忆图式与社会变迁——谁的唐山大地震》，《新史学》第八卷，中华书局，2014；等等。

的当代呈现。[①]

• 身体民俗学研究。彭牧、王霄冰等学者关注身体本身及身体与社会、文化之间的相互关系，并对身体民俗学作为民俗学研究领域的历史、理论与方法进行了探讨。[②]

• 民俗主义讨论。周星以“民俗主义”为观照，反思了民俗学者“耽溺于乡愁”的倾向，呼吁通过对“权力利用、意识形态渗透、商业化、大众传媒、学术研究”下的民俗进行研究以面对和回应当代社会现实，引起了广泛关注。[③] 杨利慧具体论述神话主义的系列文章在学界产生了较大影响。[④]

• 历史民俗学与礼俗互动研究。以赵世瑜、萧放、张士闪等为代表的学者突破单一的民间视角，研究国家政治、礼制传统与民众文化之间的互动共生，以及互动所生成的社会机制与文化认同问题。[⑤]

---

① 参见王霄冰《文化记忆、传统创新与节日遗产保护》，《中国人民大学学报》2007 年第 1 期；王霄冰：《礼贤城隍庙：地方历史与区域文化的“记忆之所”》，《温州大学学报（社会科学版）》2009 年第 5 期；王霄冰：《文字、仪式与文化记忆》，《江西社会科学》2007 年第 2 期；林继富：《通向历史记忆的中国民间文学》，《华南师范大学学报（社会科学版）》2017 年第 3 期；林继富：《记忆场域的重建：从“白虎垄”到“廪君陵”》，《民俗典籍文字研究》2015 年第 2 期；胡兆义、林继富：《女性故事与家庭伦理记忆——基于孙家香故事的讨论》，《文化遗产》2019 年第 1 期；等等。

② 参见彭牧《身体与民俗》，《民间文化论坛》2018 年第 5 期；彭牧：《民俗与身体——美国民俗学的身体研究》，《民俗研究》2010 年第 3 期；王霄冰、禤颖：《身体民俗学的历史、理论与方法》，《文化遗产》2019 年第 2 期；张青仁：《身体性：民俗的基本特性》，《民俗研究》2009 年第 2 期。

③ 参见周星、王霄冰主编《现代民俗学的视野与方向：民俗主义 · 本真性 · 公共民俗学 · 日常生活》，商务印书馆，2018；周星：《民俗主义、学科反思与民俗学的实践性》，《民俗研究》2016 年第 3 期；等等。

④ 参见杨利慧《当代中国电子媒介中的神话主义》，《云南师范大学学报（哲学社会科学版）》2014 年第 4 期；杨利慧：《神话 VS 神话主义：神话主义异质性质疑》，《云南师范大学学报（哲学社会科学版）》2016 年第 6 期；杨利慧：《民俗生命的循环：神话与神话主义的互动》，《民俗研究》2017 年第 6 期；等等。

⑤ 参见赵世瑜《小历史与大历史——区域社会史的理念、方法与实践》，生活 · 读书 · 新知三联书店，2006；赵世瑜：《吏与中国传统社会》，浙江人民出版社，1994；赵世瑜：《国家正祀与民间信仰的互动——以明清京师的“顶”与东岳庙为个案》，《北京师范大学学报（社会科学版）》1998 年第 6 期；萧放 2014 年度国家社科基金重点项目“人生仪礼传统的当代重建与传承研究”（项目批准号：14AZD120）成果、2011 年度国家社科基金一般项目“中国传统礼仪形态与当代社会生活规范研究”（项目批准号：11BSH002）成果；萧放：《中国传统风俗观的历史研究与当代思考》，《北京师范大学学报（社会科学版）》2004 年第 6 期；张士闪：《礼俗互动与中国社会研究》，《民俗研究》2016 年第 6 期；张士闪：《民间武术的“礼治”传统及神圣运作——冀南广宗乡村地区梅花拳文场考察》，《民俗研究》2015 年第 6 期；等等。

• 现代化、城市化背景中的民俗研究案例。陶思炎、黄永林、田兆元、施爱东、徐赣丽、李扬、张敦福、王杰文、岳永逸等学者应用民俗学、中产阶级民俗、旅游民俗学、网络媒体民俗、都市民俗学等进行研究，突破了传统民俗学的研究对象与研究场域，为民俗学转型做出了有益示范。[①] 北京师范大学、中国社会科学院、华中师范大学、中山大学等院校在民俗文化数字化与数据库建设及研究方面做出的尝试与贡献值得肯定。

除此之外，陶立璠组织出版了 31 卷本的《中国民俗大系》，这是一个浩大的民俗事象记述工程。柯杨在花儿会研究方面的成果，叶春生关于岭南地区民俗文化的研究，刘铁梁在民间自治组织与仪式行为研究方面的成果，赵世瑜在庙会方面的研究，董晓萍关于四社五村用水民俗的调查，邓启耀做的民族服饰调查，江帆、祝秀丽、林继富等关于故事家的研究，段友文长期关注的黄河流域民俗研究，田兆元关于文化遗产的开发与应用研究，萧放的岁时节日研究与人生礼仪实践研究，何彬关于丧葬仪式的研究，万建中的禁忌习俗研究，郑土有在城隍信仰方面的成果，杨树喆的壮族民间师公文化研究系列论文，朱霞关于云南诺邓井盐生产民俗的研究，叶涛关于泰山香社与石敢当信仰的研究，刘宗迪结合天文学、地理学进行的《山海经》研究，黄涛以亲属称谓为代表的语言民俗学研究，陈泳超对山西省洪洞地区的传说及信仰的研究，安德明关于甘肃天水地区农事及信仰习

---

① 参见陶思炎《应用民俗学》，江苏教育出版社，2001；陶思炎：《中国都市民俗学》，东南大学出版社，2004；黄永林：《论民间文化资源与发展文化产业的主要关系》，《华中师范大学学报（人文社会科学版）》2008 年第 2 期；黄永林：《数字化背景下非物质文化遗产的保护与利用》，《文化遗产》2015 年第 1 期；黄永林：《乡村文化振兴与非物质文化遗产的保护利用——基于乡村发展相关数据的分析》，《文化遗产》2019 年第 3 期；施爱东：《食品谣言的传统变体及叙事生长点》，《民族艺术》2017 年第 5 期；施爱东：《谣言作为民间文学的文类特征》，《民族艺术》2016 年第 3 期；施爱东：《图像谣言：数字时代的谣言新宠》，《民族艺术》2016 年第 2 期；徐赣丽：《民俗旅游与民族文化变迁》，民族出版社，2006；徐赣丽：《中产阶级生活方式：都市民俗学新课题》，《民俗研究》2017 年第 4 期；李扬：《当代民间传说三题》，《青岛海洋大学学报（社会科学版）》2002 年第 1 期；李扬：《都市传说分类方法述论》，《民俗研究》2005 年第 4 期；张敦福：《都市传说新探》，《民俗研究》2005 年第 4 期；张敦福：《消失的搭车客：中西都市传说的一个类型》，《民俗研究》2006 年第 2 期；王杰文：《"数码一代"的口头传统实践——从"关于兔子的一些笑话"说起》，《杭州师范大学学报》2019 年第 2 期；岳永逸：《"杂吧地儿"：中国都市民俗学的一种方法》，《民俗研究》2019 年第 3 期；岳永逸：《中国都市民俗学的学科传统与日常转向——以北京生育礼俗变迁为例》，《云南师范大学学报》2018 年第 1 期；等等。

俗的调查，刁统菊在姻亲关系与亲属制度研究方面的成果，季中扬关于民间艺术的研究，以及诸多学者关于非物质文化遗产专题的研究等，都扩展和深化了民俗学的研究内容，成为民俗研究史上的重要成果案例。

二　70 年中国民俗学学科建设经验

从世界范围内民俗学的发展历程来看，不同国家的民俗学形成了各具特色的发展路径。德国民俗学从具有浪漫主义与民族主义特性的民间诗学转型为经验文化学、欧洲民族学研究；英国民俗学以进化论人类学为主要特征，后转向民间生活研究；芬兰民俗学从《卡勒瓦拉》史诗研究开始逐渐成为国学，形成了历史—地理学派民间故事类型研究范式，后劳里・航柯以“传统生态学”“民俗过程理论”引导民俗学实现经验研究与功能主义转向；俄国民俗学体现出社会主义改造的特点；美国民俗学逐渐突破口头传承的研究与欧洲民俗学的影响，走向小群体交流实践的研究，表演理论、民族志诗学理论、口头程式理论成为主流理论，公共民俗学亦成为美国民俗学的特色方向；在日本，柳田国男开创的乡土研究、常民研究、历史研究对日本民俗学产生了深远影响，福田亚细男促进了民俗学的学院派建设，以菅丰为代表的学者以“新在野之学”和“大民俗学”概念倡导民俗学的民间性与实践性，形成了对前代的尖锐批判。

中国现代民俗学学科从歌谣运动时期开始萌芽，改革开放后建设成为国家学科，现在凭借非物质文化遗产运动的东风，成为助力乡村建设与文化传承的重要依托，在世界民俗学范围内显示出独具中国特色的风格和气派。总结中国民俗学学科建设经验可知，正是因为有服务国家社会需要的意识、重视学科体系与人才队伍建设、坚持对学科理论的探索与反思，同时保持以人民为本的学科意识与学科优势，中国民俗学学科才得以在结构和内容、学术性与社会性、科学性与人文性上实现均衡良性的发展。

（一）学科建设始终与国家社会需要密切相关

学术根植于时代的土壤。中国民俗学学科发展和变革的每一个阶段——从新文化运动时期具有平民意识的民俗学学科开始萌芽，到 1949—1966 年阶级意识影响下偏重劳动人民口头文学研究的学术取向，1966—1976 年

“文化大革命”时期民俗学学科建设的停滞，1978 年“解放思想、实事求是”思想路线确立后民俗学学科的快速发展，20 世纪 90 年代民族文化振兴背景下民俗学的跃升成熟——民俗学学科的建设始终与当时的国家社会政治环境、文化生态息息相关、密切关联。

民俗学人因时入世、求实担当的学科精神与责任意识在国家社会建设进程中得到深刻体现。钟敬文回忆 20 世纪初的民间文学运动时说：“当时我们收集、研究民间文学，不但在活动的产生上有显著的时代、文化背景；就是在活动的行为动机上，也跟当时的国情和民众（包括儿童）的文化现状和改革要求，密切联系在一起。”[①] 新时期，国家加强社会主义精神文明建设、弘扬优秀传统文化、实施乡村振兴战略，民俗学者们热情参与并深度介入了这一进程，民间文学三套集成工程、中国民间文化遗产抢救工程、地方志书与综合年鉴建设、中国民间文学大系出版工程等项目中都凝聚着民俗学者的心血与贡献。尤其在助推完善现代国家时间制度、非物质文化遗产传承保护工作中，民俗学者付出了巨大努力。[②]

新中国成立以后实行新的公历纪元，传统的夏历制度以及民族传统节日未受到足够的重视。在韩国江陵端午祭成功申请人类口头和非物质文化遗产的刺激下，民族传统节日重新受到政府与社会关注。中国民俗学会在传统节日复兴过程中起了主要推动作用，2004—2007 年，中国民俗学会先后接受中央文明办、文化部和国家发展改革委委托，完成“中国节假日体系研究”课题和“民俗传统节日与国家法定假日”课题报告。2005 年 2 月 14—15 日，中国民俗学会与北京民俗博物馆联合召开首届东岳论坛暨“民族国家的日历：传统节日与法定假日国际研讨会”，刘魁立、乌丙安、刘铁梁、朝戈金、吕微、陈勤建、周星、萧放、高丙中、麻国庆、刘晓峰、陈连山、黄涛、巴莫曲布嫫、安德明等 30 余位知名民俗学者与理查德·鲍曼、迈克尔·琼斯、马克·史密斯、华澜等来自美国、法国、俄罗斯、日本、

① 钟敬文：《洪长泰〈到民间去〉序言》，洪长泰《到民间去——1918—1937 年的中国知识分子与民间文学运动》，董晓萍译，上海文艺出版社，1993，第 13 页。

② 参见朝戈金、董晓萍、萧放主编《民俗学与新时期国家文化建设》，中国社会科学出版社，2013。

韩国、马来西亚的民俗学者共同探讨人类节日文化与各国传统节日保护经验，产生了极大的国际国内影响。[①] 这些学术研究与论证工作共同推动了2005 年《关于运用传统节日弘扬民族文化的优秀传统的意见》的实施。[②] 在之后的节假日改革方案研讨与传统节日保护实践中，民俗学者继续在国家决策方面提供着智力支持。[③]

非物质文化遗产保护工作是近年来国家文化建设的重点。民俗学专业学者成为非遗抢救与记录、保护与传承的重要力量，民俗学者一方面通过学理研究与田野调查关注并反思非遗保护效果、完善中国非遗方案，另一方面作为行动者和实践者，切实参与非遗名录评定、非遗传承人认定、国家文化生态保护区的认定与评估。对于非遗的宣传和传播，例如《非遗中国行》《非遗公开课》《寻找中国三大英雄史诗传承人》等节目的策划制作，民俗学者也参与了部分工作。2012 年中国民俗学会被联合国教科文组织认定为学术咨询机构，2016 年成功协助申请“二十四节气——中国人通过观察太阳周年运动而形成的时间知识体系及其实践”进入人类非物质文化遗产代表作名录。

通过参与传统节日、非物质文化遗产等的保护研究工作，民俗学学科的学术价值与社会价值得到彰显，公众认知度得到提升。非物质文化遗产相关的核心概念与保护实践也成为学科知识新的增长点，乌丙安、刘魁立、刘锡诚、陶立璠、陈勤建、董晓萍、朝戈金、高丙中、巴莫曲布嫫、萧放、陈华文、安德明、刘晓春、王霄冰等诸多学者对文化空间、社区、伦理、本真性、原生态、地方性、公共性、活态保护、整体性保护、遗产化、公共民俗学等内容的讨论推动了民俗学的发展。

（二）学科体系与人才队伍建设是学科发展的基石

中国民俗学学科带头人钟敬文教授在学科体系与人才队伍建设中做了

---

① 会议成果见中国民俗学会、北京民俗博物馆编《节日文化论文集》，学苑出版社，2006。

② 朝戈金：《新中国民俗学的历程（代序）》，施爱东、巴莫曲布嫫主编《走向新范式的中国民俗学》，中国社会科学出版社，2005，第 3 - 4 页。

③ 在传统节日回归社会的努力中，值得记住中国民俗学会以下学者的名字：刘魁立、高丙中、萧放、陈连山、黄涛、刘晓峰、叶涛、施爱东、张勃等。

大量工作。如前所述，无论是民俗学学科体系，还是民间文艺学学科体系，抑或民俗学与民间文学的学科关系，事实上还包括民俗文化学建设[①]，钟先生都进行了论证和学科体系设计。目前，学科点一般将民间文艺学作为民间文学专业，实行民俗学与民间文学平行建设的模式。一直萦绕着民俗学学科的学科归属问题并没有得到解决。1997 年学科目录调整后，民俗学成为社会学二级学科，民间文学成为中国语言文学一级学科下自设的二级学科，或者民俗学二级学科下的研究方向，这给民俗学专业和民间文学专业都带来一定的挑战。[②] 按照钟先生的设想，民俗学科应成为横跨人文科学与社会科学的一级学科，实行适宜于民俗学研究特色的学科建制。只是这一宏伟规划难以实现，在当前情况下，将民间文学作为中国语言文学下的二级学科，民俗学作为社会学下的二级学科进行建设是较为切合的方案。

关于民俗学的结构体系，钟敬文先生曾做过明确规划，包括民俗学原理、民俗史、民俗志、民俗学史、民俗学方法论、民俗资料学六个部分，归纳为理论的民俗学、历史的民俗学、方法和资料的民俗学三个方面。[③]“系统的民间文艺学”学科体系包括原理研究、历史的探索和编述、评论工作、方法论及资料学。[④] 目前伴随着民俗学与民间文学的教材建设、学术史撰写、专题史梳理、资料整理、分支学科建设、理论与方法建设等工作的展开，民俗学学科建设取得了较大成绩。但针对具体民俗事象与民间文学对象的研究仍不平衡，当代民俗文化与民俗生活研究作品较少，具有影响力的学术力作缺乏，民俗学理论研究与经验研究之间断层，收集的民俗资料未有效展开运用，民俗学学科的建设仍然任重道远。

代际人才与专业队伍的培养同样重要。在民俗学学科建设过程中，钟敬文十分注重人才培养工作。合理的学术梯队、专业的研究骨干、民族地区的学人培养、交叉学科人才训练，以及公众的文化普及，他都非常用心。

---

① 参见钟敬文《民俗文化学：梗概与兴起》，中华书局，1996。

② 刘锡诚：《为民间文学的生存——向国家学位委员会进一言》，《文艺报》2001 年 12 月 8 日；刘守华：《困境中挣扎的民间文学学科》，《文艺报》2002 年 1 月 19 日；安德明、杨利慧：《1970 年代末以来的中国民俗学：成就、困境与挑战》，《民俗研究》2012 年第 5 期。

③ 钟敬文：《关于民俗学结构体系的设想》，《北京师范大学学报》1991 年第 2 期。

④ 杨利慧编《钟敬文学术文化随笔》，中国青年出版社，1996，第 16 – 22 页。

曾经在民间文学和民俗学讲习班上的学员目前已成为各高校相关专业的学术中坚。2012 年，承继这一传统，“中国民俗学研究与新时期国家文化建设”全国研究生暑期学校再次举办，在推进研究生教育、扩大同行合作、增强学科沟通方面取得了良好效果。[①] 华东师范大学民俗学研究所举办了多届暑期民俗学专题班，效果明显。目前中国民俗学学科在加强学术共同体建设，普及民俗学本科人才培养，拓展学科应用人才教育方面还有较大的发展空间。

（三）学科理论的阶段总结与推进是学科方向的保障

学科建设和发展过程中，对学科理论的总结与反思必不可少。就意识形态而言，它是思辨学者科研价值观的哲学基础，是反思学术对象、研究方法、科研伦理的根脉源泉。就研究活动而言，它构成了学术对话与交流的平台，是完善和提升学科建设的重要引领。

回顾总结 70 年学科建设经验可以得知，学术研究是影响学科建设的重要内容。学术研究中的范式积累和范式转型，直接影响到学科的整体面貌和发展程度。早期民俗学[②]研究受到英国人类学派、法国社会学派，以及传统训诂学方法、类型研究、比较研究等理论和方法的影响。新中国成立以后，对苏联民间文艺学的借鉴学习占据了主流地位。民俗学的当代转型过程中，表演理论、口头程式理论、民族志诗学、记忆理论、现象学流派、实践论、田野调查方法等理论流派和方法发挥了重要影响。它们在结构与解构、野蛮与文明、本真与建构、文本与语境、传统与现代、客观与主观、客体与主体、科学与文化等方面的讨论直接影响到民俗学的学术研究，不仅为民俗学学科提供了民俗事象、文学文本、日常生活的分析方法，而且在现代民俗学、未来民俗学“安身立命”的哲学基础与终极关怀的问题上

---

① 经教育部批准，由教育部与国家自然科学基金委员会主办，北京师范大学民俗典籍文字研究中心、中国社会科学院国家社科基金重大委托项目“中国少数民族语言与文化研究”和新疆大学民俗文化研究中心联合承办的“中国民俗学研究与新时期国家文化建设”全国研究生暑期学校于 2012 年 8 月 20 日至 9 月 2 日举办，国内外民俗学、社会学、民族学、人类学、外国文学和比较文学领域等多位知名学者担任主讲。相关成果见朝戈金、董晓萍、萧放主编《民俗学与新时期国家文化建设》，中国社会科学出版社，2013。

② 高丙中：《中国民俗学三十年的发展历程》，《民俗研究》2008 年第 3 期。

提供了诸多视角与观点。近几年，交互主体、主体间性、公共文化等理论成果在引领民俗学研究伦理反思方面产生了较大影响，民俗学传统的研究对象、研究方法、研究目的、研究视角等都遭遇了巨大挑战，呈现出新的生机。但至关重要的是本土中国民俗学理论需要总结提炼。钟敬文先生在这方面有强烈的自觉意识，他在 1998 年中国民俗学年会上就提出了建立中国民俗学派的主张，后出版了《建立中国民俗学派》一书，系统阐述了中国民俗学的学科理论构架，引领并实际推动了中国民俗学的发展。[①]

（四）学科建设必须始终坚持以人为本的学科意识

“人生活在民俗里，就好像鱼生活在水里，两者是须臾不可分离的东西”[②]，以人为本的思想内含于民俗文化和民俗生活之中。可以说，民俗学学科从建立到成熟的过程在很大程度上生成于以人为本的学科意识不断自觉的过程。

民俗学学科建设萌芽于关注平民文学和知识的新文化运动之中，当时的知识分子为了探索新文学、新文化形式，将目光投注到民间文学和民俗事象之中，为了“学术的”“艺术的”目的，民间文学受到重视[③]，这个时期，民间文学的主体——民众，被认为是待启蒙和指导的。董作宾在《为〈民间文艺〉敬告读者》中说：“我们要改良社会，纠正民众的谬误的观念，指导民众以行为的标准，不能不研究民间文艺。”[④]

1949 年后 17 年的时间里，民间文艺为政治服务、为阶级斗争服务的功能被片面强调，甚至一度取代作家文学，民间文艺在文学史中占据了主流地位。这一时期，人民大众主要指“工人、农民、兵士和小资产阶级”[⑤]，他们被建构为社会主义国家的主体，但依然是被教育指导的对象。

---

① 钟敬文：《建立中国民俗学派》，黑龙江教育出版社，1999。

② 钟敬文：《关于民俗学结构体系的设想》，《北京师范大学学报》1991 年第 2 期。

③ 《歌谣》周刊第 1 号，1922 年 12 月 17 日，见刘锡诚《二十世纪中国民间文学学术史》，中国文联出版社，2014，第 108 页。

④ 董作宾：《为〈民间文艺〉敬告读者》，见刘锡诚《二十世纪中国民间文学学术史》，中国文联出版社，2014，第 349 页。

⑤ 毛泽东：《在延安文艺座谈会上的讲话》，见《毛泽东选集》第三卷，人民出版社，1967，第 812 页。

1978 年之后，以人为本思想发生实质性的转型。首先，“民”的范畴扩大，它不仅指向劳动人民，更指向全体国民。其次，以往民俗学研究“见俗不见人”的现象得到改善，尤其“语境”思想引入之后，民间文艺与民俗田野中的讲述者、听众、传承人、研究者受到关注，民俗如何在人民生活中生成，又如何对民众生活产生意义开始受到关注。再次，从“眼光向下”到“目光平视”，从“走向田野”到“走在田野”，从“启蒙民众”到“对话民众”，从“我和他”到“我和你”，研究对象的主体地位得到确证，田野过程不再是工具性地从调研对象获得资料，而演变成研究主体与被研究主体之间的对话协调。此外，民众生活逻辑如何与知识分子知识体系、民族国家整体文化、异质性世界社会互动也引起了较多关注。

三　70 年中国民俗学学科建设反思

70 年中国民俗学学科建设史艰辛曲折也满载成绩。新时代的中国，中华优秀传统文化受到国家持续关注和重视，文化自信、民族振兴的宏图以及对人民美好生活向往的关切被提至战略地位。在这样的时代格局下，民俗学人要以学识和素养推动学科建设，以担当和责任助益社会建设与民族振兴，守正出新，坚韧前行。

（一）学科的自主性与独立性

作为与历史传统文化、民众生活文化、民族国家文化休戚相关的学科，民俗学天然地具有联系民众、资政建言、建设社会的学科优势，民俗学人也应有责任、有能力去参与这一进程。但是对于参与的“理所当然性”，我们需要时刻保持审慎的自省与学理的反思。换言之，民俗学学科应有立足于学术本位的自主性和独立性。

国际民俗学发展经验和中国民俗学发展历史告诉我们，民俗学具有“启蒙主义和浪漫主义现代性‘原罪’”①，为了建设民俗学学科的合法性，诸多学者进行了理论反思和转型尝试。倡导“公共性”是其中一种方案，吕微、户晓辉、周星等多位学者进行了讨论。周星认为我们强调民俗学的

① 吕微：《反思民俗学、民间文学的学术伦理》，《民间文化论坛》2004 年第 8 期。

"实践性""应用性"的同时，不应遗忘民俗学的"公共性"，现代民俗学应"要求民俗学者不断反思自己置身其中的状况，包括与行政权力的关系，与商业资本的关系，与学术话语权的关系等等"，"朝向能够展开文化批评和社会评论的方向发展，这样才能最大限度地发挥民俗学的社会价值和应用性，以造福于国民"。①

实际上，目前中国民俗学者广泛参与国家政治、经济、文化发展进程，在提供咨询建议、参与非物质文化遗产工作、助力村落治理与乡村振兴、发展民俗文化产业、促进民俗教育等方面做了大量积极的工作。这种参与不仅是"实践性"的，也是"反思性的"，在经验研究、深入田野和相关领域的过程中，他们从实际问题和难题出发，总结研究范式与研究方法的局限，论述学术转型发展的必要，在学术研究和社会实践方面都做出了实质性的贡献，文化生态保护区理念的论证和提出是一个案例。这种反思的自觉性是参与具体社会进程的民俗学学科的必备品质，学术知识与理论逻辑并非具有先验的真理性，学者、民众以及多元主体的沟通共同促进着理论和实践的完善和进步。值得指出的是，除了反思意识，学者的专业素养、专业能力、专业知识需要结合理论和实践不断提升，也就是说，学者对于学术本位的自觉意识，对于民俗学学科根本性的研究视角、学术旨趣需要有深切的把握能力。

（二）学科的实践性与历史性

民俗学向来有服务国家和社会需要的传统。尤其在当今时代环境中，伴随着传统文化热潮，以及非物质文化遗产工作的需要，民俗文化和民众知识受到政府、商业、媒体、学界等多种力量的关注，强弱不同的专业能力和目标各异的行为实践使得"民俗文化资源的应用呈现出自发的无序状态"，在这个背景下，作为以民众的生活模式和生活文化为研究对象的民俗学人，必须有责任、有能力、有热情在坚守研究伦理的前提下提供智力服务与学理支持，以"推动地方文化传统的重建和日常生活的秩序化"②。

① 周星：《民俗主义、学科反思与民俗学的实践性》，《民俗研究》2016 年第 3 期。

② 杨婷：《改革开放 40 年中国民俗学发展历程与展望——访中国民俗学会副会长、北京师范大学社会学院教授萧放》，《社会治理》2018 年第 10 期。

“学艺”与“世功”是钟敬文先生的坚守，他曾经在《建立中国民俗学派》中结合春节燃放烟花爆竹的问题谈到民俗学者以专业知识参与政府决策的案例。实际上，民俗文化研究者以学科知识和学科关怀参与公共事务研讨、公共文化建设是有必要的，它可以弥补其他实践力量知识体系的不足，提出立足于民众生活的建议。张士闪2011年起主持的《中国民俗文化发展报告》分年度、专题研究民俗文化的传承变迁及当代社会发展问题，以学术研究支持社会服务、提供资政应询，是“学以致用”的具体成果。①

历史的民俗学研究是中国民俗学学科建设的特色。钟敬文在《建立中国民俗学派》中特别提出：“一般民俗学只讲以上两种（指理论民俗学与记录民俗学——引者注）。不过我以为，就中国的情况而言，还应该加上历史研究这一条。中国有丰富的历史文献，不进行历史民俗学研究是说不过去的。”② 他认为，历史对于学者而言，“不仅仅是一种知识，还是一种教养、一种义务、一种道德，我们应该对学习历史有自觉的要求”③。对于研究民俗文化模式的民俗学学科来说，有历史观的眼光是必要的，民俗传统作为一种流动的精神力量，在中国历史的文化长河中，没有绝对的隔离。从历史社会整体来把握民俗文化事象，有利于打通上下层文化研究的分离，加深对历史社会民众生活文化传承与变异的理解，为把握历史社会的进程与节奏提供了观测的方向与理解的基础。④

历史性与实践性是内在统一的概念。民俗学观照历史并非像历史学一样是为了解释历史变迁的规律，而是“探寻民众生活文化的演变过程和民众思想的内在逻辑”⑤。赵世瑜认为民俗学不同于主要研究历史的历史学和

---

① 参见张士闪主编《中国民俗文化发展报告2012》，北京大学出版社，2013；张士闪主编《中国民俗文化发展报告2013》，北京大学出版社，2014；张士闪主编《中国民俗文化发展报告2014》，山东大学出版社，2015；张士闪、李松主编《中国民俗文化发展报告2015》，山东大学出版社，2016；张士闪、李松主编《中国民俗文化发展报告2016》，山东大学出版社，2018。

② 钟敬文：《建立中国民俗学派》，黑龙江教育出版社，1999。

③ 钟敬文主编《中国民俗史》，人民出版社，2008，“总序”第4页。

④ 萧放：《今天我们如何建设民俗学学科》，《西北民族研究》2015年第1期。

⑤ 萧放：《中国历史民俗学的理论与方法论纲》，《北京师范大学学报（社会科学版）》2010年第2期。

主要研究当今的人类学，它关注的是从“历史”到“当今”的动态过程①。也就是说民俗学的过程研究远比形态研究重要，这正是民俗学古今联通研究的历史性与实践性统一的意义所在。

北京师范大学民俗学学科关注历史性与实践性，结合民众生活传统、地方文化传统与国家社会需求开展了系列工作：2011 年起以国家社会科学基金课题为依托，萧放带领课题组系统探讨了人生礼仪传统当代重建与传承的知识系统与实践路径，并且结合国家发展需要与民众日常生活逻辑设计了具有社会价值和实践意义的人生礼仪指导方案；2017 年，学科点承担文化部、教育部中国非遗传承人群研修研习培训计划，举办“传统节日仪式研讨班”，非物质文化遗产传承人、政府官员、高校学者、地方文化工作者共聚一堂，研讨非遗知识、参与社会调研，通过深度的对话与沟通，服务民俗传统，助力文化传承；从 2017 年起，专业开展了“百村社会治理调查”项目，以乡村调研为手段，不同学科的学者们走在民间、倾听乡村、咨政建言，促进多元社会主体的形成与建立，促进社会不同群体之间的沟通与协商，促进全社会的共建共治与共享，产生了良好效果。②

（三）学科的本土性与国际性

中国民俗学学科的建设需要以建立民俗学的中国学派为指引，在对接国际性与本土性的过程中，实现学科概念和话语理论的传袭和借生，提出原创性、主体性的理论，构建具有中国特色的学术体系和话语体系。

在接轨国际民俗学领域过程中实现中国民俗学本土化建设，需要关注两个核心概念：传袭和借生。

“传袭”指的是从民俗史或者民俗学史积累中沿袭传承的学术概念或理论体系。在中国，对民俗的关注有悠久的历史，形成了风俗、谣俗、风习、风土、礼俗、观风问俗等传统概念和民俗观，关注文献民俗志与礼俗互动、

---

① 赵世瑜：《民俗学的人文学学科特征》，《民俗研究》2011 年第 4 期。

② 杨婷：《改革开放 40 年中国民俗学发展历程与展望——访中国民俗学会副会长、北京师范大学社会学院教授萧放》，《社会治理》2018 年第 10 期。项目调研成果可见《社会治理》“百村栏目”的系列文章，以及萧放《民俗传统与乡村振兴》，《西南民族大学学报》2019 年第 5 期，等等。

礼仪实践视角，将更有利于构建符合中国文化特征的话语体系和学科体系。另外，民俗学者在学术研究过程中形成的独特见解，例如民间故事领域中“刘魁立1950年提出‘活鱼要从水中看’，段宝林1980年代提出‘立体描写’，钟敬文1980年代提出‘生活相’”[①] 等，如果可以产生后续讨论，形成集约化效应，将有助于系统的话语体系的生成。

“借生”指的是国外学科话语的本土化应用。关于对待外来民俗学理论态度的问题，钟敬文先生用十个字进行了回应——“学习、消化、吸取、坚持自我”[②]，他认为“学习、消化、吸收”国外理论应以“坚持自我”为前提和目的。吕微也认为“中国现代民间文学学科不是西方现代学术的整体移植，而只是借助了西方学术的表层语汇，其深层理念无疑已经本土化了”[③]。

刘魁立先生在故事形态学基础上衍发出的“民间叙事生命树理论”[④]、陈泳超提出的区别于故事形态学研究的“地方传说的生命树”“传说动力学”理论[⑤]、董晓萍提出的田野民俗志[⑥]等是学术本土化和话语体系建构的部分案例。笔者与鞠熙曾合作发表《实践民俗学：从理论到乡村研究》[⑦] 一文，从中国文化传统和乡村调查研究出发，反思作为先验意志的实践民俗学理论，倡导通过找回中国古代的“风俗”传统，以实现“知行合一”的“实践”研究，即是通过“传袭”和“借生”方式建立符合中国文化实际、具有中国特色的话语体系的尝试。

---

① 漆凌云：《中国民间故事研究七十年述评》，《民间文化论坛》2019年第3期。

② 参见张昀《评钟敬文〈对中国当代民俗学一些问题的意见〉》，《广西民族学院学报》2002年第1期。

③ 吕微：《现代性论争中的民间文学》，《文学评论》2000年第2期。

④ 参见刘魁立等《民间叙事的生命树》，中国社会出版社，2010。

⑤ 参见陈泳超《民间传说演变的动力学机制——以洪洞县“接姑姑迎娘娘”文化圈内传说为中心》，《文史哲》2010年第2期；陈泳超：《地方传说的生命树——以洪洞县“接姑姑迎娘娘”身世传说为例》，《民族艺术》2014年第6期；陈泳超：《“传说动力学”理论模型及其反思》，《民族艺术》2018年第6期；陈泳超：《背过身去的大娘娘：地方民间传说生息的动力学研究》，北京大学出版社，2015等。

⑥ 参见董晓萍《田野民俗志》，北京师范大学出版社，2003。

⑦ 萧放、鞠熙：《实践民俗学：从理论到乡村研究》，《民俗研究》2019年第1期。

（四）学科的融合性与开放性

民俗学学科的建设需要把握与不同学科，尤其是相邻学科之间的交叉关系。

从一定程度上说，民俗学学科的建设是学科交叉研究的结果。萌芽时期的民俗学学科建设是由多重学科背景的学者完成的，周作人、刘半农、胡适等文学家，钱玄同、沈兼士、魏建功等语言学家，林惠祥等人类学家，顾颉刚、杨宽、吕思勉等历史学家，卫聚贤等考古学家，杨成志、杨堃等民族学家，常任侠等美术史学家，哲学背景的江绍原、容肇祖等，都做出了重要贡献。当前民俗学学科的教研队伍仍然由多学科背景的学者组成，文学、哲学、历史学、气象学等学科背景的学者结合专业知识，为民俗学研究范式的创新做出巨大贡献，陈勤建、郑土有等学者的“文艺民俗学”倡导[①]，吕微、户晓辉提出的实践民俗学，赵世瑜、萧放、张勃、王加华进行的历史民俗学研究，叶涛、色音、陈进国的宗教民俗学研究[②]，曲彦斌、黄涛等的语言民俗学研究[③]，施爱东以科学的实验方法进行的田野研究[④]，刘宗迪将《山海经》作为“天书”和“地理志”进行的论证[⑤]等，都是代表性的成果。

---

① 参见陈勤建《文艺民俗学导论》，上海文艺出版社，1991；陈勤建主编《文艺民俗学论文集》，上海文艺出版社，2009 等；郑土有、尹笑非编《“陈”门立雪：文艺民俗学研习录》，上海人民出版社，2018。

② 参见叶涛《泰山香社研究》，上海古籍出版社，2009；叶涛：《泰山石敢当》，浙江人民出版社，2007 年；色音：《东北亚的萨满教》，中国社会科学出版社，1998；色音：《中国萨满文化研究》，民族出版社，2011；色音：《日本神道教的历史与现状》，《世界宗教文化》2014 年第 6 期；陈进国：《信仰、仪式与乡土社会：风水的历史人类学探索》，中国社会科学出版社，2005；陈进国：《隔岸观火：泛台海区域的信仰生活》，厦门大学出版社，2008；陈进国：《救劫：当代济度宗教的田野研究》，社会科学文献出版社，2017；等等。

③ 参见曲彦斌《民俗语言学》，辽宁教育出版社，1989；黄涛：《语言民俗与中国文化》，人民出版社，2002；黄涛：《流行语与社会时尚文化》，上海辞书出版社，2004。

④ 参见施爱东《故事传播的实验报告及实验分析》《民间故事的记忆与重构——故事记忆的重复再现实验及其数据分析》，见施爱东《作为实验的田野研究：中国现代民俗学的“科玄论战”》，中国社会科学出版社，2016。

⑤ 参见刘宗迪《失落的天书：〈山海经〉与古代华夏世界观》，商务印书馆，2006；刘宗迪：《四海之内：〈大荒经〉地域考》，《文史哲》2018 年第 6 期；刘宗迪：《昆仑何在？——〈山海经〉昆仑地理考》，《民俗研究》2019 年第 4 期等。

刘铁梁曾经对民俗学的多学科交叉属性做了阐述，认为“各学科之间的交叉、科际整合的趋势也一直存在。这是因为，生活本来是浑然一体的，这种趋势在一定程度上就使得学术不断地重新被拽回到生活中来，即从生活整体的角度进行研究”①。这种论述是很有说服力的。民俗学研究的对象是民众的生活文化，生活文化本身可囊括人文学科、社会科学，甚至自然科学等多学科领域的研究对象。不同学科由于不同的研究视角和研究方法而形成了各自的认知方式与知识体系，倡导学科的融合性和开放性，可以促进学术整体水平的提升，形成对民众生活更为深刻的理解。因此，应充分调动各学科之间的协作意识，通过申请、承担国家重大课题的方式，把各个学科力量凝聚起来，共同攻关，完成当前社会的现实问题和理论问题。或者建立一个民族学、人类学、社会学、民俗学的学科同盟，通过学术同盟、学科协作体定期召开会议研讨问题，是一个好的契机。②

回顾与反思中国民俗学 70 年历程，几代中国民俗学人为构建中国民俗学学科体系，为稳固民俗学学科在人文社会科学中的特殊地位，为发挥民俗学基础生活文化研究的特色，为国家社会文化建设、非遗传承与国际学术文化交流提供学术支持，前后相继，殚精竭虑，取得了丰硕成果，值得我们骄傲与欣慰。同时也应看到，民俗学学科虽然有百年历史，但毕竟与历史深厚、阵容强大的历史学、文学、语言学、社会学等优势学科相比，还有相当的距离，中国民俗学的本土性与国际性、历史性与实践性的探讨还在进行之中，我们还负有学科转型更新的历史使命，这有赖于学科内外同人的共同努力。民俗学是关注人民生活文化的日用之学，也是助力国家非物质文化遗产传承与乡村社区文化建设的公共政策之学，它拥有不可替代的学科优势与贴近地气的勃勃生机。

（谨以此文致敬 70 年来为中国民俗学学科做出贡献的前辈与当代民俗学者）

① 刘铁梁：《感受生活的民俗学》，《民俗研究》2011 年第 2 期

② 萧放：《今天我们如何建设民俗学学科》，《西北民族研究》2015 年第 1 期。

70年中国民俗学乡村社会治理研究概述*

孙英芳　萧　放**

摘　要：民俗学对乡村社会治理的研究与民俗学以下层民众为研究对象和研究目标上侧重民俗功能有密切关系，同时也受到中国古代“观风知政”文化传统的影响。纵观70年来民俗学关于乡村社会治理的研究，其在民间文学、民间信仰、民间组织等多个领域中有所涉及，其主要内容是对民俗事象的功能、价值的分析和探讨。在特点上，民俗学关于乡村社会治理的研究主要表现为三点：一是从文化治理的角度研究乡村社会，二是微观个案研究与宏观理论研究存在失衡，三是借用社会学、人类学的研究方法。当前民俗学界关于“实践”“协商”“民俗传统”的探讨，可以为我们思考民俗学关于乡村社会治理研究的路径提供重要启示。

关键词：民俗学；乡村社会治理；民俗功能；研究路径

引　言

社会治理是当代学术界的一个新概念。1995年，联合国全球治理委员会发表的《我们的全球伙伴关系》研究报告中，提出了被认为具有代表性和权威性的“治理”（governance）定义，即“治理”是“个人和各种公共的或私人的机构管理其共同事务的诸多方式的总和。它是使相互冲突的或

* 本文选自《民间文化论坛》2019年第6期。本文为国家社科基金特别委托重大项目“新中国70年社会治理研究”（批准号：18ZH011）子课题“百村社会治理调查”阶段性成果之一。

** 孙英芳，山西大学商务学院讲师，北京师范大学民俗学专业博士研究生；萧放，北京师范大学中国社会管理研究院/社会学院教授、博士生导师。

不同的利益得以调和并且采取联合行动的持续的过程"[①]。它的基本含义是"在一个既定的范围内运用权威维持秩序，以增进公众的利益"[②]。20世纪90年代以来，治理理论逐渐成为国际学术界的热门理论问题，并形成了丰富的内涵和理论体系。作为政治学和社会学领域产生的新概念，治理进入到民俗学研究领域则是更晚近的事。从民俗学角度探讨社会治理问题，对民俗学研究来说是一种新的尝试和探索。

由于民俗学的学科传统和研究对象特点，民俗学对乡村社会治理的研究主要表现在文化治理方面。与"社会治理"概念的出现类似，我国现代学术上关于"文化治理"概念的提出及研究也是一个新兴的内容。在理论渊源上，"文化治理"的理念主要来自西方葛兰西（Antonio Gramsci）的"文化霸权"理论、福柯（Michel Foucault）的"治理性"概念、托尼·本尼特（Tony Bennett）的"治理性文化"观等。[③] 我国学术研究中对文化治理探讨开始较早的是台湾地区，廖世璋在其文章中把文化治理定义为："一个国家在特定的政治、经济、社会时空条件下，基于国家的某种发展需求而建立发展目标，并以该目标形成国家发展计划书而对当时的文化发展进行干预，以达成国家原先设定的发展目标。"[④] 台湾学者王志弘、吴彦明等对文化治理的概念都曾进行过分析。[⑤] 大陆学术界对文化治理的探讨稍晚。郭凤灵、胡惠林、吴理财等学者从不同视角、不同领域对文化治理的概念、功能进行了论述。[⑥] 2013年11月党的十八届三中全会提出全面深化改革的

---

① 全球治理委员会：《我们的全球伙伴关系》，牛津大学出版社，1995，第2-3页，转引自俞可平《作为一种新政治分析框架的治理和善治理论》，《新视野》2001年第5期。

② 俞可平：《作为一种新政治分析框架的治理和善治理论》，《新视野》2001年第5期。

③ 参见吴理财等《文化治理视域中的公共文化服务体系建设》，高等教育出版社，2016，第34-37页。

④ 廖世璋：《国家治理下的文化政策：一个历史回顾》，《建筑与规划学报》2002年第2期。

⑤ 参见王志弘《台北市文化治理的性质与转变：1967—2002》，《台湾社会研究季刊》2003年第52期；王志弘：《文化治理是不是关键词?》，《台湾社会研究季刊》2011年第82期；吴彦明：《治理"文化治理"：傅柯、班奈特与王志弘》，《台湾社会研究季刊》2011年第82期。

⑥ 参见郭灵凤《欧盟文化政策与文化治理》，《欧洲研究》2007年第2期；胡惠林：《国家文化治理：发展文化产业的新维度》，《学术月刊》2012年第5期；吴理财：《文化治理的三张面孔》，《华中师范大学学报（人文社会科学版）》2014年第1期；吴理财：《把治理引入公共文化服务》，《探索与争鸣》2012年第6期；吴理财：《公共文化服务的运作逻辑及后果》，《江淮论坛》2011年第4期。

总目标“完善和发展中国特色社会主义制度，推进国家治理体系和治理能力现代化”，关于文化治理的讨论增多，这些讨论更加强调文化的治理作用，强调文化治理是国家治理的重要内容。关于文化治理的讨论虽然与本文要论述的民俗学乡村社会治理的研究有一定的距离，却是近五年来民俗学研究中乡村社会治理研究增多的重要背景。

必须说明的是，从社会治理的角度看民俗学 70 年来的学术研究，毫无疑问是一种回溯性质的、反思性质的梳理与总结。因为社会治理作为一个新概念，并未在民俗学近 70 年的学术史中有明确的话语体现，但民俗学有关社会治理方面的研究却是实际的存在，即在“社会治理”概念缺失的背景中，民俗学自觉地进行着乡村社会治理的相关问题的研究。所以，通过对这个问题的回顾，我们可以看到民俗学关于乡村社会治理研究中的关注点、着力点，研究的效果、影响、社会价值和意义，可以更清楚地看到民俗学乡村社会治理研究与民俗学学科及其学术传统之间的内在关系，这对未来民俗学研究的发展方向也有着重要的参考价值。

一　民俗学乡村社会治理研究的缘起与发展

民俗学对乡村社会治理的研究有来自学科内部的历史文化渊源，与民俗学诞生之时的学科目标和研究内容有着密切关系，同时也受到中国古代社会国家政治视角下文化传统的影响。

（一）民俗学乡村社会治理研究的学术缘起

民俗学关于乡村社会治理的研究与民俗学学科的先天性质有内在关系。民俗学学科从诞生开始，有两个重要的方面与乡村社会治理密切相关：一是以下层民众为主要研究对象；二是在研究目标上重视民俗功能的发掘和阐释。

1. *以下层民众为对象的民俗学研究*

中国民俗学在五四新文化运动时期就把研究对象和研究目光锁定在广大底层民众身上。一些知识分子以颠覆传统精英主导的知识系统和学术研究体系的巨大勇气，以胸怀天下的浩然正气和使命感走向民间，进行“眼光向下的革命”，力求发现民族国家获得新生的积极力量。他们力图“打破以贵族为中心的历史，打破以圣贤文化为固定的生活方式的历史”，“揭示全民众的历史”。[①] 他们关注下层文化，并高度评价下层文化的意义和价值，开启了中国民俗学界进行下层文化研究的历程。比如钟敬文先生曾把中华民族的传统文化分为三条干流，并指出研究民俗文化的主要目的是“提高国民的精神的、文化的素质，以帮助改善国情，促进民族自强”[②]。下层文化在空间上往往处于广大乡村，“站在民众的立场上来认识民众”，以田野调查的方法来倾听民众的声音成为民俗学研究的共识。

2. 研究目标上对民俗功能的侧重

民俗学对民俗功能的侧重与民俗学研究的最初目的有关。在西方思想和学术影响下产生的中国现代民俗学，高度评价民间文化的价值，力图发掘民间知识的力量。北京大学发起的歌谣征集活动明确提出搜集歌谣的目的：一是学术的，二是文艺的。把歌谣当作民族的诗，认为它表现了人民的真感情，不仅具有很高的文艺价值，还有着引导“未来的民族的诗的发展”的重要意义。早期民俗研究者这样的研究对象和研究目标，对后来民俗学的发展影响深远，体现出民俗学者“民俗治世”的理想目标。这样的目标，自始至今贯彻在民俗学研究中。“我们不仅要‘眼光向下’，不仅把目光集中在人民大众的生活文化那里，还要‘自下而上’，即从人民大众的生活文化或者社会的基层那里出发，反观和改造国家构造和精英文化。”[③] 所以，民俗学的应用性，与其学科性质、特点和研究追求有密切关系。民俗学研究的民族主义倾向，本质上体现的也是研究者对于民俗学现实功能的期待和应用实践。20 世纪中期以后，从民俗学中发展出来的应用民俗学、公共民俗学等分支也说明了民俗学学科的应用性特点。而在民俗学关注的广阔空间里，乡村社会无疑是其最为用心之处。

3. 中国古代“观风知政”的文化传统

虽然民俗学学科的产生是在 20 世纪以后，但是中国学术界对民俗功能的认识和利用却有着悠久的历史，积累了极其丰富的文献资料，民俗的资

---

① 顾颉刚：《圣贤文化与民众文化》，1928 年 3 月 20 日在岭南大学学术研究会上的演讲。

② 钟敬文：《民俗文化学发凡》，《钟敬文民俗学论集》，上海文艺出版社，1998，第 289 页。

③ 赵世瑜：《眼光向下的革命——中国现代民俗学思想史论（1918 ~ 1937）》，北京师范大学出版社，1999，“自序”第 6 页。

政功能在漫长的历史时期有着显著的体现。钟敬文先生曾指出："他们（指古代知识分子）观察民俗，不像现代的民俗学者，是采取科学的方法去研究，而是从人们生活的需要上去看的；他们谈论对民俗知识的运用，是为了建设和巩固上层阶级的社会制度，讲究的是一种民俗对一种政治制度的发展好不好。"[①] 萧放在《中国传统风俗观的历史研究与当代思考》一文中对中国古代"观风知政"的传统有比较系统的分析。[②] 中国现代民俗学虽然对传统学术有着反抗和挑战的初衷，但在不自觉中也继承了中国古代"观风知政"的传统风俗观念，强调民俗研究裨益社会的作用。

所以，总的来说，民俗学能够与乡村社会治理发生关联，与民俗学一直以来强调民俗功能及其应用性有关，如同周星指出的，"中国民俗学从它诞生之初，就从不忌讳学科的应用性追求"[③]。同时，中国古代利用民俗修正政治、教化百姓、稳固统治的文化传统在当代民俗学研究中有着重要影响。当今学界中对民俗学应用的呼声仍然不容忽视，田兆元认为："民俗学需要的转型，是走向实践与应用的民俗学。如果说民俗研究与日常生活有关，那就是为了改变日常生活，提高日常生活的文化层次，使之具有文化传统属性。"[④]

（二）70 年来民俗学乡村社会治理研究的发展历程

1949 年以来，中国民俗学界对于乡村社会治理的研究大致可以分为几个阶段。从 1949 年到 1965 年，是民间文艺获得快速发展的时期，民间文艺的研究呈现出蓬勃发展的面貌。在《在延安文艺座谈会上的讲话》提出的文艺方针的指导下，民间文学的搜集、整理和研究成为新中国成立后文艺工作的一个重要内容，民间文艺的功能受到格外重视，民间文艺的研究中对其功能的研究明显增多。因此，在这一阶段，发挥民间文艺的教育、认识和娱乐作用，是民间文艺搜集、整理和研究的主要目标。但这一时期关于乡村社会治理的研究很少。

---

① 钟敬文：《建立中国民俗学派》，黑龙江教育出版社，1999，第 14－15 页。

② 萧放：《中国传统风俗观的历史研究与当代思考》，《北京师范大学学报（社会科学版）》2004 年第 6 期。

③ 周星：《民俗主义、学科反思与民俗学的实践性》，《民俗研究》2016 年第 3 期。

④ 田兆元：《民俗学的学科属性与当代转型》，《文化遗产》2014 年第 6 期。

“文革”期间，民间文学和民俗学工作处于停滞状态。1979 年中国民间文艺研究会恢复，民间文学和民俗学的搜集和研究进入新的时期，获得快速发展。“从单一文学角度研究民间文学的阶段已经终结，民间文学研究与民俗学等多学科相结合的局面开始形成。”[①] 民俗学论文中关涉民俗功能、民间社会治理的成果增多，但是对于乡村社会治理的具体内容并未涉及。

21 世纪以来，伴随着民俗学研究中的日常生活研究的转向，以“民间风俗习惯”为研究对象的民俗学研究更重视从民众日常生活的视角进行研究，形成了大量成果。民俗学以田野调查和熟悉民众生活的自身优势，在乡村社会治理的研究中逐渐形成一支独特的力量。尤其是近五年，民俗学研究中明确与乡村社会治理有关的论文增多，显示出民俗学研究的新动向。北京师范大学连年举办“中国社会治理论坛”，在此论坛中，一些议题涉及乡村文化与社会治理问题。[②] 北京师范大学社会学院民俗学专业师生在“百村社会治理调查”项目的研究过程中进行了多个村落的田野调查，在北京师范大学社会学院主办的《社会治理》杂志上，发表了多篇有关民俗学与乡村社会治理的论文。比如，萧放在《教民榜文》中分析了明代的乡治方略，进而分析了“老人”制度在乡村基层社会治理发挥的作用。[③] 邵凤丽通过对山西闻喜县裴氏家训在当代乡村社会日常生活实践表现的具体分析，揭示了裴氏家训在当代乡村社会治理中的价值等。[④] 民俗学研究的另一个重

① 刘铁梁：《中国民俗学发展的几个阶段》，《民俗研究》1998 年第 4 期。

② 参见魏礼群主编《社会治理：40 年回顾与展望》，中国言实出版社，2018。

③ 萧放：《“老人”制度与基层社会治理——从〈教民榜文〉看明代的乡治方略》，《社会治理》2015 年第 3 期。

④ 邵凤丽：《裴氏家训参与基层社会治理的路径》，《社会治理》2018 年第 8 期。此外还有萧放、邵凤丽《祖先祭祀与乡土文化传承——以浙江松阳江南叶氏祭祖为例》，《社会治理》2018 年第 4 期；贺少雅、萧放：《礼仪实践：当代乡村参与基层社会治理的重要途径》，《社会治理》2016 年第 2 期；龙晓添：《民间风俗与地方治理的互动——以清代桂林“禁扒龙船”为例》，《社会治理》2015 年第 3 期；钟亚军：《移民村落民间信仰的自我调适与社会治理——以宁夏闽宁镇原隆村汉族移民为例》，《社会治理》2018 年第 4 期；萧放、王宇琛：《发挥乡村学校的基层治理体系塑造功能》，《社会治理》2018 年第 6 期；李晓松：《传承非物质文化遗产，助力社会治理创新》，《社会治理》2018 年第 5 期；于学斌：《现代民族节日的功能和治理建议》，《社会治理》2018 年第 9 期；朱霞、王惠云：《行业发展、民生改善与村落社会治理——以浙江省松阳县竹源乡小竹溪村松香业为个案》，《社会治理》2018 年第 10 期；孙英芳：《山西“过三十六”习俗与当代乡村社会治理》，《社会治理》2019 年第 2 期；等等。

镇——山东大学，近几年在田野调查和乡村文化治理的研究方面也有新的发展，如张士闪在《“顺水推舟”：当代中国新型城镇化建设不应忘却乡土本位》一文中分析了乡土传统与新型城镇化建设之间融合发展的问题；在《非物质文化遗产保护与当代乡村社区发展——以鲁中地区“惠民泥塑”“昌邑烧大牛”为实例》一文中以鲁中地区保护非物质文化遗产的社区实践为例，认为非物质文化遗产的保护与国家基层社会治理是一种互益互补的关系。[①] 2019 年，山东大学儒学高等研究院、北京师范大学人类学民俗学系共同发起“‘有温度的田野’学术工作坊”活动，分别在北京师范大学、山东大学、南京农业大学开展了 3 次学术研讨活动。以 2019 年 6 月 8 日至 9 日在山东大学举办的“有温度的田野 · 中国礼俗传统与当代乡村振兴”学术研讨会为例，此次研讨会聚焦中国礼俗传统与当代乡村振兴研究，提倡以地方为视角对人类社会和文化进行多维度研究，力图探索民间礼俗传统和当代乡村社会发展之间的良好互动和统一。

总的来看，70 年来民俗学关于乡村社会治理研究的变化体现在几个方面。

1. 研究视野的发展转变。新中国成立后，民俗学者对于乡村社会治理的研究大致经历了一个从学术文化视野到学术文化和国家的双重视野的发展和转变过程。民俗学者对于乡村社会治理的研究的自觉意识，以探析民俗功能为主要动力，试图解释民俗所发挥的社会作用。随着非物质文化遗产保护活动的大规模开展，政府对文化保护的干预力度加强，国家政策、政府行动与民俗学者之间形成了密切的合作和互动。民俗学者之所以能够与国家密切合作，在政府主导下进行非物质文化遗产保护的学术研究和社会活动，与民俗学一贯追求的发挥民俗功能的研究目标是一致的。

2. 研究视野的拓展和研究内容的深化。民俗学以“一个国家或民族中广大民众所创造、享用和传承的生活文化”[②] 为研究对象，指明这种文化的社会生活性质，体现出民俗学对学科研究对象的明晰认识。对民俗事象和

① 张士闪：《“顺水推舟”：当代中国新型城镇化建设不应忘却乡土本位》，《民俗研究》2014 年第 1 期；张士闪：《非物质文化遗产保护与当代乡村社区发展——以鲁中地区“惠民泥塑”“昌邑烧大牛”为实例》，《思想战线》2017 年第 1 期。

② 钟敬文主编《民俗学概论》，高等教育出版社，2010，第 3 页。

文化生活进行深入描写，是民俗学擅长的领域。细致观察和深刻分析，是民俗学进行民众生活现象研究的强有力的武器，在此基础上形成的对中国文化和社会的认识和阐释能力，是民俗学的独到之处。因此关注文化表现，探讨民众精神世界，是民俗学区别于社会学的显著特征。在此基础上，伴随着民俗学70年来学术研究的发展，民俗学对乡村社会治理研究的视野也在不断拓展，研究内容逐步深化。

3. 研究方法更加多元。田野调查方法在中国70年来的民俗学研究中发挥了重要作用并不断被发扬光大。中国民间文化的地域性及其丰富性、多样性也给田野调查提供了广阔空间。在田野调查基础上形成的民俗志的研究方法，成为民俗学基本的学术方法。同时，随着对人类学、社会学研究方法的大量借鉴和使用，民俗学在乡村社会治理研究中使用的研究方法也更加多元，并出现与其他学科交叉的趋势。

二　民俗学乡村社会治理研究的内容

70年来，由于"社会治理"概念在民俗学研究中的缺失，关于乡村社会治理的专门研究没有出现，但是在民俗学研究的多个领域中涉及乡村社会治理，其主要内容是对民俗功能、价值的分析和探讨。这在民间文学、民间信仰、民间组织的研究以及近些年来关于非物质文化遗产和传统村落保护的研究中均有涉及，研究成果也颇为丰硕。

从功能研究的角度看，由于民俗学社会治理研究涉及范围较广，本文以民间信仰的功能研究为例进行简要论述。民间信仰是当代民俗学研究的重要内容，但是由于新中国成立以来特殊的政治和文化环境，关于民间信仰的研究在较长一段时间内处于空白期，直到20世纪80年代之后才有了进展。凌树东从民间信仰的功能角度，对靖西"祭月请神"活动进行反思，指出壮族的民间信仰与社会主义精神文明建设的冲突，体现出20世纪80年代在刚刚改革开放和思想解放的背景下学界对于民间信仰的谨慎态度。[①] 20世纪90年代以后，学界对民间信仰的研究增多，有学者在讨论闽台民间信

① 凌树东：《壮族的民间信仰与社会主义精神文明建设的冲突——靖西"祭月请神"活动反思》，《广西民族研究》1989年第3期。

仰的功利主义特点时，涉及地方信仰与民众生活的关系。[①] 2000 年以后，学界关于民间信仰的研究论文数量有了大幅度增长，且更多学者指出了民间信仰具有的积极功能。如詹石窗认为，传统宗教与民间信仰保存了以黄帝、尧、舜为传序的道统文化，包含了丰富的中华民族伦理规范，是海峡两岸文化交流的重要形式或途径。[②] 更多学者结合田野调查的案例，分析了民间信仰在地方社会里体现出来的整合力量、凝聚精神、稳定社会、教化百姓、娱乐民众等多方面的意义。[③] 还有学者从社会资本的角度，把民间信仰看作乡村社会治理重要基础的社会资本，认为其对于乡村治理具有积极作用，因此可以通过构建新型的民间信仰社会管理模式来提高政府管理绩效。[④] 张祝平以浙南 L 村的养老参与实践为例，认为民间信仰可以成为官方和民间养老事业的重要补充。[⑤] 张翠霞通过对“非遗”时代民间信仰研究的分析和反思，提出把民间信仰作为“非遗”文化资源和社会资本参与乡村社会治理的研究，是该领域跨学科应用研究的新尝试。[⑥] 甚至有学者提出中国民间信仰能够为世界文明的共存提供有价值的经验。[⑦] 也有学者关注到民间信仰对于乡村基层组织的影响以及民间信仰在古代社会的功能等。[⑧]

---

① 徐心希：《闽台民间信仰的功利主义特点探论》，《福建师范大学学报（哲学社会科学版）》1996 年第 2 期。

② 詹石窗：《传统宗教与民间信仰在海峡两岸交流中的作用》，《世界宗教研究》2001 年第 4 期。

③ 参见刘朝晖《乡土社会的民间信仰与族群互动：来自田野的调查与思考》，《广西民族学院学报（哲学社会科学版）》2001 年第 3 期；陈心林：《土家族民间信仰的功能研究——以拉西峒村为个案》，《黔东南民族师专学报》2002 年第 2 期；林国平：《论闽台民间信仰的社会历史作用》，《福建师范大学学报》2002 年第 2 期；蔡少卿：《中国民间信仰的特点与社会功能——以关帝、观音和妈祖为例》，《江苏大学学报（社会科学版）》2004 年第 4 期；龙海清：《略论民间信仰在新农村建设中的作用》，《三峡文化研究》（2008 年）；等等。

④ 徐姗娜：《民间信仰与乡村治理——一个社会资本的分析框架》，《东南学术》2009 年第 5 期。

⑤ 张祝平：《当代乡村社会民间信仰的养老参与》，《武汉大学学报（人文社会科学版）》2017 年第 5 期。

⑥ 张翠霞：《民间信仰与乡村社会治理——从民间信仰研究的现代遭遇谈起》，《中央民族大学学报（哲学社会科学版）》2018 年第 4 期。

⑦ 范丽珠：《中国民间信仰对全球化时代文明共生的价值》，见 2004 年上海社会科学界学术年会论文集《当代中国：发展、安全、价值》。

⑧ 参见林盛根、张诸夫《宗教和民间信仰对福建沿海地区部分农村基层组织建设的影响及对策》，《中共福建省委党校学报》2001 年第 2 期；贾红艳：《汉代民间信仰的社会功能探析》，《民俗研究》2009 年第 4 期；李秋香：《秦汉民间信仰文化认同功能研究综述》，《天中学刊》2010 年第 3 期。

值得注意的是，近三年从乡村社会治理的角度对民间信仰进行的研究增多，如《乡村社会治理视域下民间信仰的规范与引导》[①]、《乡村治理中民间信仰的作用机制研究：以永德送归布朗族为例》[②]、《民间信仰在乡村振兴战略中的作用——兼论中国人的信仰模式》[③]、《民间信仰仪式的乡村治理功能——以江西省南丰县的石邮傩为例》[④]、《民间信仰对社区秩序的整合与调适——以湘西浦市古镇土地神信仰为例》[⑤]、《论乡村振兴中的民间信仰文化自觉——中国菇民区核心地带村落40年变迁考察》[⑥] 等。其中包括一些硕士学位论文，如商秀敏的《民间信仰组织与乡村社会治理关系的研究——以青圃村为例》[⑦]、杨思琪的《社会资本视角下民间信仰在乡村社会治理中的作用研究——基于浙江省台温两地的社会调查》[⑧] 等，这些论文多基于田野调查的案例论述民间信仰的社会功能以及与乡村社会治理关系问题。

此外，需要注意的是，民俗学研究特别强调对“传承的民俗事象”的研究，常以“传承”为重心，把民俗事象视为特定人群传承的文化传统，梳理民俗现象的发展变迁及相关问题。其中涉及民俗事象的社会关系、运行结构以及社会功能等，虽然没有明确指出其对“乡村社会治理”的影响或意义，但这与本文的主题不无关联。比如，刘铁梁指出，村庄记忆的文

① 郑秋凤：《乡村社会治理视域下民间信仰的规范与引导》，《深圳大学学报（人文社会科学版）》2018年第3期。

② 子志月：《乡村治理中民间信仰的作用机制研究：以永德送归布朗族为例》，《广西民族大学学报（哲学社会科学版）》2018年第3期。

③ 袁方明：《民间信仰在乡村振兴战略中的作用——兼论中国人的信仰模式》，《云南社会科学》2019年第2期。

④ 田有煌、刘敏帅、谭富强：《民间信仰仪式的乡村治理功能——以江西省南丰县的石邮傩为例》，《赣南师范大学学报》2019年第2期。

⑤ 明跃玲、文乃斐：《民间信仰对社区秩序的整合与调适——以湘西浦市古镇土地神信仰为例》，《青海民族研究》2019年第1期。

⑥ 张祝平：《论乡村振兴中的民间信仰文化自觉——中国菇民区核心地带村落40年变迁考察》，《学术界》2019年第1期。

⑦ 商秀敏：《民间信仰组织与乡村社会治理关系的研究——以青圃村为例》，福州大学硕士学位论文，2017。

⑧ 杨思琪：《社会资本视角下民间信仰在乡村社会治理中的作用研究——基于浙江省台温两地的社会调查》，浙江工商大学硕士学位论文，2017。

化实践对于乡村旅游的发展有着积极的促进作用;[①] 陈泳超通过田野调查，对传说演变的动力机制进行了深入分析，揭示出传说在地方话语权和社会组织方面的功能。[②] 当下民俗学研究从关注事象本身转变为关注语境和日常生活，对民俗事象运行机制和社会功能的阐释、挖掘彰显出民俗事象的现实意义，这与民俗学社会治理研究的目标有着内在的契合之处。

总的看来，民俗学关于乡村社会治理的研究虽然涉及内容丰富，成果数量可观，但这些研究多是具体的个案分析，缺乏更有针对性且系统的理论研究。

三 民俗学乡村社会治理研究的特点

民俗学关于乡村社会治理的研究，一直以来遵循学科自身的研究传统，研究对象、研究思路体现出民俗学的鲜明特征，但近五年来较多地呈现与其他学科的交叉趋势。

（一）从文化治理的角度研究乡村社会

民俗学关于乡村社会治理的研究，虽然涉及民间文学、民间信仰、民间组织、非物质文化遗产保护、传统村落保护等广阔领域，但其研究重点相对比较集中于文化治理方面，研究内容上侧重对文化事象传承演变、内部构成机制及功能的分析。尤其对民俗功能的研究，是民俗学研究传统中比较擅长的内容，并积累了丰厚的研究经验。虽然目前来看民俗功能的研究与乡村社会治理还存在一定差异，但这种研究积累为新的国家政策和学术发展背景下民俗学乡村社会治理研究奠定了较厚实的基础，这是近五年民俗学研究中关于乡村社会治理研究成果显著增多的原因之一，也必将带来今后民俗学关于乡村社会治理研究的发展。

（二）微观个案研究的实绩与宏观理论研究的失衡

从民俗学关于乡村社会治理的研究实际看，很多学者能够自觉运用功

---

① 刘铁梁：《村庄记忆——民俗学参与文化发展的一种学术路径》，《温州大学学报（社会科学版）》2013 年第 5 期。

② 陈泳超：《背过身去的大娘娘：地方民间传说生息的动力学研究》，北京大学出版社，2015。

能理论对民俗事象的现实意义进行阐发，具体而微的研究较多，而对乡村社会治理的宏观研究和理论探讨较少。不过，近几年民俗学对乡村社会治理的理论探讨有了较大发展。一些民俗学者致力于乡村民俗调查，力图将民俗研究与社会治理进行结合，取得了令人瞩目的成果。比如北京师范大学的“百村社会治理调查”项目，有不少民俗学者参与。萧放、鞠熙的《实践民俗学：从理论到乡村研究》一文从“实践”的角度对于民俗学研究中的实践特征进行了分析，总结了中国民俗学者在谈论实践中的三种方式，并通过对中国民俗学实践传统的梳理，揭示了中国古代“观风知政”的内涵与当代实践研究理论取向的相似之处，指出其不仅具有教化民众、服务统治的政治目的，也有着“促进不同人群间的理解、交流与协商”的意义。[①] 其重要意义在于更加明晰了民俗学研究的“实践”特征，提出了民俗学者参与社会行动的首要目标是促进知识交流和社会合作，探讨了未来民俗学研究的可行方向。此外，萧放在《民俗传统与乡村振兴》一文中集中论述了乡村民俗传统与乡村社会治理的关系，并提出村落民俗传统助力乡村振兴的七大途径和三大原则[②]，这是作者近年对民俗学关于乡村社会治理研究深入思考的成果，具有较强的针对性。

（三）社会学、人类学研究方法的借用

不可否认，现代以来最早关注中国乡村社会文化并进行学术研究的是社会学、人类学领域。19 世纪末，美国传教士明恩溥根据自己在中国的生活经历写成了《中国乡村生活》[③] 一书。“自此开始，中国村落文化开始进入了西方人类学、社会学学者的研究视野。凯恩、狄特摩尔、白克令、卜凯、甘布尔、兰姆森、布朗等西方学者，都以社会学的调查方法和欧美社会研究的范式，对中国传统村落展开了不同程度的研究。”[④] 20 世纪二三十年代开始，中国本土学者如梁漱溟、吴文藻、萧公权、林耀华、费孝通、杨懋春、杨庆堃等都对村落进行过研究，也产生了不少具有影响力的著作，

① 萧放、鞠熙：《实践民俗学：从理论到乡村研究》，《民俗研究》2019 年第 1 期。

② 萧放：《民俗传统与乡村振兴》，《西南民族大学学报（人文社会科学版）》2019 年第 5 期。

③ 〔美〕明恩溥：《中国乡村生活》，午晴、唐军译，时事出版社，1998。

④ 胡彬彬、吴灿：《中国传统村落文化概论》，中国社会科学出版社，2018，第 16 页。

如费孝通的《江村经济》、周大鸣的《凤凰村的变迁：〈华南的乡村生活〉追踪研究》、阎云翔的《礼物的流动——一个中国村庄的互惠原则与社会网络》、萧公权的《中国乡村：论 19 世纪的帝国控制》、黄宗智的《华北的小农经济与社会变迁》和《长江三角洲小农家庭与乡村发展》、李怀印的《华北村治》等。这些著作都是从社会学的角度，对村落或村落群进行宏观或微观的研究。也有学者对乡村社会的某一内容进行考察，如施坚雅对农村集市的研究，林耀华、杜赞奇、弗里德曼等人对宗族村落社会的研究等，提出了不少有影响力的学术观点。①

民俗学对乡村社会治理的研究在很大程度上借鉴了社会学、人类学的研究。由于民俗学关注民间的学科特点，乡村研究是民俗学研究的重要内容，在近些年的传统村落保护和村落非物质文化遗产保护传承上更是发挥了独特的作用。民俗学对村落的研究涉及范围广泛，涉及村落生产、组织、经济、文化、政治等各个方面，其中一些内容与社会学、人类学研究相近，如村落生产组织、村落生产方式、乡村制度、村落宗族等。如刘铁梁教授在广泛的田野调查基础上，对社会转型期村落生活和市场关系进行分析，提出了“劳作模式”的概念，并认为劳作模式“不仅是指获得某种物质利益的生产类型，而且是指向身体体验意义上的日常生活方式。运用这个概念，有助于全面考察村民在特定的生产过程中所积累起来的身体体验和丰富的感性知识”②。这个概念得到一些学者进一步的分析和阐释。③ 他们不仅把“劳作模式”看作村落研究的一个重要内容，也把它作为民俗学研究的一个视角，具有方法论的意义。再比如民俗学对村落日常生活研究的倡导，

① 参见〔美〕施坚雅《中国农村的市场和社会结构》，史建云、徐秀丽译，中国社会科学出版社，1998；林耀华：《义序的宗族研究》，生活·读书·新知三联书店，2000；〔美〕杜赞奇：《文化、权力与国家：1900—1942 年的华北农村》，王福明译，江苏人民出版社，2003；〔日〕井上彻：《中国的宗族与国家礼制》，钱杭译，上海书店出版社，2008；〔英〕弗里德曼：《中国东南的宗族组织》，刘晓春译，王铭铭校对，上海人民出版社，2000。

② 刘铁梁：《劳作模式与村落认同——以北京房山农村为案例》，《民俗研究》2013 年第 3 期。

③ 蔡磊：《劳作模式与村落共同体——京南沿村荆编考察》，《民俗研究》2012 年第 6 期；蔡磊：《村落劳作模式：生产民俗研究的新视域》，《学海》2014 年第 4 期；蔡磊：《劳作模式与村落共同体——一个华北荆编专业村的考察》，中国社会科学出版社，2015；李向振：《劳作模式：民俗学关注村落生活的新视角》，《民俗研究》2018 年第 1 期。

不仅体现出民俗学研究内容从关注具体民俗事象向关注民众日常生活整体性的转向，也同样具有方法论的意义。[①] 但是整体来说民俗学的研究与社会学、人类学研究的不同在于，社会学、人类学领域对于中国乡村的研究主要集中在乡村经济和人际关系上，较少关注乡村文化传统，民俗学则一直把“传承的生活文化”作为研究的重心。

值得注意的是，由于国家对乡村发展的重视和学界对文化治理问题的探讨，关于乡村文化治理的研究不断增多，管理学、社会学、民俗学、人类学、经济学、历史学等多种学科的学者多有参与其中，形成了乡村社会文化治理多角度、多学科交叉研究的状况：有对中国乡村文化治理的发展过程的分析，有对乡村文化治理路径的探讨，有的学者从乡村文化的具体方面论述其对于农村文化治理的作用。这样的乡村社会文化治理研究，多学科参与的研究现实，在一定程度上对于厘清民俗学研究和其他学科研究的区别造成了困难。

四　民俗学关于乡村社会治理研究的路径探讨

在当代，人们对社会治理的认识偏重于政府管理部门的职能，这失于偏颇。全球治理委员会发表的《我们的全球伙伴关系》提出了治理的四个特征：“治理不是一整套规则，也不是一种活动，而是一个过程。治理过程的基础不是控制，而是协调。治理既涉及公共部门，也包括私人部门。治理不是一种正式的制度，而是持续的互动。”[②] 治理作为一种过程，强调的是集体、个人之间的协调互动。社会治理的主体是多元的，既包括个体的公民，也包括组织化的个体，如党政机构、企事业单位、群众性团体、社会组织以及其他利益群体等。乡村社会治理需要发挥多元主体尤其是广大乡村民众和民间组织的作用，从这个角度看，民俗学在乡村社会治理方面有着广阔的研究空间，可以进行更多更深入的研究。而且，社会治理强调

---

① 参见高丙中《中国人的生活世界：民俗学的路径》，北京大学出版社，2010；刘晓春：《从“民俗”到“语境中的民俗”——中国民俗学研究的范式转换》，《民俗研究》2009年第2期；刘铁梁：《感受生活的民俗学》，《民俗研究》2011年第2期；李向振：《迈向日常生活的村落研究——当代民俗学贴近现实社会的一种路径》，《民俗研究》2017年第2期；等等。

② 全球治理委员会：《我们的全球伙伴关系》，牛津大学出版社，1995，转引自俞可平《作为一种新政治分析框架的治理和善治理论》，《新视野》2001年第5期。

社会多元主体的交流与协商，这与中国古代的“观风知政”的民俗研究传统有着内在的一致性，因此，民俗学研究的历史积累可以为当代乡村社会治理的研究提供很好的历史基础和研究路径。

从民俗学的发展历程来看，几十年来民俗学研究及时抛弃狭隘的学科分割观念，以包容的胸怀汲取社会学、人类学、历史学等多学科的研究理论和研究方法来进行多方面内容的、多层次的、多视角的民俗研究，取得了显著的成果。但伴随而来的问题在于，民俗学研究内容、边界的不确定和不断扩展，为民俗学研究带来广阔空间的同时，也引起了学科内外的质疑和挑战。无论是对实践理论的探讨还是对具体日常生活的研究，都可能陷入大而无当的广阔空间而迷失核心所在，失去对民俗学学科重心的把握。这样的困境同样会波及民俗学关于乡村社会治理的研究。因此，我们在看到民俗学研究成就的同时，更需要谨慎地对学科自身进行深刻反思，要在纷繁复杂、包罗万象的研究内容中找到最关键、最核心的符号因子，来统摄民俗学的整个研究，并使民俗学研究的边界具有可以考量的参照。这样我们才能更加明确民俗学发展的根基所在，更加理直气壮地把民俗学与社会学、人类学区别开来而彰显自身的独特性。这些关键的、核心的符号因子同样也是民俗学关于乡村社会治理研究的灵魂，是引导民俗学关于乡村社会治理研究未来之路的关键。目前一些致力于民俗学当代应用的学者关于“实践”、“协商”以及“民俗传统”的论述，可以为我们思考民俗学关于乡村治理研究提供重要启示。把“民俗传统”作为乡村社会治理研究的最核心内容，以“促进交流、理解和协商的实践性特征”作为传承“民俗传统”的关键内容，从目前来看，它较好地勾画了民俗学关于乡村社会治理的研究路径。但是总的来看，民俗学关于乡村社会治理的研究路径仍然值得深入探讨，需要民俗学界形成共识，以学科聚合力量，共同推进民俗学服务当代乡村社会治理与乡村振兴的伟大目标。

新中国成立70年农村文化的现代性探求及历史经验[*]

黄永林　罗　忻[**]

摘　要：新中国成立70年来，我国根据各历史时期政治经济社会变化实际和文化发展内在规律，努力探索中国农村文化现代化发展路径，在农村文化建设方面取得了巨大的成就，并逐步形成了具有中国特色社会主义农村文化建设的经验。这些经验主要体现在以下五个方面：坚持共产党对农村文化的领导地位，坚持为人民服务的文化建设宗旨，坚持以农民为主体的文化发展理念，坚持城乡统筹协调发展的文化建设观念，遵循继承与创新相结合的文化发展规律。

关键词：新中国成立70年；农村文化；现代性；历史经验

新中国成立70年，特别是改革开放40年来，我国在加强农村政治和经济建设的同时，也十分重视农村文化建设，在中国农村现代化发展的历史探索中，农村文化现代化建设也在曲折中前行。我国努力探索中国农村文化现代化发展路径，在农村文化建设方面取得了巨大的成就，并逐步形成了具有中国特色社会主义农村文化建设的历史经验。

一　坚持共产党对农村文化的领导地位

中国共产党是我国社会主义现代化事业的领导核心，党的领导是农村文

---

* 本文选自《民俗研究》2019年第5期。本文为教育部人文社会科学重点研究基地重大项目“非遗数字化保护与传播研究”（项目编号：16JJD860009）阶段性成果。

** 黄永林，华中师范大学国家文化产业研究中心教授；罗忻，华中师范大学教师教育学院副教授。

化建设取得成功的根本保障。2019年初印发的《中国共产党农村基层组织工作条例》强调："农村工作在党和国家事业全局中具有重要战略地位，是全党工作的重中之重。"[①] 2019年6月24日，中共中央政治局召开会议审议《中国共产党农村工作条例》。会议认为："制定《中国共产党农村工作条例》，是继承和发扬党管农村工作优良传统、加快推进农业农村现代化的重要举措，对于加强党对农村工作的全面领导，巩固党在农村的执政基础，确保新时代农村工作始终保持正确政治方向具有十分重要的意义。"[②] 坚持中国共产党对农村文化的领导地位是做好我国文化工作的重要原则，重视农村文化建设也是党的优良传统，是我国文化工作不断进步和取得辉煌成就的根本保障。

首先，重视农村文化建设是党的优良传统。毛泽东早在1940年1月发表的《新民主主义论》中就把大众文化与农民文化摆在同等重要的位置，认为"大众文化，实质上就是提高农民文化"[③]。他在党的七大所做的《论联合政府》政治报告中明确指出："农民——这是现阶段中国文化运动的主要对象。"[④] 为此，他还特别强调："严重的问题是教育农民"[⑤] "对于农村阵地，社会主义不去占领，资本主义就必然会去占领"[⑥]。改革开放后，邓小平提出："我们要在建设高度物质文明的同时，提高全民族的科学文化水平，发展高尚的丰富多彩的文化生活，建设高度的社会主义精神文明。"[⑦] 新时期，习近平指出："一个国家、一个民族的强盛，总是以文化兴盛为支撑的，中华民族伟大复兴需要以中华文化发展繁荣为条件。"[⑧] 关于乡村文化建设，习近平特别强调："要推动乡村文化振兴，加强农村思想道德建设

---

① 《中国共产党农村基层组织工作条例》，《人民日报》2019年1月11日。

② 《审议〈中国共产党机构编制工作条例〉和〈中国共产党农村工作条例〉》，《人民日报》2019年6月25日。

③ 毛泽东：《新民主主义论》，《毛泽东选集》第2卷，人民出版社，1991，第692页。

④ 毛泽东：《论联合政府》，《毛泽东选集》第3卷，人民出版社，1991，第1078页。

⑤ 毛泽东：《论人民民主专政》，《毛泽东选集》第4卷，人民出版社，1991，第1477页。

⑥ 毛泽东：《关于农业互助的两次谈话》，《毛泽东选集》第5卷，人民出版社，1977，第117页。

⑦ 邓小平：《在中国文学艺术工作者第四次代表大会上的祝词》（1979年10月30日），《邓小平文选》第2卷，人民出版社，1994，第208页。

⑧ 《习近平在山东考察时强调 认真贯彻党的十八届三中全会精神 汇聚起全面深化改革的强大正能量》，新浪网，http://news.sina.com.cn/c/2013-11-28/183328839122.shtml，发表时间：2013年11月28日，浏览时间：2019年5月20日。

和公共文化建设，以社会主义核心价值观为引领，深入挖掘优秀传统农耕文化蕴含的思想观念、人文精神、道德规范，培育挖掘乡土文化人才，弘扬主旋律和社会正气，培育文明乡风、良好家风、淳朴民风，改善农民精神风貌，提高乡村社会文明程度，焕发乡村文明新气象。”[①] 为了加强农村文化建设，党和政府在不同时期发布了一系列文件和政策，近些年出台的主要文件有《中共中央办公厅 国务院办公厅关于转发〈中央宣传部、农业部关于深入开展农村社会主义精神文明建设活动的若干意见〉的通知》《中共中央办公厅 国务院办公厅关于进一步加强农村文化建设的意见》等。此外，近 15 年中央关于“三农”问题的一号文件几乎每个文件都强调要加强农村文化建设，其内容包括建立稳定的农村文化投入保障机制、加大重大文化建设项目实施力度、完善农村公共文化服务体系、鼓励社会力量参与农村文化建设、切实提高农村文化信息资源共享水平、实施重点文化惠民项目、支持重要农业文化遗产保护、推进农村移风易俗工作等方面，这对推进农村文化建设起到了十分重要的作用。

其次，提高农民思想道德素质是党文化建设的重要任务。思想道德建设是发展中国特色社会主义文化的重要内容和中心环节，加强思想道德建设，提高人民思想觉悟、道德水准、文明素养，提高全社会文明程度是中国共产党文化建设的重要任务。新中国成立以来，党和政府高度重视农民的教育和农村文化建设，并将其作为推动农民继续解放的一个政治任务来对待、来完成。邓小平曾指出：“在社会主义国家，一个真正的马克思主义政党在执政以后，一定要致力于发展生产，并在这个基础上逐步提高人民的生活水平……与此同时，还要建设社会主义精神文明，最根本的是要使广大人民有共产主义理想，有道德，有文化，守纪律。国际主义、爱国主义都属于精神文明的范畴。”[②]

新中国成立后，中国共产党由为夺取政权而奋斗的党，转变成为巩固

---

① 《习近平要求乡村要培育这“三风”》，中国青年网，https://news.youth.cn/sz/201803/t20180318_11517053.htm，发表时间：2018 年 3 月 8 日，浏览时间：2019 年 5 月 22 日。

② 邓小平：《建设社会主义的物质文明和精神文明》，《邓小平文选》第 3 卷，人民出版社，1993，第 28 页。

政权而执政的党，为使马克思主义为指导的社会主义意识形态成为新中国社会的主导文化，党更加重视提高农民思想政治文化水平。1954年5月，中国共产党第二次全国宣传工作会议在北京召开，会议讨论了《关于加强党在农村中的宣传工作的指示》，会后该指示经中央批准下发。中央提出要在广大农村有系统地对农民进行社会主义教育，健全党在农村中的宣传网和经常的宣传活动，将广大农民群众的政治觉悟提高到社会主义水平，以便为在农村开展社会主义改造建立必要的思想基础。[①] 1996年《中共中央关于加强社会主义精神文明建设若干重要问题的决议》强调："努力提高全民族思想道德素质""要以提高农民素质、奔小康和建设社会主义新农村为目标，开展创建文明村镇活动。要以集镇为重点，以镇带村，制定规划，逐步推进。文明村镇建设要同加强党的基层组织建设、巩固基层政权结合起来，同壮大集体经济实力、增强乡村集体经济组织为广大农民服务的功能结合起来，同计划生育、节约土地、环境建设结合起来"[②]。2017年，习近平总书记指出，要加强公民道德建设，"深入实施公民道德建设工程，推进社会公德、职业道德、家庭美德、个人品德建设，激励人们向上向善、孝老爱亲，忠于祖国、忠于人民"[③]。总之，充分发挥文化的教育功能，加强对农民的文化教育，提高他们的思想道德修养，是中国共产党社会主义文化工作的重要任务。

再次，坚持以中国特色社会主义理论为指导。新中国成立以来，中国共产党人坚持以马克思主义为指导，积极推动发展面向现代化、面向世界、面向未来，民族的、科学的、大众的社会主义文化。早在1940年1月，毛泽东就在《新民主主义论》中指出："当作国民文化的方针来说，居于指导地位的是共产主义的思想，并且我们应当努力在工人阶级中宣传社会主义

---

① 中共中央党史研究室：《中国共产党历史第二卷（1949—1978）》上册，中共党史出版社，2011，第277页。

② 《中共中央关于加强社会主义精神文明建设若干重要问题的决议（1996年）》，中国文明网，http://www.wenming.cn/ziliao/wenjian/jigou/zhonggongzhongyang/201602/t20160215_3144989.shtml，发表时间：2016年2月15日，浏览时间：2019年5月22日。

③ 习近平：《决胜全面建成小康社会　夺取新时代中国特色社会主义伟大胜利——在中国共产党第十九次全国代表大会上的报告》，《党的十九大报告辅导读本》，人民出版社，2017，第42页。

和共产主义，并适当地有步骤地用社会主义教育农民及其他群众。”① 1986 年发布的《中共中央关于社会主义精神文明建设指导方针的决议》指出：“坚持以马列主义、毛泽东思想为指导，是我国社会主义现代化事业的根本，也是社会主义精神文明建设的根本。作为工人阶级的科学世界观和全人类精神文明的伟大成果的马克思主义，是社会主义事业和党的领导的理论基础，是社会主义意识形态的最重要的组成部分，对整个精神文明建设起着重大的指导作用。我们的理想建设、道德建设、文化建设、民主法制观念建设，都离不开马克思主义的指导，离不开马克思主义的理论建设。”② 江泽民曾指出：“有特色的社会主义文化，必须坚持以马克思列宁主义、毛泽东思想为指导，不能搞指导思想的多元化，必须坚持为人民服务、为社会主义服务的方向和‘百花齐放、百家争鸣’的方针，繁荣和发展社会主义文化。”③ 2019 年 6 月，中共中央办公厅、国务院办公厅印发的《关于加强和改进乡村治理的指导意见》指出：“通过新时代文明实践中心、农民夜校等渠道，组织农民群众学习习近平新时代中国特色社会主义思想，广泛开展中国特色社会主义和实现中华民族伟大复兴的中国梦宣传教育，用中国特色社会主义文化、社会主义思想道德牢牢占领农村思想文化阵地。”④ 坚持党对文化的领导最根本的就是必须坚持和巩固马克思主义在意识形态领域的指导地位，高举中国特色社会主义伟大旗帜，坚持先进文化的前进方向，坚定不移地贯彻“二为”方向和“双百”方针，把社会主义核心价值体系建设与文化建设的具体任务紧密结合起来，努力发展面向现代化、面向世界、面向未来，民族的、科学的、大众的社会主义文化。

---

① 毛泽东：《新民主主义论》，《毛泽东选集》第 2 卷，人民出版社，1991，第 704 页。

② 《中共中央关于社会主义精神文明建设指导方针的决议（1986 年）》，中国文明网，http://www.wenming.cn/ziliao/wenjian/jigou/zhonggongzhongyang/201602/t20160215_3144911_1.shtml，发表时间：2016 年 2 月 15 日，浏览时间：2019 年 5 月 22 日。

③ 江泽民：《在庆祝中国共产党成立 70 周年大会上的讲话》，中共中央文献研究室编《十三大以来重要文献选编》（下），人民出版社，1993，第 1643 - 1644 页。

④ 《中共中央办公厅 国务院办公厅印发〈关于加强和改进乡村治理的指导意见〉》，新华网，http://www.xinhuanet.com/2019-06/23/c_1124660587.htm，发表时间：2019 年 6 月 23 日，浏览时间：2019 年 6 月 29 日。

二　坚持为人民服务的文化建设宗旨

为人民大众服务，坚持以人民为中心，始终是中国共产党人文化发展的根本宗旨和价值取向。1942 年 5 月，毛泽东《在延安文艺座谈会上的讲话》中说："为什么人的问题，是一个根本的问题，原则的问题。"[①] 1944 年 10 月，在陕甘宁边区文教工作者会议上，毛泽东做了《文化工作的统一战线》的讲演，他提出："我们的文化是人民的文化，文化工作必须有为人民服务的高度的热忱，必须联系群众，而不能脱离群众。要联系群众，就要按群众的需要和自愿。一切为群众的工作都要从群众的需要出发，而不是从任何良好的个人愿望出发。"[②] 党的十八大以来，"坚持以人民为中心"多次出现在习近平总书记的系列重要讲话之中。2013 年 8 月，习近平在全国宣传思想工作会议上强调："坚持人民性，就是要把实现好、维护好、发展好最广大人民根本利益作为出发点和落脚点，坚持以民为本、以人为本。要树立以人民为中心的工作导向，把服务群众同教育引导群众结合起来，把满足需求同提高素养结合起来，多宣传报道人民群众的伟大奋斗和火热生活，多宣传报道人民群众中涌现出来的先进典型和感人事迹，丰富人民精神世界，增强人民精神力量，满足人民精神需求。"[③] 这是在新的时代条件下对中国共产党人文化建设宗旨的重申。

首先，努力满足农民群众日益增长的精神文化需求。我国文化建设坚持以人民为中心，就是一切从人民群众的需要出发，把满足人民群众日益增长的多层次多方面精神文化需求、保障公民的基本文化权益、促进人的全面发展作为根本目的和一切工作的出发点和落脚点。习近平指出："满足人民过上美好生活的新期待，必须提供丰富的精神食粮。"[④] 他还强调："文艺创作方法有一百条、一千条，但最根本、最关键、最牢靠的办法是扎根

---

① 毛泽东：《在延安文艺座谈会上的讲话》，《毛泽东选集》第 3 卷，人民出版社，1991，第 857 页。

② 毛泽东：《文化工作中的统一战线》，《毛泽东选集》第 3 卷，人民出版社，1991，第 1012 页。

③ 习近平：《把宣传思想工作做得更好》，《习近平谈治国理政》，外文出版社，2014，第 153 页。

④ 习近平：《决胜全面建成小康社会 夺取新时代中国特色社会主义伟大胜利》，《人民日报》2017 年 10 月 28 日。

人民、扎根生活。”① 2019 年 6 月，中共中央办公厅、国务院办公厅印发的《关于加强和改进乡村治理的指导意见》进一步强调：“加强基层文化产品供给、文化阵地建设、文化活动开展和文化人才培养。传承发展提升农村优秀传统文化，加强传统村落保护。结合传统节日、民间特色节庆、农民丰收节等，因地制宜广泛开展乡村文化体育活动。加快乡村文化资源数字化，让农民共享城乡优质文化资源。挖掘文化内涵，培育乡村特色文化产业，助推乡村旅游高质量发展。加强农村演出市场管理，营造健康向上的文化环境。”② 新时代中国共产党人坚持以人民为中心、植根人民生活的沃土，准确把握人民群众精神文化生活的新要求新期待，在“双百”方针推动下，不断提高文化产品与服务的供给能力，使文化改革发展成果由全体人民共享，以更丰富、高质量的文化产品与服务满足人民群众的精神文化需求。

其次，依法保障农民群众的文化权益。公民文化权利实现的程度，是一个社会文明进步的重要标志之一，也是衡量一个国家一个政党组织文化工作绩效的基本指标之一。我们的党是执政为民的党，政府是为人民服务的政府，保证公民的文化权利是党和政府义不容辞的责任。新中国成立 70 年来，中国共产党领导全国人民在全国范围内大规模地进行文化建设，积极发展为广大人民群众服务的文化，无论农民还是城市居民，都较以前能更为平等地享受文化和教育的权利。《中共中央　国务院关于推进社会主义新农村建设的若干意见》指出：“充分发挥农村基层党组织的领导核心作用……健全村党组织领导的充满活力的村民自治机制，进一步完善村务公开和民主议事制度，让农民群众真正享有知情权、参与权、管理权、监督权。”③ 依法保障农民群众的基本文化权，维护公共文化生活的公平与正义，充分彰显了我国社会主义文化的优越性。

再次，大力发展文化事业和文化产业。近些年，我国提出要坚持文化

---

① 习近平：《在文艺工作座谈会上的讲话》，《人民日报》2015 年 10 月 15 日。

② 《中共中央办公厅 国务院办公厅印发〈关于加强和改进乡村治理的指导意见〉》，新华网，http://www.xinhuanet.com/2019-06/23/c_1124660587.htm，发表时间：2019 年 6 月 23 日，浏览时间：2019 年 6 月 29 日。

③ 《中共中央 国务院关于推进社会主义新农村建设的若干意见》，《求是》2006 年第 5 期。

产业与文化事业“双轮驱动”平衡发展，努力提升农民群众的文化获得感。第一，要面向基层、面向广大群众，推动建立城乡统筹的基本公共服务经费投入机制，完善农村公共文化服务体系和服务标准，加快推进农村基层综合性文化服务中心建设，加强农村文化基础设施建设，在文化资源配置和项目建设上重点向乡村倾斜。第二，要充分调动社会各方面力量参与农村文化建设，开展文化结对帮扶，引导社会各界人士投身农村文化建设，打造人人参与文化创造、人人享受文化成果的文化服务体系，实现文化共享发展。第三，依托丰富多彩的乡土文化资源，积极发展农村特色文化产业，特别是要重点发展适应城乡居民所需要的休闲度假旅游、特色餐饮和文化体验等产业。第四，繁荣农村文化市场，丰富农村文化业态，为农民群众提供更多更好的文化产品和服务。

三　坚持以农民为主体的文化发展理念

受西方思想的影响，在中国现代文化发展史上，中国精英阶层中的许多学者把农民看成是落后阶级，是被改造的对象。诚如吴高泉所言：“在传统与现代一系列二元对立的现代性话语的参照系下，农民作为不是那么现代化的人群，合乎逻辑地成为带有落后（相对于‘先进’）、愚昧（相对于‘文明’）、守旧（相对于‘进取’）等传统社会性质的标志。基于中国社会在近代落后于西方的自卑心理，现代化的要求变得迫切，但传统农业社会的很多事实在现代化的眼光下都显得那么的不可救药，而最大的障碍就是传统的文化积习和非常不现代的民众，他们占多数的是农民。可以说，对‘农民’的发现在某种意义上是中国知识分子对国家、民族的一种身份认识，一个多世纪以来对农民的批判和关注显示了我们内心的焦虑和隐痛。”① 在他看来，“现代广泛使用的‘农民’一词包含了愚昧、落后、狭隘、浅薄、自私等一系列基于文化分层的贬义色彩”②。目前有些人对农民仍抱有传统偏见，认为农民是封闭保守的、自由散漫的、愚昧落后的，小农意识浓厚，是要被教育、改造的对象。以这样的观念看待农民，要搞好社会主

① 吴高泉：《现代性语境中“农民”一词的话语探析》，《社会科学战线》2007年第3期。
② 吴高泉：《现代性语境中“农民”一词的话语探析》，《社会科学战线》2007年第3期。

义新农村文化建设肯定是不可能的。因此，2018 年出台的《中共中央 国务院关于实施乡村振兴战略的意见》指出："坚持农民主体地位。充分尊重农民意愿，切实发挥农民在乡村振兴中的主体作用，调动亿万农民的积极性、主动性、创造性，把维护农民群众根本利益、促进农民共同富裕作为出发点和落脚点，促进农民持续增收，不断提升农民的获得感、幸福感、安全感。"① 发挥农民在农村文化建设中的主体性作用主要体现在以下方面。

其一，坚持以农民为本的理念。农村建设重点在"村"和"民"，为的是农民，靠的也是农民。农村文化建设必须坚持以人为本的理念，农民既是农村文化的享用者和拥有者，更是创造者和建设者；必须切实尊重农民群众在文化建设中的主体地位，充分发挥农民的主体作用。首先，必须解放农民的文化权利，让他们在建设自己的家园文化时具有发言权和决定权；激发农民的聪明才智，让他们运用自己的文化权利为自身的文化生活做出贡献，促进农村文化建设的发展。其次，农村文化管理机构必须从农民群众的文化生活实际出发，开展符合农民生活需要的切实可行的文化活动，通过群众喜闻乐见又易于接受的各种文化形式，丰富农民的文化生活，激发农民改变生活现状、追求新生活的信心，达到推动新农村文化建设的目的。

其二，尊重农民文化创造精神。在宏观上，尊重农民作为文化持有人的权益，保护他们的一切创新成果，形成引导有力、激励有效、活跃有序、宽松和谐的有利于文化创造创新的机制和环境，调动农民群众参与农村文化建设的积极性、主动性与创造性。在微观层面，重视开掘农民所创造的文化的生命力。我国农村文化历史悠久，源远流长，资源丰富，绚丽多姿，民间故事、诗歌、戏曲、美术、舞蹈、音乐等文化活动形式多样、内容丰富，它们来自农民的生产生活，反映了农民的审美心理，体现了农民的文化精神。应保护和培植具有本土特点的文化活动形式，并予以改造和创新，为农民提供更多的精神食粮，进一步增强农民的家园意识和文化认同感，更好地服务于农村文化建设。

---

① 《中共中央 国务院关于实施乡村振兴战略的意见》，《理论参考》2018 年第 4 期。

其三，激发农村文化组织活力。在农村有一些由农民自发组织成立的文化活动团队，它们的主体成员主要是乡村文化活动的积极分子，这些民间文化活动组织按照农民的文化需求，提供具有浓郁乡土气息、深受农民认可和喜爱的文化活动和文化服务，广大农民群众很多时候也乐于主动参与其中。新农村文化建设要充分发挥这些农村文化自组织的作用，大力扶持这些民间文化组织，调动其文化建设的积极性，利用这些组织把农村文化活动活跃起来、繁荣起来，努力做到群众文化群众办，为当地的文化建设奠定良好的基础。

其四，调动乡土文化人的积极性。提高农民的文化素质，把农民劳动资源转化为人力资源，是社会主义新农村文化建设的重要环节。在我国农村有一批具有一定艺术专长、有声望、能吃苦的“乡土艺术家”，他们生在农村、长在农村，对农村有着天然的情感，他们的艺术滋养和灵感来自农村生活。他们是农村文化事业中最活跃的因子，往往是农村文化活动的倡导者、发起者和参与者，对农村优秀传统文化的传承起到了积极的推动作用。当下，大力开展农村文化建设，他们将是最重要的依靠力量，是最积极和最有号召力的组织者，充分调动他们的积极性，激发他们的聪明才智，是加强农村文化文化建设的关键。

四　坚持城乡统筹协调发展的文化建设观念

早在1945年，毛泽东就在《论联合政府》中提出：“将来还要有几千万农民进入城市，进入工厂。如果中国需要建设强大的民族工业，建设很多的近代的大城市，就要有一个变农村人口为城市人口的长过程。”[①] 新中国成立之初，为了迅速恢复国民经济，赶上或超过发达国家，我国利用国家政权的力量，集中人力、物力和财力，进行重点建设，在很短时间内就基本上完成了工业化的原始积累，建立了一个独立的较为完整的工业体系与国民经济体系。新中国成立70年来，我国试图通过乡村人口向城市人口转化以及人们生产生活方式由乡村型向城市型转化的方式来提高城市化率

---

① 毛泽东：《论联合政府》，《毛泽东选集》第3卷，人民出版社，1991，第1077页。

和消除城乡二元结构。中国城镇化特点是早期发展慢、后期发展较快。新中国成立后30年间，全国常住人口城镇化率从1949年的10.64%上升到1978年的17.92%，仅提高了7.28个百分点；改革开放后40年，我国的城市化率从1978年的17.92%上升到2018年的59.58%，提高了41.66个百分点。另外，2018年全国农民工数量已经突破2.8亿。尽管改革开放以来我国城市化率确实大大提高了，但城乡差距不但没有因此而缩小，反而进一步扩大。①

工业革命以来，现代西方文化发展理念认为城市代表着文明和先进，乡村则代表着愚昧和落后，现代化发展就是农村城市化，即用城市消灭农村，这种错误的发展理念导致城乡差距进一步拉大。2019年6月24日，中国社会科学院发布的《中国城市竞争力第17次报告》指出，中国正处在迈向现代化关键期，从传统农业社会向现代城市社会转型的城镇化过程，也是从传统一元乡村社会，转型到二元城乡社会，再到现代一元城市社会的过程。具体表现为：城乡收入从不均到均衡、产业从排斥到融合、基础设施从分割到一体、公共服务从差异到均等，多种因素决定中国城乡关系及其演化具有一定的特殊性。目前，城乡基本一体远未实现。城乡基础设施与环境建设落差巨大，城乡基本公共服务差距较远，城乡居民收入悬殊，法律规定和赋予的公民基本权利在城乡之间还存在差别。② 党的十八大报告指出，中国要走新型城镇化道路，推动工业化与城镇化良性互动、城镇化与农业现代化相互协调，促进工业化、信息化、城镇化、农业现代化协调发展。要形成以工促农、以城带乡、工农互惠、城乡一体的新型工农、城乡关系。③ 中国是一个超级人口大国，这是中国最基本的现实国情，按照现有的人口增长速度，即便未来中国城镇化率达到70%以上，也仍然有将近5

① 黄永林：《乡村文化振兴与非物质文化遗产的保护利用——基于乡村发展相关数据的分析》，《文化遗产》2019年第3期。

② 王薇薇、孟飞：《中国城市竞争力第17次报告发布》，《经济日报》2019年6月24日。

③ 胡锦涛：《坚定不移沿着中国特色社会主义道路前进 为全面建成小康社会而奋斗——在中国共产党第十八次全国代表大会上的报告》，《人民日报》2012年11月18日。

亿人口生活在农村。[1] 因此，在未来的农村文化建设与发展中，必须处理好城乡之间的关系，实现城乡统筹协调发展。

首先，在发展理念上，充分认识农村文化的重要价值，尊重农村的主体性。工业化与城市化打破了传统农村相对封闭的状态，改变了农民传统的生存方式。当今，城乡的巨大差距使农民对自己的家乡失去了信心，不少农民想方设法离开原来的居住村落，作为农村文化建设的主体丧失了建设家乡的自信和动力，如民间表演艺人离开孕育其传统手艺的乡村，减弱了对传统手艺传承的自发性和积极性；农村社会的“文化精英”远离家乡，这就使得支撑农村文化可持续发展及文明传承的人才、技术、知识等资源大量流失，导致地方传统文化遗产保护与传承后继乏力；[2] 曾经丰富活跃的乡村特色文化逐渐消失，由礼俗礼节、乡贤尊孝、农耕技艺等基因构成的乡村文化被瓦解，许多地方出现乡村凋落、乡土文化凋敝的窘境[3]，农民陷入物质和文化上的双重贫困。

农村文化振兴的主体是农民，其核心要义是立足于文化民生。农村文化是一个由各种文化要素构成的复杂的综合体，丰富多彩的文化活动是农村文化的重要载体和体现，这些文化活动必须通过农民来开展。农村文化建设必须充分认识农村文化的重要价值和建设主体，充分发挥农民的主体作用，在继承和弘扬农村优秀传统文化的基础上，秉承传承保护和创新发展的原则，找回农村文化之根，铸就乡风文明，打造“有灵魂”“有风骨”“有活力”的新农村。

其次，在政策导向上，建立城乡统筹发展机制，促进农村文化可持续发展。在中国，城乡二元结构不仅造成了农民与市民泾渭分明的身份差别，而且造成了城乡文化发展上的不平衡。在发展模式上，中国现代农村文化建设基本上是按照城市文化模式进行的，这使农村文化异化为城市文化的模仿者，农村文化被生硬改造失去了文化内核，农村传统文化的生存力受

---

① 张慧鹏：《城乡关系：以人为本还是以资为本？——毛泽东构建新型工农城乡关系的探索与启示》，《马克思主义与现实》2017 年第 6 期。

② 郑芳：《产业化：中国乡村文化振兴的模式及路径 》，《农业展望》2019 年 5 月 28 日。

③ 高静、王志章：《改革开放 40 年：中国乡村文化的变迁逻辑、振兴路径与制度构建》，《农业经济问题》2019 年第 3 期。

到极大影响。在文化供给上，往往更多地体现为精英文化思维，把农村文化当作被改造的对象，把重点放在“送文化”和教育农民上，由于忽视了农民作为农村文化主体的真实需求，违反了农村文化发展内在规律，往往难以在农村社会扎根，难以形成广大农民群众的文化认同。在经费投入上，长期以来，我国用于农村文化事业发展的经费十分有限，导致文化活动基础设施陈旧，文化公共服务体系无法建设完备，农村文化发展受到制约。

今后，在发展战略上，要坚持城乡统筹、以城带乡的联动发展机制，切实改变经济社会发展的要素由农村向城市单向流动，实行要素在城乡之间双向流动，并向农村倾斜的原则，增强工业反哺农业、城市支持农村的力度，走城乡协调可持续的发展之路。在文化发展上，要合理配置城乡文化资源，公共资源要更多地向农村配置；加快农村公共文化服务体系建设，让农民群众也能共享改革发展成果，获得更好的精神文化享受。鼓励城市对农村进行文化帮扶，通过城市文化支持农村文化，形成城乡文化协同发展的格局。在经费投入方向上，要加大各级财政对农村文化建设的投入力度，尤其要加大对文化基础设施建设的投入力度，促进城乡文化一体化可持续发展。

再次，在产业发展上，重视文化资源的保护和利用，大力发展农村特色文化产业。工业化和城镇化的现代发展模式具有鲜明的经济功利特征，在大力发展农村经济的背景下，出现了农村地方特色文化资源过度商业化、市场化和媚俗化的开发问题，导致为攫取文化利润而不惜损害传统文化内在价值的情况相当普遍。以各地普遍推崇的乡村文化旅游为例，那些在乡村特定时空中开展的极具文化内涵和价值的民俗节日文化、宗教祭祀文化、生产生活仪式文化等都以表演的形式搬上舞台，被开发成具有经济价值的产品，这些经过人工再造后的“伪乡村文化”的确带来了经济效益，却造成了乡村文化自身价值的丧失，农民的乡土文化情结在经济效益的追逐中日益淡化，许多乡土文化在产业开发中遭到严重破坏。

农村发展关键在于产业，发展产业应立足自身的资源禀赋和优势，将农村民间文化资源与地方经济发展结合起来，挖掘农村文化作为无形资产的经济效益，利用农村文化优势资源大力发展特色文化产业，如乡村文化旅游产业、民间工艺产业、特色饮食产业等，这无疑将是农村产业未来发展的方向，但一定要处理好乡村文化保护与开发之间的关系。笔者曾在《农村文化建设》一书中谈到农村非物质文化遗产保护与开发关系时特别强调："在农村文化建设过程中，我们要高度重视非物质文化遗产保护问题，要在继承传统、立足乡土、保护特色的基础上进行生产性保护……我们既要从整个人类的角度考虑农村文化的建设和优秀文化遗产的保护，同时也要从作为文化遗产传承人的民众切身利益的角度考虑非物质文化遗产的开发，只有将这两方面协调起来，才算得上是真正地、完整地体现了当今时代的乡村文化发展方向。要做到这一点，就必须创新农村非物质文化遗产保护的模式，实现传承发展和开发利用相结合，尽可能地将可开发利用的非物质文化遗产转化为文化资源和经济价值，为发展农村经济服务。"①

五　遵循继承与创新相结合的文化发展规律

农村传统文化在特定历史时期的政治经济和社会生活中形成，随着时代的变化而发展变化，传承与变异、继承与创新的辩证统一是其内在的发展规律，农村文化建设一定要遵循这一规律。

新中国成立初30年，一方面，国家通过建立初级合作社、高级合作社和人民公社，实现农村社会主义改造，完成个体所有制向集体所有制的转变，把农民纳入巨大的以集体化和计划经济为基础的国家体制，这为新中国的发展奠定了稳固的政治和经济基础，也为文化建设创造了良好的社会氛围和条件保障。另一方面，国家建立起村级的准政府组织——村级基层政权，使国家社会主义意识形态和文化以组织和制度的形式在乡村中确立起来，并形成乡村的大政治文化与小传统文化的二元结构形态。新中国成立之初，国家政权改变的主要是国家大政治文化，而乡村小传统文化暂时处于基本稳定状态。其后，为了使乡村小传统文化适应大政治文化，国家通过一系列文化政策对农民的传统文化信仰、风俗和习惯进行改造。其中最为极端的是"文革"期间的"破四旧，立四新"，在农村主要是通过破除

① 罗忻、黄永林：《农村文化建设》，湖北人民出版社，2012，第110－112页。

农村宗族组织，传统风俗、习惯、信仰和伦理观念等“旧”文化，以及对农民进行社会主义思想教育，树立新人、新风、新思想与新文化，达到农村思想意识形态上的社会主义主流化。这一期间我国试图改变农村传统文化的政策从表面上看似乎获得了较大成功，农村传统文化确实因此而大大减少，但实质上只是由显性存在转变为隐性存在，一些传统信仰和习俗仍在不断流传，传统价值观念仍根深蒂固。这种不遵循文化规律的失败教训为其后社会主义新农村文化建设提供了警示。

改革开放 40 年，中国提出要建设社会主义现代化国家，实现物质文明和精神文明两个文明同步发展。从十一届三中全会开始，随着党和国家的工作重点转移到社会主义的经济建设上来，社会主义的民主政治和精神文明建设被逐步提出。邓小平指出：“我们要在建设高度物质文明的同时，提高全民族的科学文化水平，发展高尚的丰富多彩的文化生活，建设高度的社会主义精神文明。”[①] 据此，党的十三大首次明确提出“把我国建设成为富强、民主、文明的社会主义现代化国家”。2016 年，习近平在中国文联十大、中国作协九大开幕式上的讲话中强调：“实现中华民族伟大复兴，需要物质文明极大发展，也需要精神文明极大发展。坚定文化自信，是事关国运兴衰、事关文化安全、事关民族精神独立性的大问题。”[②] “文化兴国运兴，文化强民族强。”[③] 随着中国特色社会主义进入新时代，中华民族从站起来、富起来，走向强起来，文化则需要承担更大的责任与使命。习近平明确提出“兴文化”的使命任务，就是要“坚持中国特色社会主义文化发展道路，推动中华优秀传统文化创造性转化、创新性发展，继承革命文化，发展社会主义先进文化，激发全民族文化创新创造活力，建设社会主义文化强国”[④]。建设社会主义文化强国对于农村文化建设来说要重点做好以下工作。

---

① 邓小平：《在中国文学艺术工作者第四次代表大会上的祝词》，《邓小平文选》第 2 卷，人民出版社，1994，第 208 页。

② 中共中央文献研究室：《习近平关于社会主义文化建设论述摘编》，中央文献出版社，2017，第 16 页。

③ 习近平：《决胜全面建成小康社会 夺取新时代中国特色社会主义伟大胜利》，《人民日报》2017 年 10 月 28 日。

④ 习近平：《举旗帜聚民心育新人兴文化展形象　更好完成新形势下宣传思想工作使命任务》，《人民日报》2018 年 8 月 23 日。

首先，要提高对农村文化建设重要性的认识，增强乡村文化自信。“中国特色社会主义，必须是政治、经济、文化、社会协调发展的社会。只有经济增长，没有文化的大发展大繁荣，不是全面发展的社会；没有文化的大发展大繁荣，经济社会的发展缺乏智力和道德的支撑，是缺乏生命力的不可持续的发展。只有把文化建设纳入经济社会发展的全局，摆到更加突出的地位，使其与经济建设、政治建设、社会建设整体推进、共同发展，才能提高我国的综合国力和竞争实力，促进社会的可持续和谐发展。”① 中国是一个古老的农业大国，农耕文化是中华文化的根脉基因和精神灵魂。中国传统乡村文化不仅承载着中华民族的历史传统和文化根脉，而且还包含着许多具有普世价值和现代文明的因素。要坚定乡村文化的自信，充分认识农村文化的现代性，发挥它对现代社会的价值。比如要深入挖掘和阐发农村优秀传统文化中守诚信、崇正义、讲孝道、尚和谐等丰富的精神内涵，让广大农民群众重树文化自豪感与自信心，继承、发扬传统农村文化的精髓，从而促进乡村社会文化的现代性转变。

其次，以优秀农村文化为滋养，加强对农民社会主义核心价值观教育。社会主义新农村文化建设，必须立足实际，尊重传统，注重优秀传统文化因素的精神传承作用。社会主义核心价值观作为国家和社会推动的价值体系塑造工程，其对农村文化建设和农民价值重塑具有引领作用。农村社会主义核心价值观教育，应与深入挖掘农村优秀传统文化蕴含的思想观念、人文精神与道德规范结合，用农村优秀传统文化精神来教育农民群众。一是弘扬中华民族爱国主义优秀传统文化。爱国是社会主义核心价值观在农村社会的具体体现之一，通过爱国主义教育，培养爱国情感和爱国意识，增强农民群众对中国特色社会主义道路的认同，树立为中华民族伟大复兴做贡献的伟大志向；二是加强集体主义的宣传教育，营造团结、互助、融洽的邻里关系和平等、和谐、共进的乡村氛围，使农民对乡村集体具有认同感和归属感；三是开展讲文明、树新风、扬正气的宣传活动，教育广大

---

① 《走向发展 走向繁荣——新中国成立60年文化建设与发展》，中华人民共和国中央人民政府网，http://www.gov.cn/test/2012-04/11/content_2110564.htm，发表时间：2012年4月11日，浏览时间：2019年6月2日。

村民发扬讲正气、树新风的中华民族传统美德，弘扬社会正能量和追求积极健康的生活方式，对推进农村的健康、文明、和谐发展和良好社会风气的形成，具有重要的意义。

再次，大力推动农村优秀传统文化的创造性转化和创新性发展。习近平强调："不忘本来才能开辟未来，善于继承才能更好创新。对历史文化特别是先人传承下来的价值理念和道德规范，要坚持古为今用、推陈出新，有鉴别地加以对待，有扬弃地予以继承，努力用中华民族创造的一切精神财富来以文化人、以文育人。"[①] 首先，应积极挖掘和整理乡村文化中具有浓郁民族特色与独特文化价值的各种物质文化遗产和非物质文化遗产，关注乡村文化的生存与发展状态，结合新时代要求继承创新，并处理好"守"和"变"、"中"和"外"的关系，为传统文化注入时代精神、时代元素、时代风尚，促进中国传统乡土文化的有机再生和现代性转变。其次，要全面激发全民族文化创新创造活力，在继承的基础上创造更为繁荣多样、高质量的精神文化产品，在满足人民群众的精神文化需求基础上，传播思想文化，培育人的价值观，塑造时代精神。

① 《习近平在中共中央政治局第十三次集体学习时强调把培育和弘扬社会主义核心价值观作为凝魂聚气强基固本的基础工程》，中华人民共和国中央人民政府网，http://www.gov.cn/ldhd/2014-02/25/content_2621669.htm，发表时间：2014年2月25日，浏览时间：2019年5月28日。

理论与方法

理论与方法是一个学科得以“安身立命”的重要基础与保障。长期以来，受早期学科发展等因素的影响，中国民俗学一直被评价为是一个没有什么理论与方法的学科。这一评价有其合理性，至少以阿兰·邓迪思的“宏大理论”标准或日本民俗学同人的眼光来看，中国民俗学可能确实没有什么可以拿得出的“理论”——“历史演进法”也更多是历史学而非民俗学的研究理论。不过从“低微理论”与中国学术标准的角度来看，中国民俗学确有其理论与方法。尤其是近二三十年来，一大批中国民俗学研究者基于自己多年研究实践，陆续提出了一些概念、理论或方法，如“生活世界”“日常生活”“礼俗互动”“标志性文化统领式民俗志”“感受生活的民俗学”“家乡民俗学”“身体民俗学”等。这些理论或方法，丰富与发展了中国民俗学的斑斓世界。

民俗学的未来与出路*

施爱东**

摘　要：21世纪初期，中日美三国民俗学界都不约而同地暴发了对于学科危机的深刻反思。日本方面，菅丰教授策划了一起他与福田亚细男之间的“世纪论辩”。论辩不仅对20世纪的日本民俗学进行了反复的学理辩难，也对21世纪的学科未来进行了艰苦的讨论。美国方面，邓迪斯《21世纪的民俗学》对于美国民俗学的衰落发表了令人震惊的言论，引起了美国民俗学界的强烈反响。从中日美三国民俗学学科发展的起伏历程可以看出，虽然三国国情和体制不同，但都受到了社会需求的巨大制约，都曾针对时势需求和“学院化”大幅调整学科的生存策略和发展方向。从中国民俗学的历史与现状来看，社会需求与政策影响依然是民俗学发展最强大的外部因子，内部建设的关键既不是方向选择，也不是宏大理论，而是健全的结构，以及自由学术生态下的自然生长，确认学术多样性是中国现代民俗学的一项基本特性。

关键词：日本民俗学；学院派民俗学；新在野之学；美国民俗学；宏大理论

一　东瀛论剑：日本民俗学的巅峰对决

2010年7月31日，这是一个注定会被未来的日本民俗学史记载的时

* 本文选自《民间文化论坛》2019年第2期。

** 施爱东，中国社会科学院文学研究所研究员。

刻，在东京大学东洋文化研究所召开了一次题为《超越福田亚细男：我们能够从“20 世纪民俗学”实现飞跃吗?》的学术论辩会。论辩双方分别是“日本民俗学会”前会长福田亚细男（国立历史民俗博物馆名誉教授），以及日本“现代民俗学会”新锐代表菅丰（东京大学东洋文化研究所教授）。

论辩是由菅丰策划的，以“现代民俗学会”和“女性民俗学研究会”的名义联合举办。论辩会出乎意料地吸引了 105 位参会者（未计迟到者），菅丰大概没料到会有这么多听众，研究所三楼的会议室坐不下，部分学生只能坐到隔壁房间“听会议”，这在日本学界是罕见的。外国学者以中国[①]、韩国学者居多，还有一些我不认识的欧美学者。一个本属日本民俗学内部的论辩会，最后变成了“联合国”的观战大会。

主席台中央用来放映 PPT，论辩双方相向坐于两侧。菅丰身穿短袖方格衬衫，坐在听众右前侧，福田穿着浅色横条 T 恤衫，坐在听众左前侧。会议持续了六个多小时，从下午一点半持续到晚上近八点，中途几乎无人退场。菅丰准备工作做得非常充分，一共做了 157 张 PPT，他语速极快，场面咄咄逼人；福田一直笑眯眯地看着菅丰，看起来非常沉着镇定，偶尔还会向听众抱怨说：“他说话速度太快，我有点跟不上。”但他防守极其严密，几乎寸步不让，回答问题时最常用的开头语是：“这是一个相当难答的问题。”而最“沉重”的撒手锏是：“日本民俗学如果已经不为时代所需要，无法适应时代，那么‘理应消失’。如果要舍弃历史而向新的民俗学转变，也就是说如果要发起革命，那就不必拘泥于‘民俗学’，你们完全可以独立创造另一门学问。”

论辩全程休息时间很短，但观众也并非个个紧绷神经，许多听众是专程来给福田先生助威的。坐在我前方的一位女性民俗学研究会会员，虽然也偶尔做做笔记，但主要是给福田画素描小像，一幅接一幅地画。会后聚餐时，我曾通过彭伟文问她为何一直在绘画，她的回答是：“我喜欢福田先生的样子。”我好奇地转而请教福田先生，想知道女性民俗学研究会主要开展哪些学术活动，从事哪方面的研究，福田先生告诉我，会员中的多数人

---

① 与会中国学者有余志清、毕雪飞、彭伟文、施爱东等。

只是爱好民俗学，并不从事研究工作，也很少发表论文。

第二天（8月1日），我在巴莫曲布嫫主持的“民俗学论坛”网站上以《东瀛论剑：日本民俗学的巅峰对决》为题，发表系列网帖，报道这次论辩，并且评论道：“当菅丰觉得福田先生主导的‘学院派民俗学’‘历史民俗学派’已经阻碍了日本民俗学的进一步发展时，他为了要给民俗学寻找一条新的出路，就必须起而推翻福田时代的民俗学范式。而福田先生的民俗学范式是与他的理论、方法结成一个整体的，这是一个互为理论的有机整体。那么，菅丰要想推翻福田的民俗学王国，就要首先推翻福田时代所奉行的一系列学术话语和学术标准。所以，菅丰要想取得胜利，他必须有更彻底的理论准备。”8月4日，菅丰在“民俗学论坛”发表长篇回复文章《关于本次论辩的目的以及理论、思想》，这篇文章大致可以视作对该论辩的总结性回顾，以及对中日民俗学者在“理论”“思想”上的差异的阐释。兹将其翻译、整理，节录于下。

> 本次论辩目的，并不在于批评并战胜福田亚细男，而是希望能让日本民俗学者对以下问题产生自觉：对于以福田先生为代表的20世纪民俗学，我们到底是继承，还是扬弃？
>
> 所谓“20世纪民俗学”，是指20世纪由柳田国男等先驱推动的日本本土文化的理解与复兴，以及使之学问化的运动。这是当时因应时代要求而产生的，最初作为一种“在野之学”，经过近百年的发展而逐步体系化、组织化和制度化。在其最终阶段，福田先生的影响力是巨大的。
>
> 福田先生虽然不会放弃“20世纪民俗学”，但也并不认为它能够有一个光明的未来。他似乎已经下定决心要接受迟早来临的“民俗学的失败”，准备与“20世纪民俗学”同归于尽。而这一决心却是作为其后继者的我们所不敢苟同的。福田先生也许会激烈地反对舍弃或改变民俗学一直以来的目的、方法和对象，哪怕它们已经脱离现实、失去作用。
>
> 议论正是以此为起点而展开的。

简单点说，超越第一代（以柳田国男为代表）的第二代（以福田亚细男为代表）民俗学人，其“历史主义”倾向十分浓厚。特别是福田先生，一直坚持“民俗学=历史学”这一图式。在各国民俗学正以多样的定义与方法面对自己的研究对象时，日本民俗学却因其历史主义枷锁的束缚，无法产生新的变化。福田先生自己也承认，这种状况正说明日本民俗学已经无法适应时代，不为时代所需要，但他反对以重构学术体系的方式来苟延残喘。他认为倘若真到了那一天，民俗学就应该凛然而高洁地离开。他甚至建议与其发起学术革命，重新定义民俗学，还不如放弃民俗学，独立去另创一门新学问。

对此，我（菅丰）的反论是：美国或是德国的民俗学，都通过改变定义与研究方法，使得民俗学焕发出新的生机。只有日本民俗学还被束缚在狭隘的历史主义之中不可自拔，这难道不显得奇怪吗？为日本民俗学寻找新出路，是21世纪民俗学者的责任所在。

此外，针对中国学者提出的“思想”与“理论”问题，我想做点说明。

首先，本次论辩并非“革命”，而是希望为惰性继承20世纪民俗学的人们敲响警钟。在这一点上，福田先生也持同样的意见。福田先生对于自己一手打造的20世纪民俗学的未来发展也不抱希望，但是大多数日本民俗学者却没有这样的危机意识。论辩是为了凸显危机意识的重要性。

其次，自有20世纪民俗学以来，日本民俗学并不存在一种能够简单称为“思想”的东西。即使福田先生自己，也并不具有历史主义之外的所谓“思想”。而历史主义，在日本学者眼中，算不得“思想”。

大多数中国民俗学者都对日本民俗学有一些误解，其实日本民俗学本来就没有能够称得上“理论”的理论。如果当下的日本民俗学者中，有哪位能够列举出所谓民俗学独特的理论，那他一定是对理论知之甚少，或者对日本民俗学史缺乏了解。即使福田先生所谓历史主义的思考方式，中国民俗学者如果仔细鉴别的话，大概也不会觉得其中有太多理论成分吧。正如日本学界不称其为“思想”一样，一般也不称其为“理论”。

与中国民俗学者打交道时常听到的对日本民俗学的不满是“调查仔细但理论不足”。我以为这是两国民俗学之间一个较大的差别，多数日本民俗学者对于中国民俗学所谓理论性的论文，大多会觉得难以接受。这也是因为两国学问的历史过程大有不同。

日本在1960～1970年代民俗学学院化的发展中，也有意见说“民俗学要想成为独立科学，必须拥有自己的理论”。但除了柳田国男的资料操作论（重出立证法、周圈论等）以外，并没有得出像样的理论。而柳田的那一套，在今天看来根本算不上理论。福田先生的“地域民俗论”“传承母体论”等，正是在反对以上资料论的基础上提出的。但这些，在今天也称不上理论。在村落社会解体、社会流动性增大的今天，这样的理论早已失去有效性，现在已经没有哪个民俗学者会天真到以之为全面指导而展开研究了。这些讨论在1970年代也许有其意义，但在之后的数十年中早已变得迂腐。到了1990年代，这样的理论研究在整个学界都很难再看到了，没有人还会一头埋在理论的追求当中。所谓理论研究，更多是在反思过去的学说史，亦即在“学术史研究”中展开，这便是日本民俗学的现状。

日本民俗学第二代活跃在1970年代，这一时期在某种意义上是民俗学的幸福时光。那是一个既可以从本质主义来看待民俗，又可以相信村落具有所谓独立发展性，还可以轻松地讨论所谓理论的时代。但在随后到来的后现代时期，这些幻想都被击得粉碎，真正的学者已经不会再重复那样的讨论了。总之，中国学者认为经福田先生“理论化”的研究内容，在日本已经失去了作为“理论”而去研究的现实意义。也许正因为在理论开拓方面的缺失，日本才有许多学者直到今天还不自觉地、惰性地依赖着看上去仿佛理论的历史主义吧。

我（菅丰）在90年代开辟了一般被称为环境民俗学的新领域。但这并非新的“理论”，只是新的“视角”而已。使用的，是与历史主义相同的历史方法。而我理论的核心，是包括政治学、社会学、经济学等多学科领域的“共有资源管理理论”（Commons）。或许大家已经知道，美国政治学家埃莉诺·奥斯特罗姆（Elinor Ostrom）正是凭借这一理论获得诺贝尔经济学奖。这一理论，虽然就日本民俗学而言只有我在响应，但就全社会而言却是一个宏大理论。另外，对我（菅丰）产生了重大影响的还有建构主义。这也并非民俗学独有的理论。1990年代以后，学问的边际日益模糊，几乎所有有志于深化研究的前沿学者，都在向其他学科领域寻求养分，运用于自己的研究。

民俗学在1990年代从德国引入了“民俗学主义”。但这也是建构主义的方法之一。作为理论，它在超越20世纪民俗学的“本质主义”方面有着重要意义，但也因为其研究往往陷入结论先行的同一模式而颇遭诟病。为了超越民俗学主义，我（菅丰）正在“公共民俗学”这一方向摸索前行。与美国的“公共民俗学”有所不同，我（菅丰）主张进一步发展日本民俗学本来就有的“在野之学”的“野”的特征，并在现代的公共性论中重新定位。

如上所述，在日本，1990年代以后没有展开任何关于所谓理论的讨论。这是因为日本的社会状况以及民俗所处的地位变化之剧，使得我们无法天真地展示什么理论。不仅日本，美国民俗学也是一样。2004年10月美国民俗学会年会上，著名民俗学家阿兰·邓迪斯（Alan Dundes）做了题为“21世纪的民俗学”的大会演讲，指出了民俗学在世界范围内不断恶化的、令人忧虑的衰退，特别就美国民俗学深陷其中的严重状况及其原因，略显激动地做出了指摘。他认为一个重要的原因是美国民俗学缺乏“宏大理论”（Grand Theory）。第二年即2005年年会上，该学会甚至举办了一个“为何民俗学没有宏大理论?”的专题论坛。现代社会中民俗学想要提出独自的理论，非常困难，这一状况并非日本所独有。在日本和美国，这已经成为与民俗学学科独立性、学科存在意义等密切相关的话题。

也许理论问题因各国民俗学的把握方式差异而各不相同。但认真思考就不难发现，各国民俗学间的把握方式存在着根本性的乖离。如果缺乏对各国民俗学所处的历史、社会背景和现状的了解，我们无法理解各自在理论追求上的积极姿态，或者心灰意懒。美国民俗学家芭芭拉·基尔森布拉特-基姆布拉特（Kirshenblatt-Gimblett）认为美国民俗学与德国民俗学在价值观、方向性及学问的归结方式上，具有共同标准无法相互理解的根本性不同，并将之表述为“不可通约性”。也许在日中民俗学之间，围绕着所谓理论追求，也存在着这种不可通约性。

现在，日本民俗学处于没有统一理论和方法的扩散期。这一状况在福田先生看来，是“民俗学的颓废”，但我（菅丰）正好相反，我认为这不是颓废，而正是为了创造新的民俗学而蛰伏、伺机而动的孕育期。今后，在日本民俗学的内部，也许会出现多种民俗学相互竞争其正统性吧。但现状是，像本次论辩会这样持有相左意见的学者们开诚布公地一起讨论的机会实在太少，更多的情况恐怕是大家自说自话。这次论辩，有意渲染了全面对抗，这在日本也是极为特殊的。就这一点而言，可以说本次论辩是有意义的，而且是充满野心的。①

二　在野之学、学院派民俗学与新在野之学

论辩以菅丰、塚原伸治“质疑”，福田亚细男“答疑”的形式展开，实际上是对20世纪日本民俗学进行了一次宏观的梳理和学理省思，双方论辩的焦点集中在“学院派民俗学”对民俗学发展的负面影响上。

在菅丰看来，所谓学院派民俗学，是指在大学等专门研究机构，因为研究工作而获得职位的专业人士所从事的民俗学。民俗学被装进“学院”的象牙塔之后，日渐脱离社会实践，日渐远离了柳田开创的经世致用的民俗学传统。不过，福田并不认同菅丰的批评。福田认为“学院派”指的是从业者在大学接受了正规的、必要的学术训练，跟从业者毕业后在什么机构任职没有关系。福田借助概念的重新界定，暗示学院派也可能在地方机构从事民俗实践，从而避开了菅丰对学院派民俗学脱离社会实践的批评。

回顾日本民俗学史，20世纪上半叶，以柳田国男为代表的民俗学者们普遍参与社会实践，柳田国男甚至将民俗学视作解决社会矛盾的良方妙药，

---

① 菅丰:《今回のシンポジウムの目的と「理論」「思想」について》，民俗学论坛，http://www.chinesefolklore.org.cn，2010-08-04。王京翻译，施爱东节录、整理。

比如，柳田将民俗变迁划分为三个阶段："过去曾经存在的没有矛盾的阶段；由于变化而使矛盾发生和积累的阶段；通过以民俗学的成果为基础的实践解决这些矛盾达到理想状态的阶段，也就是面向未来的阶段。"[①] 对于柳田设想的第三个阶段，我们转换一下主宾关系，可以表述为："民俗学是以解决社会矛盾为目标，可以推动社会达到理想状态，进入第三个民俗阶段的一门学问。"其经世致用的意图非常明显。

福田先生曾经使用一个专有名词"在野之学"来指称柳田时代的日本民俗学。所谓"在野"包含了两方面的意思：一是"野"的研究对象，亦即非精英的、乡村民俗生活；二是"野"的学术地位，亦即未纳入正规大学教育系统的、尚未体系化的学科门类。在野之学"是相对于官学而出现的民间学；是有别于中央的地方学；是由非专业人士结集而成的杂家之学；是脱离了学术机构的草根式的学术探索"[②]。

进入1950年代以后，民俗学者们开始推动民俗学的专业化教育。1958年，东京教育大学（后改为筑波大学）民俗学专业第一届学生正式入学，宣告了学院派民俗学在日本的登场。此后，学科系统的规范化、完善化建设也开始了，"福田先生在这种民俗学的体系化过程中，以对民俗学的目的和方法、对象、研究史等进行定义、解说、批判的方式，做出了巨大贡献"[③]。在福田的主导下，经过专业训练的历史民俗学派逐渐成为学院派民俗学的主流。但是，菅丰认为，历史民俗学在逐渐正统化和主流化的同时，也日渐固化和自我封闭，原本支撑着日本民俗学多样发展的非职业民俗学者被边缘化。"学院派民俗学由于被从'野'割裂开来，虽然实现了制度化的建构，但是与社会产生了乖离。"[④] 丧失了实践性、社会性的民俗学，也就丧失了它的批判精神和学术活力。

---

① 〔日〕福田亚细男、菅丰：《为民俗学的衰颓而悲哀的福田亚细男》，彭伟文译，《民间文化论坛》2017年第4期。

② 陆薇薇：《日本民俗学"在野之学"的新定义——菅丰"新在野之学"的倡导与实践》，《民俗研究》2017年第3期。

③ 〔日〕福田亚细男、菅丰：《为民俗学的衰颓而悲哀的福田亚细男》，彭伟文译，《民间文化论坛》2017年第4期。

④ 〔日〕福田亚细男、菅丰、塚原伸治：《民俗学的实践问题》，彭伟文译，《民间文化论坛》2018年第3期。

在菅丰看来，“学院派民俗学”是“历史民俗学”一家独大，它在促进民俗学体制化的同时，其强大的主流话语也压制了其他研究范式产生的可能性，束缚了民俗学的发展，因而有必要进行一场代际协商的学术革命。因此，现代民俗学会带着一种使命感，作为第三代民俗学者集体登场。

在福田看来，柳田国男无疑是第一代民俗学人（在野之学），他自己可以算作第二代民俗学人（学院派），至于菅丰这一代民俗学者，虽然他们提出了学术革命的理想，但他们尚未形成自己稳定的学术范式，因而不能称作第三代，只能称作第二点五代。

虽然福田和菅丰都同意应该将民俗学建设成一门与其他学问相同的“普通的学问”。但是，普通的学问应该是一门什么样的学问呢？菅丰认为，在去学科化、各门学科共享宏大理论的今天，与其追求学科的独特性，还不如与其他学科共享那些普遍性的理论、方法、概念、术语和对象；普通的学问应该是国际化、理论化、尖锐化、跨学科的，能够兼容并包，将不同领域的视角、方法等吸收进来。但是福田坚持认为，要在普通的学问中体现综合科学的性质是不可能的，民俗学毕竟不是哲学，不能把整个世界作为研究对象，而应该是与其他学科并列的、既普通又个别的独立学科，理应拥有自己独特的对象、方法，以及一定的学术使命。民俗学不是先验存在，是因为有了民俗学者，才有了民俗学：“说到底，是因为研究者认识到是民俗才有民俗的。民俗事象这个术语只不过是民俗学者作为一定认识的结果提出来的。”①

虽然福田和菅丰都同意已经过去的“20 世纪民俗学”有诸多的不足和缺憾，描述性、历史性的民俗志书写多于分析性的学术研究，进入 1990 年代以来，民俗学更是进入一个“不做分析的现象理解”的时代，目前看不到民俗学在此基础上会有一个光明的未来，但是两人的执行态度却大相径庭。

福田的态度是固执而坚定的，坚决反对放弃既有的民俗学范式，因为那才是真正的民俗学，与其放弃继承，转觅他途而苟活，不如拥抱迟早会到来的失败命运，悲壮地为之殉葬。但新一代民俗学者并不甘心为旧民俗

---

① 〔日〕福田亚细男、菅丰、塚原伸治：《民俗学的定义问题》，陈志勤译，《民间文化论坛》2017 年第 5 期。

学殉葬，他们于2008年发起成立了“现代民俗学会”，试图以超越求新生。本次论辩，就是一次求生的演练。

菅丰求生演练的第一招是“破”。他说：“历史民俗学的方法原本应该仅是民俗学的一部分。福田先生规定过‘历史的手法是民俗学的全部’。但是，我认为这仅是一部分。我认为，从跨学科的观点来说，应该积极地引入多样的研究视角、方法和手法。”① 菅丰坚决驳斥了那些认为民俗学“不受其他领域的术语、方法论及流行因素的影响，立足于民俗学史，梳理其问题意识，以再确认民俗学的本质、原创性为目的”的陈腐论调，认为这种观点是倒退的、本质主义的思考方式。

菅丰的第二招是“立”。他说：“我认为，改变这种状况，应该是21世纪民俗学的课题之一。作为其中一个方向，最近我提出了公共民俗学。我认为……成为一个整体共同参与的民俗学。”为此，菅丰还提出一个多元共建、多样共存的“大民俗学”概念，认为“正是凭着这种将多样的参与者结为一体形成的民俗学的特殊性，民俗学才能与其他学问相对抗。正因为这一点，民俗学具有很大的力量”②。

菅丰并没有在论辩中详细阐释他的“公共民俗学”理念，三年之后，代表其未来民俗学理论主张的《走向“新在野之学”的时代——为了知识生产与社会实践的紧密联结》③ 正式出版。陆薇薇认为菅丰“新在野之学”的内核就是“新公共民俗学”，包括四重内涵。一、协同合作与正当性：新在野之学第一重含义即在于多样化行为体的协同合作，提倡打破学院派一统天下的局面，向包含非学院派的诸多民俗学实践者共同参与的大民俗学这一目标前进。民俗学者在与普通民众对话过程中，应当将自己放在比民众略低的位置，如此才有利于实现真正的平等。二、介入式的日常实践：民俗学者不能仅仅作为一个观察者，只有融入地域内部，与当地人共同感

① 〔日〕福田亚细男、菅丰、塚原伸治：《民俗学的方法问题》，赵彦民译，《民间文化论坛》2017年第6期。

② 〔日〕福田亚细男、菅丰、塚原伸治：《民俗学的实践问题》，彭伟文译，《民间文化论坛》2018年第3期。

③ 〔日〕菅丰：《「新しい野の学问」の时代へ——知识生产と社会实践をつなぐために》，东京：岩波书店，2013。

受共同创造，才能拥有对文化加以表现和应用的正当性，成为当事人，并在其过程中发现和思考诸多问题，实现知识生产和社会实践过程中的协同合作。菅丰将这种实践活动称作“参与共感”。三、当地民众的幸福：实践的目的在于当地民众的幸福，这是最核心的内容。实践不是为学者自己，而是为社区民众而进行的，是需要依据社区民众的需求而不断调整的、动态的社会实践。四、自反性、适应性的把握：民俗学者应该在实践过程中不断自省与修正，达到更好的效果。学者应不断检视自身的研究姿态和行为，民众也可以反过来注视研究者的姿态和行为。二者不再扮演固定的注视与被注视的角色，而是互换身份，相互协作。①

从纵向的历史层面上，菅丰继承了柳田开创的民俗学传统；从横向的国际层面上，菅丰受到了美国公共民俗学的影响。所以菅丰声称：“在日本能够让具有‘在野之学’特征的民俗学重生，形成与美国公共民俗学不同的‘新公共民俗学’也即‘新在野之学’，这应该成为今后日本民俗学前进的方向之一。”②

三　经世济民的民俗学理想

菅丰的“新在野之学”对民俗学者的社会实践提出了很高的要求，对于普通民俗学者来说，甚至可以用“太高了”来形容这种要求。虽然菅丰本人在新潟县小千谷市东山地区斗牛习俗的恢复和再造过程中扮演了极重要的角色，亲身践行了他的公共民俗学实验，深受东山地区的民众欢迎，但这种实践活动是很难复制的。能像菅丰一样具有充足的财力、充沛的精力的民俗学者毕竟凤毛麟角。所以说，菅丰的提倡，更多的是表达一种理想，指出一个努力的方向，实际上很难大面积推广。

不过，菅丰的新在野之学得到了中国学者吕微的强烈认同。吕微是2002年开始的学术革命“民间文化青年论坛”的主要发起人之一，也是这

---

① 陆薇薇：《日本民俗学“在野之学”的新定义——菅丰“新在野之学”的倡导与实践》，《民俗研究》2017年第3期。

② 〔日〕菅丰：《民俗学の喜剧——“新しい野の学问”世界に向けて一》，东京大学东洋文化研究所《东洋文化》2012年第93号，第224页。中文由陆薇薇译出。

场学术革命的精神领袖。可能在许多同行看来，菅丰的“新公共民俗学”和吕微 2014 年以来大力倡导的“实践民俗学”没什么联系，但细细一想，两人之间至少有三点共通之处。

（一）两人都有经世济民的崇高理想

吕微在与我和陈泳超的通信中说：“如果学术规范是冷的一面，那么人文关怀就是其热的一面。”[①] 用吕微的“冷热观”来观照福田与菅丰，那么，福田维护的是科学精神、学术规范的冷的一面，菅丰倡导的是人文关怀、社会实践的热的一面。吕微把我视作典型的科学主义者，那自然是“冷”的代表（正如吕微所言，如果需要在福田和菅丰之间站队的话，我可能是站在福田一边的）；他和户晓辉这些提倡爱与自由的“实践民俗学”者，力求通过“新启蒙”而“有用”于其社会理想，自然是“热”的代表。吕微说：“在年轻一代学人当中，重塑‘五四’以来中国现代启蒙主义和人文主义民间文学研究那富于批判精神的优良传统正在成为越来越多的年轻学者之间的共识。在经历了新时期纯学术的形式主义研究的纯洁梦想之后，他们再次醒悟了自己的社会责任，他们希望自己的学术研究最终成为对社会‘有用’的学问。”[②] 这与其说是对年轻一代的评述，不如说是吕微的夫子自道。很明显，吕微将菅丰视作“实践民俗学”的同道中人。而像陈泳超这种既用科学精神约束自己，又有适度人文情怀的研究者，则被吕微归在“冷热”之间。

从另一角度说，虽然菅丰是理论与实践相结合，亲力亲为实践着自己的理念与倡导，而吕微只是在理论上进行艰苦的论证，但两者的立意是一致的。我曾经评论吕微的论文是“虽为民众而写，却不是写给民众看的”，吕微认为“这句话说得真好”，他进一步解释说：“科学的理论例如电学，不是每一个普通人都能够懂得的；但电学的成果，今天的每一个普通人都在享用，我们不是每天都在开、关电器吗？我们不是非懂了电学才会用电器。所以，学术不一定非要通俗地深入民间，特别是人文学科，最需要的

---

① 吕微致陈泳超、施爱东书信，2018 年 11 月 19 日。

② 吕微：《“内在的”和“外在的”民间文学》，《文学评论》2003 年第 3 期。

是转化为制度设计，让每一个普通人都能够享用其成果。”[①] 吕微是试图从制度层面、宏观层面来影响社会，着眼于长期的渐进效应，而菅丰则倾向于从效用层面、地方层面来改造社会，着眼于当下的实际效果。吕微侧重形而上，菅丰侧重形而下；吕微侧重经世，菅丰侧重济民。

（二）两人都对民俗学的政治化倾向保持高度的警惕

菅丰以在野的姿态，明确表达了学问的民间性、利民的实践性，以及民俗学在权力、权威、官学诱惑下的不妥协态度。菅丰以德国民俗学与日本民俗学的对照为例进行了说明。部分民俗学者在纳粹德国时代成为服务于国家社会主义的御用学者，加入了纳粹党并进行了有助于纳粹国策的研究，战后，德国民俗学者进行了深刻的反省，对民俗学的政治性进行彻底的自我批判，并着手于新的民俗学再建构。而日本民俗学虽然没有直接服务于军国主义，但是柳田民俗学具有创造帝国日本之“国民”的意图，可说与当时的政治状态不无关系。按理说，日本民俗学也应该对此有所反省，但事实上，“日本民俗学并没有以德国民俗学展开的强烈反省以及全面的学术重建为经验，对民俗学的政治性问题仍然延续着迟钝的状态。现在，这种状况……更进一步地趋向于恶化”，因此菅丰认为：“一直以来民俗学者轻率地毫无清醒认识地参与文化保护政策的行为是应该被否定的。在文化保护的名义背后隐藏着的观光主义和民族主义，致使民俗从当地居民拥有的事物转变成为外来相关力量的事物。”[②] 不过菅丰也指出，完全脱离官方的民俗实践是不现实的，因而主张“一方面与当地进行互动，另一方面与政府进行沟通”[③]，为了当地民众的幸福，官民是可以有限合作的。

吕微对于官民合作的警惕性似乎更强一些，他说：“我对目前中国民俗学的现状就持这样的看法：走的是一条官学、经学之路。从立场上看是权力认同的官学；从方法上说是单纯使用分析方法的经学。所以，我才会不

---

① 吕微致陈泳超、施爱东书信，2018 年 11 月 15 日。

② 〔日〕菅丰：《日本现代民俗学的“第三条路”——文化保护政策、民俗学主义及公共民俗学》，陈志勤译，《民俗研究》2011 年第 2 期。

③ 菅丰、张帅、邢光大：《公共民俗学与新在野之学及日本民俗学者的中国研究——东京大学东洋文化研究所菅丰教授访谈录》，《民俗研究》2017 年第 3 期。

断地提到‘反对社区主义’的命题。民俗学的原罪，过去是服务于国家意识形态，现在是服务于联合国意识形态。这说明，原罪仍在我们的内心但我们却仍不自知。”①

（三）两人都对民俗学的未来发展有强烈的责任感和使命感

我清楚地记得在菅丰与福田论辩的提问阶段，有一位女性民俗学研究会会员不客气地质问菅丰：“如果你不同意福田先生对民俗学的定义，那你为什么要从事民俗学，你为什么不去干点别的。”菅丰对此做了长篇答复，但我只记住了一句：“这是我的责任！”

菅丰在本次论辩和后来的论文中不断提及责任、目的、使命等话题，比如他在倡导公共民俗学的话题中说：“正因为是凭借田野调查对地方社会具有深入了解的民俗学者，才有可能理解地方民众对于地方文化的想法和价值观，才能够把他们的想法和价值观向地方内外的社会进行广泛的传播。对这些难题进行挑战，建立新的公共民俗学，可以说是现在的民俗学者的使命。”②

吕微则被陈泳超视为有“大愿心”的人文学者：“吕微是从根子上主动设定自己的学术就是为‘他们’而写，‘他们’不是有血有肉的某些人或区域社会，而是抽象的民众全体。吕微是想‘为天地立心，为生民立命’……这需要有‘虽九死其犹未悔’的大愿心。”③ 吕微承认这是他的追求，他说：“我经常问，我这么努力地说道理，怎么一遇到具体问题，仍然‘现实判断会出现偏差’，而我说的道理全都不管用呢？答案只能是，大家最多只是口头上接受了‘本体价值观’，而内心里并没有真正地接受。”④

正是这种强烈的责任感和使命冲动，赋予了菅丰和吕微以挥斥方遒、指点江山的勇气和底气，使其敢于举起“新公共民俗学”和“实践民俗学”的旗帜，向整个民俗学界发起挑战和倡议。无论成功或者失败，虽九死其犹未悔。

---

① 吕微致陈泳超、施爱东书信，2018年11月17日。

② 〔日〕菅丰：《日本现代民俗学的“第三条路”——文化保护政策、民俗学主义及公共民俗学》，陈志勤译，《民俗研究》2011年第2期。

③ 陈泳超致吕微、施爱东书信，2018年11月16日。

④ 吕微致陈泳超、施爱东书信，2018年11月17日。

四 “宏大理论”与“低微理论”

对于民俗学未来与出路的焦虑，不止发生在中国和日本，也发生在美国。美国民俗学会2004年的年会上，阿兰·邓迪斯（Alan Dundes）受邀在全体大会上做了题为《21世纪的民俗学》主旨演讲。他开门见山地说：“21世纪之初的民俗学状况令人感到烦恼不安。全世界的民俗学研究生课程都遭到了废除或严重的削弱。哥本哈根大学一度颇有声望的学术课程不复存在。在德国，民俗学课程项目为了变得更加以民族学为中心而修改了其称谓。甚至在赫尔辛基这个众人向往的民俗研究圣地，赫尔辛基大学的研究生课程名称也做出了改变。”①

对于美国民俗学的衰落，邓迪斯给出的令人尴尬的诊断是：“第一个也是最主要的原因是我们可称为‘宏大理论’的创新持续缺乏。”“尽管我们有丰富的图书馆资源和……信息技术，美国民俗学家却几乎没有对民俗学理论和方法做出贡献。”邓迪斯警告说：“没有这种或其他的宏大理论，民俗文本将永远只是有少量或根本没有实质性内容分析的文选。每当未经分析的民俗汇集又一次被发表时，民俗学者作为简单的收藏家、痴迷的分类员和档案管理员的刻板印象就又一次得到强化。”②

可是，邓迪斯的观点遭到了包括鲍曼在内的多数美国民俗学者反对。其中，多萝西·诺伊斯（Dorothy Noyes）就认为：“宏大理论为他自己建构了宏大的对象：人类本性和社会本质等等。民俗学没有与社会学、心理学或人类学竞争的资源。我们的历史只留给我们一个更小的花园来培育。”③言下之意，民俗学的小花园里不可能培育出遮天蔽日的参天大树。因此，诺伊斯提出了一个“低微理论”的概念。她强调说，民俗学的花园虽然不大，但也不是不毛之地，主流人文学科的建造者们曾经弃置的石头正是我

---

① 〔美〕阿兰·邓迪斯：《21世纪的民俗学》，王曼利译，载〔美〕李·哈林编《民俗学的宏大理论》，程鹏等译，上海社会科学院出版社，2018，第3-4页。

② 〔美〕阿兰·邓迪斯：《21世纪的民俗学》，王曼利译，《民间文化论坛》2007年第3期，第8、10、15页。

③ 〔美〕多萝西·诺伊斯：《低微理论》，王立阳译，载〔美〕李·哈林编《民俗学的宏大理论》，程鹏等译，上海社会科学院出版社，2018，第97页。

们建构民俗学大厦的基石，他们眼界未及的剩余物、意外和间质给了民俗学足够的施展空间，“我们的训练更有助于批判而不是建构宏大理论。不过同时我们可以继续研究宏大理论和地方阐释之间的中间区域”①。

在哈林主编的《民俗学的宏大理论》一书中，美国民俗学者们热烈地讨论着一系列关于“理论”的问题，学者们提到的相关概念，除了宏大理论和低微理论，还有强势理论、一般理论、浅显理论、弱理论、修复理论、批判理论、阐释理论、本土理论、外部理论，等等，每一个人都希望从各自的角度说明理论具有多样性，没有宏大理论的民俗学是合理合法甚至必然的。

那么，理论到底是什么？这是一个已经被学界和媒体用烂的、每个人脑袋里都已经形成了自己的感性认知因而再也无法取得共识的概念。一般来说，理论被认为是揭示事物运行规律或隐性特征的一种知识体系，它不是学者们简单观测、说明的显性知识，而是运用一套独特的概念、原理而阐释的知识发明，对同类现象具有普遍的解释力。但是，即便是这样的看法学者们也很难形成共识。

由于文化历史的差异，各国学界对于理论的理解也大相径庭。正如菅丰所说，中日民俗学之间，围绕着所谓理论追求，存在着不可通约性。日本学者对于理论的设定和要求比较高，菅丰认为：“日本民俗学除了柳田国男的调查资料论（重出立证法、周圈论等）以外，并没有得出像样的理论。而柳田的那一套，在今天看来根本算不上理论。”如果连柳田那一套都算不上理论，其他人的就更不用说了。要求太高，学者们知道高攀不起，理论追求的动力自然就弱了。相反，中国学者对于理论的设定和要求比较低，因而理论追求的动力也强劲得多，各种项目申报书、用稿要求、开题报告、评议意见，都会要求说明“理论贡献”“理论意义”，于是，赶鸭子上架，大凡观点、主张、见解、倡议、视角、方法等，只要不是具体事项的纯实证研究，都被称作“理论”或“理论研究”。

美国学者对理论的认识似乎介于中日之间，因而更加复杂。为了调和

---

① 〔美〕多萝西・诺伊斯：《低微理论》，王立阳译，载〔美〕李・哈林编《民俗学的宏大理论》，程鹏等译，上海社会科学院出版社，2018，第 99 页。

不同理论诉求的分歧和矛盾，学者们试图对理论进行再分类。邓迪斯将他所推崇的理论称作宏大理论："真正的宏大理论能使我们理解那些如果没有该理论就令人十分费解或无法破译的资料。"① 也就是说，能够用来解释越广泛现象的理论就越宏大，如过渡礼仪、历史－地理学方法、故事形态学、顺势巫术法则等。相应的，那些只能用来解释局部、个别、特定现象的知识则被视为低微理论、本土理论。而那些感性特征明显，允许不断质疑和修订的理性认知，则被视为弱理论、修复理论。借助这样的一系列定义，理论也被分出了三六九等，有了"高帅富"和"矮矬穷"，民俗学者自觉地把自己的工作归入后者，然后声称："它也许是低微……我们这里有理论，不需要去指望着宇宙的或者学术的明星来拯救。"②

在一个学科的建设中，宏大理论是否必须有？许多学者给出了否定的回答。20 世纪中期，美国民俗学经历过一番与日本民俗学几乎一模一样的"学院化"道路，以理查德·多尔逊（Richard Dorson）为代表的一批民俗学者，先后借助国家防卫教育法案的拨款、福特基金会的支持，以及 1970 年代印第安纳大学文理学院本科生课程调整等时机，做出调整，努力推进专业民俗学机构的建设，团结、培养了大批学院派的新生力量③。与此相应，他通过边界限定，对商业化的、大众媒体的、猎奇的、哗众取宠的民俗调研，将来自其他学科的、对民俗浅尝辄止的研究称为"伪民俗学"，划定并捍卫了民俗学的边界，使民俗学的学术队伍更为纯洁，制造了美国民俗学的黄金时代。"多尔逊声称，民俗学的命运取决于对特定研究对象、研究方法、职业团体、文本材料和专业系科的排外性认同，而不取决于理论。"④

从中国民俗学的发展历史来看，可以称得上宏大理论的，除了学科发

① 〔美〕阿兰·邓迪斯：《21 世纪的民俗学》，王曼利译，载〔美〕李·哈林编《民俗学的宏大理论》，程鹏等译，上海社会科学院出版社，2018，第 11 页。

② 〔美〕多萝西·诺伊斯：《低微理论》，王立阳译，载〔美〕李·哈林编《民俗学的宏大理论》，程鹏等译，上海社会科学院出版社，2018，第 100 页。

③ 崔若男：《多尔逊与美国民俗学学科的发展》，《民间文化论坛》2015 年第 3 期。

④ 〔美〕查尔斯·L. 布里格斯：《规范民俗学科》，邵文苑译，载〔美〕李·哈林编《民俗学的宏大理论》，程鹏等译，上海社会科学院出版社，2018，第 167 页。

轫时期基于“层累造史”而形成的“历史演进法”，我们别无所有。但是，民俗学依然在钟敬文以及他的后继者们手上蓬勃发展起来。中国民俗学进入21世纪以来的鼎盛局面，主要不是基于内部的理论建设，而是基于外部的社会需求——非物质文化遗产保护工作对民俗学的需求。正如陈泳超所说：“新世纪以来对民间文学/民俗学学科有全局性影响的有两件事情：一个是‘非遗’运动，它为民间文学/民俗学带来的是契机也好、转型也好，甚至是一个很大的冲击也好，总之它对当下整个学术走向发生了极大的影响，这是学科外部的。而学科内部呢？我认为就是新世纪初的‘民间文化青年论坛’。”①

我们再放眼看看国内的兄弟学科，古代文学专业有“宏大理论”吗？答案当然是否定的，可是，古代文学的学科地位稳如泰山。20世纪90年代以来，甚至不断有学者呼吁取消文学理论这门基础学科，但是，从来没有人动过取消古代文学学科的念头。没有宏大理论，古代文学研究为什么还能长盛不衰？一个最重要的理由是：社会需求。古代文学是国家精神文化的重要组成部分、国家认同的重要载体，无论国民教育、审美教育还是人格塑造等，都离不开古代文学的学术滋养，其文化形态在今天仍有强劲的需求和旺盛的生命力。古代文学没有宏大理论，但有宏大需求。

需求永远是第一位的，也是影响我们学科兴衰的决定性因素。有了需求才有问题（选题），有了问题才有对象（材料），有了对象才谈得上理论或者方法。倒过来看，理论是统摄材料的，材料是围绕问题的，问题是因社会需求而产生的。宏大理论固然重要，但并不是必需的，只要问题明确、逻辑可靠、方法合理，没有宏大理论一样能产出好的成果。

每个国家的学术传统都不一样，中国学术界虽然非常重视和强调理论，可是，由于中国学界将理论的门槛放得特别低，应用面铺得特别广，我们的研究、评论、思考、阅读，乃至生活实践，无时无刻不处在各种大大小小的理论框架之中，“无论是被公认为常识性知识的一部分，还是作为学术知识入门的精心设计的专门领域，采用任何解释框架为视角都是初步接触

① 陈泳超：《闭幕式总结发言》，北京大学中文系“从启蒙民众到对话民众——纪念中国民间文学学科100周年国际学术研讨会”，2018年10月22日。

理论的一步”[①]。借助泛理论的眼光，我们甚至可以认为，每一条民间谚语都是民众生活实践中的一则弱理论。当理论被视作学术研究的空气和水的时候，理论研究就获得了至高无上的地位，但这种地位也像空气和水一样，触手可及，一点也不稀罕。

理论的界限到底应该定在哪里，这也是一个仁智各见的无解难题。菅丰将理论的门槛定得比较高，他说：“柳田的那一套，在今天看来根本算不上理论。”这个观点恐怕多数中国学者都不认可，但是，如果我们说“地球绕着太阳转，这个知识根本算不上理论”，恐怕很多人都会同意。后者虽曾是惊世骇俗的宏大理论，但对于今天的我们来说早已成为常识，几乎没有人会把它当作一种理论来看待。那么，对于日本学者来说，“柳田那一套”也已经成为常识，不再被菅丰视作理论也就可以理解了。

在什么是理论的问题上，我是赞同菅丰的。学术研究必须有门槛，学科必须有边界，理论当然也该有门槛和边界。刘魁立先生曾经在多个场合说过：“当什么都是民俗的时候，民俗学就什么都不是了。”同样我们也可以说：“当什么知识都是理论的时候，理论就什么都不是了。”理论是专业性的知识发明，理论研究必须是前沿性的、针对未知世界的、尚未成为公共知识的、有待于进一步讨论和修正的探索和发现。那些已经取得共识的理论命题，如果我们的研究不能进一步推进其深化，或修正其偏差，无论选题多高尚、龙门阵摆得多玄乎、用了多少深奥的理论词语，我们充其量只是重做了一道“理论练习题”或“理论应用题”。

五 如果把民俗学比作一条船

对照日美，反观中国现代民俗学的发展道路，我们就会发现，虽然国情和体制大相径庭，但是大家都有一个共同点，都受到了社会需求的巨大制约，都在社会进程的大潮中不断调整自己的生存策略和发展方向。比如，在学术与政治的关系上，“多尔逊努力在大学内把民俗学系科化的努力与民族主义的诉求密切相连。在冷战的意识形态下，因为民

---

① 〔美〕基林·纳拉扬：《“换言之”：重铸宏大理论》，唐璐璐译，载〔美〕李·哈林编《民俗学的宏大理论》，程鹏等译，上海社会科学院出版社，2018，第155页。

俗学被认为是有利于国防的学科，印大的民俗学受到国家防卫教育法案提供的资金资助”[①]。

我相信，多尔逊的学科发展之道在菅丰和吕微看来，一定是需要批评的，正如吕微在《“内在的”和“外在的”民间文学》中批评钟敬文对于民间文学的定义过于意识形态化和政治化一样。

批评当然是应该的，学术政策需要接受理性批评的制衡；但存在也是合理的，世上没有真正的纯学术，适应性策略有助于推动事业的发展。虽然多尔逊本人就坚持民俗学的纯学术道路，坚决反对纯学术之外的任何民俗学活动，但在后人眼中，多尔逊是一个比民族主义更狭隘的意识形态捍卫者。同样，钟敬文也是一个以学术本位自诩的民俗学者，但在吕微眼里，钟敬文也受到了意识形态的浸染。吕微认为自己是一个纯学术的爱智者，他说：“1990 年代在妙峰山的一次会议上，乌丙安主张民俗学应该注重应用，我反对。我那时是一个纯粹的爱智者，主张纯学术。钟老是中间派，从总体上同意民俗学最终应该应用，但主张在研究之前和之中，不应该有功利考虑，对我表示了一定的同情。”[②] 但是，今天的吕微却正在致力于把自己的民俗学理想推向整个民俗学界，乃至整个社会，这点跟菅丰也有相近之处。正如前文所述，他们都有经世济民的理想，可是，谁又敢说吕微和菅丰的理想就不是一种意识形态，不是一种政治呢？科学社会主义本来也是一种学说，但当它走向社会实践的时候，它就成了政治。

从学科本位而不是学术本位的角度看，如果没有多尔逊、钟敬文们的努力，也许民俗学科早就没落甚至退出大学学科目录了。民俗学本来就是因应时势需求而产生的，因此，随着社会时势变化、需求变化而调整也就成为题中应有之义，否则就如福田所言：“日本民俗学如果已经不为时代所需要，无法适应时代，那么‘理应消失’。”相反，理论民俗学者想通过“完美”的理论推想，为“未来民俗学”论证出一个颠扑不破的存在价值，指出一条光明正确的金光大道，即便不说徒劳，至少也是没什么实际效用。这就像邓迪斯，虽然激情高呼：“民俗万岁！民俗学万岁！美国民俗学会

---

① 彭牧：《实践、文化政治学与美国民俗学的表演理论》，《民间文化论坛》2005 年第 5 期。

② 吕微致陈泳超、施爱东书信，2018 年 11 月 20 日。

万岁!"[①] 但是，不顶用的。

并不是说"民"永远存在、"俗"永远存在，民俗学就会永远存在，不是的。中国民俗学如果不能适应时代变化，抓住时代需求，适时调整自己的项目和选题，一味地拒斥政治和体制的需求，坚持与政治的不合作态度，恐怕就只有一条必然的"消亡"道路。事实上，接受政府项目，通过项目提出建议，帮助政府在具体事务中做出更科学、更合理的决策，也应该是民俗学经世济民的有效途径之一。

菅丰式的新公共民俗学在当代中国几乎是不可能推广实施的，目前中国似乎还没有一个民俗学者能像他那样深入对象田野，融入社区践行"介入式的日常实践"。菅丰的倡导对于我们来说只具有借鉴意义，可以当作一面镜子、一种理想，用以自省和自勉。吕微的倡导就更是理想主义了，实践民俗学何时化作民俗学实践，目前看还遥遥无期。尽管如此，菅丰和吕微的工作依然是值得我们学习和尊敬的，正如理想国虽然遥远，但它为我们指出了一个可能的方向，提出了一套理想的方案，鞭策着我们奋力前行。

进入 21 世纪以来，中国民俗学者正在努力适应"项目化生存"的高校管理体制，积极申报各种"国家课题"和"地方项目"，为社会治理献计献策，努力向非物质文化遗产、新型城镇化、一带一路、乡村振兴、乡愁文化等政策性项目靠拢。这与其说是取悦政治，不如说是为民俗学科寻找客户资源——解决民俗学的"社会需求"问题，因此也可以视作一种中国特色的、项目制的公共民俗学。这些学者充实了学科的生存资本，在制度化的学术格局中为民俗学拿下了更多订单，争取了更多需求。

民俗学是一门发现和描写民众在特定社会关系中的习惯性行为，进而理解其背后的习惯性思维的一门学问。对于有些学者尤其是地方民俗学者来说，如实地将民众的习惯性行为记录下来，整理成民俗志，到这一步就可以了；但对于另外一些学者尤其是学院派民俗学者来说，仅仅描述是不够的，他们会进而试图勾勒其结构规律、理解其文化意义、寻找背后的动力机制；但是，有些学者到此仍不止步，他们还想启蒙民众，用纯粹实践

---

① 〔美〕阿兰·邓迪斯:《21 世纪的民俗学》，王曼利译，《民间文化论坛》2007 年第 3 期，第 42 页。

理性来分析民俗文化的伦理价值，制定民俗生活的形式规则，引导民众运用实践理性决定在特定情势下应该采取何种行为方式。从学科贡献的角度看，三者之间似乎没有价值高下，但如果从“皮”和“毛”的关系来看，我们甚至可以认为：民俗志书写是“皮”，是民俗学赖以存在的基础文本，没有民俗志就没有民俗学；理论民俗学是“毛”，虽然华丽精致，但必须依附于民俗志而存在，亦即所谓皮之不存，毛将焉附。

如果我们把民俗学比作一条船，那么，船上必然有人掌舵、有人划桨、有人打鱼、有人掌厨，这是一个互为存在依据的共同体。掌厨的千万不要以为是自己养活了整船员工，也不要嘲笑打鱼的功利、划桨的技术含量低，更不能号召大家一起来跟你学掌厨。我们可以想象一艘所有船员都是大厨的船，恐怕最终只有沉沦的命运。所以说，同行之间的学术批评不应针对学术取向和选题，有效的学术批评应该针对作为“普通的学问”中那些有违学术规范、学术伦理，或者有助于提升操作水平的具体问题，诸如问题是否明确、田野是否扎实、抽样是否有效、材料是否充分、逻辑是否严密、论证是否可信、条理是否分明、观点是否原创、引述是否规范、评述是否公允、结论是否可靠等，而不是打击同行的研究领域、学术流派或书写范式。不同价值取向的民俗学者本来就是互相依存的“皮”和“毛”，大家只有同舟共济，皮不笑毛虚，毛不嫌皮厚，才能让自己和同行都变得更强大、更安全，让民俗学这艘船走得更稳、更远。

相对于日美民俗学，中国民俗学的研究对象更多样、学者成分更复杂、政策影响更深刻、意识形态更明显。钟敬文先生在世的时候，曾经对民俗学的未来有过多次规划，也有过许多倡导，现在回头再看，这些规划和倡导几乎都落空了。因为学术发展从来不是对预设目标的接近，而是对既有范例的延续和改进、对危机范式的反叛和突破，只能“按我们确实知道的去演进”①。

中国民俗学从业者众多（截至2018年，仅中国民俗学会会员即多达2600余位），每一位从业者都有自己的兴趣和专长，我们可以用自己的学术

---

① 施爱东：《钟敬文民俗学学科构想述评》，《民间文化论坛》2004年第4期。

魅力去吸引部分目标追随者，但无法替整个学科预设未来，也不可能给所有学者指明出路。我们应该将“学术多样性”理解为中国现代民俗学的一项基本特性。中国民俗学只要能适应时代需求，与时俱进，不同学术取向的民俗学者同舟共济，虽不可通约但相互包容，我们就有理由相信，自由的学术生态必然会产出丰硕的学术成果，不需要人为引导，也不需要扬鞭策马。

探究日常生活的"民俗性"*

——后传承时代民俗学"日常生活"转向的一种路径

刘晓春**

摘　要：在民俗的"后传承时代"，民俗呈现为传承、消费、意识形态等不同形式，渗透到日常生活的方方面面，"传统""共同体"等民俗学既有的规定性概念难以把握这些社会文化现象，民俗学提出了"日常生活"转向的学术追求；民俗学的日常生活研究，不是以日常生活为对象，而是以日常生活作为目的和分类的方法，重新把握现代社会中的民俗现象，在流动的、意向性建构的"共同体"中探究民俗的意义；鲍辛格、岩本通弥等民俗学者通过发掘日常生活实践主体运用"过去的经验""历史化""故事化"地感知、表象生活世界，致力于寻求传统民俗学与现代日常生活的相通之处，为民俗学研究开辟了新径。结合理论铺垫与前人的研究实践，尝试提出以"探究日常生活的'民俗性'"作为民俗学"日常生活"转向的一种路径；民俗性，即实践主体在意向性生成的语境中运用"过去的经验"民俗化地感知世界；民俗学需要从日常生活的表象中发现"民俗性"，进而解释其社会文化意义。

关键词：后传承时代；日常生活；意向性；实践主体；民俗性

---

* 本文选自《民俗研究》2019 年第 3 期。本文为教育部人文社会科学重点研究基地重大项目"非物质文化遗产与民族地区城乡协调发展"（项目编号：16JJD850017）的阶段性成果。

** 刘晓春，中山大学中国非物质文化遗产研究中心、中山大学中文系教授。

近年来，“日常生活”转向成为民俗学界的热门话题，学界同人在理论、方法以及个案等方面都做了诸多探索。其中吕微、户晓辉两位先生讨论问题的理论资源主要来自哲学，他们为民俗学的“日常生活”转向进行了卓有成效的先验方法论的奠基，他们标举的民俗学观念性实践本质也逐渐获得学界的认同。[①] 周星、高丙中、刘铁梁、萧放、杨利慧、王杰文、岳永逸、张士闪等诸位先生的讨论则运用民俗学熟悉的理论资源、概念、表述方式，关注普通人模式化日常生活的意义与价值，贡献了“生活革命”“日常生活的未来民俗学”“交流式民俗志”“传统礼仪的当代实践”“神话主义”“礼俗互动”等概念[②]，他们的研究拓展、深化了民俗学“日常生活”研究的目的和旨意。以“日常生活”为取向的民俗学研究有一个共同的观照，就是直面现代日常生活，关注普通人日常生活实践的人生意义与生命价值。

上述学者的探索，为民俗学研究打开了新的想象空间，同时也产生了新的令人困惑的问题。民俗学为何要转向“日常生活”？“日常生活”等同于民俗吗？民俗学的“日常生活”研究路在何方？本文试图在向民俗学传统致敬的基础上回答以上问题，并探讨民俗学“日常生活”研究的可能路径。

---

① 吕微：《民俗学：一门伟大的学科——从学术反思到实践科学的历史与逻辑研究》，中国社会科学出版社，2015；户晓辉：《返回爱与自由的生活世界：纯粹民间文学关键词的哲学阐释》，江苏人民出版社，2010；《民间文学的自由叙事》，社会科学文献出版社，2014；户晓辉：《日常生活的苦难与希望：实践民俗学田野笔记》，中国社会科学出版社，2017。

② 周星：《“生活革命”与中国民俗学的方向》，《民俗研究》2017 年第 1 期；周星：《生活革命、乡愁与中国民俗学》，《民间文化论坛》2017 年第 2 期；高丙中：《中国人的生活世界：民俗学的路径》，《民俗研究》2010 年第 1 期；高丙中：《日常生活的未来民俗学论纲》，《民俗研究》2017 年第 1 期；刘铁梁：《感受生活的民俗学》，《民俗研究》2011 年第 2 期；刘铁梁：《个人叙事与交流式民俗志：关于实践民俗学的一些思考》，《民俗研究》2019 年第 1 期；萧放：《传统仪礼的当代实践》，《文化遗产》2018 年第 4 期；萧放、鞠熙：《实践民俗学：从理论到乡村研究》，《民俗研究》2019 年第 1 期；杨利慧：《神话主义研究的追求与意义》，《民间文化论坛》2017 年第 5 期；王杰文：《追问“理所当然”——北京市高层集合住宅的生活及生活世界的变迁》，周星、王霄冰主编《现代民俗学的视野与方向》（下），商务印书馆，2018；王杰文：《日常生活实践的“战术”——以北京“残街”的“占道经营”现象为个案》，《民间文化论坛》2018 年第 2 期；岳永逸：《技术世界民间曲艺的可能》，《华东师范大学学报》2016 年第 4 期；张士闪：《礼俗互动与中国社会研究》，《民俗研究》2016 年第 6 期。

一　为何转向“日常生活”？

首先，从20世纪中后期开始，国际民俗学界开始反思民俗学所具有的浪漫的民族主义传统、民族国家的意识形态以及民俗传统的文化遗产化热情，重新确立“民俗学”的学科目的和旨意，不约而同地将民俗学定义为在反思日常中确立普通人日常生活之意义和价值的学问。

早在1961年，德国民俗学家赫尔曼·鲍辛格出版了他的教授资格论文《技术世界中的民间文化》，基于现代化、全球化的技术变化与传统民俗学分析对象相互渗透这一日益普遍的事实，他抛弃了传统民俗学挖掘“沉淀的文化遗产”“民族精魂”的目标，转而以一种日常生活启蒙者的姿态，将民俗学定义为“反思日常”的学问，完成了德国民俗学的现代转型。民俗学的目标是让普通民众反思性地看待不引人注意的“理所当然之事”、习以为常的日常生活，进而形成对日常生活的自觉。①

1998年，日本民俗学家岩本通弥在《日本民俗学》第215号发表《以“民俗”为研究对象即为民俗学吗？——民俗学为什么疏离了“近代”?》一文，岩本通弥认为日本明治政府、大正时期地方改良运动的民俗“意识形态化”，战后日本民俗学追求“民俗”的客观性、科学性，以及日益狭隘的“文化遗产化”取向，严重偏离了柳田国男“乡土研究”关心“眼前生活疑问”的出发点，指出民俗学应该从“当下的日常”中确立自身的定位，回到“已知的”“理所当然的”现象，洞察其背后的真理，从“过去的知识”，解答“现代的奇异现象”。他认为民俗学不是以民俗为对象，而是以民俗为方法；不是研究民俗，而是通过民俗进行研究，通过民俗反思日常生活的“理所当然”。②

2003年5月，吕微发表《“内在的”和“外在的”民间文学》一文，在反思中国民间文学（民俗学）内在的、共时的、形式的/外在的、历时

① 〔德〕赫尔曼·鲍辛格：《技术世界中的民间文化》，户晓辉译，广西师范大学出版社，2014，《总序》；参见〔德〕赫尔曼·鲍辛格等《日常生活的启蒙者》，吴秀杰译，广西师范大学出版社，2014，第21－25页。

② 〔日〕岩本通弥：《以“民俗”为研究对象即为民俗学吗？——民俗学为什么疏离了“近代”?》，宫岛琴美译，《文化遗产》2008年第2期。

的、内容的研究传统之后，认为未来民俗学的研究应该是研究主体与被研究的对象主体之间的对话过程，是研究者和被研究者“主体间”相互寻找共同语言的过程，并且指出，当时中国民间文学（民俗学）学者认为民间文学（民俗学）研究对象包含规则、主体、活动在内的全部生活要素，其旨意已经十分接近胡塞尔的“生活世界”。[①] 在2015年出版的《民俗学：一门伟大的学科——从学术反思到实践科学的历史与逻辑研究》一书中，吕微对该文做了修订，进一步明确朝向未来的民俗学是一种基于先验性、交互性的实践主体的自由关切（目的）和自律对话（方法）的纯粹实践的学问，在这一学问中，研究者和被研究者双方都作为实践主体在先验的场域中“共同”“到场”，相互启蒙。[②]

其次，民俗学的“传统”概念无法追踪民间生活的现代改变，导致民俗学与现代日益疏离。

“传统”是界定“民俗”的特质之一，在一些民俗学家看来，“传统”甚至是“俗”的同义词。可以这样说，“传统”是理解民俗的最重要的关键词，民俗学界对于“传统”的理解众说纷纭。其中以下观点具有代表性：传统是具有规训意义和价值的教条；传统还可以通过构建教条，来界定一个群体的社会和文化认同；传统与创造性之间意味着稳定/活动、永久/变化、过去/现在的二元对立的关系。[③]

但是，很多学者认识到，传统既是过去生活的一种模式，也离不开现在对传统的阐释；传统是“选择性的传统”，是社会有意识创造的目标，社会可以通过选择历史事件和英雄人物，甚至通过发明过去以创造自己的传统。[④] 早在19世纪末，英国民俗学家雅克布·乔瑟菲（Jacobs Joseph，1854－1916）就已经指出传统是不断更新的，并为个体所模仿，民众是共享传统的

① 吕微：《“内在的”和“外在的”民间文学》，《文学评论》2003年第3期。

② 吕微：《民俗学：一门伟大的学科——从学术反思到实践科学的历史与逻辑研究》，中国社会科学出版社，2015，第41页。

③ 〔美〕丹·本－阿默思：《传统的七股力量：论传统在美国民俗学中的多重意义》，张举文译，《民间文化论坛》2018年第5期。

④ 〔英〕E. 霍布斯鲍姆、T. 兰格：《传统的发明》，钱杭、顾冠群译，译林出版社，2004；〔美〕丹·本－阿默思：《传统的七股力量：论传统在美国民俗学中的多重意义》，张举文译，《民间文化论坛》2018年第5期。

群体，可以属于任何阶层，传统可以被理解为一个进程。[①] 乔瑟菲认为“传统”并不是停滞的、毫无现实意义与价值的“遗留物”，而是一个不断适应时代变化、不断更新的历史进程。

以鲍辛格为代表的德国经验文化学派之所以具有革命性的突破，与他们重新认识“传统”密切相关，他们打破了“传统”概念的封闭静止循环和浪漫美好想象，将运动、过程、压力、分崩离析等因素赋予其中，使其意义具有了开放性，传统因此具有了活力。鲍辛格认为，以“传统”“共同体”为决定性标志的民俗学，无法追踪民间生活的现代改变。[②] 鲍辛格早于霍布斯鲍姆等人洞察到传统不是先在的文化给定物，而是不断建构甚至发明的产物。在他看来，传统不再被仅仅当作固定不变的东西，而是被置于运动之中。传统关乎的不再是遗留物，而是建立在过去基础上的尊严和意义，是文化充满活力的组成部分。甚至可以说，人们的兴趣不在对象的本身，而在其功能。[③] 正如阿默思在该书英文版中所说的，在鲍辛格那里，传统并不是通过语言、艺术、音乐这些具有悠久历史的价值的载体代代相传，而是处于一个始终混乱的舞台上，在趋于变化的压力下分崩离析；人们努力通过新的仪式、展示、不同的娱乐形式或者通过复兴旧的生活方式以修复和维持传统——往往是通过建构，有必要的话甚至通过发明的形式。[④] 在当代社会，人们发现传统不再是全然没有中断的、完全连续的传承，还有那些后退得更远的历史被塑造为现实的、长期有效的、显现为自然的文化因素，也被视为传统。[⑤]

几乎与鲍辛格同时，1967年，美国民俗学家阿默思发表文章，将民俗定义为“小群体内的艺术性交际”。他指出，这个定义缺省了两个关键词：

---

① 转引自王杰文《“传统”研究的研究传统》，《民族文学研究》2010年第4期。

② 〔德〕赫尔曼·鲍辛格等：《日常生活的启蒙者》，吴秀杰译，广西师范大学出版社，2014，第59页。

③ 〔德〕赫尔曼·鲍辛格等：《日常生活的启蒙者》，吴秀杰译，广西师范大学出版社，2014，第115页。

④ Hermann Bausinger, *Folk Culture in a World of Technology*, Bloomington: Indiana University Press, 1990.

⑤ 〔德〕赫尔曼·鲍辛格：《技术世界中的民间文化》，户晓辉译，广西师范大学出版社，2014，第157页。

传统和口头传递。他认为传统只是一种修辞手段，或一种社会工具性的惯例。一个与过去事项有关的故事，以及对故事的历史性的文化信念，并不是一回事。民俗的传统性是一种偶然特质，只是在某些情况下与其相关，而并非是其客观的内在特性。“有些传统是民俗，但并非所有民俗都是传统的。”① 因此，在阿默思看来，传统并不是民俗的规定性特质，它只是民俗的一种偶然性，并不具有必然性。更为关键的是，他一针见血地指出传统只是一种不同群体、不同集团用以达到其自身目的的修辞手段，传统与其说是民俗客观的、内在的特质，不如说是被人们功利地赋予其意识形态功能的、主观的、偶然性的外在表象。阿默思同鲍辛格一样，并非否定传统，而是提醒人们要注意传统被人们不断建构，其意义不断生成，并非一成不变。这与鲍辛格、岩本通弥毅然决然地彻底告别民俗学的意识形态功能异曲同工。

再次，当下民俗学面对的是民俗的“后传承时代”。传统民俗学被定义为研究口头传统、身体惯习的学问。口头传统、身体惯习的传统性，主要依赖的是世代之间的传承。传承既是名词，也是动词。作为名词的“传承”即是“传统”，为规避“传统”这一概念的政治性，柳田国男发明了“传承”这一概念。作为动词的传承是一个动态的概念。虽然从记忆论的角度看，人们一旦习得某种习俗，该习俗则以身体文字的形式写入心灵的石板，真实、持久、坚固，难以销毁；② 但是，从身体性角度看，传承即是口传身授，知识与经验通过人与人之间的口耳相传、身体授受实现世代传递；从社会性角度看，传承是人与人之间、人群之间的互动交流，知识与经验可以跨时空、跨媒介传递、转换。

“传承”（传统）与“共同体”一直被看作民间文化的两个决定性标志。但是，一旦具有动态生命力的“传承”概念与具有人群、时空限定性的“共同体”概念连接在一起，在面对现代化、全球化的时代，我们发现

---

① 〔美〕丹·本-阿默思：《在承启关系中探求民俗的定义》，张举文译，《民俗研究》1998年第4期。

② 〔德〕阿莱达·阿斯曼：《回忆空间：文化记忆的形式和变迁》，潘璐译，北京大学出版社，2016，第275页。

两者并非完全契合，而是貌合神离，以致研究者常常束手无策。日本民俗学家福田亚细男发明的“传承母体”是具有典型意义的“共同体”概念。他认为，占据着一定领域的土地，在这个基础上使超世代的生活持续下来的集团，就是所谓的传承母体。他将传承母体设定为从现在捕捉、追溯过往历史的可以把握的分析单位。在他看来，没有传承母体，就无法捕捉作为一个历史时期的过去。土地、历史、集团、制约力，是传承母体的四个要素。[①] 很显然，这是一个作为分析概念的“理想类型”，并非是独立的社会实体。现实的状况是，面对面口传身授的沟通交流依然有效，以传统社会结构为基础的“传承母体”等共同体单位却日益崩解，与此同时，毫无共同地域基础的流动、异质、多元的人群通过多种媒介、互联网实现的共同体式的沟通交流，以及民俗主义现象与事物却与日俱增。因此，只要民俗学依然以“传统”“共同体”作为主流观念，“就没有可能去追踪民间生活的现代改变”。[②]

以村落为例。村落是中日两国民俗学把握民俗特性的“传承母体”单位，它被想象为区别于城市的、自给自足的有机共同体。其实，在现代性过程中，城市与乡村不是单一的镜像关系，而是互为镜像的关系。研究者、书写者关于城市、乡村的意象表达，以此作为互为反观的对象，往往具有虚构、想象的成分，既表现了不同研究者关于城市/乡村观念、立场的差异，同时也是各自缺憾的想象性满足。学术研究已经表明，即便在传统社会，城/乡之间的空间区隔也并不是天然存在。城市与乡村之间反而有着紧密的联系，乡村的自给自足并不是限定在狭隘的村落空间，而是由基层市场区域的边界所决定。[③] 滕尼斯关于乡村礼俗社会/城市法理社会的划分，以及费孝通先生的“乡土中国”，都是一种“理想形态”（ideal type）。[④] 中

---

① 〔日〕福田亚细男、菅丰、塚原伸治：《传承母体论的问题》，彭伟文译，《民间文化论坛》2017年第6期。

② 〔德〕赫尔曼·鲍辛格：《日常生活的启蒙者》，吴秀杰译，广西师范大学出版社，2014，第59页。

③ 〔美〕施坚雅：《中国农村的市场与社会结构》，史建云等译，中国社会科学出版社，1998。

④ 〔德〕斐迪南·滕尼斯：《共同体与社会——纯粹社会学的基本概念》，林荣远译，北京大学出版社，2011；费孝通：《乡土中国　生育制度》，北京大学出版社，1998，第4页。美国学者贝斯特的《邻里东京》表明，礼俗社会关系同样是城镇居民日常交往的（转下页注）

国，随着现代化的无远弗届，“乡村”，无论是作为一个远离城市的生活空间，还是代表一种自然健康淳朴的生活方式，日益成为中产阶级的“乡愁”所寄，将乡村与城市加以对照，成为我们自身认知体验的核心部分，也是认识我们社会的各种危机的主要方式之一。因此，对于民俗学而言，应该在城乡互为镜像的关系中理解乡村。

传承母体的崩解，意味着旧的共同体解体、消失，新的共同体同时也在凝聚、形成。在中国，20 世纪 80 年代改革开放之前，受人口流动的限制，“传承”作为民俗学的核心概念仍具有其解释力。改革开放带来了人口的快速流动，人口从乡村向城市集聚，继而发展到乡村与城市之间人口的双向流动，以及日益普遍人口的全球流动。与之相伴随的是，民俗得以传承的“传承母体”不断崩解，民俗学强调面对面交流、强调口传身授的“传承”概念，因传承链条的脆弱与断裂而面临解释力捉襟见肘的尴尬。与此相反，无数的民俗现象却超越地域、种族、民族的界限，不再仅仅是群体内面对面的交流与行为互动，而是被广泛、多样、杂糅、异质地媒介化，融入日常生活的方方面面，其意义不断被发明，价值不断被转换。当“任何民俗文本在转换到不同的文字、历史或文化承启关系中时，都被赋予了新的意义”①。民俗既成为承载个人与群体记忆的符号，也成为新的群体得以形成、凝聚的认同象征。

综上，笔者认为当下民俗学面临的是一个民俗的“后传承时代”。何谓“后传承时代”？即随着技术条件、居住空间、生计模式的变化以及人口的大量流动，村落、地域等民俗学的分析单位日益涣散以致崩解；与此同时，

（接上页注④）特征。他笔下的邻里宫本町，是一个本质上用于居住的地方，而不是具有多元社会意义的地方，是不同住宅样式的混合体，拥有各种各样的娱乐休闲场所和设施，其商业区主要满足本地居民的需求，散布一些小商店和小工厂，而不是那种单一的专业化分工的邻里，内部有小的社区神社。这是东京地区一个非常普通的地方。他发现，城市中的老中产阶级（个体商人、小工厂主、小手工业者等）通过对传统生活的保留，策略性地回应了当代日本社会结构的转型，以他们为核心的力量，在创造、维系和捍卫社区制度过程中发挥了重要作用，维系了社区共享的价值和认同。在当代日本的社会分层和社会冲突中，他们的生活方式是一个能动的活跃元素，而不是昔日时光的遗存。见〔美〕西奥多·C. 贝斯特《邻里东京》，国云丹译，上海译文出版社，2008。

① 〔美〕丹·本-阿默思：《承启关系中的“承启关系”》，张举文译，《民俗研究》2000 年第 1 期。

乡村、城市日益呈现互为“都市性”“乡村性”的景观与生活方式，乡村成为城市中产阶级的“乡愁”所寄；超地域的民族、种族、信仰等共同体却日益强化，更多的新共同体在形成，民俗的跨媒介再现以及跨语境转换的趋势日益普遍，作为传承的、消费的、意识形态的等不同形式的民俗现象共存，并呈现混融的态势，渗透到日常生活的方方面面——笔者称之为民俗的“后传承时代”。

在民俗的“后传承时代”，民俗学的“日常生活”转向，不是因为传统共同体涣散消解，而以“日常生活”取代“民俗”作为权宜之计，而是因为作为传承的、消费的、意识形态的不同“民俗”形式渗透于“日常生活”之中，传统民俗学的“传承”与“共同体”概念难以把握民俗变化的新形式。民俗学需要在流动、异质、多样的“日常生活”中，在实践主体与文化、社会、情境互动的语境关系中研究“民俗”，解释“民俗”的意义。

二　如何转向？——在“日常生活”中研究“民俗”

“日常生活”是民俗学的研究对象吗？“日常生活”漫无边际，是否导致民俗学的迷失？如果不是民俗学的研究对象，那么“日常生活”对于民俗学究竟意味着什么？语境？方法？进入“后传承时代”的民俗学，又该如何定义“民俗”以适应“日常生活”的转向？“传承”“共同体”依然是界定民俗的核心概念吗？以下将尝试回答上述问题。

首先，“日常生活”不是对象，而是一种新的“民俗传统”的分类方式。

传统民俗学以民众的口头传统、身体惯习为研究对象，并在此基础上建立了传统/现代、底层/上层、边缘/主流、无文字/文字、野蛮/文明、乡村/都市、日常生活/节日庆典等具有分类意义的时间、人群、道德、空间与生活秩序。民俗学的浪漫主义、民族主义传统，将美学、诗性、民族情感等赋予口头传统、身体惯习，以民族的、美学的价值作为日常生活意义的分类和评价标准。长久以来，民俗学一直作为弥补现代性缺陷的、充满乡愁的精神替代。民俗学的分类、评价标准及其功能往往导致日常生活的史诗化、遗产化，无数个体沉浸在梦幻式的意识形态幻象之中，丧失对自身真实生活的反思能力。

德国经验文化学派的代表人物鲍辛格注意到，传统民俗学的浪漫主义倾向对于民俗世界的分类与把握，实际上遮蔽了另一些——甚至是大部分的——真实的日常生活。①“日常生活”的引入，是经验文化学派重新看待传统的方法和分类角度，使他们能够悬置、摆脱传统民俗学的浪漫主义羁绊，在现象学意义上的“生活世界”中直面民间文化的真实样貌。②与人类学民族志的“陌生化”（远方）不同，他们更强调与研究对象的“近”的关系。“日常生活”离我们如此之近，我们置身其中，沉浸其中，自以为可以认识之、理解之，以致我们缺乏必要的时间和距离去予以反思。③鲍辛格认为，“日常生活”作为民俗学的一个分析范畴，它不是一个封闭的概念，虽然不够精确，但具有启发性、中立性、多义性。④在鲍辛格看来，“日常生活”既不是作为已经失去了的、总体性文化概念如“共同体”或者“传统”的替代概念，也不是现代社会中类似自然秩序的缓冲空间、缓冲领域，更不是对现代社会生活世界的自我调控。⑤

尽管“日常生活”概念具有启发性，但鲍辛格还是提醒民俗学者要避免工具性使用。鲍辛格提出民俗学是一门反思日常的学问。首先，要把那些很少或者根本没有被反思的文化积淀提取出来，从而展示惯常行为和仪

---

① 〔德〕赫尔曼·鲍辛格等：《日常生活的启蒙者》，吴秀杰译，广西师范大学出版社，2014，第34－36页。

② 一如德国民俗学家柯尼希（Gudrun M. König）所说，“日常生活”是经验文化学派对所谓的传统世界重新进行归类的一个角度，一方面用以清除传承中那些理想化的包袱，另一方面也凸显了传统复合体是一个开放的过程。〔德〕赫尔曼·鲍辛格等：《日常生活的启蒙者》，吴秀杰译，广西师范大学出版社，2014，第91页。此处的“理想化”，柯尼希在另一处有所表述：（民俗学的）保存者的心态、传承与传统聚合在一起，让人从民俗学专业中看到的是现代化的补偿代理之处，实际存在的社会问题被民俗学排除在外。传统的力量被看成新认识目标的对立面。见〔德〕赫尔曼·鲍辛格等《日常生活的启蒙者》，吴秀杰译，广西师范大学出版社，2014，第59页。

③ 〔德〕赫尔曼·鲍辛格等：《日常生活的启蒙者》，吴秀杰译，广西师范大学出版社，2014，第24页。

④ 〔德〕赫尔曼·鲍辛格等：《日常生活的启蒙者》，吴秀杰译，广西师范大学出版社，2014，第103页。

⑤ 〔德〕赫尔曼·鲍辛格等：《日常生活的启蒙者》，吴秀杰译，广西师范大学出版社，2014，第102页。

式的力量。[①] 其次，要反思“日常生活”为何出现危机？日常生活的危机使“日常生活”进入民俗学的学术视野，之前那些理所当然的事情，突然变得不那么理所当然，习俗、规则不再具有规约作用，人们面对的是一个充满多样选择或者危机四伏的“风险社会”。因此，日常生活的研究，不仅仅是历史化地反思文化积淀，也是现实地、社会地反思日常生活为何出现危机。[②] 再次，日常生活不是一个边界清晰的范畴。[③] 日常生活虽然具有单调、程式化、仪式化等特征，其结构是同义反复的，但是，由于观察的视角或者外在事实发生了变化，总会有令人意想不到的发现。[④] 日常生活呈现出日益增加的多样可能性，研究者须从混乱的关系中发现秩序的结构。[⑤]

鲍辛格研究的问题来自社会现实，而非“旧的”民俗学话题，强调论题在“社会政治意义上的重要性”[⑥]。他们的论题从农民、农村、风俗，转向工人以及一直处于变化之中、社会结构不能一目了然、很难接近的工业社会。[⑦] 在具体的研究中，鲍辛格的思想方式往往呈现三段式的结构：第一步，指出一个广为接受的学术论点或者日常的看法（比如，当今大众旅游占主导地位）；第二步，对这一观点或看法的批评（事实上，大众旅游只占总数的四分之一）；第三步，对批评的修正（个人的自助游也并不是完全出于自愿）。[⑧] 可以发现，在鲍辛格的“日常生活”研究中，历史化、程式化、仪式化、同义反复的结构、秩序、多样性、危机、混乱、风险等，是其特

---

① 〔德〕赫尔曼·鲍辛格等：《日常生活的启蒙者》，吴秀杰译，广西师范大学出版社，2014，第 100 页。

② 参见〔德〕赫尔曼·鲍辛格等《日常生活的启蒙者》，吴秀杰译，广西师范大学出版社，2014，第 101 页。

③ 参见〔德〕赫尔曼·鲍辛格等《日常生活的启蒙者》，吴秀杰译，广西师范大学出版社，2014，第 102 页。

④ 参见〔德〕赫尔曼·鲍辛格等《日常生活的启蒙者》，吴秀杰译，广西师范大学出版社，2014，第 106 页。

⑤ 参见〔德〕赫尔曼·鲍辛格等《日常生活的启蒙者》，吴秀杰译，广西师范大学出版社，2014 年，第 107 页。

⑥ 〔德〕赫尔曼·鲍辛格等：《日常生活的启蒙者》，吴秀杰译，广西师范大学出版社，2014，第 126 页。

⑦ 〔德〕赫尔曼·鲍辛格等：《日常生活的启蒙者》，吴秀杰译，广西师范大学出版社，2014，第 128－129 页。

⑧ 〔德〕赫尔曼·鲍辛格等：《日常生活的启蒙者》，吴秀杰译，广西师范大学出版社，2014，第 29 页。

色鲜明的关键词。他的研究成功地消解了人们习以为常、不加反思的二元对立结构：比如村庄与城市、外省与大都会、民族服装与时装、民歌与流行歌曲、日常生活与乌托邦、工人与市民文化。[①] 很显然，这些二元对立结构，是建基于民俗与现代社会二元对立这一传统分类之上的。鲍辛格的研究之所以能够消解这些习以为常的结构，是因为他悬置了民俗/现代的二元对立成见，在现象学意义上的“生活世界”中重新审视这些二元对立结构，他发现的不是民俗与现代社会的对立，而是民俗在现代社会的“扩展性”。

在其代表作《技术世界中的民间文化》一书中，鲍辛格既不悲叹于传统的逝去，也不将日益发达的现代技术视为与民间文化相矛盾、冲突的异己存在，而是将现代技术世界中“那些拥挤的街道、污浊的空气、肤色不同的人群，视为与广阔田野、明净天空、传统浸染深厚的农民一样的民俗‘自然环境’”；[②] 日常生活的常/非常、秩序/混乱、结构/多样、稳定/危机、理所当然/荒谬绝伦等不同状态的互动变化趋势，就是民俗的“自然环境”；他从这“自然环境”中，洞察习俗观念与行为背后的惯常力量、规约作用的此起彼伏与兴衰继替。鲍辛格的研究揭示了民间文化在技术世界中的命运，民俗非但没有像人们想象的那样彻底瓦解，反而得到了扩展。

其次，在“过程”中定义民俗，在流动的、意向性建构的“共同体”中探究民俗的意义。

传统的民俗定义绝大多数是一种规定性概念，都试图通过描述的方式确立民俗区别于其他文化现象的特性。问题在于一旦事物的规定性不再唯一或者不再存在的时候，概念的有效性于是丧失。随着传承母体的崩解，传统的民俗定义就不再是一个自洽的规定性概念。

比如，1934 年，日本民俗学家柳田国男先生在《民间传承论》中定义的“民间传承”与“les traditions populaires”“folklore”的范围完全重合，表示一个集团的生活知识，即“除了那些被尊称为知识分子而且也以此自

① 〔德〕赫尔曼·鲍辛格等：《日常生活的启蒙者》，吴秀杰译，广西师范大学出版社，2014，第 29 页。

② Hermann Bausinger, *Folk Culture in a World of Technology*, Bloomington: Indiana University Press, 1990.

得的人以外的人群，他们保留在生活中带有古风的东西”①。

随着时代的发展，柳田定义中的“知识分子之外的群体”——那些带有古风的生活知识的传承者日渐消失。2000 年出版的《日本民俗大词典》中，福田亚细男撰写的“民俗学”词条便将民俗学定义为“根据超世代传下来的人们的集体性事象，理清生活文化的历史性展开，由此说明现代的生活文化的学问”。将研究对象限定为“超世代传下来的人们的集体性事象”和“现代的生活文化”。② 这一定义将“民间传承”狭隘的民间主体转换为泛化的主体，将“带有古风的生活知识”转换为“超世代传承的集体性事象”和“现代生活文化”，他希望通过研究超世代的集体性事象的历史性展开，说明现代的生活文化。可以发现，福田先生的民俗学虽然将“民间传承”转换为“现代生活文化”与“超世代传承的集体性事象”，但他的学术取向是通过探究后两者之间的历史性联系说明现代的生活文化。他的民俗学是以现在的生活文化去认识、理解过去的历史。这是一个逆向过程的思考和探究。福田亚细男的民俗定义反映了他试图历史地把握民俗的现代传承与变化，但他的民俗定义依然是一个依赖现象的描述而确立的规定性概念。

1967 年，美国民俗学家丹 · 本 - 阿默思将民俗定义为“小群体内的艺术性交际”。③这是一个动态的、过程性概念，不同于那些作为静态的“理想类型”的民俗定义。2014 年，丹 · 本 - 阿默斯回顾了自己将民俗最终定义为“小群体内的艺术性交流”的学术历程。因为不满于现有的民俗定义，同时也受到理查德 · 多尔逊（Richard Dorson）抨击民俗的商业化和流俗化的启发，阿默思反思民俗究竟是观念或意识形态的虚构，还是社会文化的实在？民俗究竟是恒常的还是短暂的文化现象？民众又是如何区分他们的民俗行为的？他认为民俗与其说是一种“实在”，不如说是一个“过程”。

① 〔日〕柳田国男：《民间传承论与乡土生活研究法》，王晓葵等译，学苑出版社，2010，第 11 页。

② 〔日〕福田亚细男、菅丰、塚原伸治：《民俗学的定义的问题》，陈志勤译，《民间文化论坛》2017 年第 5 期。

③ 〔美〕丹 · 本 - 阿默思：《在承启关系中探求民俗的定义》，张举文译，《民俗研究》1998 年第 4 期。

作为一个学科，民俗学需要研究的不应该是韦伯所说的静态的“理想类型”，而应该是作为互动、关系和行动的实在之流动。[①] 民俗既是“超有机体的”（superorganic）存在，也是文化的一个有机集合部分。他认为智力创造物（mentifacts）和人工创造物（artifacts）等“民俗形式”是“超有机体”，这些“民俗形式”一旦被创作出来，便具有了流动性、可操纵性和跨文化性等特点，其本土的环境和文化语境关系便不再是其继续存在的必备条件。而作为文化有机组成部分的民俗，一旦与其产生的场所、时间以及社会分离，都会带来质的变化。从社会语境与民俗的关系之角度，民俗是群体拥有的知识，集体再现的思想以及群体创作或再创作的艺术。知识的传递媒介是言语或模仿，思想的传递媒介是言语，艺术的传递媒介是言语或模仿。从这三种关系出发，民俗可以被定义为俗民（folk）的俗识（lore），或再现思想的习俗、礼仪、节日等。[②]

综合福田亚细男的“超世代传承的集体性事象”“现代生活文化”以及阿默思的“作为超有机体的民俗形式”“作为文化有机组成部分的民俗”，笔者在阿默思的“民俗”概念基础上，将“小群体”泛化为流动的、意向性建构的“群体”[③]，其规模可大可小；明确群体的交际内容是超世代传承的集体性事象，群体的交际形式有面对面的交流，也有跨媒介的传递、跨语境的转换。民俗，是群体运用超世代传承的集体性事象进行的艺术性交际，其形式有面对面的交流、跨媒介传递、跨语境转换。

一旦民俗不再被定义为一种“实在”，而是一个“过程”，民俗学研究

---

① 〔美〕丹·本-阿默思：《民俗的定义：一篇个人叙事》，王辉译，《民间文化论坛》2018年第2期。

② 〔美〕丹·本-阿默思：《在承启关系中探求民俗的定义》，张举文译，《民俗研究》1998年第4期。

③ 参见惠嘉《民俗学“框架式”语境观的双重向度》，《民俗研究》2018年第5期。作者指出语境可以分为“作为时空框架的语境”和“主观赋义的语境”，前者的主体性缺失，后者则由于关注民俗实践，从而凸显了作为事件、行为主体的人。在这一意义上，“主观赋义的语境”则不是牛顿意义上的时空扩展世界，而是主观意向所建构的意义世界。这一意向性建构的语境，解决了流动、异质、多元的现代社会中，民俗的跨媒体、跨传统社会结构的传播问题。这一解释也阐发了阿默思语境观未曾充分展开的主观向度，即语境研究不是对民俗进行因果说明（explanation），而是进行意义阐释（interpretation）；不是关注民俗材料，而是关注民俗实践；不是研究“民俗”，而是通过“民俗”理解民俗实践的主体及其生活世界的意义。

的视角便发生了彻底的转变。从民俗现象转向实践主体，从客观化的“自然的共同体”转向主观意向的“想象的共同体”，从静止的、本质化的共同体转向流动的、意向性建构的“共同体”，解释民俗之所以传承、跨媒介传递、跨语境转换的意义；民俗学不再仅仅将分析单位固化为村落、地域、种族甚至“社区”，而是转向不断被人们赋予意义的、具有主观意向的、流动的、异质的、多样的“共同体”。民俗学的目的、任务也不仅仅是以“社区”为单位的遗产主义取向的保护、研究，而是从“当下的日常”中确立自身的定位，回到“已知的”“理所当然的”现象，洞察其背后的真相，从“过去的知识”，解答“现代的奇异现象”。民俗学不是研究民俗，不是将“民俗”客观化、谱系化进而建构“传统”，而是通过民俗反思日常生活的“理所当然”。如此，民俗学的研究范围则不再局限于传统的村落、地域等“自然共同体”，民俗实践者不再局限于血缘、地缘、神缘、业缘等“自然因缘”，也不再将民俗看作客观的、本质化的研究对象，而是一种为人们所意向性地建构的社会文化事实。

三　追问日常生活的“理所当然”

民俗学的“日常生活”转向，需要有相关的中层理论、中层概念将“日常生活”这一抽象的哲学概念与生活世界连接起来，使之成为一个分析性的概念。许多学者做出了富有启发性的探索。德国民俗学家鲍辛格开创了民俗学“日常生活”研究之先河，被德国民俗学家尊称为“日常生活的启蒙者”，日本民俗学家岩本通弥近年来也致力于民俗学的“日常生活”研究。他们都关注那些表面“不引人注意”、不被追问、其实对日常生活具有规定性特质的物品与事件，揭示主体在日常生活实践中如何运用“过去的经验”感知、表象这些“不引人注意之事”，从而追问日常生活的“理所当然”，反思日常生活的意义。笔者期望通过梳理他们的研究成果，发掘其日常生活研究的学术理念与学术追求，从中获得启发与教益，探讨民俗学日常生活研究的可能路径。

（一）历史化

鲍辛格的代表作《技术世界中的民间文化》一书，表面看来是破除

“民间世界是非历史性的”“技术世界的机械特征与民间世界的情感特征格格不入”这两种普遍存在的迷思，其实是通过考察技术世界与民俗实践主体的关系，探究技术世界中人与人之间特定的精神互动形式，以寻求民俗不同领域的共同视角、共同范畴。[①] 他期望探究的是，技术世界中的民俗实践主体面对人自身创造出来的强大的技术世界，如何从疏离、陌生、异已、危险，到“习焉不察”、“日用而不知”乃至“理所当然”？技术、工具如何成为我们身体图式的一部分？技术世界又如何“自然而然”地构成了我们的生活世界？他的研究不是技术世界中民俗式的科技猎奇[②]，而是强调技术世界中实践主体的精神发展史的民间文化渊源。他认为任何只强调民间文化的“新”，而无视其“传统”的延续，就无法完整地描述技术世界中民间文化的图景。[③] 在笔者看来，“传统”以及“深刻的精神史渊源”，正是人们运用既有的经验与知识感知、表象生活世界的心理图式与身体图式。问题在于，在技术世界中，人们是如何即通过何种方式感知、表象生活世界的？鲍辛格论证了民众运用“过去的经验”，以“历史化”的方式感知、表象生活世界，从空间、时间、社会三个方面摧毁了“民间世界非历史性”的迷思，进而揭示了技术世界中人与人之间特定的精神互动形式。

鲍辛格全书立论的前提是强调技术世界的“自然性”，技术世界是“自然的”生活世界，而不是“陌生的”“危险的”世界。他发现，“对技术的泰然任之以及技术日益增大的‘自然性’，表现在技术的道具和母题已经闯入民间文化的一切领域，并在那里拥有一种完全不言而喻的存在”[④]。在这一前提下，鲍辛格看到的民间文化并没有因为技术的渗入溃败瓦解，而只是改变，技术扩展了人们运用“过去的经验”对于生活世界的空间、时间、社会的感知和表象。

---

① 参见〔德〕赫尔曼·鲍辛格《技术世界中的民间文化》，户晓辉译，广西师范大学出版社，2014，第30－33、20－21页。

② 作者称之为“罗列出直接由技术手段带来的特殊之处”，参见〔德〕赫尔曼·鲍辛格《技术世界中的民间文化》，户晓辉译，广西师范大学出版社，2014，第21页。

③ 参见〔德〕赫尔曼·鲍辛格《技术世界中的民间文化》，户晓辉译，广西师范大学出版社，2014，第20－21页。

④ 参见〔德〕赫尔曼·鲍辛格《技术世界中的民间文化》，户晓辉译，广西师范大学出版社，2014，第57页。

1. 空间扩展

鲍辛格发现，在技术不发达的时代，村落的流动性也曾非常高，精神财富与物质财富的交流也很活跃，那种古老的村落是封闭自足的有机体的观点受到质疑①，实际上，存在着广大地域空间中的“地点的统一性”，其中发生的事件包括截然不同的特征、情节和行为动机，以及冲突和张力。②比如，各地关于地点的惯用语，具有强烈的空间意识和强烈直观性的空间表象，有些地方的惯用语为了证明内容的真实性，还将广为人知的人物添加进来，这种原先广泛分布的叙事相互接近并发生地域联系的过程，恰恰说明了“地点的统一性”③。

一般的常识认为，前技术时代，人们对于视域外世界的了解只有“陌生性”。鲍辛格认为，这种看法严重地低估了先前世代人们的精神广度。在前技术时代，那些超出人们“打交道”视域的世界，包括异域风情，是难以体验的世界，人们或者以笑话、笑谈、地方传说的形式描述种种怪异荒诞的陌生事物和陌生世界，或者采取好奇、信仰和幻想的态度，使那个世界具有戏谑的非现实性、使人着迷的陌生性或超感觉的特性。④ 这是典型的民俗化地感知、表象现实世界的方式。人们对视域之外未知世界的感知，最终通过好奇、信仰、幻想的方式，表象为一个怪异、荒诞、超现实的世界。

现代技术带来的交通、信息变革，打破了空间畛域的阻隔，传统视域的解体所带来的空间扩展和全球的流动性，并没有终结人们对异域他乡的想象，人们对视域之外的“远方”与视域之内的“家乡”的感知和表象只是发生了转变。在技术世界中，人们对异域与家乡的感知不同于空间阻隔的时代，异域的内容不再处于固定视域的彼岸，而是在可体验的世界中被

① 〔德〕赫尔曼·鲍辛格：《技术世界中的民间文化》，户晓辉译，广西师范大学出版社，2014，第80-81页。

② 〔德〕赫尔曼·鲍辛格：《技术世界中的民间文化》，户晓辉译，广西师范大学出版社，2014，第83页。

③ 〔德〕赫尔曼·鲍辛格：《技术世界中的民间文化》，户晓辉译，广西师范大学出版社，2014，第84-86页。

④ 〔德〕赫尔曼·鲍辛格：《技术世界中的民间文化》，户晓辉译，广西师范大学出版社，2014，第93页。

体验到，家乡因素也不再局限于原来的家乡空间，技术的扩展带来的民间文化的多媒介呈现形式，使家乡与异域互为镜像，家乡成为异域的背景与参照，人们通过对于家乡与异域的诗情画意般的想象，最终将二者统一表象为“本土异域风情”的新形式，可及的异域成为日常生活世界的一部分，为人们所感知，为人们所享用，家乡与异域奇妙地统一在一起。[①]

如果说前者因为空间阻隔，人们对陌生世界的感知与表象表现出纯粹性和“以生化生”的蛮荒化，那么后者则因为扩展和流动，人们对异域世界的感知与表象表现为混溶性和“以熟化生”的文明化，异域不再是蛮荒、怪异、荒诞的世界，而是与家乡一样“美丽如画”。民间文化中的异域风情母题，并没有因为技术的扩展变得可及而消失，反而通过不同的民间文化以多媒介形式传承下来，只不过空间阻隔时代的“蛮荒化”想象被“美丽如画”的家乡化移情所取代。鲍辛格从一个长时段的考察中，从这一异域风情的民间文化母题在技术时代的多媒介扩展中，呈现了人们感知、表象异域他乡的精神史轨迹，反映了民众精神世界的历史稳定性。

2. 时间扩展

鲍辛格同样注意到技术世界带来的时间扩展对于民俗实践主体感知世界、表象世界的影响。他发现技术世界中的民间文化不再局限于漫长的传承，而是突破广袤空间的阻隔，被广泛交换和接纳。民间文化传承的空间扩展、时间压缩的趋势，是时间体验量的“加速度”对文化行为的影响。[②]他以时尚为例，认为在时尚文化中，人们感知到的是一种文化行为的“加速度”，体现为民间文化财富的迅速淘汰，以及“期待视野”的紧缩。这种加速度的体验表面看来对过去设置了一个界限，但是，因为其有意识地汲取过去的资源，时间视域反而被大大扩展了。早期的民间文化是一种不断的传达和传承，而不是对过去的探寻和发掘。[③] 在技术世界的时尚文化中，

① 参见〔德〕赫尔曼·鲍辛格《技术世界中的民间文化》，户晓辉译，广西师范大学出版社，2014，第109－134页。

② 参见〔德〕赫尔曼·鲍辛格《技术世界中的民间文化》，户晓辉译，广西师范大学出版社，2014，第135－137页。

③ 参见〔德〕赫尔曼·鲍辛格《技术世界中的民间文化》，户晓辉译，广西师范大学出版社，2014，第142页。

虽然人们感知到的是一种文化行为的“加速度”，但是时尚文化往往以历史文化为表象，有意识地通过探寻、发掘、汲取历史资源进行再创造。因此，时尚文化的实质虽然是“去历史化”的，但其文化表象却是“历史化”的，在这里，时间的扩展体现为一种“历史化”的方式。鲍辛格进一步将习俗与时尚统一起来，认为习俗与时尚并不是对立的，“习俗是时尚在惯性时代中的表现形式，时尚则是习俗在加速度表征中的表现形式”[①]。习俗的惯性与时尚的加速度不是矛盾对立，而是“动态平衡”[②]。可以这样说，时尚是技术世界中习俗的“加速度”表象。鲍辛格用“历史化”的概念，发掘了时尚文化的“传统性”，在民俗学研究的当代民间文化图景中，赋予时尚与习俗同样重要的地位与价值。他指出，民俗学学科将习俗与时尚对立起来的传统，并不能对当代民间文化有一个清晰的理解。[③]

还有一种与时尚文化的“回溯式”“历史化”不同的“混合式”的“历史化”，具体形式就是“展示历史”，其目的是为当前现成的文化形式提供历史依据。展示历史不像解说历史那样使用精确的历史手段和标准，而是将严格的历史与各种传说“混合”，通过“混合”各种粗疏的历史事实和混乱的传说展示历史，按鲍辛格的说法就是“把历史研究成果、古怪的发明和漫游母题混合在一起”[④]，为当前的各种纪念性文化形式如民俗节庆提供历史依据。其目的“与其说展示了历史事实，不如说是呈现了美丽如画、让人喜爱和感兴趣的历史母题”[⑤]。鲍辛格犀利的洞察剥除了纪念性文化的种种伪饰，揭示了这一类文化的生成逻辑和演变规律，体现了民俗实践者的主体性。

---

① 〔德〕赫尔曼·鲍辛格：《技术世界中的民间文化》，户晓辉译，广西师范大学出版社，2014，第144页。

② 〔德〕赫尔曼·鲍辛格：《技术世界中的民间文化》，户晓辉译，广西师范大学出版社，2014，第145页。

③ 〔德〕赫尔曼·鲍辛格：《技术世界中的民间文化》，户晓辉译，广西师范大学出版社，2014，第146页。

④ 〔德〕赫尔曼·鲍辛格：《技术世界中的民间文化》，户晓辉译，广西师范大学出版社，2014，第179页。

⑤ 〔德〕赫尔曼·鲍辛格：《技术世界中的民间文化》，户晓辉译，广西师范大学出版社，2014，第184页。

3. 社会扩展

随着经济与社会的发展，某些职业群体和社会阶层的卑下印记消失，评判社会声望的那些理所当然的标准大规模解体，消除阶层界限的理论声明也逐渐成为现实，不同社会阶层和大群体的生活方式已经彼此十分接近。这些事实影响了整个民间文化。随着国家针对所有居民群体无限期地提供同等的知识和教育，统一的、从民族国家意义上来规定的文化，即“统一的文化倾向”形成了。[1] 鲍辛格花了大量的笔墨为我们描绘了经济与政治发达的资本主义社会中阶层界限逐渐消失、各阶层生活方式趋同、民族国家规定的“统一的文化倾向”形成的图景，这就是技术发达时代的社会扩展趋势。

但是，鲍辛格从人们的日常思维形式和表象中，洞察到这种统一的社会文化图景背后的历史传统的连续性。他发现，如果要描述这种统一社会内部的运动和过程，那么，旧的阶层概念还是必需的。因为在人们的日常思维形式和表象中，阶层社会的影响还在继续发挥作用，阶层的主导图景实际上仍很活跃，而且部分地制约着非等级社会的文化。[2] 这些日常思维和表象，具体表现在人们的口头传统和文化观念之中。比如，在民间传说中，民众诅咒的不是真正的主子，而是城堡的监工和狱头，许多侯爵被赋予超自然的力量。人们对“本村的”、农民文化的各种追求，包括保护人们认为农村特有的民间舞蹈、民间歌谣和其他文化财富，都在表达一种阶层概念，这种想法多少有些自觉地向等级制回归。[3] 此外，他认为在技术世界中，借助日益发达的技术手段，民间文化已无法持守自身，而以高雅文化的形式和内容为取向。比如农民和市民房屋布置艺术中那种非实用的“讲排场圆桌”以及“沙龙式入口”，他认为这是农民和市民阶层在模仿高雅文化和上流社会的财富时，缺乏变形和内部吸收能力的“俗气之作”（庸俗而低级的

① 参见〔德〕赫尔曼·鲍辛格《技术世界中的民间文化》，户晓辉译，广西师范大学出版社，2014，第190－196页。

② 参见〔德〕赫尔曼·鲍辛格《技术世界中的民间文化》，户晓辉译，广西师范大学出版社，2014，第197页。

③ 参见〔德〕赫尔曼·鲍辛格《技术世界中的民间文化》，户晓辉译，广西师范大学出版社，2014，第198－199页。

艺术品)。而这种“俗气之作”既来自浪漫派的精神影响，也与相当原始、在低级文化和高级文化中相当流行的“夸富宴”现象类似。[①] 他揭示了技术世界中种种新的民间文化，其形式虽然是新的，但其内在结构依然是传统的。

(二) 故事化

在几篇有限的被翻译成中文的论文中，日本民俗学家岩本通弥对于民俗学的研究对象、都市民俗以及日常生活的民俗学研究，迸发出不同于传统民俗学“常识”的新见与卓越思考，其问题意识、研究视角、研究方法，都显得特立独行。他的问题意识聚焦于现代日常生活，却又不是寻找不同于现代“流行”的传统“民俗”，而是以民俗学的视角看待世界，致力于探讨民俗学与现代社会分析的相通之处，表面看来他是民俗学研究的离经叛道者，其实他是民俗学经典研究方法的坚持者。

岩本通弥认为，人们的日常生活都为过去的经验以某种方式所束缚，比如前人创造的环境、社会结构、道德与价值等。中国的人口拐卖、印度的荣誉杀人，日本青少年源于电视游戏传播形成的“他界感”等，都有传统的规范和新的社会形势的纠葛。传统的民俗学关注村落这个界限范围内的信息传承，但事实上，如今人们通过学校集团，或是通过跨越更大空间范围的大众传播等各种手段，接触和传递着信息，由此而不断创造着新的文化。面对不断产生的新问题，民俗学有其独特视角和研究积累。[②] 问题是在现代社会中如何激活民俗学的传统，赋予其新的学术生命。

对近代以来日本社会“亲子殉死”现象的考察，是岩本通弥的代表性研究。他从现代社会新闻媒体的信息生产和传播中，发现了新闻媒体对事件进行的“故事化”操作。“即新闻媒体在某个社会和时代的价值规范下，将各种构成要素进行排列组合，变成一个故事。以某个价值判断为主轴，

---

① 参见〔德〕赫尔曼·鲍辛格《技术世界中的民间文化》，户晓辉译，广西师范大学出版社，2014，第203-205页。

② 毕雪飞、〔日〕岩本通弥、施尧:《日本民俗学者岩本通弥访谈录》,《民俗研究》2016年第5期。

将内容的各个要素进行编辑排列，从而进行故事化操作。”[①] 新闻媒体对于事件的报道，从平淡叙述发展到细节化、情节化的故事化叙述风格，他认为这是行进中的民俗事件，民俗学家可以把新闻报道的变化过程作为“民俗”来进行理解和分析。他指出，探究人们如何以故事的方式演述历史与事件是民俗学的独特视角，柳田国男搜集的《远野物语》的故事叙述结构正是将“非日常的幻想”与“日常事实”“非日常事实”交织在一起，共同建构了一个亦真亦幻的远野世界，其目的在于建构一个远野居民向外人讲述的远野人心目中的真实世界。民俗学可以根据这一独特方法，分析现代社会的日常生活事件的意义，揭示现代日常生活种种“理所当然”的生成机制。

岩本通弥发现，2006 年，日本媒体报道了多起弑父弑母以及家庭内杀人事件，给人印象这一现象频发。但他认为，这种看法实际上混淆了现实和幻想的关系，真实的状况是日本的家庭正变得更为健全，原因是媒体的报道倾向于美化过去、恶化现实，事件的真相与媒体故事化叙述给大众传递的“现实感”产生了背离。通过分析二战后日本媒体关于“亲子殉死”事件新闻报道的不同写作方法，岩本通弥发现，媒体的报道受当时价值观及其主导的解释框架的影响，在不同时期呈现出不同的故事化方式：战后至 20 世纪 60 年代，贫困；60 年代，欧美价值观输入，导致世代隔阂，价值观紊乱；1973 年，母性的变质；80 年代，以亲子为中心的家庭内部结构问题，母亲“过度干涉”“过剩期待”“母原病”；1990 年，儿童虐待。社会舆论经历了成长、成熟、衰退、消失的过程，从中可以看到事件的解释框架与社会性意义也发生了变化，也可以从中洞察城市化进程中日本家庭发生的变化。事实的真相是城市化、现代化过程中日本家庭的“家”的一脉相承性以及由此形成的新的家庭伦理，逐渐强化了一种只能依托血缘联系、只能信赖血亲的特殊家庭意识，导致托孤于人成为一种罪责。[②]

通过分析战后以来日本媒体关于“亲子殉死”叙述方式的演变，岩本通弥揭示了媒体的故事化叙述产生的虚幻的“现实感”。他认为日本媒体已

① 〔日〕岩本通弥：《城市化过程中家庭的变化》，施尧译，《民俗研究》2016 年第 5 期。
② 〔日〕岩本通弥：《城市化过程中家庭的变化》，施尧译，《民俗研究》2016 年第 5 期。

经成为扩大偏见的装置，也是产生民俗的装置。因为媒体在价值观主导下的故事化叙述，偏离、遮蔽了事实的真相，误导了大众关于事实真相的认识，这种媒体主导的虚幻印象甚至误导了政府相关政策的制定。岩本通弥这一精彩的分析，对于日本社会及其大众的意义在于揭示了媒体制造的、人们习以为常的事件幻象，促使人们反思很少质疑的媒体叙述的真实性；对于民俗学来说，则展示了他那“不是研究民俗，而是通过民俗进行研究”的学术主张的穿透力，他能够透过日常生活现象，洞察其中蕴含的民俗思维及其表象，进而恰如其分地运用民俗学经典方法分析现代社会的日常生活，激活了传统民俗学的现代学术生命。

四　结论：探究日常生活的“民俗性”

在以鲍辛格、岩本通弥为代表的民俗学日常生活研究中，民俗学惯常的概念“传统”“共同体”都已经消失了。他们的研究对象不再是先验设定的“民俗”传统，而是人们依据“过去的经验”的日常生活实践；其空间也不再局限于乡村“共同体”之中，而是人们身在其中而不自觉的生活世界。这种研究取向是否意味着与民俗学既有传统彻底告别呢？笔者认为他们并不是抛弃传统，而是致力于探索民俗学与现代社会的相通之处，在流动、异质、多元的现代社会为民俗学寻找新的生机。虽然他们的研究不再局限于事象的描述，而是扩展到民俗实践主体的思维方式，以及他们感知、表象的生活世界；虽然他们不再以追溯事象本身的历史为目的，而是旨在探究民俗实践主体如何认知事实、赋予其意义、建构现实感；但是，无论是鲍辛格笔下的民俗实践主体“历史化”地感知、表象日常生活世界，还是岩本通弥笔下的现代媒体社会的“故事化”的叙述风格，他们揭示的都是人们如何运用其“过去的经验”感知、表象现实生活世界。换言之，他们研究的不是“传统”、不是“民俗”，不是通过资料的片段建构一个连续的“传统”、整体的“民俗”图景，而是探究现代生活世界的“传统性”“民俗性”，进而解释其意义，以此追问日常生活的“理所当然”。

行文至此，结合理论铺垫和前人的研究实践，笔者尝试提出，探究日常生活的“民俗性”是民俗学日常生活研究的一种路径。何谓“民俗性”？

民俗性，就是实践主体在意向性生成的语境中，运用既有的心理图式（民俗知识与传统，以及现代社会图式化的媒介知识）感知、表象现实生活世界，并且赋予其意义，即通过神话化、传说化、故事化、寓言化、谚语化、仪式化等民俗化方式建构一种现实感，这种通过各种表象建构起来的现实感，虽然与现实之间存在着距离，却具有其社会文化意义。民俗学需要通过发现日常生活表象的“民俗性”，揭示这种认知和表象如何发挥社会及文化作用；研究人们对于世界的认知与行动蕴含了何种文化观念，具有了何种价值和意义；并确定在流动、异质、多样的日常生活中如何把握“民俗性”，进而解释其社会文化意义。

需要进一步追问的是，在后传承时代，作为传统之象征符号以及社会工具的“民俗”跨媒介传递以及资本化、意识形态化的再生产日益普遍，这些现象无法用“传统”加以定义，反而构成了我们身在其中的生活世界。其“民俗性”如何解释？目前的“伪民俗”“民俗主义”等分析概念都有一个共同的结构：本质主义/建构主义的二元对立，其实背后潜藏的话语依然是存在一个未变化的本真的“原生态”。笔者以为，与其纠结于这种二元对立，不如回到民俗的实践主体，探究在何种语境中，不同的实践主体传承民俗、跨媒介传递民俗、跨语境转换民俗的动机、需求与目的，以及在这一过程中，民俗发生了怎样的变化，生成了哪些新的意义。

其实民俗的跨媒介传递，以及资本化、意识形态化的再生产等不同的民俗跨语境转换，并不是在现代社会才发生。只是因为工业革命以来，过渡的、短暂的、偶然的、稍纵即逝的现代性体验，促使人们怀念、赞美、挽留、再转换那些稍纵即逝的东西，这些都可以称为“现代性的怀旧”。更为重要的是，人们之所以怀旧，是为了更好地面向未来，人们冀望通过历史把握不确定的未来。问题是，那种面向未来的怀旧，是如何实现的？更进一步，在现代社会，群体或者个人是如何实现民俗的跨媒介传递和跨语境转换的？如果说作为动词的“传承”是着眼于通过个人或者群体的言语交流、身体模仿而记忆、习得并使之成为习惯，那么，循着这一思路，根据当代记忆理论，是否可以发掘民俗的跨媒介传递和跨语境转换的社会文化机制？

笔者以为，传承、记忆与认同是民俗跨媒介传递和跨语境转换的社会文化机制。民俗的传承通过身体记忆以及仪式展演得以延续；记忆，特别是集体记忆，不仅是记忆过去，更是为了面向未来而凝聚共同体，记忆是共同体认同得以建构的基础；集体记忆则更多采用身体仪式与纪念仪式得以建构。记忆是连接传承与认同的中介。经过跨媒介传递和跨语境转换的民俗形式，其传递与转换机制具有选择性、建构性的特点。从这种转换生成机制的特点看，这些民俗形式与其说是新民俗、伪民俗或者民俗主义，不如说是一种具有“民俗性”的社会文化记忆。因为记忆就是借助历史，通过选择、遗忘，建构通往未来的道路。在当下中国，这种民俗记忆具有个体性、群体性、消费性、国族性等特点。

作为范畴、视角与立场的家乡民俗学*

安德明**

摘　要：家乡民俗学，既是对以家乡生活文化传统的观察与研究为基础而形成的学术研究取向的一种事实概括，更是结合新的学术思潮，对这种取向所生发和呈现出的视角与方法的总结。换言之，家乡民俗学本身就是一种研究视角与方法，它包含着如下几个突出的特征：平等交流，相互尊重；同情理解，理性批判；朝向当下。同时，家乡民俗学又是一种立场或态度。这种态度，基于比较的视野，具有鲜明的“间性”特征。在这种“间性”比较视野下，家乡民俗学者一方面可以结合过去的生活经验与当下的学术实践，发现并揭示历史与现实的复杂关联，进而反思民俗学以往那种“朝后看”的问题和局限，推动民俗学更多地“向前看”并朝向未来；另一方面，由于它是在与异乡、与他者的对比当中产生的一种有关家乡、有关自我的特殊研究范畴，因此能够使研究者更好地立足于自身，在认识自己的前提之下，更清楚地认识“我”在同“他”交往过程中的位置，从而更恰当、更全面地理解“我与他”的关系，更有效地建设包含了更多“我”“你”“他”的、朝向未来的“我们”，亦即人类命运共同体。作为家乡民俗学核心概念的“家乡”在涵盖范围上的伸缩性，尤其为这种

* 本文选自《西北民族研究》2019 年第 3 期。

** 安德明，中国社会科学院文学研究所民间文学室主任、研究员、博士生导师，兼任《民间文化论坛》主编、中国民俗学会副会长、国际民俗学会联盟秘书长、中国民间文艺家协会理事等。

目标的达成提供了可能。

关键词：家乡；家乡民俗学；民俗学视角；主体间性；文化交流；文化比较

对于家乡民俗事象（包括民间文学）的调查、记录和研究，是中国现代民俗学从兴起至今贯穿始终的一个重要学术传统，这个可以用“家乡民俗学”来概括的传统，在很大程度上塑造了中国民俗学的学术品格。但长期以来，国内学术界很少有研究者就这种学术取向的优劣得失等提出问题并予以学理性的解答，更缺少从这个维度来思考民俗学学科发展历程的学术成果。家乡民俗研究，成了这一学科中仿佛不证自明、毋庸置疑的一种取向。如果说，在学科发展的早期，这种指向本乡本土的研究取向是一种自为的实践，那么，在民俗学与人类学等诸多学科的交叉日益增多的形势下，对这种取向进行自觉的反思，应该说是一项十分必要的工作。

2002年前后，我在学术界一些同人的激励和启发下，结合学术史的梳理和个人田野研究经验的总结，首次提出“家乡民俗学”的概念，引起了诸多同行的兴趣和呼应。十多年来，经过大家的不断讨论和参与研究，这个话题已经成了有一定影响力的命题。它不仅可以为进一步认识中国民俗学学术史、深化学科理论与方法、反思学术伦理问题开辟新的方向，也可以为理解当前社会普遍关心的“乡愁”话题，以及探讨非物质文化遗产保护的深层问题，提供民俗学的特殊视角。

一　家乡：民俗学研究的重要场域

家乡及家乡民俗，自民俗学这门学科诞生以来，就始终是一个重要的研究领域。这一点，在许多国家都有明显的表现。例如，在德国，受浪漫主义民族主义思潮的强烈影响，早期民俗学的研究者始终是把研究的重点放在本土、本民族的农民文化之上。[①] 二战之后，随着学科的转型，以民俗学的视角与方法对都市文化的观察和研究成了德国许多研究机构和研究者

① 简涛：《德国民俗学的回顾与展望》，见周星主编《民俗学的历史、理论与方法》，商务印书馆，2006，第808－858页。

关注的重点，这种转变，更使得“家门口的文化”成了常见的研究对象。[①]在日本，作为民俗学创始人的柳田国男所倡导的“一国民俗学”，则始终强调民俗学应该是“以自己国家为对象”，它成立的前提，“必须是本国人从事研究”[②]。

中国这方面的情况尤其突出。从作为现代学科的民俗学诞生以来，直至今天，调查研究者在自己家乡进行民间文学和各种民俗文化事象的搜集、记录和研究，就构成了整个学科的主流，并在此基础上形成了理论、方法乃至学术伦理等诸多方面的独特属性。如果我们要用一个概念简明扼要地概括中国民俗学在理论与方法上的特征，“家乡民俗学”无疑是不可或缺的关键词。

在开始讨论之前，我们首先需要对“家乡”的概念做一界定。家乡，似乎本是一个自明的概念，但当把它与“祖国”“本土”等本土人类学语境中的概念相提并论时，却又可能因外延的无限扩大而变得难以把握。事实上，在不同的语境当中，“家乡”所指的对象会有所不同。[③] 对这一点，埃文思－普理查德（Evans－Prichard）在谈到努尔人有关“此英”（cieng，家）的概念时，有十分生动、精彩的论述：

> 当一个努尔人说“我是某某‘此英’的人”时，他的意思是什么？“此英”的意思是“家”，但其准确的意思因其被说出的情境的不同而各异。如果一个人在德国遇到一个英国人，并问他家在何处，他可能回答是英国。如果在伦敦遇到同一个人，问他同一个问题，他将说他

---

① 〔德〕沃尔夫冈·卡舒巴：《形象与想象：柏林的都市民族学》，安德明译，《民俗研究》2010年第2期，第5－15页；沃尔夫冈·卡舒巴，安德明：《从“民俗学”到“欧洲民族学”：研究对象与理论视角的转换——德国民俗学家沃尔夫冈·卡舒巴教授访谈》，《民间文化论坛》2015年第4期，第5－14页。

② 〔日〕柳田国男：《民间传承论与乡土生活研究法》，王晓葵、王京、何彬译，学苑出版社，2010，第37页。对日本民俗学早期在本土或家乡研究方面的发展状况，笔者承蒙王晓葵教授慷慨借阅他未发表的课件材料并深受其启发，在此谨表衷心感谢！

③ 吕微：《家乡民俗学——民俗学的纯粹发生形式》，《民间文化论坛》2005年第4期；巴莫曲布嫫：《民族志·民俗志的书写及其理论和方法——田野研究的时空选择与民族志书写的主体性表述》，《民间文化论坛》2007年第1期。

> 的家在牛津郡。如果在那个郡遇到他，问他同样的问题，他将说出他所居住的城镇或村落的名字。如果在他的城镇或村落里问他的话，他会提到他那条特定的街道。而如果在该街上问他，他将指明他的房子。对努尔人来说也是这样……“此英”的意思是家宅、村舍、村落以及各级部落支。“此英”一词在意思上的变化并不是因为语言上的不一贯性，而是因为它所指涉的群体意义的相对性。①

可见，“家乡”是一个相对的概念，它因主体的人通过对自己生活区域同这一区域之外地区的比较、对比而形成，又因不同的对比和参照对象而具有不同的外延。在这里，与他乡异地的比较、对比，是形成家乡意识的基础。

那么，对于那些从不曾离开故土的人来说，“家乡”又意味着什么呢？答案是，只要是一个正常的社会化的人，他仍然会具有“家乡”的概念。在日常生活中，一个人无论生活的圈子多小，他总会同自己生存领地之外的社会打交道，这必然会让他们产生一种比较，从而形成关于自己基本生存区域的意识，这个生存区域，就是他的家乡，只不过其范围可能相对较小，也许只是他所生活的小村甚至村中的某一特定社区。

这里可以举一个例子。在北美一部影响广泛的儿童动画系列片“Peep and the Big Wide World”中，有一集讲了这样一个故事。小鸟 Peep 走丢了，一直想要找回自己的家。后来它发现一个易拉罐，可以在里边避风躲雨，就在那里待了一个晚上。接着又在小伙伴陪伴下出去寻找自己的家，但找了很久仍然没有找到。当它们都有些累了的时候，Peep 很自然地说，我要回家——它说的这个“家”就是那只易拉罐。它的朋友一听，都大笑起来：你说要找“家”，原来你早就有家了！这实际上就是那种“无端更渡桑干水，却望并州是故乡”的心态。就像鲁滨逊被巨浪冲离暂居的小岛时，想

---

① 〔英〕埃文思·普理查德（Evans - Prichard）：《努尔人——对尼罗河畔一个人群的生活方式和政治制度的描述》，褚建芳、阎书昌、赵旭东译，华夏出版社，2002，第 156 页。笔者对此段论述的引用，受到了〔日〕田村和彦《文化人类学与民俗学的对话——围绕“田野工作”展开的讨论》（周星翻译，载周星主编《民俗学的历史、理论与方法》，商务印书馆，2006，第 456 - 485 页）一文的启发。

尽一切办法还要回到那个岛，因为对他来说，那个岛已经成了自己的家，尽管那里并不是他本来的故乡。

今天，随着社会生活的不断发展，随着大众传媒和学校教育的日益普及，人们对自己生活环境之外的了解日趋增多，比较的基础也日益丰富，对那些少有机会离开故土的人来说，他们有关自己家乡的意识，也因而变得更加多元和丰富了。

总之，“家乡”所涵盖的范围并不固定，往往同作为主体的人在实际生活中所处的境遇，以及他用来作为参照的其他地区的大小等有直接的联系。以“我”所在的特定环境为基础，在同这一特定环境之外其他环境的对比中，任何人都会形成关于家乡的概念，而这个概念所涉及范围的大小，又会因每个人的接触面的不同及所掌握知识的不同而有所差别。也就是说，家乡的范围是可以调节、可以变化的，会根据不同的语境而有所伸缩。这种可调节性或伸缩性，也体现了家乡概念的包容性与可比较性——它既在“我”与他人之间形成了一种界限，又为这种界限的突破提供了可能。作为一个在对比中产生的概念，“家乡”既能够使相关的主体保持自我，又时刻为该主体同自我之外的他人之间的交流互动预留着空间，具有十分强烈的“间性”特征，是主体与主体之间动态交互关系的结果。①

就本文的讨论而言，我们所说的“民俗学的家乡研究”或“家乡民俗学”中的“家乡”，主要是从狭义的角度来界定，指的是民俗研究者生长于此、生活于此并在此建立了熟悉和稳定的社会关系的地方，这个地方同时又可以被研究者加以对象化的处理。也就是说，本文的“家乡”，是民俗研究者的家乡，它既是研究者有着密切的亲缘和地缘认同并身处其间的母体文化的承载者，又是可以被研究者借助相关学科的理论和方法予以超越和观察的一个对象。除了具备上文所说的因与异乡、他者的比较或对比而逐渐形成这样一种特征之外，由于学术的参与，其中对比或比较的意识更为自觉，程度也更为深刻。

与“家乡”密切相关的另一个概念，是“家乡民俗学者”（或简称为

① 黄鸣奋：《网络间性：蕴含创新契机的学术范畴》，《福建论坛》2004 年第 4 期；杨春时：《不同领域的主体间性与美学建构》，《东方丛刊》2006 年第 1 期。

"家乡研究者"），它主要指的是那些能够运用民俗学的理论与方法，对家乡的民俗事象进行观察、记录和分析的调查研究者。其中既包括那些工作、生活在外地，为了研究目的重新回到家乡的学者——可称为"返乡的学者"，又包括那些始终生活在家乡但接受了民俗学知识的人士——可称为"在乡的学者"。他们或者能够及时、顺利地融入家乡的民俗氛围，或者本身就生活在这种氛围当中，因而在准确而深刻地理解家乡民俗文化的内涵及民众的情感方面，都具有相似的天然优势。同时，凭借专业的知识和比较的视野，他们又能够超越家乡的生活文化氛围，成为一个观察者和探究者，而不只是单纯的民俗实践者——也就是说，他们能够把家乡对象化为自己的民俗学"田野"。需要说明的是，尽管这两类研究者在家乡都确立了稳固的人际关系和情感联系，但由于在乡的学者往往会更多地参与家乡日常生活的进程，并对家乡生活有更为持续的体验、观察和跟踪，返乡的学者通常却只有关于家乡的过去的印象和情感记忆，以及对现在生活的不连贯的经验；又由于返乡的学者大多在民俗学的学科训练和学术视野等方面比在乡的学者更加系统和开阔，因此，二者之间又存在着较大的不同。本文的讨论，主要以返乡的学者为基础来展开。

需要进一步说明的是，对于一些同人提出的在海外从事人类学或民俗学研究的人士回到祖国来进行田野研究究竟是不是"家乡"研究的问题，我们可以这样来回答："祖国"或"本土"，并不一定对应着本文所谓的"家乡"。因为即使是同一个民族国家的文化，也往往存在着区域、群体等等之间的差异性，对一位研究者来说，即使是在本国或本土，除了我们所定义的狭义"家乡"以外，其他许多地方往往是陌生的甚至异样的，自然不能算作他的"家乡"。因此，与本文所限定的家乡民俗学中的情况不同，本土人类学或家乡人类学领域所涉及的"家乡"，更多指的是"祖国"或"故土"一类的广阔范围，这个范围内的许多的文化事象，尽管从民族文化的整体来说具有一定的内聚性和统一性，但对于从事具体研究的学者来说，同样有着因地域差别而造成的"陌生—熟悉"的张力问题。

综上所述，由于不同文化、不同群体之间各种形式的交流，人们产生了比较或对比的视角，并以此为前提形成了有关家乡的意识。这种意识，在民俗学理论与方法的参与下变得更加自觉、更加强烈，因而出现了相关研究者对家乡民俗客体化的处理。正是在这样的基础上，家乡民俗成为一个重要的研究对象，家乡民俗学也由此构成了民俗学中一个重要的研究范畴。

二　家乡民俗学：一个重要的视角与方法

如上文所述，“家乡民俗学”，是对以家乡生活文化传统的观察与研究为基础而形成的研究取向的一种事实概括，但与此同时，在本文当中，它更是结合新的学术思潮，对这种取向所生发和呈现出的方法的总结。换言之，我们在这里，是把家乡民俗学理解为一种研究视角与方法。

这种研究视角的基础，是对熟悉的生活环境、人际关系和生活实践的对象化处理。而对象化的过程，又受到传统社会关系与学术研究规范两个方面因素的制约，这两个因素之间复杂动态的互动关系，使得家乡民俗学的视角具有了更加复杂而丰富的内涵。

研究者把自己所熟悉的家乡生活及家乡的父老乡亲对象化的过程，也就是“化熟为生”——在熟悉的地方寻找陌生性——的过程。如果说传统民族志在异文化中进行田野研究，首先必须采取一种可称为“家乡化”的“化生为熟”措施，以便建立恰当和谐的田野关系，那么，对家乡民俗学者来说，则始终存在着要把熟悉的人或事加以陌生化、对象化以便在一段距离之外进行观察和分析的过程。也就是说，在熟悉的地方，我们必须要在思维模式和心理机制上保持一种距离感，一种跳出固有生活圈子并承认观察与被观察、调查与被调查、研究与被研究之新关系的态度，唯此方能相对中立、冷静地去认识和分析我们的研究对象。这种态度，也意味着在具体研究中对主客位区别的认可和坚持。所谓主位，就是指调查者在具体民俗调查的特定活动当中应该处于主动位置，客位则是指被调查者所处的相对被动状态。承认和保持主客位之间的不同，就是要强调，不管是对一个地方也好，对这个地方的人也好，还是对我们经历过而且非常熟悉的文化现象也好，我们都必须以一种观察的态度，以一种学术的视角把它加以对象化，使之成为我们的研究客体，成为技术处理层面客体化的对象。

在“主体间性”的概念已成为人文社会科学领域主导性观点的今天，

我们却强调研究对象的客体化，强调研究者与被研究者的“主位”与“客位”关系，这是不是意味着与当下学术潮流的背道而驰呢？答案当然是否定的。我们之所以从家乡民俗学的角度来突出研究中的主客位关系，是因为家乡民俗学视角的核心就是主体间性的立场，互为主体的观念本来就是家乡民俗学者田野实践的指导原则，在具体操作中强调研究对象的客体化，恰恰是以对互为主体立场的坚持和对被研究者的足够尊重为前提的。

当然，家乡民俗学这种以主体间性为基础的视角的形成也经历了较长的发展过程。以中国民俗学为例，在这一学科一个世纪的历程中，许多研究者都是自然而然地以自己的家乡民俗为调查和研究对象，并由此造成了学科中一个突出的悖论，即在科学主义原则下始终坚持为经典人类学“科学原则”所排斥的家乡研究。中国民俗学是在五四时期“民主”“科学”精神引领下发展起来的一门学问，科学性是它始终倡导的重要标准。但是，对于被马林诺夫斯基视为“文化科学”的人类学所主张的“科学”规范，即必须在异文化而非熟悉的文化中开展研究的要求，中国民俗学者尽管都不陌生,[①] 却非但没有遵循，反而“示威似地”把家乡当成了天经地义的调查场所。结果造成了一方面强调科学、另一方面又忽略“科学原则”的矛盾。这使得民俗学者很长时间以来，始终处在一种困惑或不自信的状态：在坚持家乡研究的同时又在不断怀疑这种做法的科学性。与此同时，受科学主义原则的主导性影响，家乡研究者在情感和伦理方面也遭遇了许多的困扰，这尤其表现为为了照顾科学主义的原则而不得不破坏亲情及传统规范。比如，本着“科学”调查与研究的目的，毫无顾虑地突破家乡生活的基本秩序或伦理要求，甚至不惜损害父老乡亲的声誉或人际关系。[②]

这种情况，直到在新的哲学思潮影响下产生的“写文化”之类的诸多新观点出现，以及它所导致的学科理论和方法上的转型产生之后，才有了根本的改变。现在，我们越来越多地把民俗学理解成人与人之间富有人性

---

① 从 20 世纪二三十年代开始，西方人类学的许多著作都已经被翻译成中文，而且被民俗研究者当作重要的参考资料。比如，李安宅 1935 年编译出版的马林诺夫斯基的《巫术科学宗教与神话》，对早期中国学者产生了很大的影响。

② 参看安德明《当家乡成为田野——民俗学家乡研究的伦理与方法问题》，《东华汉学》2011 年夏季特刊；祝秀丽：《家乡民俗研究者的角色冲突》，《民俗研究》2006 年第 2 期。

的一系列相遇，[①] 田野调查，也不再是调查客观真理的文化科学，而变成了揭示部分真理的某种表达或交流的方式。[②] 在这样的情势下，家乡民俗学获得了新的发展，而当它与主体间性的理念相结合时，就尤其变成了一种内涵丰富的重要视角。

具体来看，家乡民俗学视角包含这样几个突出的特征：平等交流，相互尊重；同情理解，理性批判；朝向当下。

平等交流，相互尊重。由于是在熟悉的社会环境与人际关系中进行民俗文化的调查与研究，家乡民俗研究者更容易在一种自然的交往状态下展开田野工作。在这种状态下，无论是调查者还是被调查者，既受到双方所熟悉的地方传统交往原则与伦理规范的约束——它在一定程度淡化了学者与父老乡亲之间地位的不平等，又受到学术调查这个主要框架的制约——它反过来又具有减少家乡固有社会关系中的差异的作用，加上“互为主体”原则对研究者的影响，二者很容易能够达到互相尊重、平等交流的关系模式。

很多时候，对于作为被调查者的当地人来说，假如面对的是来自外地的陌生研究者，由于社会和文化的传统差异或等级制度的影响，他们往往会有诸多的心理压力或负担，但当调查者是那些曾经属于社区成员并由于走出家乡而获得更高社会地位的人时，就不会或很少产生这样的效果。这些调查者通常是以双重的角色回到家乡，他们既因一定的学术身份而不同于家乡的父老，又由于不可回避地缘和亲缘关系而注定是一个“回家的人”，还要尽可能投入地参与家乡的民俗活动，向那些容易被流行观念认为具有较低社会地位的父老乡亲学习或请教。在此过程中，往往会出现一种微妙的心理状态：对于那些被请教的民俗活动的实践者来说，回到家乡的民俗学者，可能原本就是“隔壁的小子”或“邻村的闺女”，但由于读书“读得好”，他（她）同村里人拉开了距离，在某种程度上显得比大家更为优越。这容易让一部分同乡人产生心理上的不平衡感，特别是那些原本在社区具有一定地位的人，更会有自己的权威受到冲击的危机感。这种心理

---

① 〔日〕田村和彦：《文化人类学与民俗学的对话——围绕“田野工作”展开的讨论》，周星译，载周星主编《民俗学的历史、理论与方法》，商务印书馆，2006，第476页。

② 安德明：《家乡——中国现代民俗学的一个起点和支点》，《民族艺术》2004年第2期。

差距，由于他们对各种民俗事象的稔熟，以及返乡的调查者对这些事象既陌生或一知半解又急于了解的表现，而得到了较大的缓解，从而创造了一种家乡民俗学框架下的特殊交流效果。因此，他们往往会兴致勃勃、滔滔不绝地把自己所了解的习俗、故事等一股脑儿倾诉或宣讲给作为调查者的“后生小子”。有时，说到得意处，还会不时以权威的口吻来教导调查者关于各种习俗的知识——这大概正是在家乡调查的学者之所以会更容易获得资料的原因之一。同时，它也可以说是家乡民俗学平等交流视角所导致的必然结果。

同情理解，理性批判。家乡民俗研究，是研究者在一种感同身受的心理基础上的分析、理解和批评，这为准确把握和揭示相关文化的本质提供了更大的可能。由于家乡民俗研究者在心理、情感和思维方面很容易受到家乡固有传统的影响和制约，也很容易产生同被调查者之间的情感共鸣，因此，他们在理解家乡生活文化方面具有先天的优势。当然，他们同时也会遭遇其他许多意想不到的精神压力，但这些压力，又为他们进行更加积极的反思并推进学术发展创造了新的条件。

有位同人曾经谈到，她在调查本民族史诗时，有一次请一位歌手到家中来进行访谈。这位歌手按照族群排行属于她下一辈的亲戚，一向对她很尊重，也很听她的话。但这次，当她要求他演唱一些史诗（歌）时，歌手却拒绝了，理由是因为这是在家里，而且又没有相关的情境（比如婚礼、丧礼等），所以他绝对不能唱。后来她又请他对着录音机唱几句曲子，以便自己记录，她的父亲也在一旁劝说，说这是专门供研究之用，唱几句没关系。但歌手犹豫了一会儿之后，还是拒绝了。他说：阿普（爷爷，指调查者的父亲）在这里，我还是不能唱。这位同人后来写道，自己当时忽然就明白了，这里实际上体现的是史诗演唱传统、演唱语境的问题。她马上赞扬了这位后辈，说他做得很对。她自己的反思是，如果不是在父亲面前，如果不是在家里，而是把歌手请到办公室，他可能就唱了。但自己也会因此失去了一次宝贵的体悟机会——这种体悟，只有在深入的田野当中才会获得！[①]

---

① 廖明君、巴莫曲布嫫：《田野研究的“五个在场”：巴莫曲布嫫访谈录》，《民族艺术》2004年第3期。

这个例子，反映了一次十分难得的田野体验。结合家乡民俗学的思考，从这里我们也可以看到，家乡民俗的研究者，由于同歌手（传承人）有诸多共享的传统，因此，不仅容易理解其各种行动或反应背后所包含的意义，而且会很自然地遵循其所传承和遵行的规则。这种基于同情之理解，使得研究者与被研究者之间更容易处在一种相对自然的传统语境当中，这种语境是保证民间文化事象得以相对自然地表演的基础。也就是说，家乡的学者在调动研究对象比较真实自然的情绪方面具有一定的优势，因为在那些被调查者看来，自己所信仰和遵循的规则，对于作为同乡人或自己人的研究者来说也一定能够理解，而且也一定对他（她）有效。这样，自然而然地，那些被调查者，无论是作为主要参与者进行相关的民俗活动，还是作为资料提供人单独面对研究者，他们的行为会更加接近于村落或社区生活本来的状态。从这一点来说，家乡研究者也可以尽可能地避免那些异文化研究者可能面对的窘境：调查对象在逐渐了解了调查者的目的之后，会带着较强的目的性、有选择地向学者“提供”他们想要得到的东西。

在全面认识和深入理解的基础上，家乡民俗学者对于家乡、家乡人及其民俗，又可以从学术理性的角度及当地人的立场出发，结合同家乡之外文化传统的比较，进行有的放矢的批判。这种共情的批判，因为是作为“自己人”的家乡民俗学者基于文化间比较的视野对母体文化的反思，所以能够清醒认识、准确反映并自由展示相关对象的优长和不足。相比于异文化中的研究者，家乡民俗学者身上更多的是一种由内而外的自觉反省，而不是来自外部的一种评判。这种自发的反省，更为主动，更为从容，更为彻底，也更为自信。它不仅能够对作为研究者家乡的特定社区的文化发展提供有益的参考，对更大范围内以间性比较为基础的文化交融与合作，也能发挥至关重要的推动作用。

朝向当下。民俗学本来是一定程度上受现代性怀旧（乡愁）思潮影响而产生的学问，这不仅表现在它的诸多研究对象如歌谣等当中有大量抒写离散与乡愁的内容，也表现在它始终对古老传统的价值有特殊的理解，并对各种传统的衰落或消亡怀着特殊的敏感与关怀。家乡民俗学，由于是研究者（特别是从外部世界返乡的研究者）同自己故乡的生活文化传统及父老乡亲打交道的学问，其中充满了因内与外、变与不变、新与旧等之间的对立而引发的张力，对乡愁或怀旧情绪的体验尤其强烈。但也正因为如此，它又更容易超越以往把民俗看作“遗留物”的、“向后看”的老路，以直面当下的态度来定位自己的学术取向，关注鲜活的生活文化。具体来看，它不仅能够利用民俗中丰富鲜活的资料展示不同历史时期、不同社会条件下乡愁的不同面向，分析其中所蕴含的家国与历史情怀、并从“乡愁”这一特殊角度来解读相关生活文化传统，而且能够结合感同身受的体验，为如何缓释城市化进程中新出现的现代乡愁，提供基于学科立场和实践的参照。

这种走出乡愁情绪、朝向当下的家乡民俗学，使得研究者的目光不再局限于偏远的农村地区，而是也开始关注“传统”农村地区之外的生活文化现象，并由此引发了有关“民俗”或“民间文化”概念的全新理解，即“民俗”不只是以往本质主义理解框架中古老的乃至必须经过几代传承的文化现象，而更多的是发生在我们身边的具体鲜活的生活文化。以同情之理解的目光来检视新的社会语境下包括“乡愁”在内的各种传统文化现象，可以进一步证明了民俗学的目的不是怀旧，而是在快速现代化的时代，在传统与现代，乃至现代与未来之间搭建更好的桥梁，从而为推进社会的良性发展贡献自己学科的力量。

总之，家乡民俗学所包含的“平等交流，相互尊重；同情理解，理性批判；朝向当下”的原则与取向，使得它不只是有关民俗学特定历史潮流的概括，也是一种考察民俗文化现象的特殊视角。这一视角，不仅在有关家乡文化的考察中有效，对于一般文化问题的观察和思考，也能起到重要的参考作用。例如，对非物质文化遗产保护中的社区问题，从民俗学的“家乡”视角出发去探究，我们就可以获得更深刻的理解。①

三 家乡民俗学：作为文化交流的立场和态度

家乡民俗学又是一种立场或态度。这种态度，基于比较的视野，具有鲜明的“主体间性”特征，不仅对民间文化的比较研究具有重要的引领意义，

① 安德明：《以社区参与为基础构建人类命运共同体——社区在非物质文化遗产保护中的重要地位》，《西北民族研究》2018年夏季刊。

对理解和处理一般文化交流范畴的理论与实践问题，也能提供有益的参考。

作为一种具有突出的“朝向当下”特征的视角，家乡民俗学能够以积极的现实关怀，结合研究者过去的生活经验与当下的学术研究，在与父老乡亲的互动交流中来探讨作为传统的民俗文化是如何在当代社会生活中发挥活态的“生存必需品”[①] 的作用的。而这种立足过去着眼现在的研究取向，又能够起到反思和突破传统民俗学中带有明显“保守”“怀旧”烙印的“朝后看”的局限，推动学科当代转型的作用。

如前文所述，“家乡”是在与他乡的比较中建构起来的一个范畴，其涵盖范畴具有很强的伸缩性。在这种建构当中，家乡民俗学者发挥了至关重要的作用。一方面，他（她）熟悉“局内人”的知识背景和“知识库”，因而能够没有障碍地理解当地的文化传统。这里所谓知识库，指的是个人或群体在某一特定领域共同具备的专门知识积累或储备，可以根据需要随时调用、组合，为人们实现在这一领域当中的相互交流而服务。英文称之为 Repertoire，大体可以翻译为“资料库”“曲库”“知识库”“知识储备”。拥有大致相同的知识库，可以说是不同的人之间得以相互理解和沟通的基础。[②] 对这一类的内容，也有人用“默会知识”（tacit knowledge）加以概括，认为它能够弥补语言所不具备的功能。[③] 另一方面，他（她）又能够借助学术视角和手段，从“局外人”的眼光来认识所熟悉地方的文化，并把这种认识描述和展示给更大范围的社会与文化领域。就此而言，家乡民俗学者能够通过在家乡与异乡的民俗之间进行比较，发现其中都可以用“民俗”来概括的共同属性，以及在作为“民俗”的共同性上所体现出的地方

---

① 〔美〕理查德·鲍曼：《作为表演的口头艺术》，杨利慧、安德明译，广西师范大学出版社，2008，第 96 页。

② 民俗学、人类学的研究发现，个人或群体在某一特定领域都具有专门的知识积累或储备，可以根据需要随时调用、组合，为人们实现在这一领域当中的相互交流而服务。英文称之为 Repertoire，大体等同于“资料库”、“曲库”、“知识库”或“知识储备”；拥有大体相同的知识库，可以说是不同的人之间得以相互理解、沟通的基础。参看 Dell Hymes，“*In Vain I Tried to Tell You*”：*Essays in Native American Ethnopoetics*，Philadelphia：University of Pennsylvania Press，1981，p. 6.

③ 〔日〕田村和彦：《文化人类学与民俗学的对话——围绕“田野工作”展开的讨论》，周星译，见周星主编《民俗学的历史、理论与方法》，商务印书馆，2006，第 456 - 485 页。

或群体的差异性，并把它展示给家乡之外的地区，从而搭建起一个不同文化与不同主体之间相互交流、相互理解的桥梁。这个桥梁，实际上也就是小地方同大区域、同国家乃至更大范围的全球达到沟通与融合的可能的通道。

通过对家乡民俗学的调查、描述、分析和阐释，家乡民俗学者充当了“文化经纪人”① 的角色。他（她）可以凭借自己的努力，建立一个立足家乡又面向广阔外部世界的开放的交流平台。在这个平台上，家乡民俗学者发挥着主角的作用，但他（她）又受到学术规范与家乡生活传统伦理的双重制约，因此，其有关家乡民俗的展示和解释，必然要受制于一个由家乡民俗学视角所塑造或规定的基本框架。

这个框架的一般表现是：在“乡情”与“学术理智”的协商与妥协当中，达成一个为二者都能够接受的共识，进而展示给家乡以外的读者。这里所说的“乡情”，既包括感性的情感，又包括理性的判断，前者是因生于斯长于斯而养成的血浓于水的感情，后者则是在与外部比较的基础上形成的关于故乡文化内容属性的辨析，即确定某项内容或某项内容中的某些因素是否适合呈现于故乡之外的人群面前。

那么，在这一点上，辨析或判断的标准是什么，又是由谁来确定的呢？事实上，从具体情况来看，对于家乡民俗的哪些内容或哪些特征适合对外展示，在不同历史时期，人们的理解会有很大的差别。例如，在中国民俗学刚刚兴起的20世纪一二十年代，有不少调查者因为搜集和发表歌谣等民间文学作品而遭到同乡人的误会乃至辱骂，因为大家认为自己传唱的歌谣难登大雅之堂，而搜集者把这些内容发表在“洋报”上的做法，使自己的村子在全国丢了丑。② 但是，假如这种事情发生在21世纪的今天，就一定会有大不一样的反应。无论是那些被访谈的男士或女士，还是作为歌谣或故事中主人公的村民，大概都会十分大方且积极地参与提供所谓“民间文化遗产”或“非物质文化遗产”资料的活动，或者自豪地承认自己就是某首歌谣的主人公。但是，万变不离其宗，归根结底，人们思考和判定相关

---

① Richard Kurin, *Reflections of a Culture Broker: A View from the Smithsonian*, Washington: Smithsonian Institution Press, 1997, pp. 21 – 30.

② 参见安德明《家乡——中国现代民俗学的一个起点和支点》，《民族艺术》2004年第2期。

资料价值与意义的出发点，始终是这些资料是否符合自己所在社区之外更大范围的人们所认可的主流价值观，以及这些资料的对外展示将为自己及自己的社区带来怎样的影响。

在这样的状况下，来自社区之外的返乡的民俗学者，往往会表现出同生活在具体社区中的民间文化实践者共同的心理与行动方式，正如作家孙犁所说的："我越来越思念我的故乡，也越来越尊重我的故乡。前不久，我写信给一位青年作家说：'写文章得罪人，是免不了的。但我甚不愿因为写文章得罪乡里，遇有此等情节，一定请你提醒我注意！'"[①] 这同前文提及的中国民俗学早期的调查者出于学术目的而不顾乡情、结果引发乡人不满的做法，有很大的不同。但尽管初衷很好，由于常年在外生活，作家本人又很难准确把握哪些做法容易得罪人，哪些不会得罪人，因此又需要年轻作家的提醒。显然，在这一过程中，存在着十分突出的比较的视角，或者说是"间性"立场：通过把自己的文化形态与外界的主流观念进行比较，作为当地人的家乡民俗学者，对其民俗文化既会保持一种"当地人"的情感，又具有一种基于他者视野的判断，因此会对该文化进行有意识的过滤或加工，以使它更加"得体地"展示给外人。

在民族志报告的展示中对一些信息进行适当的处理，这是当前民族志研究领域受学术伦理影响而形成的一种共识。而这种共识的达成，又是以早期诸多惨痛的教训为代价的。今天的研究者，大多会提及传教士及早期人类学家在一些土著部落的调查给当地人带来的严重干扰。例如，19 世纪 90 年代早期，门诺派传教士亨利·沃斯（Henry Voth）在霍皮印第安人部落生活的几年时间当中，通过文字和照片，详细记录了该族人日常生活和农业劳动等方面的内容，其中包括大量宗教活动方面的照片。后来，他把这些内容全部发表，相关成果还不断再版，结果给霍皮人造成了巨大的精神伤害。因为公开发表有关霍皮人重要仪式的照片，冒犯了他们对于神圣知识的传统信仰。[②] 类似的情况在许多印第安人部落中都曾有发生。这就是为

---

① 孙犁：《老家》，见金梅编《孙犁散文选集》，百花文艺出版社，2009，第 294 - 296 页。

② Michael Brown, *Who Owns Native Culture*? Cambridge: Harvard University Press, 2003, pp. 11 - 16.

什么直到今天，我们到印第安人生活的地方去参观，都会发现，他们对于自己的文化总是保持一种至少从表面看来十分谨慎甚至保守的态度。2014年春天，我在美国新墨西哥州一个印第安人保留区的博物馆里，听馆长介绍他们近年来涌现出的一位年轻艺术家。他接受了现代艺术的教育，同时对印第安传统有深刻的领会和把握，于是就结合这两种风格，力图展示自己同胞在新的背景之下，在其文化与西方文明接触、交流和碰撞过程中内心的痛苦、压抑，以及不断协调和寻求平衡的过程——的确，我从他在博物馆展示的作品中也可以体会到这种情绪的强烈表达。但是，这位馆长说，这位艺术家目前也面临着强烈的内心煎熬，因为他很难在应该展示的内容与不该展示的内容之间找到一个适当的平衡点。按照他所在社区的传统，他本不该把一些内容展示给外界，可是出于对自己文化的表达热情以及特殊的艺术理念，他又必须把这些元素融合在作品当中，结果引发了族群其他成员的谴责和批判，给他带来了严重的心理矛盾和精神负担。我问馆长，为什么大家会那么敏感呢，文化本来就应该是不断变化、不断调适的。馆长很坦诚地对我讲：就是因为我们付出的惨痛代价太多了——因为早年大量的白人传教士、调查者对我们造成的伤害太大，尽管很多伤害可能不是有意识的。

在反思早期田野研究者这类疏忽和失误的基础上，民族志研究领域逐渐形成了越来越明确的有关田野调查与民族志报告书写的伦理规范，强调田野过程中研究者与田野访谈对象之间互相尊重的原则，对民族报告的书写和发表有一系列相应的技术要求，诸如书写和发表时对研究对象个人隐私及群体内部知识的保密等。这些伦理要求，也对家乡民俗学者产生了重要影响。而由于家乡传统与人际关系等方面因素本身的制约，家乡民俗研究者在遵循相关要求方面，表现得更加自觉，更加彻底。

当然，无论是异乡还是家乡的研究，其民族志成果中的加工或过滤，都要以学术标准所允许的范围为界，必须符合基本的学术规范。在此基础之上，家乡研究者针对自己文化中与主流价值观不完全一致的因素进行过滤式处理，尽管可能是为了“遮丑”，但在一定程度上，又会产生在文化比较前提下进行自我反思、自我修正的作用，进而为促进其“家乡”地区或群体的文化自觉、增强其文化自信并推动更大范围不同文化间的交流融合，奠定更加坚实的基础。[①]

总之，在间性比较的视野下，家乡民俗学者一方面可以结合过去的生活经验与当下的学术实践，发现并揭示历史与现实的复杂关联，进而反思民俗学以往那种“朝后看”的问题和局限，推动民俗学更多地“向前看”并朝向未来；另一方面，由于它是在与异乡、与他者的对比当中产生的一种有关家乡、有关自我的特殊研究范畴，因此能够使研究者更好地立足于自身，在认识自己的前提之下，更清楚地认识“我”在同“他”交往过程中的位置，从而更恰当、更全面地理解“我与他”的关系，更有效地建设包含了更多“我”“你”“他”的、朝向未来的“我们”，也就是所谓的人类命运共同体。作为家乡民俗学核心概念的“家乡”在涵盖范围上的伸缩性，尤其为这种目标的达成提供了可能。

① 参看金惠敏《文化自信与星丛共同体》，《哲学研究》2017 年第 4 期。

身体民俗学的历史、理论与方法*

王霄冰　禤　颖**

摘　要：美国学者凯瑟琳·扬虽然提出了“身体民俗”的概念，但并未对身体民俗学的理论和方法进行系统的建构。中国古代典籍中富含身体民俗的记录与书写资料，早期的中国民俗学者江绍原、黄石等曾利用文献与田野相结合的方法进行身体民俗的研究，当代民俗学者刘铁梁、彭牧等又结合中国的学术传统，从对民俗主体的关注出发，提出了民俗学乃身体感受之学等理论观点，为身体民俗学这一学科分支的确立奠定了基础。作为研究与身体相关的民俗事象并关注身体参与民俗文化建构过程的学科领域，身体民俗学特别注重田野调查过程中主客体双方的身体参与、身体经验和身体感受。除了参与观察、深度访谈、问卷调查等常用方法之外，个人叙事和虚拟民族志对于身体民俗研究而言也是极为有效的研究方法。

关键词：民俗学理论；身体民俗学；身体民俗；方法论；主体性

继美国学者凯瑟琳·扬（Katharine Young）1989 年铸造英语新词“身体民俗”（Bodylore）之后，我国学者刘铁梁、彭牧等结合中国的学术传统，

---

* 本文选自《文化遗产》2019 年第 2 期。本文为“中山大学本科教学质量工程——《现代民俗学导论》教材建设项目”的阶段性成果之一。

** 王霄冰，女，浙江江山人，中山大学中国非物质文化遗产研究中心、中国语言文学系教授，民俗学专业博士生导师；禤颖，女，广西南宁人，中山大学中国语言文学系民俗学专业博士研究生。

对身体民俗的概念及研究范式加以拓展和应用，“身体民俗学”的说法也渐露头角。它最早见于刘铁梁发表于2015年的一篇论文的标题中。[①] 彭牧在新近发表的《身体与民俗》一文中，也提到了“身体民俗学”一词。[②] 然而，尽管此前已有一些零星的论述，但对于身体民俗学的历史发展和理论方法，目前尚未有系统的总结和论述。本文试图在梳理国内外有关身体民俗研究的学术史的基础上，对身体民俗学进行初步的定义与理论阐释，为进一步构建身体民俗学的学术框架奠定基础。

一 中国古代典籍中的身体民俗书写

如果我们先把美国学界提出的“身体民俗”概念搁置一旁，仅从身体的视角出发，对过往的民俗文献进行审视，便不难发现，我国传统典籍中留存有大量关于身体民俗的记录。可将这方面的学术资源视为身体民俗学的学术史前史而加以梳理。

古籍文献中的身体民俗相关记载庞杂且分散，从内容上大致可分为以下三大部分：（一）儒家经典著作、礼书、家规家训与蒙学教材中的身体规训；（二）中原汉族对于异域民族及境内兄弟民族的身体观察与书写；（三）各种宗教、艺术、武术、手工艺、医疗术/养身法、预测术等中的身体民俗记录。

第一部分主要是儒家正统学说对于不同身份、不同场合中的身体规则所进行的考据、说明及这方面的普及性宣传和教育，例如在《左传》《论语》《仪礼》《礼记》《孝经》等经典著作中，在历代官方史书中关于“礼”的内容和《舆服志》等文献中，在《家仪》《家礼》等民间礼书中，以及在各种家规家训和《三字经》《弟子规》等传统蒙学教材中，还有在《尔雅》《释名》《说文解字》等训诂类工具书中，均有关于身体与服饰规则的记载。

儒家讲究修身、齐家、治国、平天下，把对于身体的安置和控制看成一切政治作为与社会成就的根本前提。儒家经典著作尤其是古代礼书对于身体规则的记载十分详细，但迄今很少有人从这方面进行研究。正如田丰

① 刘铁梁：《身体民俗学视角下的个人叙事——以中国春节为例》，《民俗研究》2015年第2期。
② 彭牧：《身体与民俗》，《民间文化论坛》2018年第5期。

所评论的那样，“……尽管历史上礼学研究汗牛充栋，也涉及大量传统哲学、政治学话题，但多是从历史学、考据学、文物学、典籍学方面的探讨，虽然涉及哲学思想、历史考证，但并没有从身体哲学的视角进行反思、分析、研究的成果，因此而得出的结论除了缺少现代方法论之外，尚不能实现向现代社会实践转化”，以致造成了“尽管有各种礼学理论的研究，而现实生活中的礼仪实践却很落后”的现状。[①] 田丰本人则从身体现象学的角度出发，尝试对中国礼仪文化的身体性本质进行解读。他认为，从礼乐文化的演变史来看，“礼仪是身体行为的模式化”，历代儒家典籍中都有许多关于“礼与身的一体化的论述”，并将身体视为“国体的象征”。礼治即是从个体行礼的身体教育出发，“从微小的身体行为和人际互动开始”，以达到“身家合一”“身礼合一”的礼的秩序，并通过圣贤的示范作用而“风化万民”。[②]

以旨在记载和解释先秦礼制的《礼记》为例，其中就涉及了大量有关身体性别、身体行为、身体服饰等方面的规则。如“子事父母，鸡初鸣，咸盥漱”[③]、“妇人不饰，不敢见舅姑”[④] 均是对人子、人妇的身体规训；“仆御妇人，则进左手，后右手；御国君，则进右手，后左手而俯”[⑤]、“古之君子必佩玉”[⑥]、“短毋见肤，长毋被土”[⑦]等则是与个体身份、乘车的举止、服饰等礼节有关的规则。

在《释名》《说文解字》等以训诂、文字说明为目的的典籍中，也有许多对于身体规则的记录和考释。例如《释名》中的“穿耳施珠曰珰。此本出于蛮夷所为也……今中国人效之耳”[⑧]，不仅对相关的身体习俗进行了记录，还对它们的“中国”属性予以强调，反映了中原汉族从身体、服饰来判断族群身份的观念倾向。

---

① 田丰：《身体思维与礼乐文明的现代转化》，苏州大学博士学位论文，2012，第58－59页。
② 田丰：《身体思维与礼乐文明的现代转化》，苏州大学博士学位论文，2012，第43－71页。
③ 王文锦译解《礼记译解》，中华书局，2001，第325页。
④ 王文锦译解《礼记译解》，中华书局，2001，第120页。
⑤ 王文锦译解《礼记译解》，中华书局，2001，第33页。
⑥ 王文锦译解《礼记译解》，中华书局，2001，第378页。
⑦ 王文锦译解《礼记译解》，中华书局，2001，第786页。
⑧ （汉）刘熙：《释名》卷四，中华书局，2016，第69页。

而在传统的教育类典籍中，有关身体的规训往往更为具体、细致。例如《女论语》开篇中就对女性提出了“立身”方面的诸多要求：“行莫回头，语莫掀唇，坐莫动膝，立莫摇裙，喜莫大笑，怒莫高声。”待客时则要“整顿衣裳，轻行缓步。敛首低声，请过庭户”。对丈夫必须忍让，“夫若发怒，不可生嗔。退身相让，忍气低声。莫学泼妇，斗闹频频”[①]。《弟子规》中同样有许多身体规范，如“路遇长，疾趋揖。长无言，退恭立。骑下马，乘下车。过犹待，百步余”“长者立，幼勿坐。长者坐，命乃坐。尊长前，声要低。低不闻，却非宜。进必趋，退必迟。问起对，视勿移”“晨必盥，兼漱口。便溺回，辄净手。冠必正，纽必结。袜与履，俱紧切”“步从容，立端正。揖深圆，拜恭敬。勿践阈，勿跛倚。勿箕踞，勿摇髀”。[②]

第二部分对于中原以外的异域或异族人的身体民俗的描述和记录，大多见于诸子百家的著述、地理志、风土志、笔记小说与采风录等文类。如在《列子·汤问》中就有“南国之人，祝发而裸”[③] 的说法，《淮南子·原道训》中则有“九疑之南，陆事寡而水事众，于是民人被发文身，以像鳞虫”[④] 的描述。《水经注·温水注》中有“朱崖、儋耳二郡……人民可十万余家，皆殊种异类，被发雕身，而女多姣好，白皙，长发美鬓”[⑤] 这样的针对异地域或异民族女性装扮的记录。在《倭人传》《大唐西域记》《缅甸琐记》等笔记志书中也包含有大量对于异国民众躯体外表的描述。而《景泰云南图经》[⑥]、“百苗图”[⑦] 等，则是古代专门记录国内边疆民族风情的图录作品。

值得注意的是，在记录异域或异族民众行为活动的文献中，与躯体密

① （清）陈宏谋辑《五种遗规》，线装书局，2015，第 94 - 96 页。

② （清）李毓秀：《弟子规（故事配图）》，上海古籍出版社，2010，第 40、42 - 44、50 - 52、60 - 62 页。

③ 张湛注：《列子》卷五，上海古籍出版社，2014，第 147 页。

④ 何宁：《淮南子集释（上册）》卷一，中华书局，1998，第 38 页。

⑤ （北魏）郦道元：《水经注》卷三十六，谭属春、陈爱平点校，岳麓书社，1995，第 533 页。

⑥ （明）陈文修：《景泰云南图经》，转引自武文《中国民俗学古典文献辑论》，民族出版社，2006，第 146 页。

⑦ 杨庭硕、潘盛之编《百苗图抄本汇编》，贵州人民出版社，2004。

切相关的，多以两方面的内容为主。其一为对两性婚恋行为的描述。如《广东新语》中的“傜人以十月祭都贝大王，男女连裾而舞，谓之踏傜。相悦，则男腾跃跳踊，背女而去。此西粤之傜俗也”[①]。其二为对产育习俗的记录。如《太平广记》中的记载：“南方有獠妇，生子便起。其夫卧床褥，饮食皆如乳妇。稍不卫护，其孕妇疾皆生焉。其妻亦无所苦，炊爨樵苏自若。又云：越俗，其妻或诞子，经三日，便澡身于溪河，返，具糜以饷婿，婿拥衾抱雏，坐于寝榻，称为产翁。”[②]

从内容上看，第二部分对于异地域/异民族民众躯体外表、行为活动等方面的情况的记录与说明，与第一部分的儒家礼制对于身体的规训正可形成对比。前者是从对自我或本民族的躯体的认识出发，记录和描述与身体相关的民俗规范，将其定义和上升为礼制的部分内容并加以推广。后者对异地域/异民族的身体民俗进行描述则侧重于强调其不同于中原汉族身体习俗之处，以突出其不合礼教、未开化等特质，从而使得二者的文化产生了高下之分，并赋予了中原汉族的身体规则以正统性与合法性。

上述两部分内容在表述方式上也有所不同。儒家经典和礼书家训中的身体民俗记录，多以规范或禁忌的形式出现，往往以历史人物的举止为例，有时会对其原理加以说明、考据或阐释。例如《新书·胎教》：“周妃后妊成王于身，立而不跛，坐而不差，笑而不喧，独处不倨，虽怒不骂，胎教之谓也。”[③] 而在采风录等文献中则通常从区域性或民族性出发，对女性的交往、性、生育等“出格”行为进行奇观化记录，例如《真腊风土记》中的“番妇产后，即作热饭，拌之以盐，纳于阴户。凡一昼夜而除之，以此产中无病”[④] 等，并常常辅以“颠倒有如此”[⑤] 或“淫荡之心尤切”[⑥] 等道德评断。

第三部分宗教、艺术、武术、手工、医疗术/养身法、预测术等中的身

① （清）屈大均：《广东新语（上）》卷六，中华书局，1985，第 236 页。
② （宋）李昉：《太平广记》卷四百八十三，中华书局，1961，第 3981 页。
③ （汉）贾谊：《贾谊新书》卷十，上海古籍出版社，1989，第 75 页。
④ （元）周达观：《真腊风土记校注》卷七，中华书局，1981，第 105 页。
⑤ （宋）李昉．：《太平广记》卷四百八十三，中华书局，1961，第 3981 页。
⑥ （元）周达观：《真腊风土记校注》卷七，中华书局，1981，第 105 页。

体民俗，散见于经史子集各种文献之中。例如江绍原在《发须爪——关于它们的迷信》的研究中，就旁征博引了《春秋》《仪礼》《礼记》《庄子》《尸子》《韩非子》《淮南子》《盐铁论》《论衡》《说文解字》《神农本草》《图书集成》等古代经典中的相关内容，同时也引用了隋人巢元方的《诸病源候总论》（简称《巢氏病源》）、唐人孙思邈的《千金要方》和《千金翼方》、唐人王焘的《外台秘要》、宋人唐慎微的《证类本草》、宋代的《政和圣济总录》、明代李时珍《本草纲目》、明代高濂的《遵生八笺》等古代医书中的资料，以及宋人张君房编纂的道教类书《云笈七签》、梁朝宗懔的《荆楚岁时记》、唐人刘恂的《岭表录异》、唐人段成式的笔记小说《酉阳杂俎》、宋人编纂的《太平广记》、宋人庄绰的《鸡肋编》、清人俞正燮的《癸巳存稿》，还有清代的历书《星历考原》《协纪辨方书》《永宁通书》，包括近人章太炎、易白沙、胡朴安等人的著作，以及江绍原本人在古籍市场搜集到的《通天晓》《万法归宗》等民间文献。[①]

从上述简单的梳理中可以看出，中国古代典籍中关于身体民俗的书写资料十分丰富，且类型繁多。然而迄今为止，只有少数学者对这一领域有所涉猎，大量散落在各类典籍当中的相关文献资料尚未有人进行系统的整理和研究，可以说是民俗学有待开发的一个学术宝库。

二 中国民俗学早期的身体研究

如果从北京大学《歌谣》周刊的创办开始算起，中国民俗学迄今已经历百年。如果从中山大学民俗学会及《民俗》周刊的创办开始计算，中国民俗学作为一门现代学科也已有了 90 年的发展历史。虽然早期民俗学的研究对象主要集中于歌谣、故事等口头性民间文学，但也有少数学者开始以民俗文化及相关记录为研究对象。其中，江绍原、黄石二位学者的研究，可谓开启了民俗学之身体研究的先河。

1898 年出生于北京的江绍原，17 岁时便留学美国，1923 年获得芝加哥大学哲学博士学位，主攻比较宗教学。他从宗教学角度出发对中国民俗文

---

① 江绍原：《发须爪——关于他们的迷信》，中华书局，2007。

化尤其是身体民俗所做的研究，堪称典范。首先在选题上，他善于发现一些过去被人们认为是无关紧要的身体民俗现象，从中挖掘出中国人固有的心理、观念与文化模式。正如叶圣陶所评论的那样，他从稗官野史里，也从当代人的相互交谈里，研究各个新鲜有味的题目，像《发须爪》《血红血》《冠礼》《关于天癸》，等等。岂止新鲜有味，这些题目里包容着中国人历代相承的生活方式，一般民众都生存在这种空气里头；写文化史和人生哲学的先生们有时候也拿去做他们著作的材料，不过他们另外戴上一副眼镜罢了。[①]

其次在方法上，江绍原也和顾颉刚等民俗学先驱一样，强调文献考据与田野调查的相互结合，正如其本人所言："关于有史和有史前的古人之部分，须从他们所遗下的文献（或器物）等等，下手研究，关于今人的，须从民间去采访调查 。"[②] 一方面他们都善于使用古代文献资料进行考据和分析，能在"尽量多地占有资料"的基础上有效地利用资料，将散落在各类文献中的零星记录通过分析和解读整理成有体系的知识，具有一种"能让'文献'说话的功夫"[③]；另一方面他们通过咨询其亲友和熟人而获得信息，虽然没有亲自进行田野调查，但所获得的也是别人亲身经历所得的资料，也具有较高的可信性，因此有人将这种调查方法归纳为"亚田野调查"。[④]

和江绍原一样，黄石（原名：黄华节）研究身体民俗也是从宗教或曰"迷信"的角度入手，但他更重视女性民俗。根据赵世瑜的分析，这与他的个人经历有关。1901 年出生于广东的黄石，20 多岁时曾"漂流到暹罗"，回国后在教会大学学习，研究宗教史。1928 年他与何玉梅结婚，但次年妻子即病逝。这件事对他打击很大，加剧了他对传统家族制度的否定和批判，认为"旧家族的高压环攻"是导致妻子早丧的根本原因。[⑤] 于是继早期对于

---

① 江绍原：《发须爪——关于他们的迷信》，中华书局，2007，第 149 页。

② 王文宝：《江绍原民俗学论集 · 序》，《江绍原民俗学论集》，上海文艺出版社，1998，第 1 - 15 页。

③ 陈红玲、陈信宁：《试论江绍原〈发须爪〉的研究方法》，《民族论坛》2014 年第 2 期。

④ 陈红玲、陈信宁：《试论江绍原〈发须爪〉的研究方法》，《民族论坛》2014 年第 2 期。

⑤ 赵世瑜：《黄石与中国现代早期民俗学》，《北京师范大学学报（社会科学版）》1997 年第 6 期。

人类婚姻习俗的系列研究，如《同性为什么不可以结婚》（1927）、《关于性的迷信与风俗》（一、二）（1928，1930）、《性的“他不”》（1928）、《娼妓制度的初形》（1928）、《亲属通婚的禁例》（1929）、《贞操的起源》（1929）、《婚姻礼节的法术背景》（1929）、《初夜权的起源》（1930）等之后，从1931年起，黄石陆续发表了一系列有关女性民俗的论文，其中就包括像《胭脂考》（1931）、《从母系到父权——“产翁”的习俗》（1931）、《什么是胎教》（1931）、《染指甲的艺术》（1931）、《眉史》（1932）、《黛史》（1933）、《戒指的来历》（1933）等涉及身体民俗的论文。[①] 1933年，上海商务印书馆出版了他的专著《妇女风俗史话》。1934年后，黄石的研究转向民俗学的其他领域。直至1935年，身为独立民俗学研究者的他才逐渐退出了学术界。

在研究方法上，黄石主要以对民俗事象进行历史性的溯源考察为主，自称有“追源癖”。但他同时也注意采集身边日常生活中的民俗资料，并善于把来自世界各地的例子放在一起进行比较。赵世瑜认为，这与他出自教会大学的背景及外语素养较高有关：“无论黄石对国外人类学、社会学、民俗学理论、方法的应用，还是他大量使用世界各地的有关例子来进行比较的研究，都是建立在他的外语能力优势以及开拓性的知识结构的基础上的。”而且，“从黄石稍后的一些研究题目来看，已经不再是那些笼统的、共性的文化现象，而是更加具体化、本土化的东西”。在赵世瑜看来，这种学术轨迹上的变化具有典型性，即“从一开始注意吸收国外相关学科的理论、方法和其他知识，对各种文化现象进行一般性的探讨，到逐渐转向对本土的某种文化事象进行个案的、深入的研究，似乎是学术发展转型时期相当多学者走过的一条共同的道路，这表明了一种学术上的自觉和成熟”[②]。

江、黄二位学者之所以关注到身体民俗，一方面因其与文化人类学和宗教学渊源颇深，故他们将与身体有关的服装、面具、身体装饰、文身乃至身体禁忌、“迷信”等纳入研究范围；另一方面则与他们对礼教传统造成

---

① 高洪兴编《黄石民俗学论集》，上海文艺出版社，1999，第415－419页。

② 赵世瑜：《黄石与中国现代早期民俗学》，《北京师范大学学报（社会科学版）》1997年第6期。

的个体束缚与阶级固化等社会问题的认识有关，可以说是20世纪早期启蒙思想影响下的产物。在新文化运动时期“为社会开启民智、启蒙思想”[①]的思潮推动下，我国民俗学将目光转向了对民间文化的体察、研究与批评，因此也使得与文字关联甚微的身体文化事象进入民俗学的视野。然而，由他们开创的身体民俗研究长期以来没能引起中国民俗学界的足够重视。20世纪90年代，《江绍原民俗学论集》和《黄石民俗学论集》虽得以出版，但并未收入二人的全部民俗学论著。他们的部分著作今天已很难找到，相关的研究也不多见。尤其是黄石，被称为“被人遗忘的民俗学家”[②]或“一个被隐没的民俗学家”[③]。

三　身体民俗学概念的提出

21世纪初，随着民俗学研究的蓬勃开展和学界对于民俗学理论与方法论的深入研究，一些民俗学家开始反思民俗志书写的模式问题。针对以往民俗志的科学主义立场，刘铁梁在他本人提出的“标志性文化统领式”民俗志书写模式的基础上，[④]最早强调了民俗文化的“感受性”和“身体实践性”，指出民俗学是一门“感受生活”的学问。[⑤]民俗研究应“经由民俗来贴近人们对于生活的切身感受”，注重归属感、认同感、尊严感等身体感受在民俗传承中的作用。[⑥]

对于刘铁梁的这一思考，其弟子岳永逸曾做如下评述：“他认为自己先前提出的‘标志性文化’被人诟病，一个最大的不足就是没有明确强调‘民’对‘俗’的‘主观感受性’和‘身体的实践性’，并进一步指出民俗学与人类学之最大不同就在于民俗学是一门‘感受之学’。”岳永逸在文章中不仅回应了刘铁梁的理论，也强调“民俗学是主观的感受之学”，而且预

① 赵世瑜：《眼光向下的革命》，北京师范大学出版社，1999，第5页。

② 许定铭：《被遗忘的民俗学家黄石》，《大公报》2006年3月19日。

③ 刘锡诚：《黄石：一个被隐没的民俗学家》，《中国社会科学报》2017年2月20日。

④ 刘铁梁：《“标志性文化统领式”民俗志的理论与实践》，《北京师范大学学报（社会科学版）》2005年第6期。

⑤ 刘铁梁．：《感受生活的民俗学》，《民俗研究》2011年第2期。

⑥ 刘铁梁：《身体民俗学视角下的个人叙事——以中国春节为例》，《民俗研究》2015年第2期。

示了刘铁梁“对传承主体——民 ——对于俗的身心感受的反思会再次为中国民俗研究开辟新的视野与领地”。[①]

从学术史来看，刘铁梁等当代民俗学家对于身体的重新发现，是 20 世纪 90 年代以来民俗学学科有关民俗主体性的探讨及范式转换的结果。面对民俗学在现代社会面临的学科危机，学者们从反思把民俗看成“文化遗留物”的固有观点出发，提出了民俗的整体研究范式，并意识到“俗”与“民”之间的辩证统一关系，主张将研究视角从“俗”转向“民”。这实际上已在无意中指向了作为独立个体或民众群体的身体。随着与日常生活有关的民俗实践进入研究者的视域，身体民俗研究的轮廓开始变得清晰起来。

2008 年，刘铁梁在另一篇综述性文章中第一次明确提及了民俗的身体性：

> 民俗是人们在生活中习得、养成和开发，离不开身体的感受、习惯和能力的文化。所谓“看不见、摸不着”，不是指人们所认识的外界事物类属的特点，而是指肢体、感官、心理、意识相统一的人们的身体与世界关系的一种表现，即与文化的物化现象相一致却更多地表现为身体化的现象。[②]

同年，彭牧在美国宾西法尼亚大学民俗学与民俗生活研究所通过了其博士论文《共同的实践、秘传的知识与“拜”：中国农村的幽冥想象》(Shared Practice, Esoteric Knowledge, and *Bai*: Envisioning the Yin World in Rural China）的答辩，回国后就职于北京师范大学民俗学与文化人类学研究所。她把美国民俗学界自 20 世纪 90 年代起提出的“身体民俗”研究理念带回了国内，为相关的先行研究注入了新的活力。

2009 年，山东大学民俗学研究所内部刊物《百脉泉》刊登刘铁梁《非物质性还是身体性？——关于非物质文化保护的思考》一文。受此影响，当时还是北京师范大学民俗学与文化人类学研究所硕士研究生的张青仁在

---

① 岳永逸：《磕头的平等：生活层面的祖师爷信仰——兼论作为主观感受的民俗学》，《中国农业大学学报（社会科学版）》2008 年第 9 期。

② 刘铁梁：《中国民俗学思想发展的道路》，《民俗研究》2008 年第 4 期。

《民俗研究》杂志上发表了题为《身体性：民俗的基本特性》的论文，指出身体是“民俗规训的对象”：“民俗作为一种深层次的社会规范，无处不在地控制着我们的身体。尽管这种控制并不具有法律、制度那样的刚性，而是以一种润物细无声的方式渗透进我们的生活中，但这却是最广泛，力度最大的控制。”同时，身体也是“民俗传承的主要途径”：“只有在身体的知觉中才能呈现出民俗的本原含义，并且这种含义往往是超越了语言的层面，通过身体的知觉得以真正体验、体悟。”作者在文章最后强调了身体视角对于民俗志书写所具有的方法论意义：

> 长期以来，对于民俗的身体性，我们都视而不见，只是抓住其作为“俗”的特性不放。这不仅是对民俗本质特征的误读，更使得民俗志的书写模式陈旧、滞后。重新审视民俗，可以预见，民俗的身体性及建立在此基础之上的“标志性文化统领式”民俗志书写模式的提出，定会对民俗志书写的革新起着重要的推动作用。[①]

2010年，彭牧发表了《民俗与身体——美国民俗学的身体研究》一文，从社会与学术思潮的背景出发，介绍了美国身体民俗研究的概况，并提出了她自身对于身体民俗研究的一些思考。[②] 在此后发表的一系列论文中，不论是文献研究还是田野调查，彭牧都或多或少地采用了身体民俗学的视角。例如发表于2011年的《模仿、身体与感觉：民间手艺的传承与实践》，就从她在湖南茶陵观察到的民间手艺人“拟师”的身体动作入手，指出“学徒制的基本特点是模仿和实践，是徒弟在模仿师傅的反复实践中以‘体悟’和‘体会’的方式特化和锐化身体机能及感觉方式，从而内化知识与技艺”。[③] 而在《医生、主观性与中医知识传统》中，她利用医学书籍，探讨了医生的身体及其感觉经验在脉诊、针灸等诊断、治疗方法中所扮演的角

① 张青仁：《身体性：民俗的基本特性》，《民俗研究》2009年第2期。

② 彭牧：《民俗与身体——美国民俗学的身体研究》，《民俗研究》2010年第3期。

③ 彭牧：《模仿 、身体 与感觉：民间手艺的传承与实践》，《中国科技史杂志》2011年增刊，第75-89页。

色，揭示了“中医知识体系对主观性的强调”，分析了中医“医学话语表达方式和知识传承与再生产的特点”。[①]

与此同时，受到象征人类学的影响，一些学者试图研究身体符号在文化象征体系中的应用，例如瞿明安、和颖有关身体部位之象征意义的比较研究。[②] 崔若男则考证了以左右象征尊卑的观念起源与变迁。她认为在周代之前中原汉族一直保持着“尚右”的传统，周代开始出现了“尊左”的现象。此后，“尊左”与“尚右”并存于中国文化之中。[③]

不过，尽管近年来不断有学者将身体视角应用到民俗学和非物质文化遗产的研究当中，[④] 但总体来看，像早期的江绍原、黄石那样直接针对日常生活中的身体民俗的研究并不多见，且研究者的学科背景不一，彼此难以形成对话。在民俗学内部，真正能自觉地将身体视角带入田野调查之中的学者也为数不多。也就是说，当代的身体民俗研究在很大程度上仍停留在理论探讨的层面，个案研究在数量和质量上都远远不及民俗学的其他领域。这也说明，身体民俗研究未来仍有很大的拓展空间，且急需学界提供相关的理论与方法论指导。

四 身体民俗学的理论视角与研究范式

承前所述，虽然中国古典文献中包含大量的身体民俗资料，而且中国民俗学在创立阶段便已有学者开始关注身体民俗，身体民俗学的理论建构却直到21世纪初才真正开始，并且明显受到了美国民俗学的影响。到目前为止，身体民俗的概念虽然已为学界所接受，但相关的理论探讨和应用研究仍然十分薄弱。

究其原因，这应与身体民俗学的理论在美国本土也不甚成熟有关。凯

① 彭牧：《医生、主观性与中医知识传统》，《文化研究》（第18辑），2014。

② 瞿明安、和颖：《身体部位的象征人类学研究》，《世界民族》2009年第1期。

③ 崔若男：《身体与象征：周代以前中国的“左”“右”尊卑观》，《文化遗产》2015年第1期。

④ 例如向云驹《论非物质文化遗产的身体性——关于非物质文化遗产的若干哲学问题之三》，《中南民族大学学报（哲学社会科学版）》2010年第4期；钱永平：《论非物质文化遗产的身体性形态特征》，《西北民族研究》2011年第3期；吴新锋：《身体的在场：妙峰山庙会中的心灵》，《民间文化论坛》2015年第4期；黄剑：《身体性与祛身化：一种关于共同体衰变机制的分析》，《民俗研究》2018年第1期；等等。

瑟琳·扬虽然铸造了“身体民俗”一词，但并没有给以明确的定义，更未能就此形成一套理论和方法。她在《身体民俗》一书的导言中，仅仅强调了“身体是被发明的”，是文化“刻写”的结果，及“文化同时也是由身体创造出的”观点，并列举了一些身体民俗现象。也许正是为了弥补该论文集在理论体系建构方面的缺陷，编者在最后列了一个参考书目，即她认为对身体民俗研究具有重要理论指导意义的著作，一共24种，涉及哲学、文艺学、心理学、语言学、社会学、人类学等领域，其中包括米哈伊尔·巴赫金[①]、格利葛利·贝特森[②]、皮埃尔·布迪厄[③]、玛丽·道格拉斯[④]、诺贝特·埃利亚斯[⑤]、米歇尔·福柯[⑥]、埃尔文·戈夫曼[⑦]等的论著。虽然编者对每本书的观点都进行了简单的介绍，却未能从这些著作中抽取出与身体民俗有关的内容，进而结合民俗学的学科特点，建构起身体民俗学自身的理论框架。

彭牧在总结过去30年美国的身体民俗研究时指出：

> 纵观美国民俗学近年来的身体研究，根据学术渊源与侧重的不同，大致显示出两种研究取向。一条主要沿福柯话语分析的路径，又结合玛丽·道格拉斯（Mary Douglas）对身体象征和社会结构与关系的考察，着重探究社会、历史与文化如何形塑和刻写身体，身体如何成为权力、话语争夺和角逐的场域并体现之。另一条则根植于现象学的传统，强调身体活生生的肉体性。沿着人类学中从毛斯（Marcel Mauss）的“身体技术（body technique）”到布迪厄的惯习（habitus）的理论脉

---

① Mikhail Bakhtin, *Rabelais and His World*, Trans. Hélène Iswolski, Bloomington: Indiana University Press, 1984.

② Gregory Bateson, *Steps to an Ecology of Mind*, New York: Ballantine, 1972.

③ Pierre Bourdieu, *Outline of an Theory of Practice*, Trans. Richard Nice, Cambridge: Cambridge University Press, 1989.

④ Mary Douglas, *Natural Symbols: Explorations in Cosmology*, New York: Vintage, 1973.

⑤ Norbert Elias, *The Civilizing Process* (Vol. 1): *The History of Manners*, Trans. Edumund Jephcott, New York: Pantheon, 1978.

⑥ Michel Foucault, *The History of Sexuality*, New York: Vintage, 1980, 1985, 1988.

⑦ Erving Goffman, *The Presentation of Self in Everyday Life*, New York: Anchor, 1959.

络，它关注身体的能力、经验、感觉和能动性，探讨“体现”（embodiment）、“体知”（bodily knowing）与人类社会文化实践的关系。历史与文化刻写于身体之上，但身体也因为这些历史文化的刻痕成为特定文化塑造的身体。简言之，身体视角探寻的是身体如何在被动的形塑和能动的创造中传承与书写历史。[①]

福柯、道格拉斯、毛斯（莫斯）和布迪厄等，所有这些对身体民俗研究有着重要影响的理论家，都不是民俗学者。由此可见民俗学的身体研究至今没能生成一套自己的学术话语体系，在理论和方法论上依然对哲学、人类学和社会学等学科充满依赖。无怪乎彭牧在考察了美国的身体民俗研究之后会提出如下疑问：“身体转向的结果却是使身体抽象、稀薄化为文化历史书写的媒介……这难道就是我们理论转向而重新拥抱身体后所能得到的全部？民俗学者关注身体是否只是学术时尚变迁在民俗学内一个小小的变体?”[②]

这个问题的答案，笔者以为还是必须从民俗学自身的学术脉络去寻找。身体民俗学能否成为民俗学的一个研究方向，关键在于它的理论视角对于民俗研究来讲是否具有特别的解释力，是否能够拓展民俗学的视野，为该学科带来新的学术动力。

事实上，首先，身体民俗在日常生活中占有很大比重。我们每个人每天从早到晚的大部分行为，包括吃、喝、拉、撒、睡，以及穿戴、生育、养生，还有生、老、病、死等一系列人生大事，都与身体有关，且在长期的社会生活中形成了一套规则，也就是民俗。既然涂尔干、毛斯（莫斯）、道格拉斯等社会学家已经明确指出身体具有自然的和社会的双重属性，那么，民俗学完全可以参照身体社会学提出的有关“社会化身体”的理论，[③]把“民俗化身体”当成一个研究视角，揭示民俗在身体被社会化的过程中

① 彭牧：《身体与民俗》，《民间文化论坛》2018 年第 5 期。

② 彭牧：《民俗与身体——美国民俗学的身体研究》，《民俗研究》2010 年第 3 期。

③ 〔美〕布莱恩·特纳：《身体社会学导论》，汪民安译，见汪民安、陈永国编《后身体：文化、权力和生命政治学》，吉林人民出版社，2003。

的作用。例如，冯智明就曾通过研究广西红瑶人有关疾病、污秽等的身体实践和观念，探讨红瑶文化对于当地人身体的形塑与影响。[①] 民俗学者李牧也曾通过比较中西方对于“红发”的观念，认为当代的染红发风潮并非直接源于西方，而是经过了日、韩的文化包装。而日本人和韩国人之所以喜欢染发，也并不只是一种个性体现，而是突显了其“社群价值观中最本质的属性”。因此，这并不是一个大众时尚的问题，而是民俗学的问题。[②]

其次，从福柯有关“权力与身体”的批判性视角来看，民俗之民的身体也无时无刻不受制于各种政治和社会力量，成为臣服于权力并为之所规训的存在。把与身体有关的日常生活现象置于权力和话语的范畴之下进行考察，探究权力如何透过民俗对集体和个人进行管控，相较于上述“民俗化身体”的研究范式而言，可以将身体民俗学带向更加微观的领域，使得研究更为细致且更具现实性。张德安对于明末清初至清末民初中国人身体形象及其观念变迁的研究，[③] 白蔚有关民国时期女性从束胸到文胸的身体观念变革的论述，[④] 还有辽宁大学李楠的硕士论文《被建构的女性：产育场域中身体与权力的对抗与合谋》等，[⑤] 都可被视为这一研究范式的代表。

需要指出的是，福柯的“权力与身体”理论对后现代女性主义的研究影响颇深。但无论是福柯本人还是女性主义者们发展出的社会建构理论，都有过于强调身体的被动性之嫌，其忽略了身体在具体语境中表现出的生产性、消费性与反抗性特质。而民俗学从具体而微的事象出发、从民俗主体的活生生的身体实践出发所做的研究，正可弥补这一理论流派的不足，推动其向前发展。

---

① 冯智明：《身体认知与疾病：红瑶民俗医疗观念及其实践》，《广西民族研究》2014年第6期；冯智明：《身体象征与污秽：广西红瑶女性禁忌的社会分类和秩序建构》，《贵州社会科学》2018年第5期。

② 李牧：《“红发”——民俗学视野下的文化研究个案》，《民间文化论坛》2010年第2期。

③ 张德安：《身体的争夺与展示——近世中国发式变迁中的权力斗争》，《中国社会历史评论》第7卷（2006年），第265－290页。

④ 白蔚：《从束胸到文胸——近现代女性身体观念的变革》，《社会科学论坛》2017年第10期。

⑤ 李楠：《被建构的女性：产育场域中身体与权力的对抗与合谋》，辽宁大学硕士学位论文，2008。

最后，身体作为人类行动的载体，实际上贯穿于民俗学的所有领域。不论是节日、信仰，还是饮食、服饰、生产、舞蹈、体育、手工艺等，身体都是其中不可忽视的要素。受到梅洛－庞蒂的知觉现象学中的“体验”“体知”等概念的影响，黄清喜曾提出“民俗是民众在以他们的身体感受谱写自己的生活经历，是民众身体感受的生活事象”的观点。[①] 近年来也有越来越多的学者开始注意到民俗活动中身体的知觉与能动性。例如甘政、龙晓添、萧放等在考察节日与仪式的重构现象时，就强调了身体参与和身体感知的重要性。[②] 而在民间体育、舞蹈等的研究中，学者们也更多地把目光从外在的展演形态转向了具有主体性和能动性的身体。[③] 今后若能将这一研究范式应用到民俗学的各个领域，考察“个体的、多元的身体”在生活实践中的积极作用，无疑可以拓展研究者的视野，让研究变得更加立体化和生活化。

五　身体民俗学的概念、对象与方法

基于上述论证，我们认为，身体作为文化发明之物，应被看成一种具有相对独立性的民俗体裁予以整体研究，而不应被切割并划归到不同的民俗类型如服饰、手工艺、信仰仪式等当中。从以往的身体研究来看，人文科学往往侧重于文化对于身体的形塑和影响，社会科学则试图透过身体去研究社会对于个体的规训和控制，那么，在更为现实的日常生活层面，“身体到底为什么和如何成为身体”的问题，就成为上述学科有心无力的所在。而这恰恰为身体民俗学的发展提供了契机。民俗学对于“在俗之民”即民俗主体的研究旨趣，正可通过对民俗实践中的“活生生的身体”和“个体的、多元的身体”的考察，从经验的层面为上述理论研究提供实证性案例，

---

① 黄清喜：《民俗为民众身体感受之生活事象》，《民间文化论坛》2012 年第 3 期。

② 甘政：《传统节日民俗的变迁与重构——基于身体民俗的视角》，《社会科学家》2016 年第 4 期；龙晓添、萧放：《“热闹”的白喜事：复合的仪式过渡与身体表述》，《云南民族大学学报（哲学社会科学版）》2017 年第 1 期。

③ 例如：王莹：《作为体化实践的社会记忆：论岁时节日中的民间舞蹈》，《节日研究》第 11 辑（2015 年）；张学军、王峰、张彤：《论身体仪式性表演与民族传统体育非物质文化遗产——以甘肃临洮县“师公跳神”仪式为例》，《浙江体育科学》2016 年第 4 期。

填补其他学科留下的学术空白。

那么，什么是身体民俗学呢？在综合过往的身体民俗研究的基础上，笔者试提出如下定义：身体民俗学是研究与身体相关的民俗事象并关注身体参与民俗文化建构过程的学科领域。

具体而言，身体民俗学的研究对象包括以下三个部分。

（一）与身体有关的民俗事象。主要指与躯体亦即身体部位/器官（如头、手、足、眼、耳、鼻、毛发等）、体液和身体排泄物（如血液、月经、粪便等）、身体功能（如性、怀孕、生产）等有关的民俗现象，包括：（1）装饰、改造和处置身体的民俗，如美发、美容、塑身、修毛、蓄甲、缠足、割礼、养生等；（2）与身体及其排泄物有关的崇拜和禁忌，如与头、手、胸、足、生殖器等部位以及毛发、指甲、血液、经血、性生活、怀孕、生产等有关的所谓“迷信”；（3）身体部位的象征意义及与身体有关的民俗观念，如有关面相、手相等的预测术，有关身体感知、特征的俚语/俗语，关于个人举止行为的伦理规范等。

这部分的研究，与有关“社会性身体”或“权利与身体”的研究相似，都是考察身体是如何受到社会和文化的形塑并反作用于社会和文化的问题。其研究目的在于通过考察民俗主体在社会语境中的身体行为与话语表达，分析“在俗之民”或“在俗之人”如何通过身体这一媒介与自身所属的文化与社会相联结或相抗衡，以揭示特定历史阶段和特定区域内的民俗主体与特定身体民俗之间的关系，即民俗关系。①

（二）民俗过程中主客体双方的身体应用与身体经验。主要关注的是身体能动性在民俗文化维系、传承或变革中的作用，同时也包括研究者在参与观察民俗活动过程中的身体感受。包括以下几个方面内容。（1）民俗中的身体应用。如民间预测术、治疗术、民间游艺、杂技、手工艺等中的身体运用及其规则。（2）民俗实践中的身体经验。如仪式、节日、民间信仰中的身体感受，民间文学中的身体叙事，民间音乐/舞蹈/体育中的身体记忆等。（3）民俗活动中的情感参与。如民间宗教仪式中的信与敬，民俗实

---

① 王霄冰：《民俗关系：定义民俗与民俗学的新路径》，《民间文化论坛》2018年第6期。

践中的喜、怒、哀、乐各种情绪及其表达方式等。

这部分研究的目的主要在于挖掘身体在社会行为中的主体性和能动性，通过分析身体在民俗活动中的表现、感知、技能、观念等，指出其作为一种有机体的身体是如何在民俗活动中形成身体文化、影响文化框架和社会进程，进而实现文化的传承和传播的。

（三）身体民俗学的理论、方法与学术史。如前所述，古代典籍中包含大量关于身体民俗的记载，中外学术著作中也蕴含着丰富的身体民俗理论，包括近人的身体民俗研究及其方法，都需要有人去加以梳理和研究，从中抽取出身体民俗学的理论与方法，建构相关的学术史。

以上三方面内容除了最后的理论、方法和学术史研究主要依赖文献研究之外，身体民俗学的研究特别强调使用田野调查的方法，因为只有真正的"身体参与"，才能让研究者获得与身体有关的信息，完成对身体技能、经验、情感等方面的观察与体验。在田野作业的过程中，除了使用常见的参与观察法、深度访谈法、问卷调查法等之外，还可结合以下两种调查方法。

（1）个人叙事

身体民俗学的研究重在采集民俗主体的身体经验与感受，这些都需要通过其本人的口述来了解。民俗学所谓的个人叙事，就是当事人的"自我叙述"，是"日常交流实践的一种话语类型和个人记忆历史的方式"[①]，与"口述史""个人生活史"等具有一定的可比性。正如刘铁梁所言，"从身体民俗学的视角来看，这些个人叙事最能够揭示民俗作为需要亲身体验的生活知识的特质"。[②] 特别是涉及身体主观感受的部分，研究者仅凭观察往往不能触及当事人的内心，只有想办法让他们用自己的话语将其"体感""体知"表述出来，才能捕捉到对方的情感经验和心理状态。

（2）虚拟民族志

"虚拟民族志"或"互联网民族志"是随着网络信息技术的发达而流行

① 刘铁梁：《个人叙事与交流式民俗志：关于实践民俗学的一些思考》，《民俗研究》2019 年第 1 期。

② 刘铁梁：《身体民俗学视角下的个人叙事——以中国春节为例》，《民俗研究》2015 年第 2 期。

开来的研究方法，即通过网络与被研究对象展开交流，搜集研究所需的相关信息。由于身体民俗往往涉及个人的隐私，所以有时候不与当事人进行面对面的访谈，而是采取网络中的匿名交流方式，往往可以取得较好的效果。然而正如有学者指出的那样，“线上的世界与线下的现实是内在地联系在一起……网络空间和网下社会空间是动态地互相建构的”①，所以网络调查必须和现实生活中的田野工作结合起来进行。也就是在网络上通过各种社交平台（如微信群、朋友圈、微博、QQ 相册/空间、Facebook、Twitter 等）搜集当事人发布的有关个人情感、诉求的信息或资讯等的同时，也需要对被研究对象进行线下的追踪调查，以比较和印证网络信息的来源及其可靠性。

六　结语

通过对身体民俗研究历程的回顾，以及对相关理论框架与研究方法的梳理，我们可以看到身体民俗学研究的多种可能性，以及它作为民俗学发展方向之一的巨大潜力与发展前景。当然，由于我国身体民俗学的研究才刚刚起步，理论基础薄弱，好的研究案例也不是很多，因此，这一梳理只能算是抛砖引玉，希望能引起更多学者对身体民俗的关注，通过大量的文献资料搜集和田野个案调查，夯实身体民俗学的基础，将其建设成为一个具有中国特色的民俗学研究领域。

---

① 卜玉梅：《虚拟民族志：田野、方法与伦理》，《社会学研究》2012 年第 6 期。

“杂吧地儿”：中国都市民俗学的一种方法*

岳永逸**

摘　要：“杂吧地儿”是旧京土语，专指前门外那个三教九流汇聚而被称作天桥的地方。从市场、市声、剧场、博物馆、地铁等不同空间观之，今日北京城的生机正在于其不断试图清理、消除的“杂吧地儿”属性和市井小民不断刷新的“杂吧地儿”之韧性。目前，以百老汇为模板，在天桥地界耸立的诸多豪奢建筑，并不仅仅是景观、剧场。它们在不停地强行嵌入，叠写天桥，又力求全方位覆盖以刷新。作为“老街”，“杂吧地儿”天桥更是一种思维方式、一种方法，至少是一缕永难泯灭的“念想”。将“杂吧地儿”视为一种方法，就有可能重新评估世界范围内类似地方与其所在城市之间的关系。古今中外，各色人等可能生存的“杂吧地儿”才是一个空间、一座伟大城市真正的生态和常态，是一座城市前行的动力与助力。

关键词：杂吧地儿；天桥；北京；老街；城市

引言：作为空间—地方的老街

在新农村建设、乡村城镇化过程之中，“社区营造”① 之理念也随之回

---

* 本文选自《民俗研究》2019 年第 3 期。本文是根据生活·读书·新知三联书店即将出版的拙著《老北京杂吧地：天桥的记忆与诠释（修订版）》的“序言”扩充而成。

** 岳永逸，民俗学博士，中国人民大学人口与社会学院教授、博士生导师。

① 刘晓春：《日本、中国台湾的“社区营造”对新型城镇化建设过程中非遗保护的启示》，《民俗研究》2014 年第 5 期。

流中国。在文化保护的问题上，强调空间、呼吁居民享有知情权甚或参与权的社区保护大有后来居上之势。正如人文区位学（Human Ecology）强调的那样，空间、人口和文化是一个社区的三个基本要素。无论有形还是无形，文化都不外在于人，而是与特定的人群捆绑一体，这个特定的人群又始终是生活在具有支配力的特定时空。换言之，民俗、非遗以及传统文化的社区保护，不仅要关注似乎外在于人的文化，更要关注与人和特定时空——村庄或街巷胡同——一体的文化。因应时间维度的“遗产”，空间再次高调回归人们的视野。时空一体、人物互动互现、惯习与文化弥漫而个性独特、有内在逻辑、韧性十足的“场域”（field）①、“地方”（place）② 重要而莫名。

在此语境下，似乎逆现代性而动，指向过去、远方之“乡愁”的“故乡”、“家乡”与“乡土”更加强调的是文化与人的土地性，是乡景、乡邻、乡音、乡情、乡韵的五合一。与此不同，浓缩、凝聚“城愁”③ 的大城小镇之“老街”，守望的则是街坊可以踟蹰而行、气定神闲的“慢”城古韵。究竟何为老街？

作为一个场域与地方，老街是居住者创造、拥有、享用与消费过的一种物理空间、社会空间与文化空间，是人情味、生活气息浓厚，让人心暖的某座城市的标志性存在。对长短不一的居住者而言，随着岁月的流逝，人的挪移、空间的变形，老街会漫不经心地转型为一种情感性的存在，是印象也是愿景，是温馨也是感伤。对于短暂置身其中的游客抑或过客而言，老街有着让其过目不忘、念念不忘的魅力。对于不一定身临其境的他者而言，通过不同媒介获得了老街的相关信息之后，老街就成为其心向往之的所在。进而，通过老街，一座城市在远方的他者那里也有了别具一格的意义。

无论是作为具体时空还是一缕情思，家长里短、人情世故等浓厚的生

---

① 〔法〕布迪厄、〔美〕华康德：《实践与反思：反思社会学导引》，李猛、李康译，中央编译出版社，1998，第 131 - 156 页。

② 段义孚：《经验透视中的空间和地方》，潘桂成译，台北编译馆，1998。

③ 岳永逸：《天眼、日常生活与街头巷尾》，《读书》2017 年第 3 期。

活气息都与“老街”唇齿相依，如影随形。在人们的记忆或愿景之中，老街是发小放心打闹追逐、街坊邻居互帮互助、叫卖吆喝声此起彼伏、不疾不徐的货郎定点定时游走的地方。它留存并显现在个体的感官感觉世界中。如同乡愁一样，作为“城愁”的核心，温馨、慢节奏与人情是指向过去抑或理想的老街的基本组分。换言之，老街首先是人们能够存身生活、具有安全感、回想起具有幸福感的地方，至少是让人“念想”的地方。对于一座历史悠久的城市而言，老街所指向的空间和在该空间的生活方式、日常生活本身既是群体心性、社会事实，也是一种理想型的人生图景与文化形态。

简言之，在人与之或长或短互动的架构关系中，老街如“家”，同时兼具地方（place）的安全与稳定和空间（space）的敞阔与自由。[①]

然而，当人们在念想、叙说老街时，理想型的老街并不一定指向过去。它完全可能是针对当下的一种批判性的存在，是观察、理解当下世界的一种认知论与方法论。尤其是在新近自上而下、强力规划的对老街“历史文化街区化”的运动式治理过程中，老街原有的居民基本处于缺位的状态。他者强调、看重并试图在此留住、堆砌的不少文化符号，成为支配居民挪移（拆迁抑或腾退）的工具。“老街”始终秉持的人情和以人为本，反而在街区化的实践中成为拦路虎。在乡野，与都市的“历史文化街区”同步的则是“历史文化名村——古村落”，或变脸的“生态博物馆”（eco-museum）。

正是这种“老街—城愁”的长期存在，随着近代以来北京的巨大转型，在日新月异且不知明日是何番风景的快速巨变中，北京城本身也有了浓厚的“老街”意味，被人反复以不同的方式叙写。林海音的《城南旧事》、萧乾的《北京城杂忆》、王世襄的《忆往说趣》、北岛的《城门开》、维一的《我在故宫看大门》和刘心武的《钟鼓楼》等文学创作，都是如此。同样，王军对大历史之下大北京宿命的幽思[②]，季剑青对厚重民国北京不同文类的

① 段义孚：《经验透视中的空间和地方》，潘桂成译，台北编译馆，1998，第1页。

② 王军：《历史的峡口》，中信出版社，2015。

辨析,[①] 杨青青对当下北京胡同空心化日常生活的民族志细描[②]，谢一谊对近些年来十里河和潘家园两个新生市场民俗艺术“市场化乡愁”的洞察[③]，莫不如是。这些不同文类背后都有着对作为“老街”之北京——理想化北京——的眷恋与深情厚谊，有着研究者对北京挥之不去的其乐融融的乌托邦梦想。

与此同时，在北京城上演的如蝼蚁般的个体生命史以及将之视为“真实”的大小口述史[④]，同样占有重要的学术地位。20世纪40年代，在北京作为千年帝都终结的语境下，罗信耀就撰写了传记色彩浓厚的《吴氏经历：一个北京人的生命周期》，试图通过个人的生命史来展现被终结的帝都之日常。[⑤] 异曲同工的是，70多年后，面对北京向国际化大都市的华丽转身，关庚同样试图通过其家族三代人的“流年留影”，再现20世纪北京的风俗、人物、自然景观和人文建筑的诸多变迁，图文并茂地记述着他自己的“老街”北京。[⑥]

或直接或间接，或感性或理性，这些叙写回望、回味的都是似乎一去不复返的北京。在一定意义上，将“旧”京与“新”京对立了起来，至少，旧京成为新京的参照，新京有着无处不在的旧京阴影。其实，无论有多少帝王将相、皇族贵胄、文人雅士、名伶俳优、大德高僧在此风流、点染，因农耕文明而生的“流体”北京始终都有着浓厚的乡土性、杂吧性，抑或说杂合性。[⑦] 由于国际化的追求，这种乡土性、杂吧性可能在城市外

---

① 季剑青：《重写旧京：民国北京书写中的历史与记忆》，生活·读书·新知三联书店，2017。

② Yang, Qingqing, *Space Modernization and Social Interaction: A Comparative Study of Living Space in Beijing*, Foreign Language Teaching and Research Publishing Co., Ltd. and Springer-Verlag Berlin Heidelberg, 2015.

③ Hsieh, I-Yi, "Marketing Nostalgia: Beijing Folk Arts in the Age of Heritage Construction", PhD diss., New York University, 2016.

④ 如信修明《老太监的回忆》，北京燕山出版社，1992；Li, Zhisui, *The Private Life of Chairman Mao: The Memory of Mao's Personal Physician*, London: Random House, 1994；定宜庄：《老北京人的口述历史》，中国社会科学出版社，2009。

⑤ Lowe, H. Y., *The Adventures of Wu: The Life Cycle of a Peking Man*, Princeton: Princeton University Press, 1983.

⑥ 关庚：《我的上世纪：一个北京平民的私人生活绘本》，中国青年出版社，2007。

⑦ 岳永逸：《朝山》，北京大学出版社，2017，第253-285页。

在景观上不停地退缩，在理念、气韵上却难以挥之即去，甚至变形为现代性的诸多面孔，散布在新京的大小角落。在相当意义上，无论是一度的放以及倡导，还是当下的收与治理，城中村以及私搭乱建还是杂吧性以现代性的名义，在官民合力之下的强势回归。跨越边界的"浙江村"[①]、群众演员扎堆的杨宋镇[②]、拾荒部落占据的六环外的冷水村[③]，等等，作为近40年来突飞猛进且不容置疑的现代性、全球化支配下的这些北京城内外"飞来峰"般的城中村或城郊村，很快也就成为兼具乡愁与城愁的另一种"老街"。

如今，哈尔滨的道外，上海的城隍庙、田子坊，南京的夫子庙，开封的相国寺，成都的宽窄巷子，西安的湘子庙、骡马市等，都是海内外知名度很高的"老街"。在北京，当进入这个巨大城市的内部，让人们念念不忘的老街更是多多：地处内城的东安市场、西安市场、荷花市场，前门外的大栅栏、天桥，等等。毫无疑问，在这众多被人念想的老街中，被老北京人惯称为"杂吧地儿"的天桥，更是别具一格，五味杂陈。[④]

老天桥，它没有黄发垂髫的怡然自得，却有"体面人"对之的鄙夷，有下等阶层的生计无着、平地抠饼、等米下锅的艰辛，有假货、旧货，有下处、鸡毛小店，有乞丐、缝穷妇，有光膀子的耍把式卖艺，等等。人生的悲剧反串为喜剧的黑色幽默、冷笑话，在老天桥随处可见、日日可见。尽管如此，杂吧地儿天桥却让人念想，甚至魂牵梦绕，以致一个多世纪来始终在不停地被叠写、刷新，如奇幻而瞬间即逝的沙画。

遗憾的是，经过不停的刷新，如今朝夕在天桥这个空间存身的人及其生活不再是文化，更不要说杂吧地儿天桥曾经具有的北京市井文化、"东方

---

① 项飙：《跨越边界的社区：北京"浙江村"的生活史》，生活·读书·新知三联书店，2000。

② 刘娟：《北京群众演员研究》，北京师范大学硕士学位论文，2013。

③ 胡嘉明、张劼颖：《废品生活：垃圾的经济、社群与空间》，香港中文大学出版社，2016。

④ 参见张次溪《人民首都的天桥》，修绠堂书店，1951；成善卿：《天桥史话》，生活·读书·新知三联书店，1990；岳永逸：《空间、自我与社会：天桥街头艺人的生成与系谱》，中央编译出版社，2007；岳永逸：《老北京杂吧地：天桥的记忆与诠释》，生活·读书·新知三联书店，2011。

的文化和中国人民杰出的智慧”的典型性、象征性。[①] 尤为关键的是，如同被强制节育的人体，天桥这块多年被誉为“民间艺术摇篮”的沃土、母体，不再具有生产文化、艺术的能力。

一 市场

鉴于一战后到中国的日本游客日渐增多，与鲁迅、周作人都交好的日本人丸山昏迷为其同胞编写的“指南书”《北京》在1921年出版。虽然篇幅不长，甚至仅仅是一个词条，此前不大被注意的“天桥”，以“天桥市场”之名在这本颇受欢迎的导览书中占有了一席之地。原文如下：

> 天桥市场位于前门大街南端，天坛以北。日本人都知道琉璃厂的古董店很多，而天桥市场除北京当地人之外知道的人不多。这个市场都是露天经营，古董、日用品、寝具、服装类等物品廉价出售是这里的特征，在这里往往可以发现珍奇物品。这类露天经营的景象是中日风俗研究的一个特色。[②]

丸山的写作、介绍，开启了日本人对天桥的关注，也是日本人对北京进行文学想象进而欲实现其文化殖民的一个转折点。[③] 正如丸山不长的文字点明的那样，无论在中国还是日本，城市中的露天经营既是一种社会现实，也是一种历史记忆，更是一道东方本土主义的人文地景，是中日共有的“风俗”。因为有着东京浅草[④]的参照，明治维新后多少有着“亚洲救世主”情结的日本文人关于天桥的写作，很快经历了将天桥和浅草类比，强调其平民性，到污名化、抹黑天桥的质变。看似被文化殖民主义逻辑支配而将

① 李景汉：《人民首都的天桥·李序》，见张次溪《人民首都的天桥》，修绠堂书店，1951，第1－11页。

② 〔日〕丸山昏迷：《北京》，卢茂君译，北京联合出版公司，2016，第98－99页。

③ 王升远：《文化殖民与都市空间：侵华战争时期日本文化人的“北平体验”》，生活·读书·新知三联书店，2017，第140－167页。

④ 芳賀登：《東京の下町の文化——浅草を中心として》，《都市問題研究》40.1（1988），pp.80～92；権田保之助：《娯楽地『浅草』の研究》，《権田保之助著作集》第4卷，学術出版会，2010，第174－223页。

天桥定义为“文明的‘耻部’”，并非全然是王升远强调的在东方主义射程之内殖民逻辑的“双重战胜”。

正如王升远意识到的那样，日本文人无论是否到过天桥，其写作大抵是以张次溪的天桥书写，尤其是《天桥一览》[①] 为向导、为底色。在那时北京城的现实地景中，天桥的脏、穷、乱、俗甚至“邪”“贱”，确实是其一种真实的状态。不仅仅是诸如张次溪这样有心文人的写作，民国以来，政府主导下对天桥一带香厂“模范市区”的规划、建设，城南游艺园、新世界等大型前卫的购物、休闲、娱乐中心入驻天桥，模范厕所的修建和北平城女招待在天桥一带饭馆的率先出现等，都是试图改变天桥作为“贫民窟”“红灯区”，尤其是“杂吧地儿”的行政努力、资本实践和文化试验。1950年代初期，地处天桥的龙须沟换颜的成功，对天桥一带八大胡同、四霸天、会道门的清理，都是新北京、新社会、新中国建设卓有成效的标志性成果。包括老舍殚精竭虑的话剧《龙须沟》在内，这些标志性成果实际上延续与强化的是本土精英对可以反复试验、不停刷新而成本相对低廉的杂吧地儿天桥的基本定位。换言之，对本土高度认同西方文明标准并力求奋起直追的精英而言，人欲横流的旧京“下半身”——杂吧地儿天桥，[②] 一直都是传统的“耻部”，是不同时期精英都试图割舍的阑尾。

有些不同的是，民国北京对天桥的“平民”定位，多少延续了北京城这个肌体内在的演进、生长逻辑，顺应了既有的“城脉”。因为既有的权力格局、交通条件，清末以来的天桥是穷人、落魄者扎堆的地方。吃喝拉撒睡玩、满足人最低生存需求的物件，在尔虞我诈、真假参半、欺行霸市、弱肉强食与江湖义气、相互砥砺、抱团取暖、互帮互助中应有尽有。穷人可以短暂地游荡到大栅栏、东单、西单甚或紫禁城，但他们明白自己的归宿在天桥。作为北平这个大市场的一端，天桥以最低成本养活着与之相依为命的一群群市井小民。蹦蹦戏、估衣、大力丸、瞪眼儿食、骂街的、乞讨的、耍把式卖艺的、鸡毛小店、倒卧儿等，使天桥如一张五彩斑斓的拼

---

① 张次溪：《天桥一览》，中华印书局，1936。

② 岳永逸：《老北京杂吧地：天桥的记忆与诠释》，生活·读书·新知三联书店，2011，第309－355页。

图、熙熙攘攘还叮当作响的风中拼盘。

打破城墙区隔的城与乡，在北京城艰难而曲折的“现代化”演进历程中，天桥犹如京城具有强大吞吐能力的胃抑或储存物品的小阁楼、循环再生的垃圾回收站。[①]无论将之比附为胃、阁楼还是垃圾回收站，“开放”而敞阔的市场始终是天桥的底色。哪怕买卖不一定公平，还有欺行霸市、规范与越轨等常态，作为市场的天桥却为各色人等，尤其是“低端人口”之生计，提供了可能性。即使这种可能性仅仅昙花一现，甚至是海市蜃楼。

改革开放后，迎合众多健在的中老年平民的“天桥”情结，天桥市场的营业、天桥乐茶园率先的股份制运营、天桥乃民间艺术摇篮之命名、重建老天桥此起彼伏的呼声等，都有将天桥老街化、文化化、符号化进而资本化的诉求。显然，观演一体、任心随性、舒展欲望、夸饰下半身，时时洋溢着末世狂欢之歇斯底里的天桥与规范化、绅士化、西方化亦即文明化之都市化的主潮背道而驰。即使想保留一丝丝杂吧地儿老天桥的气息，也只能远离中心，位居地理意义上的城市边缘。对于孕育了老街坊念念不忘的天桥文化、天桥特质的都市空间杂吧地儿天桥而言，已经处于城市中心地带的它，只能东单西单化、大栅栏化，必须要浅草化，要穿西装打领带，进而要百老汇化。“耻部”的残酷美学与穷乐活的贫民性、阿 Q 胜利法，只能也必须遮掩、驱离和阉割。这就出现了一种对杂吧地儿天桥悖论的政治诗学——土的掉渣儿，洋的冒尖儿！

在天桥地界上重建天桥之不可能，促生了 20 世纪和 21 世纪之交北京城三环沿线内外诸多“天桥”的出现。2000 年，依托已经声名鹊起的东南三环潘家园旧货市场，欲再现“原汁原味”老天桥的“华声天桥民俗文化城”隆重开业。这里不但云集了各色旧货古玩，相声、中幡、掼跤等与老天桥有关无关的艺人，纷纷在此现身卖艺。2001 年，厂甸庙会重开后，老天桥的表演成为每届庙会组织者必然首先要邀请的对象。同样，地坛庙会、龙潭湖庙会等众多的庙会都争相以老天桥艺人的表演为特色。在北三环，目前已经基本被腾挪却存活了数十年的金五星批发市场，虽然没有强调老天

① 董玥：《民国北京城：历史与怀旧》，生活·读书·新知三联书店，2014，第 175 - 215 页。

桥这一文化符号，其五行八作、天南地北的各色人等、各色物品纷纷汇聚在此。这些都为不同阶层的人的生计、生活提供了可能。不断拓展的北京城，依然显现出其抚育众生的博大、厚道与慈祥。

二 市声

随着一座城市核心功能区持续外扩、三环沿线原本有着杂吧地儿意味的大小“天桥”抑或说“类天桥”市场，也只能继续被远迁。这正如近四十年来扎堆的北京的哥的聚居地之撤退。随着生活成本的提高，家在远郊区的哥们在北京城的租住地从三环边挪移到四环边，再到五环边，直至很多的哥不辞劳苦地直接回远郊的家。然而，我们不必为核心区有形杂吧地儿的不断被改造、驱离和阉割焦虑。因为无论采取哪种手段，酒神精神与日神精神同在、善恶并存、美丑混融的人之杂吧性，抑或说主体性永远难以根除，无处不在。作为旧京“人力车夫”[①] 的延展，今日北京的哥虽然也是在消费肉身，但较其“骆驼祥子”[②] 等前辈，则明显豁达、开朗，有着更多、更强支配自己感官世界的能力、意愿。以主人翁的姿态和责任感，的哥乐观地建构着他们自己的感官北京，并同样曾在北京奥运会中与其他人众一道，扮演“形象大使”的角色。

堵在北京城任何一个高架桥或角落，的哥当然会对食物、空气、教育、医疗、月供（份儿钱）等高谈阔论，但也完全可能心安理得地沉醉在马三立、单田芳、田连元或他们喜欢的任何一位艺人以及节目主持人依托声音建构的传统性浓厚的“古典”世界中。妲己、东汉、三国、隋唐、包公、民国、袁世凯……一切远去的东西，似乎一直萦绕在其身边。用着智能手机、吹着空调、嘻哈骂娘聊天侃大山的他们，对乘客眉飞色舞地说着“哪吒城”“四九城”的他们，似乎与以高架桥、高楼、拥堵为基本表征的今日

---

① Strand，D.，*Rickshaw Beijing*：*City People and Politics in the* 1920*s*，Berkeley：University of California Press，1989；岳永逸：《都市中国的乡土音声：民俗、曲艺与心性》，中国人民大学出版社，2015，第 93－109 页；王升远：《文化殖民与都市空间：侵华战争时期日本文化人的“北平体验”》，生活·读书·新知三联书店，2017，第 168－198 页。

② 老舍：《骆驼祥子》，人民文学出版社，1979 年。

北京关系不大；他们自得其乐地沉浸在其迷离的感官世界之中，流连忘返。①

2005年金秋，香山红叶节期间，人们既能在香山脚下听到失明的乞讨者用大喇叭唱“铁门啊铁窗啊铁锁链”的高亢歌声；能听见卖锅摊贩的“单口”：“不省油不省盐，咱这锅就不收钱”；也能听到卖刀具小贩唾沫横飞地“吆喝”：“走过路过，不要错过！大家看，大家买。切得多，就像北大清华的博士多，切得烂，好像美国在伊拉克扔炸弹……”同样，直到如今，密布京城的不少酒店，为了生意兴隆，得到客人的青睐而财源滚滚，不但要求服务员给客人端酒，还要求服务员定期创作端酒词。这些充满才情、智慧又朗朗上口的吉祥话，其赋予服务员化腐朽为神奇的野气、地气与阿谀且不带脏字的缠斗，俨然当年在大街小巷游走、耍牛胯骨的数来宝的回归。诸如：

夕阳无限好，老人是块宝，给您端杯酒，祝您身体好！

第一杯祝您万事吉祥，万事如意，万事多赚人民币；第二杯祝您好事成双，出门风光，钞票直往兜里装；第三杯，一杯金二杯银，三杯才喝出个聚宝盆。

头发一边倒，钱财不会少；头发往前趴，事业顶呱呱；头发根根站，好运常相伴；头发两边分，喝酒一定深。

戴眼镜学问高，喝酒肯定有绝招！

感情深，一口闷；感情浅，舔一舔；感情厚，喝不够；感情薄，喝不着，感情铁，喝出血。

金杯银杯世界杯，不如一起干一杯。

巴什拉（Gaston Bachelard）有言：“不管我们是谁，我们所有人都有一个私密的博物馆……人的幸福本身就是阴影中的一束微光。”② 在今日豪奢

① 正如李伟建和武宾合作的相声《出租司机》那样，这些生活实景被艺术标准化后，更多表达的是一种哈哈一笑的空洞的娱乐美学，少了挣扎的厚重与哀而不伤的矜持。

② 〔法〕加斯东·巴什拉：《梦想的权利》，顾嘉琛、杜小真译，华东师范大学出版社，2013，第39、41页。

的北京，这些古老帝都之市井常见的方式——大小不同空间的叫卖，让人亢奋的祝福抑或喃喃自语，携带着不同个体的隐秘、欲望，穿过耳膜，直渗心田。对感官世界的全方位包裹、抚慰，使在“快城”北京中奔波的芸芸众生有了丝丝喘息，有了巴什拉所言的“一束微光”。

拉图尔（Bruno Latour）强调，人与物之间不仅是互为主体的关系，二者还有着互为物体的本体关系。[①] 谢一谊对于效仿老天桥的潘家园和十里河两个“旧货”市场，尤其是对相对新生的“文玩核桃”的深度观察，就深受拉图尔认知论的影响。在其长时段的民族志研究中，谢一谊描述出了在快速国际化、都市化、资本化与市场化的当代北京，文玩核桃者等对旧京有着一定文化认同和怀旧的“类中产者”，也是“北京老大爷”哺育出的“类北京老大爷”——北京老大噎——的群像。在车水马龙、高楼林立的今日北京，这些“北京老大噎”执着地建构出了指向旧京的感官世界。通过长期的揉搓、抚摸、聆听、赏玩、评说，人与核桃之间形成的一体感，似乎是有意抵抗“现代北京”的旧京象征与实践。[②] 换言之，对当下在京城生活的相当大的一批市民而言，如同数十年前的玩票、提笼架鸟、品茗听曲儿、玩鼻烟壶、斗蛐蛐、养鸽子、逛琉璃厂、上妙峰山等，在双手拥抱新北京带来的红利、便利，并力求提高自己经济收入、生活水准的同时，又不自觉地在对“物”的把玩、经营而与物互现、互感的过程之中，建构着现代北京的“传统性”，稀释、解构着新北京的“现代性”。

尽管大音渐稀，这种对传统性坚守的执着，在八角鼓子弟票房的勉力坚守中，同样有着鲜明的体现。[③] 当然，相对文玩核桃者这些“北京老大

---

① Latour, Bruno, “On Interobjectivity”, *Mind*, *Culture*, *and Activity*, Vol. 3, No. 4 (1996), pp. 228 – 245.

② Hsieh, I – Yi (谢一谊), “Nuts: Beijing Folk Art Connoisseurship in the Age of Marketization”, *Asian Anthropology*, Vol. 15, No. 1 (2016), pp. 52 – 67;《北京老大噎与文玩核桃：后社会主义的市场民俗志》,《当代中国研究通讯》2017 年第 28 期。

③ 关于八角鼓票房之人、事、物、情、声、韵的集中呈现，可以参阅该群体从 1998 年以来自办的季刊《八角鼓讯》。对于该群体在京城的传承演进，可参阅崔蕴华《说唱、唱本与票房：北京民间说唱研究》，商务印书馆，2017，第 243 – 284 页；谢磊：《闲暇、生计与文化：北京八角鼓票房流变》,《满族研究》2016 年第 1 期。关于当代北京评书书场形成的“音声北京”的观察与思考，可参阅杨旭东《当代北京评书书场研究》，民族出版社，2013。

噎”而言，强调自己子弟属性抑或身份的八角鼓票友们，有着其不言而喻的典雅属性，抑或他们格外珍视的皇族—旗人之正统性。这种对典雅“回旋式”的强调和追寻，也出现在始终闹热的相声界。在20世纪50年代，其表现是似乎“现代”的由俗变雅而主动服务于政治的自我蜕变[①]，近十多年来则是反向回归传统的“清门儿”之自我归类[②]。同样，当京城一角的某个子弟票房可能正在演唱《大过会》时，因为非遗运动的助力，众声喧哗的金顶妙峰山不时也有了锣鼓的回响、笼幌的摆动，烧香磕头者络绎不绝。纠缠一处的“皇会”与非遗在金顶上下、四九城内外举案齐眉，相互唱和，一往而情深。[③]

《大过会》唱演的是昔日京城诸多会档在妙峰山等“三山五顶”庙会时，前往行香走会而要练各种技艺的情形，是多年传承的行香走会这一仪式化行为的音声呈现。因此，在流传过程中，子弟票房中传唱的《大过会》有着多个版本。[④] 由于不同的时代背景与规范，这种绵延不绝的音声化呈现的“大过会”为改革开放后京城内外各会档的重整提供了相当的基础。换言之，在行为北京、景观北京，亦即可视北京的身后，还存在着一个不绝如缕的可听的“音声北京”。当然，这个音声北京远远不只是近些年来反复被高调宣扬的街头巷尾的“吆喝”。音声北京始终与行为北京、景观北京互为表里。不仅如此，因为只需人体和空气就能产生、传播与传承而具有的不可摧毁性，无论是素朴的日常交际抑或审美的艺术表达，音声北京甚至能更多、更好地承载北京的记忆与屐痕，从而延续北京这座老旧帝都的香火。于是，无论从哪个角度而言，要了解、知悉一座城市，也就有了聆听、甚至“伏地”侧耳倾听的必要。

正是因为有了这些小而微的气息与声色，今日亮丽的物化北京、都市北京，或隐或现地延续着、弥漫着、飘荡着旧京的文脉，虽气若游丝，但袅袅不绝。

---

① 祝鹏程：《文体的社会建构：以“十七年”（1949—1966）的相声为考察对象》，中国社会科学出版社，2018。

② 陈涌泉口述、蒋慧明整理《清门后人：相声名家陈涌泉艺术自传》，文物出版社，2011。

③ 张青仁：《行香走会：北京香会的谱系与生态》，中央民族大学出版社，2016；岳永逸：《朝山》，北京大学出版社，2017，第61－122页。

④ 岳永逸主编《中国节日志·妙峰山庙会》，光明日报出版社，2014，第125－134页。

三 剧场

何以让“土的掉渣儿，洋的冒尖儿”不是一种悖论，而是有着可能？

将原本“平铺直叙”且参差错落、一点也不规整的胡同，修建成有22栋楼房、122个楼门的天桥小区显然是21世纪初一个标志性的“惠民”工程。因为这一工程，2000年前后福长街一带大小胡同的“贫民窟”风光荡然无存。通过建筑的毁容改观，传统意义上狭义的老天桥已经完全都市化、街区化。在外观上，天桥小区甚至比被很多建筑专家、规划设计师染指的菊儿胡同①更加高大上，至少宏伟。这种改变使得央视拍摄与老天桥相关的专题片要取昔日街景时，除了从老的影像资料中剪辑、拼贴之外，只能扛着摄像机到永安路北侧尚未改造的留学路、大喇叭、赵锥子胡同一带取景。当然，就是这片待腾退的“棚户区”，依然有鲜花、绿叶，有在秋风中轻轻摇曳的鸟笼、饱满的葫芦，有声、光、影编织的情趣、惬意与梦幻，有老街、慢城的余荫，有着“下里巴人”的倔强。

对天桥小区社区的整改，人们没有忘记利用腾挪出来的空间，同步建造文化广场、修建大剧场。除原本附属于城南游艺园的四面钟重建在广场东端外，老天桥不同时期的撂地艺人穷不怕朱少文、拉洋片的大金牙、曹麻子曹德魁、耍中幡的王小辫、掼跤的沈三、顶宝塔碗的程傻子、砸石头的常傻子、赛活驴八位艺人，都以现代雕塑的方式固化在了这个存在多种可能性的露天“剧场”。作为一个没有关隘、四面敞视的“空的空间”②，天桥文化广场多少延续了杂吧地儿天桥撂地卖艺的旧意，虽然没有人能在此摆摊设点，招揽生意。在这个专家称是、游客不时驻足的文化广场修建起的当时，昔日目睹过这些撂地艺人的老街坊们只是摇头叹息。包括这些“平地抠饼”的艺人在内，天桥各色人等生活的艰辛、恣睢、惨烈完全被荡涤得干干净净，只剩下被表现的唯美、轻松和雕塑的轻浮。然而，随着老街坊的凋零，这种后现代口味的现代艺术对前现代生计的揶揄、嘲弄，已

① 吴良镛：《菊儿胡同试验的几个理论性问题》，《建筑学报》1991年第12期。

② 〔英〕彼得·布鲁克：《空的空间》，耿一伟译，（台北）时报文化出版企业股份有限公司，2008。

经实实在在地成为现在和将来的他者的天桥之景。

对于雄心勃勃的管理经营者和想扬名立万的规划设计者[①]而言，高楼林立的天桥小区和这个敞阔的广场，仍然无法与定调为国际化大都市的北京城的大气、豪气与洋气相匹配。作为一个被定格在必须改造与改变的“老街”，不少青年学生也纷纷参与到对天桥规划设计的行列中来。[②] 天桥必须更加强有力地成为他者的。工具理性和功利主义支配的必然结果，是剥离原有的互现的主客体，并将客体工具化、符号化。大栅栏的改造与保护同样如此。然而，与将大栅栏定格为“精品商业街”并要打造成历史文化街区和北京城的金名片不同[③]，原本就是穷人穷乐呵的天桥的娱乐色彩被凸显了出来。天桥必须走出其露天撂地和低矮的小戏园子之“痼疾”与阴影，而成为“首都核心的演艺区”，成为想象中八方来朝，万国来贺、来演、来观的“世界的舞台”。

于是，八竿子打不着的百老汇成为新天桥理想的样板，天桥被急不可耐地要妆扮成东方的百老汇。[④] 豪华的天桥剧场、天桥艺术中心、大厦迅速拔地而起，纷纷开门纳客。国内外的音乐剧、歌剧、舞剧、话剧、儿童剧纷纷被邀请前来献艺。[⑤] 与国家大剧院一样，这里的门票是昂贵的。演戏唱戏的艺术家们是外来的，观众也基本是外来的。他们来演完就走，看完就走，全然没有过去杂吧地儿天桥演观一体，早不见晚见、抬头不见低头见的街坊邻里之熟人关系。因为一纸昂贵且绝不向平民低头的门票，为之腾挪出空间的天桥“土著”，基本被冷漠地阻隔在了透明的玻璃门和大小的闸机之外。在天桥地界的大剧场，像一根强行嵌入老天桥这个原本生殖力强的肉身的巨大钉子，在将老天桥的平民性用现代都市的傲慢、繁丽、排场与洋气羞辱之后，彻底粉碎踏平，终止其生育。

2005 年前后，让郭德纲红火、坐地升空的天桥乐茶园原本是老天桥具

---

① 赵方忠：《“天桥”即将复兴》，《投资北京》2012 年第 8 期。

② 马英等编《演绎老天桥：2013 八校联合毕业设计作品》，中国建筑工业出版社，2013。

③ 蔡加琪：《京城门脸大栅栏：老街的工具化与主客让渡》，北京师范大学硕士学位论文，2018。

④ 郑洁：《天桥演艺区联手百老汇剧院》，《北京商报》2011 年 2 月 28 日。

⑤ 胡兆燕：《“音乐剧之王”为“中国百老汇”揭幕》，《中国财经报》2015 年 6 月 25 日。

有标志性的小戏园子——天乐戏院。在郭德纲走红之后，天桥乐茶园很快成为“德云社”的主场。天桥乐茶园墙体上原本有的诸多老天桥艺人的图示，旋即大抵换成了郭德纲本人及其搭档的巨幅照片。天桥乐茶园也易名为德云社。在快速崛起的大剧场的俯视与逼视下，德云社巨大的牌匾特意涂染成了醒目的大红色。然而，在大剧场的伟岸面前，主要以传统色彩浓厚的“天桥相声”著称的“德云社”三个不小的红字，依旧土气、低矮、憋屈，有着强出头的猥琐。

更为关键的是，虽然是一朵“恶之花”，杂吧地儿天桥长期都有着文化自生的能力，犹如一只营养不良、瘦不拉几，却下蛋多多的老母鸡。至今，被百姓称颂的人民艺术家连阔如、侯宝林、马三立、新凤霞等，都曾被杂吧地儿天桥滋养、哺育。无论人们去不去天桥，说到北京的市井文化、平民文化，人们自然会想到无奇不有的老天桥。也因此，在20世纪后半叶，老天桥才有了“民间艺术（家）摇篮”的牌匾。然而，大剧场入住的天桥，始终不断被改造的天桥，其自身却不再具备文化繁殖能力，俨然先天的不孕不育患者。

大剧场的建设与运营，至少在形式上，进而在舆论上给人以首都文化创新区、国际文化交流展示区的印象。然而，何以让天桥成为优秀传统文化的示范区，成为公共文化服务的引领区，从而实现“接地气”“聚人气”的惠民目标依然是一个问题，是一道让人头痛的巨大难题！

与大剧场的建设配套，在北京城中轴线原有的位置，天桥那座曾经存在过的桥，作为景观被修建起来了。作为仅具展示意义的景观，桥下弄了一小池水的天桥，自然不能触碰通行。如果愿意，凭吊和追忆也只能按照在桥南侧竖立的洁白的“御制”石碑之碑文有序进行。朱国良老人记忆中在桥头招兵的小白旗布景和招兵时“当兵吧，当兵吧，当兵吃馍呀！”的音声①，遥远得如一个无法感知的神话，演绎、证实着缪勒（Max Müller）的

① 岳永逸：《老北京杂吧地：天桥的记忆与诠释》，生活·读书·新知三联书店，2011，第177页。

"语言疾病说"①，抑或是柳田国男曾感叹过的"不可捉摸的梦话"②。

四　博物馆

天桥这座桥的复建，为当下"洋的冒尖儿"的今之天桥添加了一点"土"味。当然，这是带有"皇气"自上而下的土味。与此不同，遵循当下时髦的城市记忆之影视形象建构的常规套路③，2018年建成开馆的"天桥印象博物馆"则是自下而上地为今之天桥增加土味。它借用电子技术，竭力将杂吧地儿天桥"土"味还原、活化。规划设计者们自己也知道，所谓的杂吧地儿天桥也只能以这种方式留些许香火了。因此，说是印象，但并不轻盈，反而厚重、沧桑，还不乏悲壮，也就总有些说不清道不明的难言之隐。

正如印象博物馆宣传册页声明的那样，博物馆"以彰显与传承天桥地域优秀文化为核心，以天桥历史文化发展传承为线索，通过现代展陈手段和高科技互动项目，全面展示天桥地区的历史沿革、景观风貌及悠久的历史文脉"。自然而然，博物馆重点展示在今天看来与老天桥有关的各种重要人物、历史故事、文化遗存。展柜里既有张次溪的天桥著作，墙上也同时悬挂有邵飘萍、林白水、赛金花以及诸多当年撂地卖艺、小吃摊、估衣铺等街景旧照。博物馆展厅的空间分布体现了历史与现实并重的原则，分为了序厅、天子之桥、文化之桥、百姓之桥、复兴之桥五个板块。而且，按照总体规划与布局，人们还会在此配套开设天桥文化讲堂、老舍读书会，以及文创产品设计与研发、天桥艺人技艺表演、非遗互动体验、公共阅读等空间，以此实现服务市民的公益文化传播、天桥演艺区文化配套升级，以及公益博物馆与市场化文创品牌运营的可持续发展。

这些理念都是完美的！然而，如同当下众多的博物馆一样，在经营实践上，尽管其增添了不少参观者可以体验的互动环节，主动前来的参观者却不多。设计经营者故意在掩饰、混淆老街和博物馆之间的本质差别。老

---

① 〔德〕麦克斯·缪勒：《比较神话学》，金泽译，上海文艺出版社，1989。

② 〔日〕柳田国男：《海上之路》，史歌译，北京师范大学出版社，2018，第87页。

③ 陶赋雯：《城市记忆与影视形象建构：以"文化南京"城市形象为例》，《中国图书评论》2018年第3期。

街是潜意识中让人生根的地方，让人感到那就是“家”之所在。而源于对过去崇拜的博物馆“只反映出一个思想习惯，与人把地方识觉为生根的、神圣的和不可亵渎的所在恰巧相反”，仅仅是一个被迁徙移植的物体的组合。[①] 这些物体可能珍贵、奇特，却完全撕裂了其原本有的我群与地方两位一体的情感意涵。换言之，陈列在博物馆中的孤零零的物之影像性大于确实性，而且还要使之有着教导性。[②] 这既难以感染作为他者的参观者，也使得“土著”对之天然有着距离感、陌生感。

自然而然，在天桥印象博物馆门口坐了半天的我，目睹了不少问路的长者。他们更热衷的是正在举办的书画展，丝毫没有进印象博物馆一游、一观的冲动。主要展现老天桥这个文化符号的博物馆，依然远离当下在京城过日子的人们。天桥印象博物馆之“印象”命名，未强调展示的东西一定是真实的，它仅仅是印象。这种印象既针对过去，也针对复兴的当下和不确定的未来。而天桥印象博物馆的选址“天桥艺术中心下沉广场”之“下沉”犹如老天桥现状的隐喻，浓缩着新、老天桥之间所有的恩怨情仇。

在商务印书馆 2016 年出版的《现代汉语词典》第 7 版中，仍然没有“下沉”这个词。《说文解字》中，以“丅”之形出现的“下”与“丄/上”相对，指“底也”；“沉”的解释是：“陵上滈水也。谓陵上雨积停潦也。……一曰浊黕也。黑部曰。黕，滓垢也。”将《说文解字》中“下”与“沉”两字的注解合在一起，“下沉”的意思大抵是：底部沉积的滓垢，或沉积在底的滓垢。早已经频频出现在现代口语和书面语中的“下沉”与“上升”相对，指竖直向下的运动。对主要呈现杂吧地儿天桥的印象博物馆而言，无论是“下沉”的滓垢之古义还是向下之今义，明显都吻合作为事实或符号的老天桥的现状。

在定位为现代的、国际的、典雅的天桥艺术中心运营数年后，老天桥荣幸地在其地下分得呈现自我的空间，逼仄而阴暗。如弃妇。就二者的关系而言，新型的天桥艺术中心原本是依托于老天桥而生的，至少在言语和空间层面如此。亦即，杂吧地儿天桥是母体，天桥艺术中心是其次生物、

---

① 段义孚：《经验透视中的空间和地方》，潘桂成译，台北编译馆，1998，第 187 页。

② 段义孚：《经验透视中的空间和地方》，潘桂成译，台北编译馆，1998，第 188 页。

衍生物，虽然基因明显突变。然而，通过层层专家论证、建筑规划师的设计、各种匠人技工的努力，最终以宏伟建筑景观呈现出来的二者之关系发生了反转：老天桥在下沉，只能在地下，终将成为过去，灰飞烟灭；由老天桥孵化出来的天桥艺术中心则阳光灿烂，必须在地上，并全方位覆盖、碾压老天桥；通过这种“弑父/母”式的建筑语言，天桥艺术中心高耸入云，拥抱蓝天白云。然而，在弑父/母之后、张扬的天桥艺术中心似乎并没有“西方”百老汇人流如潮的热闹、火红，于是它又不得不低头忏悔，凭吊其生身父母，在“下沉”的一角设置祭坛，重新认亲祭祖。显然，貌似孝顺的反哺其实是为了敲骨吸髓，自我壮大，即实现所谓化蛹为蝶的“配套升级”。这或者是新、老天桥凤凰涅槃的必由之路。

通过各色人等的合力，以简洁而繁杂、直白而隐晦的建筑语言，在杂吧地儿天桥这个天幕地席的巨大舞台上，成功地上演了一出今日北京版的悲喜剧“俄狄浦斯王”。当然，这出继续在演绎的悲喜剧之主角“俄狄浦斯王”——天桥艺术中心、天桥剧场这些大剧场——依然坚挺，并未放逐自己，也没有首先服务于当下在天桥地界生活的“土著”的情怀。洋的冒尖儿的它们，有更高远的梦想：拥抱世界、成为世界的王，成为效百老汇之颦的东施。

无论从哪个层面而言，与 21 世纪以来京城众多如雨后春笋蓬勃而出的博物馆一样，天桥印象博物馆都是现代的、洋气的。它同样也有着所有博物馆的通病：按照某种标准抑或居支配地位的意识形态，将已经远离人们视域而僵死、垂死或者活态的东西装进大大小小的玻璃匣子，方方正正地贴在墙上，投影在屏幕上；在如此标准化、格式化、程式化和空洞化之后，又环绕、粉饰以各种镜头、灯光和闸口，将之珍宝化、神圣化与神秘化；对于所展示物品全无体认或潜意识认同的他者而言，设计的动手动脚的互动环节游戏化着原有的生活，完全无法抵达人与物曾经有的互为主体、互为物体之循环再生的良性关系。这种困境，让对这几十年天桥演进熟悉而在博物馆临时充当解说员的义工深感苦恼。原本想展示的个性、特性、厚重，对多数没有探知欲的他者和没有朝圣者之虔诚的游客而言，没有社区居民深度参与的博物馆成为双重的撒谎者。

骨子里就像殖民者对待被殖民者一样，这些高调宣称要保护老天桥文化的上位者，以自己熟练操演的"普通话"之普适性，常常任性地低估、蔑视"每个人特有的声音"。其真实目的，正是通过其所宣扬的学习、了解、尊重，进而保护的积极姿态，来服务、强化其已经有的优越地位、身份。自然而然，老天桥的民与俗都仅仅是其冰冷的、强制性的且必须教化改造的工作对象，而非能互相示好、致意、交心的情感对象。在服务于民的口号与策略下，老天桥也就一本正经地被具有支配权的上位者文化化、文明化、旅游化与产业化。在强制性地将老天桥当作商品、产品而生产（消耗）、变卖（吞噬）、消费（咀嚼）——一种隐晦的食人主义——的过程中，天桥大小的十字路口也就布满了各式各样通往"文化"的路标、箭头。虽然天桥被抽空、一无所有，表现得却是空对空、以空证空的应有尽有，完全与专制的"全景敞视结构"[①] 水乳交融，天衣无缝。

一种声音的博物馆所张扬的艺术与文化、历史与文物，正在全面地哺育着伪文艺"青年"。在此意义上，作为现代性的标配，新兴与新型的博物馆，同样有着在现代性历程中精英们始终试图摒弃的老天桥的杂吧性抑或说杂合性。换言之，巧妙也悄无声息地吞噬人之灵魂、鉴别力的博物馆，同样在将人庸俗化、市侩化，以文化的名义将人变得没有文化，更不知文化为何物。如同人头攒动的图书大厦，不时拥挤的博物馆成为今日北京一种时尚。对这种低俗却认真的文化消费主义与娱乐主义，张柠有一幅不留情面也痛心疾首的素描：

> 大厅的顶是玻璃的，四壁刻满了浮雕，一束强光从上面投射下来，那么高的穹顶，给人一种教堂一样庄严的感觉。环绕大厅四周的电梯载满了人，缓缓地上下移动。几千人集中在一起，人头攒动，像一个盛大的庙会。大家都默默无语，但这里并不寂静，众多急促的呼吸汇集在一起，产生了一种奇怪的喧嚣声。大厅中央，人们一堆一堆地在那种宝塔一样的柱子周围，低头忙碌。那些柱子是由书籍码放起来的。在购书中心的"神殿"里，人们安静地围在那些书塔周围，默默地翻

① 〔法〕米歇尔·福柯：《规训与惩罚》，刘北成、杨远婴译，生活·读书·新知三联书店，2007，第 219－256 页。

阅，有的嘴唇还微微翕动，仿佛在祷告似的。他们间或彼此交换一下眼神。然后，有人拿起其中的一本，留下钞票，欣喜地离开这个盛大的仪式，把位置让给等在身后的其他人，消失在嘈杂的人流中。行色匆匆的人们，离开购书中心，赶往下一个购物天堂，去参加另一类商品的消费仪式。①

五　地铁

在西方，地铁早已经是生活中常见的事物。这对于一直奋起直追，在物质、技术层面师法西方的中国而言，地铁也就成为一个拿得出台面的现代化国际大都市的标配。借北京奥运会的春风，北京的地铁日新月异，呈几何级增长，方便人们出行。以任何一个点为中心，方圆数百米就有地铁站的地铁网，成为大力宣传的“新北京”、地下北京的蓝图。这一振奋人心的地下北京之伟大工程的稳步推进，将谢阁兰（Victor Segalen）想象中的勒内·莱斯出入北京内外城的秘密通道②变为事实，这也是对谢阁兰这个西方人对有层层叠叠城墙阻隔而内外城交通不便的旧京嘲讽的嘲讽。

继续在延伸和加密的地铁强力地改变着、刷新着北京人——在北京谋生者——的日常面孔。

然而，虽然如蛛网的地铁已经形成，但北京的交通状况并未得到根本的缓解。上下班的拥堵仍是常态。与此同时，“廉价”乘坐地铁的人们，也在以不同的方式把地铁变成自己的。在乘坐未分段计价而是均价三元的数年，为了降低成本，在物流员、快递小哥、聪明的小商小贩中，通常有人常住地铁，将大小包裹、货物从一个出口/进口安然地送到另一个进口/出口。在相当意义上，这延续了当年在老天桥讨生活的人的生存智慧与策略，是一种对地铁高效、优质的利用与合法占有，使现代化的地铁猛然间有了杂吧地儿的属性。

---

① 张柠：《想象的衰变：欠发达国家精神现象解析》，福建教育出版社，2008，第257－258页。

② 〔法〕谢阁兰：《勒内·莱斯》，梅斌译，生活·读书·新知三联书店，1991。

当然，管理经营者是不会允许这种现象长时间存在的。他们会精心而又迅速地塞堵住每一个"非法"占有——占小便宜——的动作。以分段限时计费的方式，使将地铁化公为私的"小农"式占有很快消散。不久之后，一小簇人采取了另一种方式将地铁占为己有。这种方式迥然有别于小农或小市民经济学的精明算计，而是都市化的、文明的，被视为与现代性、国际性大都市相匹配。在上下班人流摩肩接踵的高峰期，当百分之九十九的乘客都忙着拨弄手机、划拉屏幕时，地铁上出现了稀稀拉拉的读书人。

在那样拥挤的地铁，这些陆续现身，专注读书的人成了一道靓丽的风景。正如拍摄者朱利伟所做的那样：不做个有心人，不坚持不懈地努力去扫描，这些必然会率先与勤奋、品位、高雅、心静捆绑一处的身影，只能与我们擦肩而过。[①] 以四两拨千斤的方式，地铁上稀有的读书人，与手机控的低头族、拇指族、游戏族、追星追剧族之间产生了巨大的张力。作为当下北京城的稀有物类，因为朱利伟持之以恒拍摄和记述的集中呈现，很快被大小媒体高调宣扬、提倡的地铁读书人如一道划空而来的光。[②] 这道光让读书人自己，让管理经营者，也让地下北京、现代北京、蛛网般的地铁北京风情万种，风光无限！

在伦敦、东京、香港、台北、巴黎，地铁、火车上读书是相当一部分人的日常，因此没有舆论媒体大幅度的报道，也没有大惊小怪的热议。物以稀为贵！在2018年盛夏的北京，地铁上的读书人必然会成为一个"美丽北京"的代名词。毫无疑问，真正在地铁上习惯性读书，到现在都少有发声的行动主体被客体化、对象化是无辜的。但是，对于对他们一厢情愿、一往情深的旁观者而言，他们无疑被同时赋予了传统和现代的双重意涵：乡下人的厚道、勤奋与坚韧；城里人的典雅、个性与洒脱。然而，无论旁观者、颂扬者将多少美德添加在这些确实值得尊敬与可圈可点的身影上，或是偏向于其中的哪一种美德，他们都忽略了一个基本事实：那就是这些

---

① 朱利伟：《北京地铁上的读书人：挤到无法呼吸，也要有精神角落》，2018年7月18日，https://news.sina.com.cn/o/2018-07-18/doc-ihfnsvza0158290.shtml。登陆时间：2018年9月10日。

② 王钟的：《读书人一直都在 只是恰巧你没发现》，《中国青年报》2018年8月14日第9版。

读书人以自己的方式宣示着对之或长或短存身的地铁空间的占有。他们之所以如此，是因为不得不如此，也只能如此！

无论地上还是地下，北京是拥挤的。对包括乘客在内，管理者和经营者批评并巧妙遏制的占小便宜的地铁运货者、媒体热议并张扬的地铁读书人，两者与飞驰的地铁这一空间之间的关系并无本质的不同：占有！用他们自己理解的可能方式占有和使用。毫无疑问，在蓝天白云下，无论是开着卡迪拉克，还是肩挑背磨，如果一个商贩能在同样的单位时空获得他梦寐以求的利润，他应该不会终日如夜行者潜伏地铁不出。同样，如果一个人不需往返奔波数小时，而是“当下”拥有一张窗明几净的书案，他也断然不会日复一日地在地铁上读书“充电”，成为被他人“加持”抑或“扶贫”的客体。

连同永远清理不尽的“乞讨者”，地铁上的这些少数与绝大多数手机控一道，共同形塑着地铁、地下北京和今日北京的“杂吧地儿”属性。

六　结语：杂吧地儿

“杂吧地儿”是旧京土语。它多年都专指前门外那个叫天桥的地方。旧京的意义就在于它能容许老天桥这样的地方发生、发展，从而开放式地为各色人等提供生存的契机，为芸芸众生提供表达自己、完成自己的可能，不论是轰轰烈烈、红红火火，还是凄惨悲壮、不值一哂。如果注意到晚清时期散布在大栅栏一带的“堂子”和参与、混迹其中各色人等的交互感染性，[①] 即长期被遮蔽的大栅栏的复杂性、杂合性，那么今天这个被高调宣扬和保护的世界闻名的历史文化街区实则也是一块与老天桥一样的杂吧地儿。千百年来，无论是作为一个空间还是一个地方，北京实则就是这些大大小小、有名无名、有形无形、若即若离或亲密无间的杂吧地儿拼凑、黏连、组合而成的。这些杂吧地儿，既各自独立，又相互浸染、涵盖、物化的同时也互为主体，如同一个巨大的不停旋转、翻飞的彩色拼盘。因此，无论作为一个具体时空，还是作为一个思维符号、一个挥之不去的影子，说杂吧地儿天桥更能代表北京并不为过。何况，正如这里所言的蛛网地铁，北

---

① 么书仪：《晚晴戏曲的变革（增订版）》，人民文学出版社，2018，第149－240、359－414页。

京的生机正在于其不断试图清理、消除的“杂吧地儿”属性和市井小民不断在刷新的“杂吧地儿”之韧性。

2014 年 11 月，在广安门外国家话剧院上演的过士行编导的话剧《暴风雪》，惟妙惟肖地在室内借漫天飞舞的雪花布景，上演着人性的杂合性和雪地这个场域的杂吧性，催人泪下。[①] 同样，无论是金宇澄的原著长篇小说《繁花》[②]，还是 2018 年 6 月在天桥艺术中心连续三天上演的马俊丰导演的话剧《繁花》，都在事无巨细地表达着一个时代、由大小异质空间组成的一座大城市、一群身不由己的“草民”的杂吧性。悖谬的是，艺术家及其艺术竭力再现、尽力表演的这种指向不完美的杂吧性、复杂性——一座城市的真实生态、人性的普遍性——只能锁闭在敞阔而封闭的舞台上，只能印刷在纸张上。在现实生活中，力求完美的“现代化”城市追求的是单一、偏执的高贵与典雅，允许不乏畸形、病态的美，却拒绝、封堵美丽动人的丑。

在精神世界始终有一席之地的杂吧地儿，不是被政治医学化的“毒瘤”，不是被殖民化的“耻部”，也非拥有话语权、表达权，尤其是握有支配权的精英一本正经艺术化、娱乐化的“丑”。正如东区（East End）之于伦敦[③]、科纳维尔之于波士顿[④]、凯镇（Catonsville）之于巴尔的摩甚至整个美国[⑤]、老城广场之于布拉格[⑥]、浅草之于东京[⑦]，古今中外，作为一种文化传统与动力，杂吧地儿才是一个空间、一座伟大城市真正的生态和常态，是一座城市前进的推进器。不仅如此，如果一座城市没有杂吧地儿，人们也会刻意制造出来，然后消灭，再生产，再消灭……如此循环往复，无穷匮也。

无论有多强大的权力，多尖锐的技术，只要愿意，每个人都可以是、都是他自己空间的王。每个人都有生存下去的权利与本能。他必然会以自

---

① 岳永逸：《暴风雪的热度》，《书城》2016 第 1 期。

② 金宇澄：《繁华》，上海文艺出版社，2013。

③ 〔美〕杰克·伦敦：《深渊居民：伦敦东区见闻》，陈荣彬译，北京大学出版社，2017。

④ 〔美〕威廉·富特·怀特：《街角社会：一个意大利人贫民区的社会结构》，黄育馥译，商务印书馆，2005。

⑤ 宋念申：《“凯镇九人”事件五十年》，《读书》2018 年第 10 期。

⑥ 杨念群：《卖萌与政治》，《读书》2018 第 6 期。

⑦ 除前引的权田保之助和芳贺登关于浅草的调查研究之外，还可参阅〔日〕北野武《浅草小子》，吴菲译，上海人民出版社，2010。

己习惯的方式、抑或觉得舒服的方式表达自己、表现自己。以现代化为标准的均质化、标准化、格式化美学为基调的城市，仅仅是一种梦想，甚或说“异托邦”（heterotopias）。在此种意义上，北京也终将永远是一块大写的蕴藏着矛盾、生机和多种可能的“杂吧地儿”。

其实，给更多人提供生存的空间以及可能的“杂吧地儿”，是传统中国城市甚至国都固有的底色。《世说新语》“规箴”第十三则记载了这样的故事：东晋元帝时，住在小集市的廷尉张闿，私自修建了里巷的总门，早晚开关，这给同居一地的百姓的日常生活造成了极大的困扰。在知晓之后，同时也迫于世交贺循的面子，张闿拆除了总门。与张闿利用特权而终知悔改的“私搭乱建”、小里小气不同，治世之能臣的谢安则有着民为贵的大格局，并赋予了京都以人本主义。《世说新语》“政事”第二十三则云：“谢公时，兵厮逋亡，多近窜南塘下诸舫中。或欲求一时搜索，谢公不许，云：‘若不容此辈，何以为京都？’”

1700 年前，谢安这句“若不容此辈，何以为京都？”的反问，道出了传统士大夫对于自己拥有主宰权的城市和黎民百姓生命二者之间必须妥协的结构性也是制度性的关系。作为一种空间的城市，首先是让各色人等有可能生存下去甚至自由生活的地方。这一洞见和顶层设计，实乃中国文化对世界城市的伟大贡献。

毫无疑问，在将杂吧地儿视为一种方法（论）时，上述论断难免会有“情人眼中出西施”或一叶障目而“见山不是山、见水不是水”的嫌疑。好在基于当下瞬间胜利性抑或灾难性的抉择，不可重复之“地方”的特质已经悄然改变。因为无论场域还是地方，其托身的空间都是“那个让生灵被迫互相遥远地生活的东西”①。个体抑或说小我点染、占有的内在化城市从未退场。

蓦然回首，向来萧瑟。天桥是天桥，又不是天桥；北京是北京，又不是北京。

一切坚固的东西都烟消云散了！

---

① 〔比利时〕乔治·普莱：《普鲁斯特的空间》，张新木译，华东师范大学出版社，2015，第 45 页。

实践民俗学

实践民俗学是近些年来中国民俗学界讨论得比较热烈的一个话题。一方面，实践民俗学的提出，与当今世界社会科学研究的“实践”转向紧密相关，在一定程度上受到了布迪厄等人“实践”理论的影响。另一方面，这一理论与话题探讨，也与20世纪90年代以后中国民俗学“日常生活”研究与关注民众主体的转向直接相关。实践民俗学主张回归、贴近民众日常生活的实践，以对民众日常生活的复杂性、丰富性进行深入理解与阐释，进而在此基础上认识和理解社会的发展与变化。

“实践”与“实践民俗学”*

王杰文**

摘　要：在国际民俗学界，“实践”首先是指普通民众的日常生活行为；“实践民俗学”则是对民众日常生活实践的复杂性与丰富性的深入理解与阐释，甚至是对庸常的日常生活实践的理解与容忍。在抱持一种面向共同的美好生活理想的前提下，实践民俗学有责任在准确地理解民众的实践逻辑之后，把普通民众未加反思的常识提升到系统地反思与批判的哲学层次上来。

关键词：实践；文化；历史；权力

自2014年以来，以吕微、户晓辉为代表的中国民俗学者提出了“实践民俗学”的概念①，这一概念在其他少数民俗学者当中引起了共鸣②，迅速成为近年来中国民俗学界一个比较流行的关键词。然而，“实践民俗学”之

---

* 本文选自《民俗研究》2019年第6期。

** 王杰文，中国传媒大学艺术研究院教授。

① 2000年以后，吕微发表了讨论实践民俗学的系列论文，这些论文基本上收入《民俗学：一门伟大的学科——从学术反思到实践科学的历史与逻辑研究》（中国社会科学出版社，2015）。此后他又发表了《与陌生人打交道的心意与学问——在乡愁与大都市梦想之“前”的实践民俗学》（《民俗研究》2016年第4期）和《两种自由意志的实践民俗学——民俗学的知识谱系与概念间逻辑》（《民俗研究》2018年第6期））。户晓辉先后发表了《人是目的：实践民俗学的伦理原则》（《民族文学研究》2017年第3期）和《实践民俗学视野下的“神话主义”》（《民间文化论坛》2017年第5期）。

② 比如韩成艳《在“民间”看见“公民”——非物质文化遗产保护语境下的实践民俗学进路》，《宗教信仰与民族文化》2014年第1期；王杰文：《“实践民俗学”的“实践论”批评》，《民俗研究》2018年第1期；刘铁梁：《个人叙事与交流式民俗志：关于实践民俗学的一些思考》，《民俗研究》2019年第1期；萧放、鞠熙：《实践民俗学：从理论到乡村研究》，《民俗研究》2019年第1期。

“实践”到底指的是什么？这在大家的思想意识中似乎仍然未能达成共识。有的学者是在纯粹哲学的意义上使用它，有的学者则是在普通社会学的意义上使用它，还有的学者则只是在日常习惯性的意义上使用它。这三种意义之间当然会有某些交集，但毕竟并不完全一致。因此，事实上，“实践民俗学”成为一个被多元定义与使用的概念。然而，众所周知，早在马克思的哲学与社会学著作中，“实践”一词早已经被广泛地使用过了，而且被赋予了为今天中国人文与社会科学界所广泛使用的含义。20世纪70年代以来，在语言学、社会学与人类学界，以布迪厄①、吉登斯以及萨林斯为代表的学者再一次复兴并重新阐释了“实践”的概念，引领了人文及社会科学界的“实践论转向”，使得“实践”的概念再次成为当前学术界的关键词。国际民俗学界也受到了“实践论转向”的影响，具有广泛影响的口头艺术的“表演理论”即实践论转向的具体体现之一。本文从反思人类学与反思社会学的立场出发，综合考察当前国际民俗学界已经在使用的“实践”的概念及其意涵，试图提供另一种意义上的“实践民俗学”的图景，阐释这一“实践民俗学”之“实践”的意义与内涵。

一　语言哲学的“言语”转向

长期以来，受科学实证主义研究范式的影响，国际民俗学界习惯上把民俗事象（items）作为民俗学研究的对象，这种研究方法与观念集中地体现在各种专业教科书里。在那里，民俗事象被分门别类地予以枚举，比如，从大的范畴上讲，民俗被区分为物质民俗、精神民俗、社会组织等；从小的层面上讲，比如，精神民俗又被认为包括了各种各样的口头文学类型，诸如神话、传说、故事、歌谣、谚语、谜语等被纳入其中，然后总结归纳出一些有关这些事象的一般规律来。在这种研究思路中，民俗被当作客观对象物予以研究。这种研究范式大概是受到了启蒙运动时期科学主义与理性主义的影响，试图以研究物质对象的自然科学的方式来研究人类生活事象。

然而，事实上，早在17、18世纪，反启蒙运动的先锋们早已经意识到

① Pierre Bourdieu，皮埃尔·布迪厄，又译皮埃尔·布尔迪厄。

了自然科学与人文学科的不同，维柯很早就区分了二者之间的差异，他说：

> 自然科学通过假设和证明，利用归纳和演绎的方法，论证普遍原理和由现象的共存与演替及一致性得出的理想模式，并把这些方法奉为圭臬。人文科学则试图准确地描述人类的经历，并由此强调多样性、差异性、变化性、动机和目的性以及个性，而非一致性、时间不相关性，以及毫无改变的重复模式。①

多样化与差异化的人类生活模式同样受到了赫尔德的强调，在他那里，民族文化的生命活力体现在各民族集体天赋的创造物之中，比如传说、英雄史诗、神话、法律、习俗、歌谣、舞蹈、宗教和世俗的象征、庙宇、教堂，等等。② 任何特定的群体通过他们的文化习俗归属于一个群体，他们在这个群体中获得某种归属感（在赫尔德来看，这种"归属感"就是人类最基本的需要之一）。千差万别的民俗文化是不同群体文化的集中表现，也是群体自我区别于他者的标记。尽管不同的文化群体之间的差异状态是理所当然的，但是，同样作为人类群体中的一员，不同人群之间是可以达成共识与理解的。

显然，无论是维柯还是赫尔德，都充分地意识到了民俗文化的多样化与差异性，都把这种多样化与差异性的"存在"当作世界文化本身的自然状态，都竭力反对把生动活泼、千姿百态的民俗生活消解成干巴巴的理性主义、科学主义的规则与原理，尽管他们仍然把民俗生活看作集体创造的行为，还根本没有注意到行动者本身。

也许要到语言哲学家们转向关注"言说（讲述）"之后，即当语言学从"语言"研究转向"言语"研究之后，其他相关学科才逐渐从"文本""事象"转向了"实践"的研究。大约在 20 世纪的第三个十年里，巴赫金小组

① 〔英〕以赛亚·伯林：《启蒙的三个批评者》，马寅卯、郑想译，译林出版社，2014，第 118 页。

② 〔英〕以赛亚·伯林：《启蒙的三个批评者》，马寅卯、郑想译，译林出版社，2014，第 201－219 页。

的成员们率先认真思考了语言哲学、社会语言学的问题，讨论了“话语”“口头的言语及其形式”，他们发现：当时，在语言哲学和相应的一般语言学的方法论方面存在着两种基本流派。第一种流派被称为“语言科学中的个人主义的主观主义”，其理论代表人物是洪堡，在他看来，语言是一个由个人的言语行为实现的不间断的创作构造过程，语言创作的规则是个人心理的规律，是一种类似于艺术的能被理解的创造过程，因此对他来说，语言就是一个可供现成地用于学习的产物。[①] 第二种流派可以被称为“抽象的客观主义”，其理论代表人物有福斯勒与索绪尔，他们认为语言是一个稳定的体系，它由规则一致的语言形式构成，先于个人意识，并独立于它而存在。语言规则封闭地存在于语言符号之间。人的言语行为，在这一学派看来，都是偶然的变态行为，或者说只是对规则一致的形式的歪曲。[②] 显然，抽象客观主义的语言哲学在当时更流行一些。

抽象客观主义的语言哲学甚至可以追溯到笛卡尔与莱布尼茨的理性主义传统当中去，因为整个唯理论的特征是语言的象征性和自由性思想以及语言体系与数学符号体系的比较。[③] 唯理论者所感兴趣的，不是语言与社会生活的关系问题，而是封闭的语言符号体系内部符号与符号之间的关系问题。就像数学家们关注代数体系那样，他们关心的也只是语言体系本身，而根本不关心语言与意识形态的关系。

在20世纪20年代，抽象客观主义最杰出的代表当然是索绪尔所代表的“日内瓦学派”，他们把“语言”与“表述”对立起来，就如同把社会与个人对立起来一样，在他们看来，表述完全是个人的。说话的个人行为——表述——完全被排斥在他们的语言哲学之外，然而，被他们的共时性语言学所排除在外的，在历时性语言哲学中却必须被收纳进来，因为，表述及

---

① 〔俄〕B. H. 沃洛希诺夫：《马克思主义与语言哲学——语言科学中的社会学方法基本问题》，《巴赫金全集》第二卷，河北教育出版社，2009，第382－387页。

② 〔俄〕B. H. 沃洛希诺夫：《马克思主义与语言哲学——语言科学中的社会学方法基本问题》，《巴赫金全集》第二卷，河北教育出版社，2009，第387－393页。

③ 抽象客观主义语言哲学产生于法兰西的土壤，而个人主义的主观主义语言哲学却主要产生于德意志。这种思想分野可以追溯到17世纪至18世纪德法之间在启蒙主义与反启蒙主义意识形态上的对立。

其个别性与偶然性，尽管不同于支配语言体系的规律性，却是语言历史必不可少的因素。索绪尔严格地区分了共时性语言学与历时性语言学。在他的唯理论的观念中，历史是歪曲语言体系纯逻辑的、非理性的自发现象。

然而，“究竟什么是语言活动的真正中心：是个人言语行为表述，还是语言体系呢？哪一种是语言活动存在的形式，是不断的创造性的形成还是自身规则一致的固定不变性？”①

显然，语言—言语的真正现实，并不像抽象客观主义者所设想的那样是一种固定的语言规则或者抽象体系的保存与延续，也不是像主观个人主义者所设想的那样是一种孤立的独白型的表述，而是言语相互作用的社会事件，是说话者与听话者之间相互关系的产物，是由表述及表述群来实现的。正如我们了解的那样，每一个话语讲述都是各种声音的混杂与斗争，个体口中说出来的话都是社会力量之间相互斗争的产物。正是通过巴赫金小组的严密论证，语言哲学从语法学的研究渐渐地转向了语用学的研究，从“语言”转向了“表述”。

但是，从历史的角度来说，巴赫金前沿性的学术思想其实是晚在20世纪70年代之后才被发现的，它的学术影响力集中体现在此后的学术研究当中，国际学术界是后来才重新发现了他的学术思想的价值。而早在20世纪60年代，在社会语言学界，至少在美国，语言人类学家戴尔·海姆斯从经验研究的角度出发，强调了“讲述”的重要性，倡导了影响深远的“讲述的民族志”的研究方向②，众所周知，“讲述的民族志”直接刺激了美国民俗学界转向了口头艺术的“表演研究”。

“表述”“言说”“讲述”“表演”等术语，在口头艺术研究领域，都具有“实践”的含义，都指向了主体的实践性行为，这些术语不仅仅把主体与口头艺术形式结合在一起来考察，而且特别强调了主体的核心性位置，强调要理解主体借助于口头艺术形式达成社会目标的方式，也强调口头艺

---

① 〔俄〕B. H. 沃洛希诺夫：《马克思主义与语言哲学——语言科学中的社会学方法基本问题》，《巴赫金全集》第二卷，河北教育出版社，2009，第402页。

② Dell Hymes, “The Ethnography of Speaking”, in Gladwin, T. & Sturtevant, W. C. (eds), *Anthropology and Human Behavior*, The Anthropology Society of Washington, 1962, pp. 13 - 53.

术形式如何塑造了主体的身份、地位与世界观。无论如何，实践的过程本身成为关注的焦点。

受口头艺术之表演研究的影响，整个民俗学都在努力转向“实践”的研究范式，原本被独立对待的民俗事象不再被分离出来予以考察，而是被纳入主体的实践活动，成为主体日常生活的一部分。“民俗”“民众生活”等传统概念大有被“日常生活”这一新概念取代的趋势，因为当民俗学家面向实践主体的时候，“民众生活”中原本被特别强调的“传统性”渐渐被淡化了，相应地，作为实践主体之积极主动的行为的层面被凸显出来了；加之田野经验的重要性被逐渐强化，当下活泼的日常生活实践中主体真实的行为事实更加速了“传统”“民俗”等固化概念的边缘化进程。面向当下的日常生活实践（当然包括了口头艺术的讲述与表演）已经成为当下国际民俗学研究的重心。

二　社会科学的“实践”转向

当然，社会科学领域的“实践转向”与上述语言学领域的“言语转向”有着千丝万缕的联系，美国人类学家雪丽·奥特纳认为，“在20世纪70年代晚期至80年代早期这一较短时间里，三大关键性研究成果相继问世：皮埃尔·布尔迪厄的《实践理论大纲》（1978），安东尼·吉登斯的《社会理论的核心问题：社会分析中的行动、结构与矛盾》（1979），马歇尔·萨林斯的《历史隐喻与神话现实：桑威奇群岛的早期历史结构》（1981）。这些成果以各自不同的研究方法使社会活动者的实际行为与大的‘结构’‘体系’间的结合概念化，这两者都制约实践并最终极易受到实践影响而发生改变。这些研究成果讨论了社会和文化中的结构性制约因素与‘实践’——这个新术语很重要——之间的辩证关系而非对立关系，由此实现了二者结合点的概念化。”[①]

结合20世纪70年代前后国际社会科学研究领域的整体情况来看，当时，理论领域正被三大主要范式主导着，它们分别是阐释人类学、马克思

① Sherry B. Ortner, *Anthropology and Social Theory: Culture, Power, and the Acting Subject*, Duke University Press, 2006, p. 2.

主义政治经济学以及法国结构主义（与各种后结构主义）。所有这些理论流派都是对之前功能主义的抵抗，同时又都在强调某种外在机制的制约性，即强调人类行为是在外部社会、文化力量的影响和制约下塑造、形成、排序和确立的，这些社会、文化力量包括文化形态、心理结构、资本主义等。各种结构性制约因素是真实存在且不容否认的。作为一种反抗式的努力，实践理论使行动者重新回归到社会进程之中，使其不失对制约社会活动的广大社会结构的认识（这些结构也使社会活动得以进行）。从某种意义上说，“结构”“体系”等社会学概念可以类比于语言学领域的“语法”与“规则”等概念，社会学转向“实践”也类似于语言学强调“言语”或者“表述”。

布迪厄关于社会世界的非理论化关系的理论，“得益于对结构主义人类学暗含的伦理学立场和学者与其研究对象之间高高在上的、保持距离的研究关系的深刻拒斥，而这一拒斥本身来自布尔迪厄融入社会世界的实践，来自他对各种形式的唯智论的批判，来自其在现实主义视角下对贝阿恩和卡比尔农民们生活条件的深入了解”①。作为人类学家，布迪厄首先面对的是他者实实在在的“实践”，他们为名誉而战的行为，他们的房屋构造，他们的亲属称谓与亲属关系实践，等等。他切实地把实践当作实践来看待，而不是把实践看作客体，也不是把实践当作是可以通过反躬自省来理解的亲身经历。布迪厄特别注意到了实践者的实践逻辑与研究者观察到的有关实践的理论逻辑之间的区别，强调了实践者的实践逻辑的自在性，以及实践逻辑与有关实践逻辑的理论化表述之间的差异。

布迪厄建构的是一种“实践之生成模式的理论”，即一种强调外在性的内化与内在性的外化的辩证关系的理论。由此，布迪厄创造了“惯习”这个概念，即作为一种可持续的倾向性系统，是先期被结构化且作为使结构化结构得以运作的结构。实践则总是倾向于复制最终产生了实践的客观结构，从而作为一种处境与一种惯习之间辩证关系的产物而呈现。代际的延续性正是通过内在性的外化与外在性的内化之间的辩证法建立起来的。惯习作为生成的依据，生产着实践（例如走路、说话、吃饭的方式和口味、

---

① 〔法〕皮埃尔·布尔迪厄：《实践理论大纲》，高振华、李思宇译，中国人民大学出版社，2017，第3页。

厌恶等)，展现了本能行为的所有属性，尤其是其自动性；当然还需要注意，不连续的意识始终会伴随着实践，这就是行为实践冲破惯习设定的框架的可能性，尽管行为者被惯习主宰多过他们主宰惯习。[①] 总之，“如果要对实践活动做出解释，只有把产生实践活动的习性赖以形成的社会条件与习性被应用时的社会条件联系起来，也就是说必须通过科学的工作，把习性在实践中并借助实践隐蔽地建立起来的这两种社会世界状态联系起来”[②]。

布迪厄所谓的“社会世界”渐渐被发展成一种所谓“社会场域”的理论框架，这是一种恰当地解读社会地位（关系概念）、性情倾向（习性）同采取的立场和社会行动者在实践的不同领域所做的选择之间的关系的分析范式。所有的社会都表现为社会空间，也就是差异的结构；社会空间得以建构，因而行动者在这个空间里，按照他们占有的经济资本、文化资本、政治资本而被分配以特定的位置，“事实上，主体就是正在行动的有知识的行动者，他们被赋予一种实践的意义……并从他们的文化资本中获取最佳利益”[③]。布迪厄倾向于把整个社会空间描述为一个“场域”，这是一个权力的场域，它的必然性对于投入这个场域的行动者有一种强制力，也就是说，这是一个斗争的场域，在它的内部，行动者们按照他们在其中的位置，凭借他们固有的与获得的资本与不同的目的而相互对立，这样，主体的实践与行动有助于保持或者改变这个场域的结构。场域（field）就是一个社会宇宙，在这里，行动者（agent）基于个人拥有的种种资本（capital）（经济的、政治的、社会的与文化的等），在惯习（habitus）（性情）的指导下，在权力关系（位置关系）（relation of power/position）的格局中，基于幻觉（illusion）的引导，应用相应的文化策略（strategy），遵守相应的文化规则（doax）与交往原则，复制、颠覆或者修正着既有的场域关系与场域格局，不同的场域内部与场域之间纷繁复杂的斗争关系（自律与他律关系），共同构成一幅生动的人类实践活动的画面，在这里，“实践一种追求理性的现实

---

① 〔法〕皮埃尔·布尔迪厄：《实践理论大纲》，高振华、李思宇译，中国人民大学出版社，2017，第255页。

② 〔法〕皮埃尔·布迪厄：《实践感》，蒋梓骅译，译林出版社，2012，第79页。

③ 〔法〕皮埃尔·布迪厄：《实践理性：关于行为的理论》，谭立德译，生活·读书·新知三联书店，2007，第29页。

政治学”[①]。布迪厄的“场域”理论极大地丰富了“实践”这一概念的内在复杂性，人类的实践行为与其固有惯习之间的辩证关系，通过这些复杂的术语体系被细致、生动地呈现出来了。

吉登斯同样从反思结构主义语言学、结构主义人类学出发，提出了关于“结构与实践”“行动理论与制度理论”的矛盾问题。他说：

> 结构主义思想缺乏处理我所说的实践意识的习惯——一种非话语性意识，但并不是无意识，而是指一种有关社会制度的知识，并卷入社会再生产过程。[②]

吉登斯所谓“实践意识”指的是行动者在社会活动的构成当中习惯性地使用的知识储备，而“话语意识”则是指行动者能够在话语层次上表达的知识，所有的行动者都通过实践意识和话语意识对其行动保持某种理解。这种“实践意识”涉及行为的意义的问题，这是结构主义语言学与符号学所无能为力的，也是他们所竭力避开的研究领域。但是，在吉登斯看来，一切语言单位的意义与用途只有在它们所表达和它们得到表达的实践中才能得到理解，意义是作为总体的社会实践中的内在要素。

当然，吉登斯并没有抛开“结构”而片面地去强调“实践”，相反，他提出了所谓“结构化”的概念来强调实践的能动性与结构之间的相互依赖，在这里，社会系统的结构性特征既是构成这些系统的实践的媒介，又是其结果。结构兼有使动性与制约性的双重功能。离开了结构的概念，就不可能充分地说明人类主体的能动性概念。反之亦然。在行动理性化的背景下，各种特定的实践是如何得到再生产的呢？吉登斯强调，行动者通过其实践并在这些实践中得到对再生产的制度的理解，使这些实践的再生产成为可能，即行动者在互动过程中对于自身行为具有充分的认识，但同时又没有

---

① 〔法〕皮埃尔·布迪厄，华康德：《实践与反思：反思社会学导引》，李猛、李康译，中央编译出版社，2004，第250页。

② 〔英〕安东尼·吉登斯：《社会理论的核心问题：社会分析中的行动、结构与矛盾》，郭忠华、徐法寅译，上海译文出版社，2015，第26页。

充分认识到自身行为的条件与后果，可是，这些条件与后果却会影响到他们的行动；另一种可能性是，某些行为可能超越了，或者说逃离了行动者的目的，它们也会对实践的再生产产生影响。吉登斯的创造性恰好在于他充分地注意到了行动溢出意识与结构范围的可能性与多样性，强调了行动或者实践之能动性所在。

萨林斯是从对马克思主义意义上的“实践理性”的批判展开其论述的。在他那里，所谓“实践理性”指的是经济活动中的物质利益逻辑，即物质利益最大化的逻辑。萨林斯强调的是象征理性或者意义理性，它虽然并不否认物质世界的重要性，但更多地强调的是人类自身创造的意义图式与象征性符号体系的重要性。萨林斯的著作正是基于“实践理性”与“意义理性”之间的对立性展开的。现实世界中的生产行动与经验的象征性组织方式二者之间究竟是何种关系？实践究竟在多大程度上营造了人类秩序？

萨林斯把文化理性与实践理性看作是人类学的两种理论范式，在人类学的历史上，二者之间是一种重复的、循环的对立，比如，他从马林诺夫斯基的研究中发现，一方面，存在着习惯性的规则和形式，它们构成了现时的“文化”；另一方面，与文化规范相对立的是人们的“实际行为”。在马林诺夫斯基那里，意义分析总是让位于操作理性，让位于基于人类满足的外部目的论的手段——目的的形式分析，“站在这种替代的立场上来看，文化仅仅表现为实现人类目标的主要动力的媒介或环境，主体借助这种媒介来实现自己设定的目的”。[①] 这种以经济主义的方式把规范与行为区别开来的做法，几乎要把“文化”从人类学的视野中驱逐出去了。萨林斯通过引述列维 - 施特劳斯的一段话来表达相反的主张，“正像我已经说过的那样，如果概念图式主宰并制约着实践活动，那是因为，民族学家视为坐落于特定时空之中，并拥有特定的生活方式和文明形式的这些具体现实，并不能与实践（praxis）混为一谈……对研究人的科学来说，实践构成了具有根本意义的整体性。当然我不是要怀疑下层组织无可置疑的首要地位，我只是认为，在实践和实践活动中间，必定存在一个中介面，也就是说，概

① 〔美〕马歇尔·萨林斯：《文化与实践理性》，赵丙祥译，张宏明校，上海人民出版社，2002，第 105 页。

念图式，通过概念图式的中介作用，内容与形式（无论哪一个都不能脱离对方而独立存在）才能演化成结构，这就是说，作为实体，它们既是经验的，又是智识的”①。显然，萨林斯也不想支持列维-施特劳斯的理性主义立场，他主张关注社会生活事件而不是社会生活形态，希望从个体自身的各种可用的选择中根据时间与资源的配置而做出抉择的角度来考察社会行为。在某种意义上，萨林斯是一位马克思主义者，他看到人通过在世界中的实践活动来生产自身，包括生产自己的意识。然而，与马克思不同的是，他并不想把生产关系消解成生产过程本身，也不想把文化逻辑消解成工具逻辑，相反，在他看来，象征系统是实践的必要条件，正是象征体系组织了生产关系，并通过生产关系在劳动过程本身之中以认知的方式采用行动。

在论及“实践与结构”的关系时，萨林斯强调了“历史”的维度，认为无论如何，“行动在结构中开始，也在结构中结束：它起步于作为社会存在的人们的计划，而以在文化的实践惰性中对效应的吸纳而告终”②，人类的实践过程是对符号体系进行了工具性的重新安排的，人类的历史过程呈现为一种结构的实践与实践的结构之间持续不断而又相辅相成的运动的模式。

无论布迪厄、吉登斯还是萨林斯，都从马克思的历史唯物主义实践论中借鉴了某些核心的思想，比如，他们都认同马克思有关人类行动者之间以及人类与物质世界之间的主动关系的思想，强调对人类生活的研究也就是对与人类需求相关的特定社会实践的研究，强调人类与自然的互动是一种积极的改造活动。正像马克思在《关于费尔巴哈的提纲》里所说的那样，

> 从前的一切唯物主义——包括费尔巴哈的唯物主义——的主要缺点是：对事物、现实、感性，只是从客体的或者直观的形式去理解，而不是把它们当作人的感性活动，当作实践去理解，不是从主观方面

① 〔美〕马歇尔·萨林斯：《文化与实践理性》，赵丙祥译，张宏明校，上海人民出版社，2002，第127-128页。

② 〔美〕马歇尔·萨林斯：《历史之岛》，蓝达居等译，刘永华、赵丙祥校，上海人民出版社，2003，第331页。

> 去理解。所以，结果竟是这样，和唯物主义相反，唯心主义却发展了能动的方面，但只是抽象地发展了，因为唯心主义当然是不知道真正现实的、感性的活动本身的。[①]

抛弃了的旧的唯物主义与唯心主义，马克思的实践哲学具备了辩证地考察“实践与结构”的思维优势，上述三位社会学家与人类学家的“实践论”恰恰是追溯到马克思（而不是康德）并奠基于马克思的实践哲学的实践研究，这是一种超越了主观主义与客观主义、社会物理学与社会现象学、社会结构与心智结构、唯理论主义与准实证主义、符号性分析与物质性分析、理论研究与经验研究、微观研究与宏观研究、结构与能动作用的“实践观”，它是一门有关符号权力的统一的政治经济学，它综合了现象学分析与结构性分析的优点，“既在认识论上做到逻辑贯通，又具有普遍的适用性，即一门康德意义上的‘人类学’”[②]。事实上，仔细地阅读口头艺术的表演研究的相关文献，不难发现，其核心的学术任务正是关注表演实践中的“传统与创新”[③] 的问题。社会学与人类学在“结构与实践”问题上的深入思考，直接影响了民俗学在自身传统问题上的相关研究。

三　实践理论：权力、文化与历史

20世纪80年代以来，有关权力、文化与历史的理论十分兴盛，这些理论在某些方面极大地丰富了实践论的基本概念与思想，深化了人们对于“实践”这一概念的认识。美国人类学家雪丽·B. 奥特纳（Sherry B. Ortner）总结了这些理论之间的相互影响[④]，兹概述如下。

1. 正如之前所提到的，早期的实践理论家并没有忽略权力的问题，他

---

① 〔德〕马克思：《关于费尔巴哈的提纲》，《马克思恩格斯选集》第一卷，人民出版社，1972，第16页。

② 〔法〕皮埃尔·布迪厄、华康德：《实践与反思：反思社会学导引》，李猛、李康译，中央编译出版社，2004，第3页。

③ Richard Bauman, “The Philology of the Vernacular”, *Journal of Folklore Research*, 2008, 45 (1): 29 – 36.

④ Sherry B. Ortner, *Anthropology and Social Theory: Culture, Power, and the Acting Subject*, Duke University Press: Durham and London, 2006, pp. 1 – 18.

们都曾采用不同的方法研究过“权力”。比如布迪厄强调权力和不平等的社会关系，特别是家长制关系，以及尤其是“惯习”对个体所具有的强大的规约性能力；吉登斯给予权威在整肃文化或社会秩序方面相对的影响力，虽然这种影响力只能是“相对的”；萨林斯则描述了夏威夷案例中的人际权力实践，倾向于突出制约因素中客观因素的地位。但是，早期的实践理论家从未探究过包括特定意识形态和实践在内的权力的具体形式。

权力研究的理论家，比如米歇尔·福柯认为权力在社会中无所不在，充斥在社会体系的方方面面，并且深刻影响人的心理，即在权力问题上没有“外部”；詹姆斯·斯科特却认为尽管社会生活中确实存在着大量权力，但权力却没有过度侵入人的心理，因为社会生活中充满了批判和抵抗的事实；雷蒙德·威廉斯则认为，在某种程度上，社会活动者受到霸权的控制，但霸权又不是绝对的。显然，布迪厄与福柯最相近，他的“惯习”的观点强调了结构、权力控制和不易感知的意识潜移默化的特性；吉登斯更像斯科特，强调活动者能够反思所处环境并进行批判和反抗；而萨林斯与威廉斯相似，他们强调文化强权的概念，强调细小的文化因子长久之后就可能产生极大的影响力。从权力理论的角度来看，权力永远内在于实践当中，在微观的人际交往中，权力（人们的抵抗行为，或者霸权的捍卫与受损）永远都在滋长与漫延。权力理论深化了人们对于人类实践活动的细节的理解。

2. 实践理论的倡导者们都很重视时间的维度与历史的重要性，比如，布迪厄认为，时间的重要性不仅体现在交互式实践及其结果的演变中，也体现在时间赋予这些互动以意义的过程中。他曾举了一个关于礼物交换的很有名的例子，证明意义产生自对于时间的把控；[①] 吉登斯对社会理论长期以来忽视时间性的学术传统具有清醒的认识，他说任何试图理解当代社会变迁情况的人都必须承认历史性与去例行化问题的重要性，因为这种历史意识从根本上改变了当代社会再生产的总体状态。[②] 萨林斯则更明确地提出

① 〔法〕皮埃尔·布迪厄：《实践理性：关于行为的理论》，谭立德译，生活·读书·新知三联书店，2007，第155页。

② 〔英〕安东尼·吉登斯：《社会理论的核心问题：社会分析中的行动、结构与矛盾》，郭忠华、徐法寅译，上海译文出版社，2015，第211－219页。

了实践理论的历史形态问题，对实践活动影响历史进程的诸多方式进行了理论提升，将历史变化视为本土权力与跨地域权力相结合的产物。[①] 通过这些研究成果可以发现，实践理论本质上就是历史理论，任何实践都内在地意味它是一种历时性的行为过程，都内含着权力与斗争。

3. 作为一门学科，人类学就是在发掘人类文化，分析其内在的逻辑性和延续性，揭示这种文化类型对形式化实践（如习俗）、实践模式（如抚养儿童）以及群体成员的正常和特殊行为进行强化所使用的方法。然而，20世纪70年代以来，文化研究的学者们倾向于把“文化”看作是高度政治化的产物或者政治发展历程的内部元素，试图以各种方法弱化文化与特定人类群体的关系。如此一来，文化已经被转化为一种移动中的客体，它像媒介一样在社会的、文化的和政治的范围内流动。换言之，到目前为止，存在着新旧两种“文化”观念，旧有的“文化”观念是一种本质主义的观念，它总是与特定社会群体相对应；新的“文化”观念则是一种建构主义的观念，它强调文化是一种超市产品，等待着主体在面向社会实践时去临时性地选择与组装。显然，实践理论只能从“文化”的角度来考察实践的运作，没有任何实践不是文化的实践。

实践理论提供了一个很好的理论框架，但是，在面向社会变革而引发的现实问题时，其他学者所提供的有关权力问题、历史问题以及文化问题的思考可以刺激实践研究进一步面向社会发展与变革的现实问题，而不是去维护社会结构与社会系统的稳定性。在这个意义上，上述三个概念为“实践”这一概念注入了新鲜的血液。

实践、权力、历史与文化等概念早已深入渗透到了口头艺术的表演研究当中了。理查德·鲍曼与查尔斯·布瑞格斯在“表演研究”的基本框架之外，提出了“文本化”与“去/再语境化”（或者“传统化”）的概念。[②] 作为动词，上述两种概念都内含着主体及其行为、事件与过程的意味，换

① 〔美〕马歇尔·萨林斯：《文化与实践理性》，赵丙祥译，张宏明校，上海人民出版社，2002，第169页。

② Richard Bauman and Charles L. Briggs, "Poetics and Performance as Critical Perspectives on Language and Social Life", *Annual Review of Anthropology*, 1990, Vol. 19, pp. 59 - 88.

句话说，表演研究延续并发展了其对于“表演”“实践”等概念的强调；此外，“文本化”与“去/再语境化”的概念意味着主体依据对象与语境，对于相关文本进行选择与重组的行为过程，其中内含着权力运作的思想，历时地变异的思想以及文化资本的挪用的思想。总之，自 20 世纪 90 年代以来，被进一步发展的“表演研究”已经广泛地吸收了实践论的一般思想成果，并且在民俗学的具体研究领域里发展出了自己的概念与方法。

四　学术实践：反思与批判

除了直接针对研究对象之实践的分析之外，反思社会学与反思人类学还特别对知识分子及其学术对象化的关注方式进行了分析，这是一种对于学术工作本身的自反性分析，也是一种对有关社会科学之所以可能的前提条件的反思。这种反思性的实践工作，是对学术实践之无意识的反省，这种无意识是学术集体的无意识，而非个体的无意识。从客观的意义上讲，这种反思性工作反过来进一步提升了社会科学工作的认识论基础的可靠性。

正像吉登斯所说的那样，任何主体，作为一种观念性的动物，拥有反思与自我控制的能力；而对于这些主体之行动的科学研究被注入它所描述的现实中时，社会科学本身是反思性的；社会的演进使社会具有控制和规划其自身发展的能力，因此，社会也是反思性的。总之，主体、科学及社会都是反思性的。社会科学家具有对自身及其在社会世界中的位置的知识，这里，社会科学家作为“主我”，既是反思的主体，也是反思的对象。他们深知，他们的社会出身、社会标志、社会位置等必然地会影响到他们的实践行为。

当然，布迪厄之革命性的反思性理论所强调的并不是上述“反思性”，而是一种对基于唯智主义偏见的置若罔闻的反思，这种偏见诱使研究者把世界看作一个被旁观的场景；看作一系列有待解释的意指符号，而不是有待实践解决的具体问题。于是，在科学研究工作者当中，理论的逻辑瓦解了实践的逻辑，其逻辑的危险性普遍地渗透在研究工作的概念、方法与思想当中。显然，这是整个社会科学的组织结构与认知结构的问题，而不是某个个体从业者的问题。不是研究者的个人无意识，而是一种集体性的科学无意识。在这个意义上，人类学家基于反思田野作业中主客体关系的伦理问题，都成为浅层次的问题了。

上述两种层次的“反思性”直接导致了布迪厄实践理论的转向，他抛弃了他所谓“学究式的谬误”（理性逻辑），转向强调地方民众的实践理性，即关注任何实践性的事物，它们被日常行动者征用，以最小的成本对日常存在和实践的紧迫性做出反应的事实。这是民众直接的、活生生的生活实践的逻辑。也许，只有像布迪厄这样真正深入到琐碎的细枝末节上去的研究工作者才可能体察到实践者之实践逻辑的存在。

在人类学与民俗学界，有关田野研究的学术反思成果众多，这些反思性成果已经成为当下国际民俗学与人类学界的共识。比如，作为一名“表演民族志”的倡导者，表演理论家洛恩·德怀特·康克古德（D. Conquergood）说：“任何田野作业中的民族志研究者的文化观，都会决定着他（她）在田野中的‘立场（positionality）’，从而影响到他（她）会搜集、建构以及表征资料的行为。”① 为了更好地平衡研究者与被研究者之间的复杂、竞争性、动态性的田野关系，康克古德提出了“共同表演的见证”（co-performative witnessing）的新理论，他认为，当民族志研究者不再作为外在的观察者凝视，而是参与、介入历史语境中被命名为独特个体的共同活动、共同表演时，研究情境的权力动态就改变了。② 这种把田野关系描述为“表演”的理论观点，彻底地改变了传统人类学与民俗学的研究关系与研究方法。

又比如，英国口头传统研究专家露西·芬尼根（Ruth Finnegan）指出，口头传统的研究工作，从一开始的田野作业到最终文本的编辑出版，都广泛地渗透着民俗学者的实践逻辑，民俗学家们所获得的材料都是他们建构出来的材料，其中潜在地渗透着民俗学家们的观念与思想。她说：“口头传

---

① Conquergood, D. “Performing Cultures: Ethnography, Epistemology and Ethics”, In Conquergood, D. & Johnson, E. P. *Cultural Struggles: Performance, Ethnography, Praxis*, University of Michigan Press, 2013. p. 16.

② Conquergood, D. “Introduction: Opening and Interpreting Lives”, In Conquergood, D. & Johnson, E. P. *Cultural Struggles: Performance, Ethnography, Praxis*, University of Michigan Press, 2013. p. 11.

统与语言艺术并不是中立的文本，而是最终奠基于社会过程的，也许甚至是由社会过程构成的。记录、呈现或者分析它们的程序，同样地，是人为的与互动的过程，它反过来在结构研究对象中起了作用。”[①] 在反思性考察的观照之下，人类学与民俗学的研究对象、研究目标与研究方法都发生了根本性的变化，这是显而易见的事情。在此前提下，民俗学研究的不再只是他者的实践行为，而是“我”在场的前提之下的他者的实践行为，是我与他者共在的实践行为，其中最重要的一点，就是研究者与研究对象不可分割地联系在一起，所谓对象化的、客观中立地开展研究的传统观念被彻底地抛弃了。

五　实践哲学：面向合意的生活的学问

前述的所有实践理论都基本停留在认识论的层面上，偶尔会涉及实践的伦理，但较少深入到具体的实践内容中，这对于倡导实践行动的哲学家们来说仍然是不够的。比如，按照葛兰西的实践哲学思想，一切人都是哲学家，因为，“人们所使用的语言本身就是一定的观念和概念总体；而且，所有的人都拥有某些常识或者‘健全的知识’（指任何特定时期都变成共同的、设想与理解世界的非批判的和多半是不自觉的方式）；此外，人民大众的宗教，从而也包含在信仰、迷信、意见、看事物的方式和行动方式的整个体系里，它们是被集体地捆扎在‘民俗’的名称之下的”[②]。总之，我们不妨把普通民众的这些思想与观念称为“民间哲学”。说到极端，可以说每个讲话的人都有他自己的个人语言，也就是他自己独特的思考和感觉方式。文化在其不同的层次上，把数量上多少不一、程度上深浅不同的表达方式联结在一起，联合成一系列彼此接触的阶层，也正是这种千差万别的阶层构成了人世间的纷繁复杂性。

尽管“一切人都是哲学家”，但是，按照葛兰西的看法，既然任何特定的个体都隶属于特定人群，大部分人的世界观与行为方式又都不是批判的

---

① Ruth Finnegan, *Oral Traditions and the Verbal Arts: A Guide to Research Practices*, London and New York: Routledge, 1992, p. 2.

② 〔意〕葛兰西：《实践哲学》，徐崇温译，重庆出版社，1990，第3页。

和一贯的，而是无系统的和偶发的，那么，这些“民间哲学”也就必然是有缺陷的，甚至是时代倒错的、张冠李戴的，在这个意义上，它与专业学者的哲学相对。专业的哲学家，和其他人相比，不仅以更强的逻辑严密性、融贯性、系统感进行思考，而且也了解全部思想史，他们能够说明直到自己的时代为止的思想发展的历史，能够在问题经过先前一切解决它的尝试之后所达到的态势中去考察问题。相反，普通民众的性格与行为方式就都必然是奇怪地合成的，混沌不堪的。换言之，葛兰西认为，人的哲学有高下对错的分野。

从葛兰西的理论框架出发，不难发现，前文中述及的民众的“实践”基本上就是对诸如此类实然的实践行为的描述与分析，但是，这些实然的实践本身因为是“无系统的与偶发的”，就必然地带有不完满性，这对于合意的人生理想来说是要竭力避免的。因此，批判民众的“民间哲学”或者民间的世界观，使之成为一种融贯的统一的知识体系，并把它提高到世界上最发达的思想的水平层次（知识分子的哲学），以期实现完美世界的黄金时代就成为一切人文社会科学的理想。

这就是葛兰西所谓“行动（实践、发展）的哲学。它不是‘纯粹’行动的哲学，而倒是最鄙俗意义上的真正‘不纯粹’的行动的哲学”①。他的实践哲学的问题，就是普通民众与知识分子应该如何相处的问题。具体到民俗学领域来说，就是民众与民俗学者之间的关系问题，按照葛兰西的观点，“只有在知识分子成为那些群众的有机的知识分子，只有在知识分子把群众在其实践活动中提出的问题研究和整理成融贯的原则的时候，他们才和群众组成为一（个）文化的和社会的集团”②。这就需要知识分子关注民众的实践，并把民众的实践哲学提升到一种高于“常识”，在科学方面更加融会贯通的思想方式。

普通民众的日常生活是一种实际的活动，但是，他们对于他们的日常生活实践习焉不察，根本没有明确的理论认识，虽然，从这种实际活动改变世界的范围来说，它也包含着对世界的理解。用吉登斯的话来说，他们

---

① 〔意〕葛兰西：《实践哲学》，徐崇温译，重庆出版社，1990，第58页。

② 〔意〕葛兰西：《实践哲学》，徐崇温译，重庆出版社，1990，第11页。

的实践意识与理论意识是分开的，前者暗含在他的活动中，并在实际上把他和他的在对现实世界进行实际改造中的所有伙伴联合起来；后者则是明确的与口头的，是从过去继承下来并且非批判地吸收过来的。这种口头上的概念把社会群体聚拢起来，影响道德行为和意志方向。有的时候，实践意识与理论意识甚至是对立的，民众的混乱意识，在某种意义上，正是导致社会问题的最终根源。

知识分子的责任在于带着感情与热情去认识民众的实践，他们需要感觉到民众的基本热情，理解他们并在特殊的历史情境中解释和证明他们，把他们和历史的法则以及科学地和融贯地精心推敲的更高的世界观辩证地联结起来。“人民不能在没有这种热情，没有知识分子和人民—民族之间的这种情绪上的联结的情况下，去创造政治—历史。在缺乏这样一种联结的情况下，知识分子和人民—民族的关系就是或被归纳为那种纯粹官僚的和形式的关系，知识分子变成一种特权阶级或一种教士（所谓有机的集中主义）。”① 换句话说，知识分子需要带着热情接近民众，在民众的实践中与民众一道反思与批判其“无系统的与偶发的”的思维习惯，并把他们引导向一种更高的哲学。在某种意义上，葛兰西的“实践哲学”其实是一种群众哲学，只能在一种不断斗争的形式中去设想它，它的出发点永远是民众的常识，它的目标是把这种常识引向某种在意识形态上融贯统一的哲学，这种哲学是对于常识的真实性和素朴意识的批判与反思，它试图给予民众一种文化形态并帮助他们批判地推敲他们自己的思维，以便能参与到一个意识形态的和文化的共同体里去。

六　结语

作为一门经验研究的学科，从其学术谱系来看，民俗学从一开始就转向关注“实践”，或者说“实践”（在民俗学界的对应术语是“表演”）成为民俗学的关键词，首先就是面向普通民众的日常生活实践；民俗学从对民俗事象的“物”的关注转向了对民众生活“行为”“过程”“事件”的关

---

① 〔意〕葛兰西：《实践哲学》，徐崇温译，重庆出版社，1990，第109页。

注，从解释说明民俗事象的起源、发展、传播，转向了研究其形式、意义与功能。口头艺术的表演研究就是一种“实践民俗学”，它是“实践”的思想观念在口头艺术研究领域的具体化与深入化。

在民俗学领域，“表演”“文本化”“去/再语境化”等学术概念，内在地涵盖了实践、权力、历史、文化与反思等相关概念的精神内涵。在有关世界各地的口头艺术的表演研究中，由布迪厄、吉登斯以及萨林斯所倡导的“实践论”——尤其是对结构与能动性之间辩证关系的讨论——一直都是其潜在的指导思想。其中，由布迪厄所发展的分析性概念，比如场域、行动者、资本、惯习、位置、占位、幻觉、文化策略、文化规则等核心概念更是被普遍接受与广泛使用。

在这个意义上，国际范围内的“实践民俗学”最好被理解为是对民众日常生活实践的复杂性与丰富性的理解与阐释，是对貌似荒诞的日常生活实践的无耐与无聊的理解与容忍。它是整个人文与社会科学界“实践论”转向的一条支脉，却又在自身的研究领域里做出了独特的贡献。

当然，基于对民众日常生活实践的深入认识与理解，同样也基于对民俗学者与民众之间田野关系的反思性认识与批判，在抱持着一种面向共同的美好生活的理想的前提下，按照葛兰西的实践论思想，“实践民俗学”还有责任在准确地理解民众的实践逻辑之后，把普通民众未加反思的常识提升到系统地反思与批判的哲学层次上来。显然，无论对于口头艺术的表演研究，还是对于中国的“实践民俗学”，这都是一项有待完成的学术使命。

实践民俗学的日常生活研究理念*

户晓辉**

摘　要：中国的实践民俗学者没有直接接受德语地区民俗学的“日常生活”概念，而是先从胡塞尔和康德的哲学立场反思这个概念的理论前提和实践条件，把它从理论概念转变为实践概念，进一步彰显日常生活研究的中国问题。实践民俗学者认为，只有在以生活世界为先验基础的日常生活中才能看见完整的人，才能相信普通民众完全有能力把实践法则当作民俗实践的理性目的。这是实践民俗学与其他学科在研究日常生活时的最大不同。只要民俗学研究“民”，它的题中应有之意与不容回避的核心问题就是：在日常生活的民俗实践中“小民”能否和怎样成为“大民”、私民能否和怎样成为公民。

关键词：日常生活；实践民俗学；中国问题

近几十年来，日常生活受到许多学科不约而同的关注，国际民俗学界也经历了“从遗留物到日常生活的文化研究”① 转向。日本学者岩本通弥认

---

* 本文选自《民间文化论坛》2019 年第 6 期。本文据作者应东京大学岩本通弥教授的邀请于 2017 年 7 月 9 日在日本民俗学会 2017 年中日韩三国民俗学者国际研讨会（会议的主题是“不经意的日常/变动的日常——为何要思考日常，该如何把握它，又该如何记录它?”）上的演讲稿《“日常”概念的中国问题》（以汉语、日语、韩语三种文字发表于日本日常と文化研究会的杂志《日常と文化》2018 年第 6 期，日本株式会社，2018 年 10 月）改写而成。冯莉博士对本文提出的扩充建议，让作者有机会对原稿做出改写，在此向她致谢！

** 户晓辉，中国社会科学院文学研究所研究员。

① 高丙中：《中国民俗学的新时代：开创公民日常生活的文化科学》，《民俗研究》2015 年第 1 期。

为，民俗学就是"研究普通人'日常生活'的'民学'"[①]。德语地区（德国、瑞士和奥地利）的民俗学不仅早已转向日常生活研究，而且变换了学科名称。[②] 中国民俗学的日常生活转向在很大程度上是由专门从事理论研究的实践民俗学者来倡导和推动的，其主要目的不是赶时髦，而是顺应学术思想上的逻辑进程[③]，更好地应对时代的挑战。

为此，实践民俗学者没有直接接受德国民俗学的"日常生活"概念，而是先从胡塞尔和康德的哲学立场反思这个概念的理论前提和实践条件，把它从理论概念转变为实践概念，进一步彰显日常生活研究的中国问题。只不过由于实践民俗学者"借鉴的理论资源以及表述方式，都与中国传统民俗学界的'事象'研究有较大差异，其理论思考与学术关怀并未在民俗学界引起回应"[④]，而且由于"实践民俗学者的关键概念、知识谱系、话语方式、问题意识等迥异于传统民俗学，而他们'传经布道'的通俗化工作还没有来得及全面展开。因此，'实践民俗学'至今仍然没有获得它应得的关注"[⑤]。

尽管如此，实践民俗学者还是需要把研究理念和学理讲得更加通俗和明白。

生活世界是日常生活的先验基础

1994 年，高丙中没有从德语地区民俗学那里直接接受"日常生活"概念，而是返回它的重要来源即胡塞尔的"生活世界"概念，他认为："民俗学最初在人世间安身立命的时候，被给予的世界就是专家现象之外的世界，

---

① 参见毕雪飞、〔日〕岩本通弥、施尧《日本民俗学者岩本通弥教授访谈录》，《民俗研究》2016 年第 5 期。

② 参见户晓辉《德国民俗学者访谈录》，《民间文化论坛》2006 年第 5 期；户晓辉：《日常生活的苦难与希望：实践民俗学田野笔记》，中国社会科学出版社，2017，第 356 – 360 页；Brigitta Schmidt-Lauber，"Der Alltag und die Alltagskulturwissenschaft. Einige Gedanken über einen Begriff und ein Fach，" in Michaela Fenske（Hg.），*Alltag als Politik-Politik im Alltag*，*Dimensionen des Politischen in Vergangenheit und Gegenwart*，LIT Verlag Dr. W. Hopf，Berlin，2010。

③ 户晓辉：《新时期中国民俗学基础理论研究的逻辑进程》，《东方论坛》2019 年第 4 期。

④ 刘晓春、崔若男：《以"日常生活"为方法的民俗学研究——"民俗学'日常生活'转向的可能性"论坛综述》，《文化遗产》2017 年第 1 期。

⑤ 王杰文：《"实践民俗学"的"实践论"批评》，《民俗研究》2018 年第 3 期。

也就是胡塞尔所说的‘生活世界’”，“有了‘生活世界’这个完整的概念，民俗学的领域再也不显得零碎了”。[①] 他的研究在很大程度上推动中国民俗学在后来十余年里从民俗事象的静态研究转向民俗生活的活态研究，但他和后来一些学者很少对经验与先验、对日常生活与生活世界做清晰的理论划分。[②] 到了2006年，吕微进一步指出，胡塞尔“生活世界”概念的主要含义指的是先于科学世界并作为其前提和基础的未分化的、主观相对的、日常意见（直观经验）的周围世界和观念世界。为了区分性质世界和意义世界，吕微把“生活世界”理解为由先验自我的纯粹意识构造的、比日常生活世界更基础的原始生活世界。[③] 2008年，我也撰文表明，生活世界不等于日常生活，而是为日常生活奠定先验基础，因此，民俗学应该是一门先验科学或超越论的科学，而不再是经验实证意义上的客观科学。[④] 同年，丁阳华和韩雷把民俗学的“生活世界”划分为日常生活世界和原始生活世界两个层次。[⑤]

正因为从胡塞尔生活世界哲学出发，中国实践民俗学者对生活世界和日常生活的理解才既不同于又不满足于德语地区民俗学者的经验性理解。在德国图宾根学派民俗学者看来，“日常生活”概念主要不是指舒茨（Alfred Schütz，1899 - 1959）[⑥] 等人的知识社会学意义上（即在主体之间分享常识）的经验层面，而是依据列斐伏尔（Henri Lefebvre，1901 - 1991）的理论，指平淡乏味的日常生活，其核心不是历史的客观结构，而是个人对

---

① 高丙中：《民俗文化与民俗生活》，中国社会科学出版社，1994，第127页，第138页。

② 正如吕微所指出：“可以这样设想，公民社会的议题长时间没能进入中国民俗学的研究范围，也许正与《民俗文化与民俗生活》在中国民俗学界的持久影响力有关，而这正是高丙中亲手播种的结果。因为高丙中没有告诫中国民俗学界的同行们，自从《民俗文化与民俗生活》之后，他的‘生活语境’早已不再是时空化的感性直观的经验条件，而就是‘公民社会’这个未来理想的先验条件。”（吕微：《民俗学的哥白尼革命——高丙中民俗学实践“表述”的案例研究》，《民俗研究》2015年第1期），另可参见吕微《民俗学的笛卡尔沉思——高丙中〈民俗文化与民俗生活〉申论》，《民俗研究》2010年第1期。

③ 吕微：《民间文学—民俗学研究中的“性质世界”、“意义世界”与“生活世界”——重读〈歌谣〉周刊的“两个目的”》，《民间文化论坛》2006年第3期。

④ 户晓辉：《民俗与生活世界》，《文化遗产》2008年第1期。

⑤ 丁阳华、韩雷：《论民俗学中的“生活世界”》，《温州大学学报》2008年第4期。

⑥ 许茨，又译舒茨。

日常生活的主观感受和微观体验。[①] 但德国民俗学者止步之处，恰恰应该是中国实践民俗学者新起点。至少，当他们不再反思日常生活的实践条件之时，实践民俗学者恰恰需要在中国反思、确立并实现这样的实践条件。原因在于以下几点。

一、如果遗忘和忽视生活世界对日常生活的先验奠基作用，我们就难以谈论甚至很可能遗忘普通民众在日常生活中的自由意志能力和平等权利问题[②]，因为这样的问题恰恰是植根于生活世界的先验问题。

二、从现实层面来看，由于德语地区的日常生活已大体得到法律制度的客观保障，所以，那里的学者可以不讨论日常生活的实践条件，直接用“日常生活”概念进行微观描述。但在中国，人权、民主、平等、法治等现代公认的价值观不仅远未在日常生活中被普遍地制度化、程序化，而且尚未达成共识。正因如此，我们的日常生活才难以正常化、正当化与合理化。不是说中国人的日常生活没有主观感受和微观体验，而是说其根本性质与德语地区有很大差异：当德语地区的民俗学者在考虑如何把日常的主观感受和微观体验表达得更细致、更充分的时候[③]，中国学者和普通民众本来就具有的常识感、公平感和正义感还难以在日常生活的民俗实践中得到普遍承认和公开表达。如果不把这样的实践条件变成中国现实，我们的日常生活就不可能正常，甚至可能随时随地变为非常。

三、从理论层面来看，民俗学的日常生活研究本来就不是单纯的经验描述和事实呈现，而是带有启蒙与自我启蒙、批判与自我批判的理性目的。

---

① 参见 Guido Szymanska，“Zwischen Abschied und Wiederkehr：Die Volkskunde im Kulturemodell der Empirischer Kulturwissenschaft，” In Tobias Schweiger und Jens Wietschorke（Hg.），*Standortbestimmungen*，*Beiträge zur Fachdebatte in der Europäischen Ethnologie*，Verlag des Instituts für europäische Ethnologie，Wien 2008，S. 80。

② 参见户晓辉《返回爱与自由的生活世界：纯粹民间文学关键词的哲学阐释》，江苏人民出版社，2010，第 286—387 页；另可参见张彤《从先验的生活世界走向文化的日常生活：许茨与胡塞尔生活世界理论比较研究》，黑龙江大学出版社，2011。

③ 例如，奥地利民俗学者布丽吉塔·施密特－劳贝尔（Brigitta Schmidt－Lauber）的著作《舒适度：一种文化学上的接近》（*Gemütlichkeit. Eine kulturwissenschaftliche Annäherung*，Campus Verlag，Frankfurt am Main/New York，2003）研究的虽然是德语国家日常生活中一个难以把握的概念及其生成史和市民文化模式，但这个概念恰恰表明的是这些国家日常生活的惬意性与舒适性。

这种启蒙和批判的客观标准和实践尺度不是来自经验归纳，而是来自理性的逻辑演绎。因此，如果忽略或者遗忘了这个根本前提，民俗学的日常生活研究就会失去理论的完整性和统一性。无论出于什么原因，德语地区的民俗学者放弃“生活世界”概念和“日常生活”概念的哲学规定性所表明的都不是优点，而是他们在理论上的不彻底性。中国的实践民俗学者试图克服他们的缺点，因为区分日常生活与生活世界的理论必要性在于：

> 生活世界是我们为理解经验的日常生活而思想出来的一个先于经验的纯粹观念世界，是我们理解现实世界的标准或前提。我们讨论交互主体的生活世界，就是要论证普通人的日常生活何以是理所当然的……普通人、老百姓的日常生活理之所以当然，是因为，普通人、老百姓自己已经先于经验性的实践把自由、平等的理念放进自己的日常生活（尽管是不自觉的），以此，普通人、老百姓的日常生活才呈现出差异性。[①]

只有首先承认并且认识到“普通人、老百姓自己已经先于经验性的实践把自由、平等的理念放进自己的日常生活”，只有“把自由、平等的理念”当作日常生活的实践法则以及政治程序的目的条件[②]，只有在把人当作手段的同时也一直当作目的，才可能想方设法地把维护每个普通民众选择生活方式的自由意志能力和平等权利当作最根本的实践目的，才可能设计客观的制度程序去保障这种能力和权利，普通民众的日常生活才可能具有充分的、正当的理所当然性。只有让普通民众的自由意志能力和平等权利成为最高的、最根本的实践目的，才能让它们免遭各种其他理由和行政借口的绑架。

因而，实践民俗学者不满足于让普通民众的日常生活仅仅在政治上得到承认（尽管这也很有必要而且实属不易），而是首先要为其正当性与合理

---

① 吕微：《民俗学的哥白尼范式》，《民俗研究》2013 年第 4 期。

② 目的条件，指实践的理性目的得以实现的前提条件，也指以实践法则等理性目的作为一般实践目的的形式条件。

性做学理上的论证。在这方面，我与高丙中的想法有所不同。为了扭转民俗被污名化的历史局面、避免落入文化批判和文化革命的紧张关系，高丙中反对“日常生活批判的路子”[①]，力求首先让民间文化被承认为公共文化。[②] 尽管我也赞同这样的看法，但更想把高丙中的分步走变成齐步走。在我看来，实践民俗学需要站在现代价值观立场对日常生活进行批判，让普通民众学会依据现代价值观对各自在日常生活中的民俗实践进行自觉自主的移风易俗。实践民俗学的目的不是认识和研究日常生活本身，而是通过日常生活研究来让普通民众意识到自己的自由意志能力和平等权利并且自觉自主地维护和行使自己的这种能力和权利，从而完成从私民到公民的艰难转换。同样，仅仅把民间文化放置到公共领域并不能直接让它自动地变成公共文化，因为民间文化至少需要经过现代价值观的检验才能自觉地变成公共文化。

作为中层概念的“日常生活”

为了更好地实现这样的学科目的，实践民俗学需要把经过生活世界先验奠基的“日常生活”当作一个“中层概念”[③]：

一、“日常生活”既是研究对象又是研究方法，或者说先是研究对象，后是研究方法和路径。因为与其说实践民俗学要研究日常生活本身，不如说要通过日常生活来研究民，这种研究不是为了认识民，而是为了民的实践，为了实现从私民到公民的转变，为了行使并且维护包括学者自己在内的每个普通民众的自由意志能力和平等权利。

二、“日常生活”既是理论概念，更是实践概念。由于它是民俗学者用来认识和描述日常生活现象的概念，所以是理论概念；又由于它指称的主

① 高丙中：《中国民俗学的新时代：开创公民日常生活的文化科学》，《民俗研究》2015年第1期。

② 参见高丙中《民间文化与公民社会：中国现代历程的文化研究》，北京大学出版社，2008；高丙中：《日常生活的文化与政治——见证公民性的成长》，社会科学文献出版社，2012；高丙中：《发现“民”的主体性与民间文学的人民性——中国民间文学发展70年》，《民俗研究》2019年第5期。

③ 刘晓春：《探究日常生活的“民俗性”——后传承时代民俗学“日常生活”转向的一种路径》，《民俗研究》2019年第3期。

要是日常生活中的民俗实践和实践民俗学的学科实践，因而它更是实践概念。民俗学并不研究全部日常生活，而是主要研究日常生活中的民俗活动，而这种民俗活动本身就是实践。因此，实践民俗学要把“日常生活”从理论概念转变为实践概念，并且赋予它实践含义和实践用法。

三、既然实践从根本上是规范性的，这就相应地决定了民俗学的“日常生活”概念不能仅仅是描述性概念，还必须是规范性概念。换言之，它必须兼具描述性和规范性，其中的规范性对描述性形成规范和引导，并且构成描述性的目的。实践的规范并非都来自经验，也来自先验和超验，而且对人的实践而言，来自先验和超验的规范更加重要、更加不可或缺，它们不仅是日常生活中的民俗实践的根本特质，更是日常生活中的道德实践、伦理实践和政治实践的本质特征。所以，“这时，引入一个先验的思考维度就是必要的、必需的甚至必然的”，因为“只有通过这样一个包括了经验和先验两个不同角度的整体性研究”，“日常生活的理所当然才是可以被确立的”[①]，而且“日常生活”才是完整的实践概念。

正因如此，实践民俗学要为日常生活中的民俗实践增加不可或缺的道理，即不是来自经验归纳，而是从理性逻辑演绎出来的实践法则或公理，这些实践法则或公理能够对各种来自经验的实践目的和实践准则起到规范、引导、校正、评判和裁定的作用，因而对日常生活中的民俗实践而言才更重要、更基础、更根本、更不可或缺。实践民俗学者不过是看到中国现实中的许多实践常常缺少实践法则或公理的规范、引导、校正、评判和裁定，所以才格外指出实践法则对中国日常生活的研究以及日常生活中的民俗实践都具有头等重要性。遗憾的是，不少学者仍然不理解、不承认这种理性常识，有些学者甚至不承认理性的重要性，不承认实践具有先验的目的，并且用一时一地有多少人能够做到来衡量甚至否认该不该做的问题，进而把能不能与该不该混为一谈。这种思维方式不仅把不同的问题搞混了，而且恰恰把问题搞反了。

四、作为实践概念的“日常生活”也意味着它在时间上不仅指过去和

① 吕微：《民俗学的哥白尼范式》，《民俗研究》2013 年第 4 期。

现在，而且指向未来。有了这样一个实践概念，我们就不仅看到现实中的描述性（已然和实然），还要看到其规范性（可然和应然），并且以规范性来看待和评价描述性。正因为规范性是实践的根本目的和本质规定，所以“日常生活”在本质上是一个实践概念，它彰显的是实践的理性目的。即便一时一地的日常生活充满了非理性和不合理现象，也并不表明这种日常生活就不应该理性化与合理化、就不能够理性化与合理化，甚至在或远或近的未来就不可以理性化与合理化。实践民俗学恰恰可以通过“日常生活”这样一个实践概念来真正站在实践立场和未来立场看待并研究日常生活中的民俗实践。

日常生活理所当然之“理”

站在实践立场和未来立场也意味着，实践民俗学的日常生活研究试图发掘“内在于人们日常交往活动的理性力量”并且在日常生活中“构建交往理性”①。因为在日常生活中，只有通过以尊重普通民众自由意志能力和平等权利的实践法则为理性目的的道德实践、制度实践和程序正义，各种来自经验的实践目的和实践准则才可能以不被压抑的和得到保障的形式被公开表现出来，才可能得到正当的与合理的制度认可。如果说日常交往方式主要受传统、习惯、风俗、给定的经验常识以及天然情感的影响，而非主要受自觉的法律、各种规章制度和理性的制约，那么“中国的现状［则］是急需将非日常交往的规范规则向日常交往领域渗透，以便于限制日常交往的消极面”②。实践民俗学的日常生活研究不是为研究而研究、为认识而认识，而是为了促进普通民众在日常生活中的现代化变革，“其核心是人自身的现代化”，“使中国人由传统走向现代，由自在自发走向自由自觉；注重社会运行体制的民主化、理性化和法制化的进程，建构起日常活动领域中的超日常的社会运行机制，以遏制日常生活结构和图式对非日常活动领域的侵蚀，为自由自觉的非日常主体的生成提供适宜的条件；进而通过价

① 参见李佃来《公共领域与生活世界——哈贝马斯市民社会理论研究》，人民出版社，2006，第 311—312 页。

② 李小娟、肖玲诺：《90 年代日常生活批判研究述评》，《教学与研究》1998 年第 7 期。

值的重新评估和深刻的社会重组”[①]，使普通民众自觉自主地在日常生活的民俗实践中养成公民习性和理性习惯。从中国传统的礼乐文明来看，就是让“现代社会普遍接受的自由、平等、公正等政治理念……能够深入到日常生活的每一个环节，成为共同体成员日常生活的基本原则”，也就是说，“在现代生活条件下，还需要为礼乐文明增加新的内涵，比如要让自由、平等、公正、民主、法治等现代性精神价值成为新的‘礼乐文明’内涵”，“养成新的‘政治人格’”[②]。实践民俗学需要用契约观念、民主观念和法治观念消解中国文化的宗法性，促进日常生活领域和公共领域的现代化。正如吕微所指出的，“我们必须在日常生活的理所当然上面再加一个理，这个理出来了，我们的传统民俗，我们的‘非遗’才是真正有理的东西。而这样一来，也才能从根本上纠正对传统、对民俗的偏见。现在，对于民俗的态度只是政治上的承认和容忍，只是政策性的宽松，只是利用（如‘统战’，如‘文化搭台经济唱戏’之类），在骨子里面还没有正面树立起日常生活的理所当然的根本观念，这是因为，我们这些学者首先就还没有把一个先验之理放进我们的学科对象，并通过经验的事实将它证明出来”[③]。在很大程度上说，实践民俗学恰恰试图通过“日常生活”这个实践概念来为中国人的日常生活“增加”这样的先验之理。这样的先验之理是能够从过去和现在的日常生活中先验地还原出来的固有之理，也是现在和未来的日常生活需要去努力实现的理性目的条件。

实践民俗学通过日常生活研究想做和能做的事情至少包括：就在主观方面促使普通民众培养并养成道德习惯而言，“使按照道德法则做出评判成为一件自然的、既伴随着我们自己的自由行动也伴随着对他人的自由行动的观察的工作，并使之仿佛成为习惯”[④]；就客观方面而言，更重要的是在全社会，至少在实践民俗学涉及的日常生活领域创造精神环境和制度条件，促成每个普通民众逐渐学会从私民变成公民。我在《日常生活的苦难与希

---

① 李小娟、肖玲诺：《90年代日常生活批判研究述评》，《教学与研究》1998年第7期。

② 朱承：《礼乐文明与生活政治》，《中山大学学报》2014年第6期。

③ 吕微：《民俗学的哥白尼范式》，《民俗研究》2013年第4期。

④ Immanuel Kant, *Kritik der Praktischen Vernunft*, Verlag von Felix Meiner in Leipzig, 1929, p. 182.

望：实践民俗学田野笔记》一书中已经表明，“实践民俗学眼中的生活应该是以生活世界为基础和以实践理性目的为条件的完整的日常生活。如果其他学科研究的往往是日常生活中已然和实然的某些经验事实，那么，实践民俗学则恰好相反，它必须逆事实之流而上，追溯并还原行为事实的目的条件，从前因来看后果，并以实践理性的目的条件来评判日常生活中的行为事实，由此在学理上把普通人在日常生活中本来具有的常识感、公平感和正义感加以普遍化、明晰化和理性化，把它们提升到实践理性公识的层次，进一步推动以现代公识为目的条件的日常生活政治制度实践。这是实践民俗学研究日常生活与其他学科研究日常生活的显著区别之一”①。正因如此，实践民俗学者才主张从实证到实践的学科大转向，才认为民俗学不能仅仅满足于传统的、素朴的和直向的经验立场，而是必须让自身经历学术逻辑和现代观念的大洗礼和大转变。正如高丙中所指出，“日常生活概念促使民俗学成为一个强伦理性的学科……出于知识兴趣的学术与希望改善人的处境、改善社会关系的学术对于伦理问题的关注会有明显差别。所以，当日常生活成为民俗学关注的中心［时］，伦理性也自然成为民俗学的中心议题。我们倡导关注日常生活的民俗学，就需要以高标准的伦理来支持民俗学者承诺对于围绕日常生活的不公正、不合理进行调查研究的专业担当”②。也许正是这种向伦理性和政治性的实践转向让一些民俗学者感到不适和不快。但实际上，日常生活转向已经在呼唤学科方法论和思维方式上的一场“哥白尼革命”③ 了。从民俗到日常生活的研究转向，不仅是研究对象的转移，更是研究理念的重大变革：日常生活之所以不再是遗留物，恰恰因为日常生活是主体的人的实践活动和政治互动过程。实践民俗学者眼中的人，不再是被动地保留和传递遗留物的工具、手段或途径，而是有尊严、有自由、有主体性的（人）民。这在中国还远非已然实现的现实，而

---

① 户晓辉：《日常生活的苦难与希望：实践民俗学田野笔记》，中国社会科学出版社，2017，第 392 页。

② 高丙中：《日常生活的未来民俗学论纲》，《民俗研究》2017 年第 1 期。

③ 吕微：《民俗学的哥白尼革命——高丙中民俗学实践“表述”的案例研究》，《民俗研究》2015 年第 1 期。

是有待实践民俗学去实现的理性目的。[①]实践民俗学者对日常生活政治的关注和研究，重点不在于权力斗争的行为事实，而在于行为事实的目的条件，因为实践总是先有目的条件，然后才产生行为事实和行为后果。日常生活中的民俗实践本来就是民众按照规范性（可然和应然）实现并实践出来的描述性（实然和已然）。正如岩本通弥所指出，民俗学本来就“不是以‘民俗’为对象，而是通过‘民俗’进行研究”[②]，德语 Volkskunde 的本意就是研究普通人日常生活的“民学”。[③] 其实，早在 20 世纪 30 年代，中国学者江绍原和樊缜就提出把 folklore 译为“民学”。[④] 实践民俗学的日常生活研究恰恰要还原“民学”的本意，把它提升到现代实践科学的新阶段和新高度。实践民俗学者认为，只有在以生活世界为先验基础的日常生活中才能看见完整的人，才能相信普通民众完全有能力把实践法则当作民俗实践的理性目的。这是实践民俗学与其他学科在研究日常生活时的最大不同。由此看来，出了实践问题的日常生活和日常生活中出的实践问题，才是实践民俗学者应该首先关注并优先考虑的中国问题。

正因为实践法则是从人作为有限的理性存在者这个理性前提中以演绎的方式推论出来的理性公理，所以它才从根本上不同于中国历史上“曾经被作为普遍性真理”的“某些政治主张与实践”，也才能从根本上克服“文人言大于行还自以为是，或沾沾自喜，或哭哭啼啼的老毛病”[⑤]。作为底线伦理原则的实践法则不是要取代各种具体的实践准则，而是可以充当各种具体的实践准则的试金石和普遍的形式规则。因而，现代社会的日常生活及其各种民俗实践都需要以实践理性法则作为正当性尺度和普遍的形式规

---

① 户晓辉：《日常生活的苦难与希望：实践民俗学田野笔记》，中国社会科学出版社，2017，第 409 - 410 页。

② 〔日〕岩本通弥：《以“民俗”为研究对象即为民俗学吗——为何民俗学疏离了“近代”》，〔日〕宫岛琴美译，《文化遗产》2008 年第 2 期。

③ 参见毕雪飞、〔日〕岩本通弥、施尧《日本民俗学者岩本通弥教授访谈录》，《民俗研究》2016 年第 5 期。

④ 参见江绍原《关于 Folklore，Volkskunde，和“民学”的讨论》，《现代英吉利谣俗及谣俗学》，上海中华书局，1932；户晓辉：《现代性与民间文学》，社会科学文献出版社，2004，第 132 - 133 页。

⑤ 刘晓春、崔若男：《以“日常生活”为方法的民俗学研究——“民俗学‘日常生活’转向的可能性”论坛综述》，《文化遗产》2017 年第 1 期。

则。实践法则是日常生活中的民俗实践主体都需要共同遵循的普遍法则。一方面，政府部门不能以各种理由限制和损害每个普通民众过正当的日常生活的自由意志能力和平等权利；另一方面，每个普通民众在日常生活的民俗实践中也要遵循实践法则，逐步培养权利与责任对等的现代观念，让自己的各项民俗实践都遵循实践法则，至少不违背实践法则，并以实践法则，而不是以一时一地的行政命令为标准来自觉自主地进行移风易俗。尽管这种要求在目前情况下显得不切实际甚至好高骛远，但无论对学科还是对普通民众而言，这都是自我救赎的一条必由之路。从学科历史来看，这并非我们的非分之想和额外之请，而是中国民俗学在起源时就具有的学术理想和发生缘由①。1928年，顾颉刚已经将中国民俗学的学科目的表达得非常明白：

> 我们读尽了经史百家，得到的是什么印象？呵，是皇帝，士大夫，贞节妇女，僧道——这些圣贤们的故事和礼法！
>
> 人间社会只有这么一点么？呸，这说那［哪］里话！人间社会大得很，这仅占了很小的一部分，而且大半是虚伪的！尚有一大部分是农夫、工匠、商贩、兵卒、妇女、游侠、优伶、娼妓、仆婢、堕民、罪犯、小孩……他们有无穷广大的生活，他们有热烈的情感，有爽直的性子，他们的生活除了模仿士大夫之外是真诚的！
>
> 这些人的生活为什么我们看不见呢？唉，可怜。历来的政治、教育、文艺，都给圣贤们包办了，那［哪］里容得这一班小民露脸；固然圣贤们也会说“爱民如子”、“留意民间疾苦”的话来，但他们只要这班小民守着本分，低了头吃饭，也就完了，那［哪］里容得他们由着自己的心情活动！
>
> 这班小民永远低了头守着卑贱的本分吗？不，皇帝打到［倒］了，

---

① 参见户晓辉《为民主、争自由的民俗学——访日归来话短长》，《民俗研究》2013年第4期；户晓辉：《返回爱与自由的生活世界——纯粹民间文学关键词的哲学阐释》，江苏人民出版社，2010，第31－38页；户晓辉：《民间文学的自由叙事》，社会科学文献出版社，2014，第20－33页。

士大夫们随着跌翻了，小民的地位却提高了；到了现在，他们自己的面目和心情都可以透露出来了！

我们秉着时代的使命，高声喊几句口号：

我们要站在民众的立场上来认识民众！

我们要探检各种民众的生活，民众的欲求，来认识整个的社会！

我们自己就是民众，应该各各体验自己的生活！

我们要把几千年埋没着的民众艺术，民众信仰，民众习惯，一层一层地发掘出来！

我们要打破以圣贤为中心的历史，建设全民众的历史！①

近百年来，尽管可能有不少“我们”已经淡忘了这些谆谆教诲，但作为“我们”之一员的我每次读到这段话都会感到言犹在耳和振聋发聩。顾颉刚的话不仅没有过时，反而在今天具有极强的现实针对性，因为迄今固然可以在某种程度上说“小民的地位却提高了”，但我们有多少证据可以信心满满地在实质上做出这样的断言呢？如果没有每个“小民”自身的理性觉悟，如果不为这种理性觉悟创造民主机会和制度条件，如果“小民”不能“由着自己的心情活动”，如果不能在日常生活的民俗实践中让“他们自己的面目和心情都可以透露出来”，并且以平等权利和制度程序来让“他们自己的面目和心情都可以透露出来”，那么，我们凭什么说“小民的地位却提高了”呢？由此可见，尽管民俗学者自身态度和立场的转变已实属不易，但只有“我们”学者的主观态度和单方面的号召不仅远不足以在实质上让“小民的地位却提高了”，而且也难以完成顾颉刚当年为中国民俗学设定的学科任务。

正因为意识到这一点，实践民俗学者才要把日常生活的伦理学与政治学上升到存在论的高度，并且认为伦理学是民俗学日常生活研究的第一哲学②，因为只有这样才能让学科实践与日常生活中的民俗实践在实践法则的

---

① 顾颉刚：《〈民俗〉发刊辞》，王文宝编《中国民俗学论文选》，中国民间文艺出版社，1986，第14－15页。

② 参见户晓辉《人是目的：实践民俗学的伦理原则》，《民族文学研究》2017年第3期。

理性目的上取得一致和统一，让它们朝向共同的目的：通过学科实践促进日常生活中的民俗实践，共同促成普通民众自己的觉悟、觉醒和发声，而不仅仅是学者替普通民众代言和“站在民众的立场上来认识民众”。换言之，实践民俗学的日常生活研究旨在让普通民众自己为自己做主、自己为自己发声和讲话，让普通民众敢于和善于公开地使用自己的自由意志能力并且站出来维护自己的平等权利。只有这样，“小民”才能变成“大民”、私民才能变成公民，由此成为真正意义上的人。这需要普通民众自觉自主的启蒙与自我启蒙，需要普通民众普遍的理性觉醒并且敢于公开地使用自己的理性，而不能仅仅依靠“我们”学者的主观态度和学术号召。只要民俗学研究民，那么，它的题中应有之意与不容回避的核心问题就是：在日常生活的民俗实践中“小民”能否和怎样成为“大民”、私民能否和怎样成为公民。因此，中国民俗学能对社会有多大的用处、能与普通民众有多大的关联、能有多大的学科地位，在很大程度上都取决于我们选择什么样的学科范式和研究理念来研究普通民众在日常生活中的民俗实践。

个人叙事与交流式民俗志：关于实践民俗学的一些思考[*]

刘铁梁[**]

摘　要：实践民俗学是民俗学面向当下生活进行研究时的视角转换和理论重构。实践民俗学认识到：生活实践的主体是普通民众，而不是以“民俗主义”或“传统的发明”为理论依据的民俗操弄者；在田野访谈中出现的个人叙事，其实是以个人身份进入社会文化再生产过程的不可或缺的话语形式，它与集体叙事是相互建构的关系；强调实践的民俗学，必然使研究方式由传统的实证式民俗志向交流式民俗志转变，注重研究者与民众之间的交流与对话实践。作为具有学术转型意义的理论体系和研究范式，实践民俗学有助于从生活实践文化的传统及其创造性转化的视角重新认识和深刻理解中国社会正在发生的历史巨变。

关键词：个人叙事；交流式民俗志 ；实践民俗学；主体性；

近几年，民俗学界出现一个名为“实践民俗学”的概念，围绕这个概念形成了一些研究论文，其中不乏一些有独到见解与启发意义的论述。① 实

* 本文选自《民俗研究》2019 年第 1 期。本文是作者于 2018 年 11 月在山东大学民俗学研究所做一次讲座的记录稿。感谢武汉大学社会学院教师李向振博士，他为本文的整理和修改花费了很大精力，使得这个记录稿成为可以阅读的文字，而且帮助我可以将本文思想表达得更为完善和清晰。他还为本文添加了一些有关征引资料的注释。此外还要感谢山东大学博士研究生杜丽画等几位同学，他们把讲座的录音转换成最初的文字。

** 刘铁梁，山东大学文化遗产研究院教授，北京师范大学文学院教授。

① 比如王杰文《“实践民俗学”的“实践论”批评》，《民俗研究》2018 年第 3 期；户晓辉：《人是目的：实践民俗学的伦理原则》，《民族文学研究》2017 年第 3 期；（转下页注）

践民俗学到底是怎么来的？我的理解，所谓实践民俗学就是面向日常交流实践的民俗学。换句话说，这和我们近些年开展的民俗志调研经历有密切关系。它不是从理论到理论的推演，而是在田野作业实践中遇到一些困惑的问题，或发现一些重要问题之后主动进行学术反思与创新的必然结果。我们原来的民俗学基本理论已经不太适合现在的田野作业经验和现实的生活进程了，所以我们才提出重构民俗学理论和研究范式的问题。重构的民俗学，由于重视从日常生活实践的视角来看问题，所以被命名为实践民俗学。在中国当前学界，实践民俗学是个方兴未艾的讨论话题，很多方向性的问题都需要给予不同于以往的理解。

我们进行田野调查的最终结果就是写出民俗志文本，不管是对地方民俗文化进行总体展现的民俗志，还是以专题报告形式描述特定生活文化现象的民俗志，这是民俗学研究的基本工作方式。纵观几十年的田野研究，可以发现，我们对待田野实际上有一个转变过程，即从最初的从田野中挖掘、采集资料，填充我们在文献资料上的欠缺，拿回去进行研究，到现在转变成重视田野作业过程本身，强调在田野中与被访谈者建立对话和交流的关系，以便能够一起去真切地回忆和感受当地社会中民众生活的历程。这种转变对于我们今后的民俗学田野作业来说，具有极大的现实意义。当然，这中间提出的一些新的学术概念，还需要进一步界定和完善，比如个人叙事、民俗实践主体、地方知识、民俗志文本的生产，等等。下面，我想结合多年的田野经历，简要地谈谈我对实践民俗学的一些理解。

一　作为交流实践方式的个人叙事

讨论实践民俗学的问题，就要涉及田野研究中的个人叙事的概念。近些年受历史学影响，我们有时爱用“口述史”这个词，它是指受访者讲出的个人生活经历以及对周围社会中人和事的所见所闻。民俗学最近开始把这种口述资料叫作“个人叙事”，认为它不仅是历史研究所需要的资料，而且是日常交流实践的一种话语类型和个人记忆历史的方式。这种认识上的

（接上页注①）尹虎彬：《从“科学的民俗研究”到“实践的民俗学”》，《中央民族大学学报（哲学社会科学版）》2017年第3期；等等。

差异反过来也影响了访谈现场交谈内容和所记录下来的叙事文本——无论是话题方向、叙述框架，还是细节描述和表达的灵活性等方面都会有所不同。可见这两个概念之间的差别还是需要说明的。

历史学家把田野作业当作收集各种历史资料的过程，除了地方文献方面的资料，也有选择收集当地人口述的资料，将这两种资料互相对照或糅合，写出某些具有新史学性质的研究著作，这样的过程被称为口述史研究。

民俗学为什么会提出“个人叙事”呢？这与民俗学家在民俗志调查、书写和研究过程中所获得的新鲜经验有关。我们发现了受访者的谈话所具有的许多主观、能动的特点，特别是他们每谈起那些个性和感性都十分鲜明的生活记忆时，都会动情于言表，带给我们很多的震撼和共鸣。前两年我写过一篇关于个人叙事与春节记忆的文章，曾提到“从身体民俗学的视角来看，这些个人叙事最能够揭示民俗作为需要亲身体验的生活知识的特质，因此民俗学对于个人叙事的重视是不言而喻的”①。这是什么意思呢？我是想表明，我们的民俗志本质上是研究者与当地受访者交流的结果，因为不仅调查是从现场交流开始的，而且写作也是处在与当地人对话的状态，感觉不只是你在研究对方，对方也在研究你。这个问题往往会被忽略，但是今后的民俗志调查和写作如果想有所创新，就需要注意正视这个交流的问题。为什么要强调交流，因为这是出于对访谈对象的尊重，尤其是对他们讲出的个体叙事的尊重。日本民俗学者门田岳久说：“如果说民俗学者旨在将民众日常生活中的各种行为与活动置于当事人的生活整体中考察，那么我们绝不能忽视有关巡礼对话中出现的当事人无心的‘自我叙述’。”② 这个自我叙述就是个人叙事，是有意无意讲出的关于自己各种生活经历的故事。

应该说，在田野中，我们作为访谈者和访谈对象不单单是记录和收集资料的关系，不只是我问你答的关系，本质上是交流的关系。如果完全是问答式的访谈，从受访者的感受来说就比较被动和有压力，这种关系是不平等的，因而不能真正地沟通。只有抱着真诚交流的态度，才能听到访谈

① 刘铁梁：《身体民俗学视角下的个人叙事——以中国春节为例》，《民俗研究》2015 年第 2 期。

② 〔日〕门田岳久：《叙述自我——关于民俗学的“自反性”》，中村贵、程亮译，《文化遗产》2017 年第 5 期。这段引文中提到的“巡礼”，指的是到宗教圣地朝圣的信仰行为习俗。

对象更多的个人叙事，也就是有关他们生活经历和真情实感的故事。而只有听到这些故事，才可以说田野访谈工作进入了正常状态。

我们为书写民俗志而进行的田野访谈，要想对当地生活有一个全面丰满，不至于一叶障目的了解，往往会建立一对多的访谈关系，也就是一个访谈者面对多个被访谈者，同在一起或分别进行交流。这些不同的被访谈者可能有他们各自不同的处境、知识、看法等。民俗学的田野作业一般就有这样一个过程，而在日常生活中一般是不必这样进行交谈的。所以，从一定程度上来说，民俗志访谈就是靠这种“一”和“多”之间比较深入的交流，避免研究者作为外来人在知识与感受上的局限。我们现在讨论实践民俗学，需要认清田野访谈中可能形成怎样的对话和交流的关系结构。这在以往讨论得还不多，在人类学民族志研究方面则早就有相关的反思了。

在国际人类学界，20世纪60年代以来，就发生了对民族志调查和写作这种研究方式的反思和热烈的讨论。[①] 只不过，讨论来讨论去，最终还是将这种对话思想放在“局内人”“局外人”或“主位”“客位”等二元对立的分析框架中。比如一个外国人，到中国做人类学调查，这个外国人就是局外人，而被访谈的所有本地人就是局内人。还有主位/客位理论，说的是被研究者是处在主人的位置，前来调查的研究者是处在客人的位置，这说明，人类学特别强调与“他者”的关系及文化视角问题。而民俗学与人类学最大的不同在于民俗学不可能特别强调与“异文化”接触的问题，因为民俗学者与被研究对象往往是处于相同母语的社会当中，在中华文明当中是被同一个文化所养成的关系。这就使得民俗学者很难站在一种完全客观的立场去审视被研究者的文化，这曾是民俗学者所纠结的一个问题。但是纠结归纠结，民俗学者还是处处利用了自己天然的优势。双方生活在同一个大的社会当中，共享着相同或相似的语言和文化系统，因此交流起来非常容易。可是，在研究实践中，很多民俗学者反而把自己的优势丢弃，处处从实证研究的视角出发，以并不平等的关系与被访谈者交谈，无视被访谈者的主体性，将他们作为被自己所客观研究的对象。这样，被访谈者自己的

---

① 〔美〕克利福德、〔美〕马库斯编《写文化——民族志的诗学与政治学》，高丙中、吴晓黎、李霞等译，商务印书馆，2006。

话语自由就被忽略，他们的喜怒哀乐，他们的生活故事，顶多被作为理解民俗事象的背景资料看待，而不是被作为民俗志的主体性话语看待。这种研究倾向是必须改变的。

实践民俗学开始关注个人叙事，就是要改变忽略生活实践者言说自身文化权利的倾向，并将被访谈人视为有资格叙述历史的独立个体，每个人都有权讲出自己心中和身上的历史记忆。我们当然要关注民俗事象，但我们不能只关注民俗事象的外在表现，而还要通过对民俗事象的了解让被访谈人按照自己的表达习惯自由地讲述自己的生活故事。有时候，这些个人故事看起来与我们所关心的民俗事象关系不大，但是他们正是用这样的故事和习惯的表达方式阐释了他们对自身生活与文化的理解。

门田岳久指出，“每个人都有一个‘自己想叙述的话题’”，他谈到一个例子。在冲绳进行关于圣地巡礼民俗的访谈时，他问一位从京都来的妇女为什么参加这个巡礼，她并没有说信仰方面的原因，而是讲述了她现在可以暂时摆脱家务、此前一直没有时间出来旅游等琐事。[①] 对于一般民俗学者来说，这显然是离题万里了，可能就会不耐烦地打断她的话，然而问题就出在这里。门田岳久认为：“以往的民俗学在调查过程中并不重视，甚至忽视此类叙述。这种忽视不仅体现了调查方法论存在的问题，也体现着民俗学如何看待他者。我们思考现代社会人们的‘生活’方式时，要将当事人的自我叙述当作一个重要的考察对象。”[②]

二　对话与交流的民俗志

实践民俗学需要关注个人叙事，这不仅是深入了解当地人的要求，而且是创新民俗志书写和研究范式的要求。我们有必要从实证的民俗志书写理念转到对话与交流的民俗志书写理念上来。

为什么要强调对话与交流的民俗志？这要说到民俗学正在发生的学术

① 〔日〕门田岳久：《叙述自我——关于民俗学的“自反性”》，中村贵、程亮译，《文化遗产》2017 年第 5 期。

② 〔日〕门田岳久：《叙述自我——关于民俗学的“自反性”》，中村贵、程亮译，《文化遗产》2017 年第 5 期。

转型的问题。从文本行为事象研究到日常交流实践研究，是各国民俗学近三十多年普遍发生的学术转型的共同表现。在中国，一些民俗学者多年前就注意到，田野作业为基本的研究方法，不只是为了搜集民间文学和民俗的资料。田野考察，其实是走了一条回归到日常交流实践的路线，我们只有和当地人进行大量的对话之后，才可能对当地社会生活方式的面貌和变化的历史形成深刻的印象，才能写出民俗志描述的文字。但是我们发现，如果只是利用这些对话资料叙述和解释当地的民俗知识，那么我们写的就是实证的民俗志，但如果将这些对话看成与当地人进行日常交流的记录，那么我们写的就是交流与对话的民俗志。

交流的民俗志不仅把受访者看作信息提供人，还看作民俗志调查和写作的合作者，是与我们一起进行共同文化实践行动的行动者。应当说，交流式民俗志是把当地人日常生活实践历程作为描述的对象，重视当地居民在现实生活中做出了哪些行动，比如生产、交换等经济领域的行动，交往、结社等政治领域的行动等。我们认为这些行动都关乎社会秩序和社会关系的建构。除了这些行动，各地居民都要进行文化表演或者文化书写的行动，这是争取或者拥有地方和个人文化话语权的表现，也为经济、政治领域的行动提供文化的和价值观的支撑。所有这些，都是我们要书写的一个地方生活史的内容，也就是要写出作为生活实践主体的人的行动。我认为，在交流式民俗志的调查与书写过程中，我们实际上已经投入当地民众的文化实践中，与当地文史志的书写或者非遗申报的工作性质是差不多的。而且我们并不认为民俗志完成就算任务完成了，而是特别希望完成的这种文化行动能够得到当地社会广大读者的注意的批评，以使整个社会形成更为积极、活跃的文化交流的氛围。社会就是在交流的行动中整体一致地前进的。这种民俗志生产的过程，也是民俗学发挥社会作用的过程。

个人叙事的提出就与这种研究理念的变化相关，体现了对日常交流实践方式和话语形式的关注，以及对作为生活实践行动主体的人的关注。目前，关于日常交流实践方式及其类型的研究已经被提上了日程，这涉及实践民俗学需要建构的概念体系问题。例如在最近十年，已经有学者对“拉家”“过会”“行好儿”“随礼”“帮忙儿”等民间概念进行了专门的研究，我认为这些研究都注意到了这些概念对于我们理解民间日常交流实践方式的意义。

我们研究民俗，不应该仅仅停留在了解了民俗事象的来龙去脉上，也不能停留在将民俗事象描述清楚上，而是要通过这些民俗事象去了解其背后的实实在在的人，看看这些人是如何借助民俗来组织日常生活的，以及怎样赋予日常生活以意义的。对话与交流的民俗志，很大程度上就是要把这些过程呈现出来，个人叙事作为呈现这些过程的最为寻常而有力的日常话语形式，就显得异常重要了。

三　日常生活实践方式视角下的本土文化传统研究

实践民俗学在各个国家都有着不同的社会文化和学术发展的背景。在中国，它发生于近二、三十年来中国民俗学转型性发展过程之中，与所研究的中国本土民俗文化传统和日常交流实践传统不可分割，所以我们不能简单地说中国的实践民俗学理论与实践是受到国外影响的结果。如我们加强了对中国基层社会特有的庙会文化传统的研究，开拓了对当代民俗志的书写和研究等，这都说明中国民俗学所具有的主体性和与各国民俗学进行对话的资格。①

从日常生活实践特别是交流实践方式的角度来研究中国文化传统与其他文化传统的同与异，研究中国社会独特的发展历史，标志着中国民俗学的学术思想与研究范式发生了某种重要的变革。这个角度其实是把广大民众真正作为了历史的主人，而不是只把他们作为赞扬和浪漫移情的对象。因为只有从这个角度才能看清广大民众是怎样在日常生活中构建和发展自己的社会，创造、传承、享用着自身的文化。这个角度强调了普通老百姓是生活实践的主体，这与借口“传统的发明”或“民俗主义”等理论而去关注各种操弄民俗现象的研究角度是根本不同的。

拿民俗学对各地庙会的研究来说，这其实就是在关注中国各地民众是怎样运用信仰的交流实践模式来建造自己的地方社会和介入国家大一统的

① 参见毛晓帅《中国民俗学转型发展与表演理论的对话关系》，《民俗研究》2018 年第 4 期。

历史。为说明这一点，我们需要关注相邻学科人类学和历史学方面关于庙会等中国基层社会仪式实践方面的研究，特别是近三十年来所发生的一场关于仪式实践“标准化”问题的讨论。人类学家华琛在他的研究中提出了标准化实践的理论，指出中国民间宗教具有的统一性主要表现在仪式实践的正统化，而非信仰的正统化之上，这个正统化也可称为标准化。他呼吁业界要重视对国家主导下的仪式实践所具有的社会文化功能的研究。[①] 这启发了我们，对于中国社会中神明祭祀、祖先祭祀、婚丧嫁娶等民俗现象，如果都能进一步从“礼”的日常交流实践模式上来给予研究，则将会更为贴近地方民众的理解和感受。

民俗学方面有关庙会仪式研究的论文论著已经很多了，一般来说，这些研究大多与人类学、历史学的研究一样，是在国家与社会关系的问题意识和分析框架下来展开的，而且都是把重心放到民间结社和仪式象征之上。比如李海云写了一篇研究孙膑庙会的论文，独特的祭祀场景就是烧纸扎的大牛，当地人用“烧大牛”来称呼这个庙会。[②] 毫无疑问，民俗学重视研究“仪式”（ritual），但仪式的概念来自西方，与中国老百姓的常说的“起社”“走会”“行好”等其实是有差异的。在中国古代文献中，人们是用“礼”或“仪”来称呼这种敬神活动的，但这又超出敬神活动，与日常的礼尚往来相关联。遗憾的是，人们对“仪式”讨论得比较多，倒是把“礼”“仪”等本土话语表达忘了。彭牧曾经发表一篇关于区别“仪式”和“礼”的论文[③]，就是想指出用西方仪式理论来分析中国人的信仰实践，并不完全适合。这是因为不同文化中虽然会有相似的象征性身体行为模式，其意涵和功用却是有许多差异的。彭牧还指出，有必要检讨将信仰观念与仪式行为分开来进行描述和解释的研究范式，这种自涂尔干以来形成的研究范式可能适合于研究基督教，却未必适合研究中国的属于礼仪实践性质的民俗。

---

① 可以阅读〔美〕华琛《乡土香港：新界的政治、性别及礼仪》，张婉丽、廖迪生、盛思维译，香港中文大学出版社，2011，第223页；同时参考徐天基《帝制晚期中国文化的研究框架与范式——反思华琛的标准化理论》，《世界宗教研究》2013年第6期。

② 李海云：《信仰与艺术：村落仪式中的公共性诉求及其实现——鲁中东永安村“烧大牛”活动考察》，《思想战线》2014年第5期。

③ 彭牧：《同异之间：礼与仪式》，《民俗研究》2014年第3期。

按照信仰观念和仪式这两个层面来研究各地的庙会或者叫地方保护神的祭祀民俗，将其分开来进行描述，然后再合并为一个事象给予议论，这种做法在以往的博士硕士学位论文里经常出现。比如我们研究泰山庙会信仰时，我们可能会先写关于泰山奶奶是怎么回事儿，与古老的西王母有没有关系，与碧霞元君等其他女神有什么关系，等等。这种考证性研究可能存在问题，因为对于一般老百姓来说，他们可能并不关心这些神祇之间有没有关系，他们关心的是我今天来求香，神祇对我来说到底灵验不灵验。

除了这种观念研究，庙会仪式研究中还有一种倾向，就是观察信众怎么举行这个朝拜或朝圣仪式。其中主要涉及信仰组织和仪式过程两部分。关于组织问题，叶涛教授在研究泰山信仰时，关注到泰山香会问题。[①] 通过观察香会碑，他发现参与庙会的组织不仅是普通的信众，还有部分比较有名的官方机构和商家店铺。官方机构和商家店铺的名字在香会碑上出现了，但不代表他们实际参与进香的活动，而可能仅仅是捐钱捐物而委托给上山的香会。通过研究信仰组织，可以讨论信仰是如何在地域社会中发挥作用并传播影响的。另一问题是仪式过程的问题，会期是什么时候，安神是什么时候，敬神是什么时候，游神是什么时候，送神是什么时候，等等。将这些仪式流程原原本本描述下来，就是比较完整的关于庙会的个案研究了。

信仰观念与行为仪式二元分析框架在许多问题上具有很强的解释力和说服力，但这个研究模式在面对中国民间信仰时，还是多少存在一些问题。比如前面提到的“礼”，许多地方的老百姓都认为，人与人交流讲的就是“礼尚往来”，是“讲礼”，这是贯穿在整个日常生活中的做人的原则，并不存在观念和仪式两层皮的问题。话说回来，之所以西方的二元分析框架能成为中国民间信仰研究的重要模式，那是因为我们在一定程度上没有把老百姓传承的生活文化看透，主要就是没有看到交流实践才是文化的根本的存在方式。对于学者来说，孜孜以求的是观念问题，对于老百姓来说，是懂得怎样做人做事的问题，首先是有所作为的问题。

钟敬文先生生前曾呼吁建立中国民俗学学派。他提出我们要做出中国

---

① 叶涛：《泰山香社研究》，上海古籍出版社，2009。

人的贡献，不要简单按照外国人的理论、框架去论述。[①] 我们现在关于中国民间信仰的研究，要好好反思一百多年来学术界在西方的 religion 这个概念的影响下可能存在的偏颇。我们可能忽视了本土的古老而鲜活的概念，比如“礼”“乐”等。基于这种认知，民俗学者可能需要在田野中和访谈对象的交谈中与访谈对象一起去思考我们的文化是不是有自身的特点，有自身的用语。这并非不可能，因为恰恰是老百姓所熟悉的日常交流的语言和日常交流的行为模式，才可能是解释中国社会何以构建和文化何以传承的根本依据，是相关学术反思的源头活水。古代的“采风”其实是把歌谣等民俗的交流话语作为了源头活水，所谓“礼失求诸野”。古代采风的目的很不同于现代民俗学追求科学性、实证性的田野作业的目的，是古代国家“政治文化实践”的目的。所以，尽管受其他国家民俗学转型发展的理论与经验影响，但是中国的实践民俗学应该是与中国礼俗互动的社会与文化运行的传统有着一脉相承的关系。所以从一定意义上来说，在民俗学田野中访谈者与受访者之间的谈话，是双方共同对自己民族国家的文化进行认同的一种交流实践方式。

四　生产：作为实践民俗学的一个分析概念

我们在面对田野资料时，必须考虑这些资料的生产过程。在田野中，无论是各类民间文献还是口述资料，它都有一个生产的过程。在西方人类学领域，production 是个非常重要的分析概念。我认为，实践民俗学也特别需要引入这个概念。田野资料的生产过程至少有两个层面的内涵：一是作为地方知识的田野资料有一个数十年、数百年的历史生产和积累过程；二是受访者的讲述本身又是对这些地方性知识进行再生产的过程。

我们提出交流和对话的民俗志，实际上是将它看作一种生产方式，生产学术知识的方式。我们到田野现场去做访谈，然后和被访谈人一起进行知识交流，以及进行讨论，最后由我们负责完成地方民俗志或某事象民俗志的书写，这个过程就是一种生产过程，即依靠民众和学者来共同生产民

---

① 钟敬文：《建立中国民俗学学派刍议》，《民族艺术》1999 年第 1 期。

俗学成果的过程。生产理论是马克思主义政治经济学的经典理论，后来一些西方马克思主义学者大力发扬了这个理论，并将之扩展到其他人文社会科学研究领域，比如列斐伏尔就强调文化空间的生产性，他认为一切文化现象都是被生产的过程，而且是再生产的过程。①

我这里引入生产的理论来说明民俗志的田野调查和书写的本质，实际上主要就是想说明这个生产的过程就是要将田野发现当成学术资源，我们的任务就是将这些学术资源转化为学术资本，再转化为社会大众乃至人类共享的知识产品。具体到田野调查实践，就涉及对一系列工作方式方法的重新理解。比如在与受访者交流和对话时，我们可能会发现有很多原来不熟悉、不理解的生活知识，哪些是可以作为学术资源来学习的，哪些是可以暂时搁置的，怎样尊重受访者的谈话重点、意愿和习惯，怎样建构谈话的框架和引导话题方向等，针对这些问题我们需要从双方协调、合作的角度，也要从社会文化和知识生产的角度来重新对待。对话和交流的民俗志需要研究者非常自觉地向被访谈人学习，非常自觉地在与对方谈话中反思自己原有的观念、思路、概念体系，以及研究手段本身。

民俗志的生产需要研究者不断地进入田野去访谈，也需要不断整理解读已有的相关文献。我希望把田野中遇到问题及解决问题的经验用到我们解读一些经典文献或地方文献的过程当中，不只是将其作为参考资料，还应将其作为分析资料。这样的话，我们民俗学里的文献研究与一般文史哲意义上的文献研究就有了一定的区别。在这方面，像我们熟悉的赵世瑜、刘宗迪等就做得非常好，他们都具有敏感发现田野报告中问题的能力，能够以田野的经验来辅助对文献的理解，也善于运用文献提供的信息来推测田野中一些民俗事象的历史渊源。他们会注意到田野中所获得的资料到底是由哪个文化阶层的人所生产出来的，有怎样的话语背景，对话语制造的背后动机十分关注。这都离不开民俗学者和各种各样的人打交道的人生经验，离不开他们养成的民俗学者特有的眼光。

这可能是受到顾颉刚等前辈的影响。早在 20 世纪二三十年代，顾先生

① 〔法〕亨利·列斐伏尔：《空间与政治》，李春译，上海人民出版社，2015。

就开始研究孟姜女的传说，并从中总结出“层累地造成历史”学说。[①] 这种思想非常可贵，实际上他是考虑了民间传说在日常生活中不断地被再生产的问题。从这个意义上来说，文人的文献写作也是一个不断的生产与再生产的过程，包括被视为经典的文献和散在民间的文献，都与各种口头传承叙事文本历时的与多元的改变并没有根本的不同。尽管我们知道许多文献记载从所谓的历史真实层面来看并不具有参考价值，但在顾先生看来，这些并不代表没有意义。他关注的不是真假的问题，他关注的恰恰是这些文献作为一种生产结果的意义；他是要分析这些文献的生产过程，从中发现古人写作历史背后的一些想法。我们现在做田野研究也应该这种态度，即不要总是考虑被访谈人说的那些话是否真实；很多时候辨别田野资料的真假并不是学术研究的全部追求，探讨这些田野资料的生产过程更具有学术意义。

五　集体叙事与个人叙事交织的民俗志

民俗学是一门面向实践的学问，这包含两个层面的意思：一是研究者要关注民众的生活实践；二是研究成果要对民众实践有所助益。其中，研究成果对民众有所助益是民俗学最朴实的初衷，是民俗学者的初心之所在。与其他社会科学不同，民俗学特别强调了解民众理解民众；拥有比别的学科更多的了解老百姓的知识，是民俗学者的优势。换句话说，我们民俗学者不局限于一时一地的民众知识，我们通过田野调查掌握了很多地方老百姓的知识，掌握了不同阶层、不同职业、不同修养的各种人群的知识，最终是为了更好地为他们服务，实践民俗学更是要强调这种服务民众的特殊责任。

但是这个服务不能被片面地理解为民俗学者最终可以代替民众在社会中说话，成为民众的代言人。特别是在当下城市化过程中，民众身份认同的交流实践方式发生了根本的变化，民俗学者对这样的变化可以去研究，但不能代替民众自己去进行交流。当下，城乡各地居民都参与了不同于以

---

① 顾颉刚：《孟姜女故事研究集》，上海古籍出版社，1984；顾颉刚：《古史辨（全七册）》，海南出版社，2003。

往乡土社会的建构公共生活秩序和公共文化的活动。这是实践民俗学被推出的非常重要的时代背景，也意味着民众作为生活实践的主体，他们行动的身影和交流的话语将在民俗学研究中得到更为充分与鲜明的呈现。

在实际的田野调查中，我们往往会遇到另一个问题，就是集体叙事和个体叙事的关系问题。这关系到如何运用来自民众的话语呈现他们所从事的文化交流与文化认同实践的问题。以往的民俗志研究成果一般都是为一个地方社会或一个民族进行整体形象的集体叙事，所采用的民间叙事资料也是神话、故事、传说、歌谣等集体传承和共享的话语文本。但是这并不能让人看清楚在一个地方历史的创造中，都有哪些活生生的人做出了哪些行动。而能够让人看清楚这些的恰恰是我们长期不予重视的个人叙事，包括主要讲个人生活经历的集体叙事，或者主要是根据个人亲身经历的集体叙事。这就需要我们注意到日常交流话语的个人叙事和集体叙事交织的问题，以便自觉运用好这种交织的叙事方式写好实践民俗学的民俗志。

个人叙事作为话语交流的手段，与作为地方或集体共享知识的集体叙事手段一样，都在公共领域的活动中不可或缺，而且是互相依托和交错地被运用。这体现出个人的身份感与集体的身份感相互依托的关系。

比如，我们在北京市石景山区进行田野调整时，就经常听到当地居民说石景山地区是"京门脸子"，这就牵涉到他们在交流过程中形成的共有的身份感、地方感和地域等级感。意思是，他们虽然不是住在北京城市的中心，但是住在永定河的东岸，这也是没出北京的好地方，是"京门脸子"他们由此吐露出了地方的优越感。石景山区居民会把永定河西边的门头沟区称为"京西"，门头沟区内住在平原的居民又会把住在山里的居民称作"山背子"，山里居民又会把西边张家口地区称为"口外"。所有这些互相对比的地方感，都来源于居民们对内对外互相走动交流的经验。

除了公共领域的交流，还有一个私人领域的交流问题。私人领域的交流主要指的是个人与个人之间的谈话，具有私下交流的性质。我们民俗学访谈中与受访者之间的交谈，既带有私人领域性质，又带有公共领域的性质。个人叙事在其中都发挥着不可或缺的作用。

对于个人叙事不能把它只看作是关于那个人自己生活琐事的讲述，还要看到，由于个人叙事包含着方方面面的人情世故，包含着各种各样的人间知识、技艺等，所以它是研究生活文化整体性存在的基本切入点。我多年前就指出村落是民俗文化的基本传承空间。① 但是进入村落后，研究者如果只是按照自己的提纲来进行调查，那么对民俗事象的了解就可能是零碎的、分散的、不完整的，但将民俗事象与活生生的当地人联系在一起时，我们就不难发现，每个村民都拥有一个民俗的整体，或说是整体的民俗。

可能不同的个体所拥有的民俗不同，但当这些民俗形式与其生命意义相关时，民俗事象就在个人生活里结为了一个整体，不再可以区分为精神民俗、社会民俗、生产民俗、组织民俗，等等。我想强调的是，个人叙事作为在日常交流过程中的基本表达方式，一旦被重视，可能许多原来我们感到困惑的问题就迎刃而解了。我们所说个体叙事和集体叙事交织的民俗志使其改变原来知识分子和民众之间被隔开的两层皮的关系，重新回到一个社会当中，回到日常交流实践中。田野访谈可被看作今后人们日常交流实践方式之一，因为任何人都需要和外人打交道，与民俗学研究者的相遇也是其中一种情况。

个人叙事中还有一个讲述资格问题需要考虑。美国民俗学家艾米·舒曼也曾专门讨论过讲述的资格问题。② 谁有资格讲述是个很重要的问题。资格问题也是个人叙事和集体叙事不同的地方，集体叙事不存在资格问题，因为集体叙事可以说是多元主体，也可以说是无特定主体，谁都可以讲，谁都有资格讲。个体叙事不行，它是有明确主体的行为，它强调讲述者必须有个体切身的生活体验。即便个人讲述的是集体叙事，讲述者也有一个主体意识，也就是说他所接触的所有的人和事，都跟他个人经历相关。同时，他的个人经历本身对我们理解他所讲述的集体叙事或民俗事象有极为重要的意义。因为他之所以这么讲，之所以讲这些，都源于他的个人生活经历和生活经验。可以说，田野中每个人的个人叙事都很重要。我们的实

---

① 刘铁梁：《村落——民俗传承的生活空间》，《北京师范大学学报（社会科学版）》1996 年第 6 期。

② 〔美〕艾米·舒曼：《个体叙事中的“资格”与“移情”》，赵洪娟译，《民俗研究》2016 年第 1 期。

践民俗学就是要把所有的民众都当成民俗的实践主体，他们讲述的方式和技巧可能不同，但民俗事象对于他们的意义都是同等重要的。每个人讲述个人叙事时，都会根据他的实践目的选择一个合适的讲述策略。因此，个体叙事是极富变化的文本。

实践民俗学研究一定要注意个体叙事是个流动的变化的文本。其实集体叙事也是靠个体讲述的，不同的个体在不同的实践目的下，即便是讲述同一个集体叙事，也会呈现出千差万别的形式，其根本原因就在于集体叙事实际上是不同交流实践的不同结果。总之，个体叙事概念实际上可以用来反思原来的民间文学文本分析的各种研究范式，它为我们呈现出阐释民间文学的另一种视角，即实践的视角，也就是我们所说的实践民俗学的视角。

六　结语

眼光向下，并不是民俗学特殊性之所在。民俗学之所以要运用民俗志的调查与写作这一基本研究方式，就是为了进入老百姓的日常交流实践之中，了解当地社会生活变化的来龙去脉，了解当地老百姓共同的文化创造和共享知识，了解当地老百姓精彩的人生故事。这是一个交流与对话的过程，写出来的民俗志则是将对话加以呈现的一种学术成果。这种成果，不仅能够防止学术游离于人民大众的日常生活交流实践，而且还能够让学术回馈并积极影响当代的文化大交流。西方和中国有不同的人文背景，要注意从不同学术传统上来理解各国所提出的实践民俗学，同时我们一定要有与国外理论进行对话的意识。

整个实践民俗学是受到了社会科学中日常生活理论思潮的影响，也受到了实践理论的影响。实践理论是社会学思想大师布迪厄所提出来的，他试图超越原来社会学中结构主义主张与主观主义或者叫作能动主义主张之间的对立，建立了以“场域”“惯习”“资本”这三个最重要的概念为核心的实践理论。这为我们反思民俗学的理论提供了非常好的框架。我们不妨说，民俗学者所进入的各种各样的生活时空，不仅是物质性的自然环境，而且是布迪厄所说的人们所建构的各种各样的互相交流与竞争的“场域”，场域的类型是由作为竞争目标和手段的“资本”类型所决定的，人们是根据布迪厄所说的“惯习”或者“实践感”而进行交流与竞争的。在社会转型时期，我们觉得布迪厄实践理论对于民俗学的反思和反观尤其具有启发性。我们相信，只要将访问对象作为生活实践的主体，也作为我们与之交流与合作的对象，民俗学就会成为介入生活实践过程的一门社会最需要的学问。但是必须说明一点，实践民俗学所面对的生活实践主体，是广大的普通民众，而不是以“民俗主义”或“传统的发明”为理论依据的民俗操弄者。

重回叙事传统：当代民俗研究的生活实践转向*

李向振**

摘　要：社会转型带来的生活革命消解了传统民俗事象，民俗学正在遭遇着阐释危机。转向日常生活的实践民俗学，体现了民俗学者的学术自救与学科自觉。实践民俗学要求研究者通过民俗对民众的生活实践及意义世界进行关照，研究者可以借助日常叙事实现研究对象从事象到事件再到生活实践的双重还原。将叙事学作为研究策略引入民俗学，既是传统民俗学叙事研究的接续，又是当代民俗学关注生活实践的路径。借助叙事学相关理论反思民俗学学术作品的制作过程以及民俗学实践主体的建构过程，有助于推进实践民俗学的研究进路。

关键词：叙事学；实践民俗学；日常生活；生活实践

数十年来，叙事研究或叙事分析突破了原生文学评论藩篱，日益引起包括历史学、社会学、人类学甚至政治学研究者的注意。在这些研究中，叙事被赋予新的现实意义，它开始被视为历史话语、社会话语、政治话语或意识形态话语。研究者也开始注意到，叙事是社会交往或交流实践的重要方式，人们通过叙事表达来传递信息和信心。① 人与人之间如此，国与国

---

* 本文选自《民俗研究》2019 年第 1 期。

** 李向振，武汉大学社会学院讲师。

① 〔美〕戴安娜·埃伦·戈德斯坦：《民间话语转向：叙事、地方性知识和民俗学的新语境》，李明洁译，《民俗研究》2016 年第 3 期。

之间亦如此。比如近几年国家呼吁的“讲好中国故事”，不仅是一种宣传标语，更是对讲故事这种传统叙事形式的新认识，即通过讲故事来宣传中国社会的发展及中国整体形象。由此可见，叙事可以承载更多信息，其本身也具有更多交流与表达层面的价值。

尽管作为一门现代人文社会科学的民俗学，在发轫之初就以民间文学或口头传统等叙事体裁为主要研究对象，比如歌谣研究或民间传说研究等，但其主要方法并未直接指向叙事学分析，而是借用了当时方兴未艾的历史学、社会学、人类学等人文社会科学的理论体系。事实是，按照杨堃先生的研究，整个 20 世纪上半叶，中国民俗学研究基本形成三个流派：（1）民俗学中的文学派，以周作人先生为代表；（2）新史学的民俗学，以顾颉刚先生为代表；（3）进化人类学派的民俗学，以江绍原先生为代表。[①] 民俗学中的文学派与新史学的民俗学，都是以民间叙事作为主要研究对象，其内容基本涵盖了歌谣、传说、民间故事、笑话、神话等各种体裁。不过，这些研究过分强调形式主义和结构主义的话语分析，将叙事文本剥离出其原生的生活语境，在不同程度上割断了叙事作品与社会、历史、文化环境的关联。1930 年代抗日战争爆发以后，传统民俗学中的文学派和新史学的民俗学学术活动基本陷入中断状态[②]，直到 1950 年代，在少数民族民间文学搜集、整理与研究中才有所恢复，但真正接续学术传统则迟至 1970 年代末 1980 年代初。[③]

1970 年代末以来，尽管以民间文学为主体的民俗学在中国大陆得以恢复，但从研究路径上看，这一时期的研究仍深受普罗普故事形态学的形式主义和列维 - 施特劳斯的结构主义影响，强调文本的话语和结构形态分析，比如在研究民间故事时，研究者倾向于分析民间故事的“母题”及“叙事单元”等，诸如刘魁立曾对流传于浙江省的“狗耕田”故事类型进行形态

---

① 杨堃：《社会学与民俗学》，四川民族出版社，1997，第 204 - 205 页。

② 需要说明的是，抗日战争爆发后，进化人类学派民俗学在杨堃等先生的努力和坚持下，以燕京大学为阵地，通过引入民族学或社会学调查方法，产生了不少有影响力的学术作品，直到 1941 年太平洋战争爆发，燕京大学办学受到影响，已由进化人类学派民俗学发展成“社会学的民俗学”也随之走向衰落。

③ 刘铁梁：《中国民俗学发展的几个阶段》，《民俗研究》1998 年第 4 期。

结构分析并提出了“民间叙事的生命树”概念。[①] 应该说，这类研究已经具备了传统叙事分析的研究特质，但因其割裂了民间叙事与民众日常生活的内在联系，而成为纯文学文本讨论，在一定程度上限制了民俗学的解释空间。1990 年代末，“语境”概念被引入中国民俗学界，民俗学尤其是民间文学领域开始反思过去过分强调文本分析的弊端，民间文学研究由此开启了新的研究范式。[②] 但令人遗憾的是，或许是由于学界对源自西方的“语境”概念理解有偏差，具体研究中出现了“语境主义”倾向[③]，即凡研究必谈语境，为语境而语境，甚至将语境本身作为研究对象而忽视了文本的重要性。以至多年后，刘宗迪大声疾呼“超越语境，回归文学”[④]。

就社会转型与社会现实而言，经过四十年的改革开放，市场力量早已渗入民众生活的方方面面，极为深刻地改变了传统的生活观念、生活方式和地方性知识。正如周星所言，数十年经济高速增长引发了全面的、深刻的“生活革命”。[⑤] 面对这场悄无声息的生活革命，如何重新审视民间话语、重新认识地方性知识、重新解读日常生活中碎片式话语的意义等，成为时代赋予民俗学的重要议题。现代社会正在迅速消解传统的民俗学研究对象，民俗学正在遭遇时代危机，“固有的民俗学的格局，已经无法真实地把握现实世界”[⑥]。同时，民俗学学科内部也存在“语境”与“文本”之争，研究“民”抑或研究“俗”之争、研究“生活”抑或研究“事象”之争等问题。因此，如何变革民俗学，重塑民俗学的解释力，以应对时代挑战乃至引领时代，是当代民俗学安身立命的根本议题。作为关注生活文化与生活意义的民俗学，对此与其回避，不如在其中寻找新的路径。

---

① 刘魁立：《民间叙事的生命树——浙江当代“狗耕田”故事情节类型的形态结构分析》，《民族艺术》2001 年第 1 期。

② 刘晓春：《从“民俗”到“语境中的民俗”——中国民俗学研究的范式转换》，《民俗研究》2009 年第 2 期。

③ 王杰文：《“语境主义者”重返“文本”》，《青海社会科学》2013 年第 3 期。

④ 刘宗迪：《超越语境，回归文学——对民间文学研究中实证主义倾向的反思》，《民族艺术》2016 年第 2 期。

⑤ 周星：《“生活革命”与中国民俗学的方向》，《民俗研究》2017 年第 1 期。

⑥ 〔日〕岩本通弥：《作为方法的记忆——民俗学研究中“记忆”概念的有效性》，王晓葵译，《文化遗产》2010 年第 4 期。

实际上，近几年民俗学领域关于“日常生活转向”① 以及“实践民俗学”或“民俗学的实践”② 等问题的讨论，正是学者在社会转型期对既有研究范式形成挑战的情况下所做的学术回应与学科自觉。尤其是关于实践民俗学的讨论，在吕微、户晓辉、王杰文等学者的推动下，日益成为民俗学的热门话题。③ 不过，关于到底什么是实践民俗学，如何实现实践民俗学的研究，实践民俗学与传统民俗学的区别在哪里等问题，学界仍未达成共识。本文即打算在这些研究的基础上，通过引入叙事学尤其是新叙事学的相关理论，探讨通过民俗观照民众日常生活与交流实践的实现路径以及实践民俗学的可能性等问题。

一 民俗学的叙事传统与传统叙事研究

尽管现代民俗学学科发端于民间叙事研究，但彼时民俗学研究主要集中于民间叙事的体裁和类型学分析，并未真正将叙事学作为分析策略。“叙事学”一词，最早是由结构主义文学批评家托多罗夫在研究薄伽丘《十日谈》时提出，本来属于“法国结构主义文学理论的副产品”④。此时的叙事学主要融汇了文学批评领域的两种分析路径：一是以俄国普罗普故事形态学为代表的形式主义分析；二是以列维－施特劳斯为代表的结构主义分析。在诸多学者的共同参与下，叙事学很快成为当时文学评论领域的重要潮流。此时的叙事学研究主要集中于组织为叙事形式的符号系统如何表达意义，或者说作为叙事的符号系统如何表达意义等问题的讨论。尽管研究者已经

---

① 李向振：《迈向日常生活的村落研究——当代民俗学贴近现实社会的一种路径》，《民俗研究》2017 年第 2 期。

② 有关民俗学的实践的研究主要表现为关于“民俗主义”、“公众民俗学”或“公共民俗学”、“民俗旅游”、“非遗”保护等问题的讨论。

③ 如户晓辉《民主化的对话式博物馆——实践民俗学的愿景》，《民俗研究》2018 年第 3 期；王杰文：《“实践民俗学”的“实践论”批评》，《民俗研究》2018 年第 3 期；户晓辉：《人是目的：实践民俗学的伦理原则》，《民族文学研究》2017 年第 3 期；吕微：《与陌生人打交道的心意与学问——在乡愁与大都市梦想之“前”的实践民俗学》，《民俗研究》2016 年第 4 期；吕微：《实践民俗学的提倡》，《民间文化论坛》2016 年第 1 期；吕微：《接续民间文学的伟大传统——从实践民俗学的内容目的论到形式目的论》，《民族文学研究》2015 年第 1 期；户晓辉：《返回民间文学的实践理性起点》，《民族文学研究》2015 年第 1 期；户晓辉：《非遗时代民俗学的实践回归》，《民俗研究》2015 年第 1 期，等等。

④ 〔美〕赫尔曼：《新叙事学》，马海良译，北京大学出版社，2002，第 147 页。

注意到叙事文本的意义指向问题，但其研究倾向仍然是一种科学主义叙事学，即无论是普罗普故事形态学分析，还是列维－施特劳斯的结构主义神话学，都部分地忽视了每个故事所具有的完整意义，亦即这些分析本身都是围绕研究者所提炼或摘抄的语句而进行，对于故事而言可能更具意义或价值的其他语言事件则被以某种事先预定的规则所舍弃。

经典叙事学自 1960 年代产生以来，经过 20 年的发展，在先后经历了俄国传统形式主义、法国传统结构主义和美国传统修辞学与符号互动论之后，日益凸显出其格式化和研究僵化的倾向。直到 20 世纪 80 年代文学领域开始出现后结构主义叙事学和叙事学批判，同时叙事学已经开始突破文学批评领域而向社会科学领域扩展，比如 1980 年代初美国学者艾米·舒曼（Amy Shuman）即在社会学家欧文·戈夫曼（Erving Goffman）指导下，完成了其关于青少年叙事的博士学位论文，并在 1986 年以《讲故事的权利——城市青少年对口头和书面文本的使用》为题正式出版。[①] 20 世纪 90 年代以来，文学评论领域的经典叙事学出现新转机，即被称为新叙事学的叙事学转向。[②]

在此背景下，民俗学研究中重提叙事，与其说是引入分析方法，毋宁说是一种研究策略。事实是，根据印第安纳大学戴安娜·埃伦·戈德斯坦（Diane Ellen Goldstein）教授的研究，民俗学中的“叙事转向”是马丁·克赖斯沃斯（Martin Kreiswirth）在 1994 年“造出的”。[③] 经过 20 多年的发展，叙事学在西方尤其是美国民俗学界已成为学术传统，并从该研究策略中衍生出了灾难叙事、残疾人叙事、青少年叙事、医疗叙事、移民政治叙事等研究。不过，受多种因素影响，叙事学作为研究策略至今仍未在中国民俗学界形成广泛共识。笔者认为，叙事学作为策略引入民俗学本身蕴含着两方面意义：一是对最近十多年来过分强调语境而对文本分析有所弱化的研究倾向进行反思；二是在重新评估民俗学传统叙事研究中过分强调叙事体裁、叙事类型及结构特征的学术意义。

---

① Amy Shuman, *Storytelling Rights—The Uses of Oral and Written Texts by Urban Adolescents*, New York: Cambridge University Press, 1986.

② 〔英〕马克·柯里：《后现代叙事理论》，宁一中译，北京大学出版社，2003，第 3 页。

③ 〔美〕戴安娜·埃伦·戈德斯坦：《民间话语转向：叙事、地方性知识和民俗学的新语境》，李明洁译，《民俗研究》2016 年第 3 期。

叙事学分析首先要面对的就是何为叙事的问题。法国叙事学家热拉尔·热奈特概括了“叙事”的三层含义：第一，指的是“承担叙述一个或一系列事件的叙述陈述，口头或书面的话语”；第二，指的是“真实或虚构的、作为话语对象的连接发生的事件，以及事件之间连贯、反衬、重复不同的关系”；第三，“指的仍然是一个事件，但不是人们讲述的事件，而是某人讲述某事（从叙述行为本身考虑）的事件”。[①] 在具体分析中，他区分了故事、叙事和叙述，把叙述内容即“所指”称作故事，把“能指”即陈述话语或叙述文本称作本义的叙事，把生产性叙述行为以及其所处的或真或假的总情境称作叙述。[②]

在罗兰·巴特看来，叙事是一种人类社会的普遍现象，“对人类来说，似乎任何材料都适宜于进行叙事；叙事承载物可以是口头或书面的有声语言、是固定的或活动的画面、是手势以及所有这些材料的有机混合；叙事遍布于神话、传说、寓言、民间故事、小说、史诗、历史、悲剧、正剧、喜剧、哑剧、绘画……彩绘玻璃窗、电影、连环画、社会杂闻、会话。而且，以这些几乎无穷无尽的形式出现的叙事，存在于一切时代，一切地方，一切社会。有了人类历史本身，就有了叙事”[③]。

在社会叙事学中，叙事本身蕴含着两个重要元素：其一，作为事件的故事讲述；其二，作为文本的内容呈现。这两个元素共同促成叙事的意义。笔者认为，将叙事学引入民俗研究，就是要在研究过程中重新重视文本，同时也要避免将叙事仅仅看作对过去事件和状态的讲述的流行观念。田野中的叙事本身就是研究者与叙述者共同促成的言语事件的结果。在这些言语事件中，研究者和叙述者共享且共同认可的知识体系非常重要。叙事内容尽管可能是别人的叙述，或是经典文本中的记载，但对于叙述者而言，这是实现倾听者与叙述者互动的重要载体。可以说，叙事是伴随着交谈双

① 〔法〕热拉尔·热奈特：《叙事话语　新叙事话语》，王文融译，中国社会科学出版社，1990，第6页。

② 〔法〕热拉尔·热奈特：《叙事话语　新叙事话语》，王文融译，中国社会科学出版社，1990，第7－8页。

③ 〔法〕罗兰·巴特：《叙事作品结构分析导论》，张寅德编选《叙述学研究》，中国社会科学出版社，1989，第2页。

方言语互动的生成过程。由此，将叙事学作为研究策略的民俗研究，需要在叙事学经典命题，即文本结构分析与形式分析的基础上，更加注重其过程与实践的分析。

在民俗学研究领域，民间叙事或日常叙事至少暗含着两条理解途径：一是作为口头传统或民间文学体裁的叙事；二是作为记忆载体的叙事文本。长久以来，民俗学对作为民间文学体裁的叙事研究已经非常丰富，甚至出现许多影响深远的研究范式，如故事类型学中的 AT 分类法、故事形态学等，但对于作为记忆载体的叙事文本，则有待进一步深入讨论。

故事是承载记忆的叙事文本，故事化无疑是研究者在进行田野访谈时经常遇到的叙述策略。将过去的生活进行故事化处理，可能是叙述者在不借助文字或图画等符号工具的情形下，能够采取的最为合适、也最为有效的方式。如前所述，叙述者讲述故事的目的不是创造或制作历史，也不是证实历史文本，她/他讲述的目的可能只是回应当下生活，或者可能仅仅是回应访谈人或研究者的询问。故事中的事件是否真实可靠，是否符合常识逻辑，这些全然不在叙述者考虑的范围之内，她/他要做的可能只是按照自己的想象将自认为真实发生过的或有着相似意义的事件讲述出来，也正是在这个意义上，叙述者个体经历与宏大历史叙事之间产生了联系。宏大历史叙事成为个体经历的注脚，同时个体经历又为宏大历史叙事提供了最细碎的生活实感。正如成伯清所言，“以叙事为中心的研究取向，则适用于两个相隔甚远的层面，一是个体的生命之流，一是宏大的历史之流，并且可以将两者联系起来。同其他两种取向相比，叙事无疑可以更加妥善地处理人类体验的时间维度”①。因此，将叙事学作为研究策略引入关注日常生活或日常交流实践的民俗学，有助于研究者更好地理解个体言语、行动表达以及个体生活与历史叙事之间的内在关联。

二　生活转向：实践民俗学与民俗学的实践

在当前的民俗学研究领域，不少学术作品以民俗事象为主要研究和表

---

① 成伯清：《走出现代性——当代西方社会学理论的重新定向》，社会科学文献出版社，2006，第 54 页。

述对象，从生活实践和交流实践角度将民俗视为生活事件的研究作品还不多见。生活事件的视角可以帮助研究者将民俗事象从研究客体中拯救出来并将之还原为民众的实践行为。民众通过言语表达和肢体行动来开展和完成这些事件，在此过程中，生活实践本身被赋予意义，这些意义可能是具体的可见或可感的生活诉求，也可能是关乎社会关系（包括人与人之间的世俗关系或人与神之间的神圣关系）的建构。在此意义上，转向实践研究的民俗学需要引入“过程－实践”的分析视角。

随着民俗学日常生活转向研究的日益深入，实践民俗学逐渐引起越来越多学者的注意，成为当前民俗学界讨论比较多的热门话题。在《实践民俗学的提倡》一文中，吕微提出了“直接的实践性”概念，并将之用以对比 20 世纪二三十年代以晏阳初、梁漱溟等为代表的乡村建设运动，声称民俗学的实践性并不同于这样的社会改造实践。然而，在其后论述中，他又提出通过“根本的见解”去影响社会实践。[①] 这就产生了某种内在的学术讨论张力，即直接的实践性不属于民俗学的实践性，那么通过“见解”影响社会的间接实践性就属于民俗学的实践性吗？这无疑值得商榷。作为现代社会科学学科体系组成部分的民俗学，其学科本位到底是生产社会和学术知识，还是改造或影响社会进程？在另一篇文章中，吕微指出，“表述本身就是一种实践”[②]。本文认为，对研究者而言，表述是学术实践的外在表现和结果，其学术任务归根结底是研究生活实践。实践民俗学应该至少包含两层意思：第一，作为学术实践的民俗学，其主体是研究者，亦即学术作品的生产者，而研究者在进行研究时，又包含两种学术旨趣，即生产学术知识、直接或间接地改造或影响社会生活；第二，作为研究实践的民俗学，所谓研究实践，即以实践为研究对象，观照民众的生活实践，将民俗看作生活实践和交流实践，而不是某种现成物，因为民俗的根本特性即实践性，其根本意义也在实践过程中得以生成。

吕微还提及“见证”，他认为，“我们要去见证这些东西，我们要用见

---

① 吕微：《实践民俗学的提倡》，《民间文化论坛》2016 年第 1 期。

② 吕微：《走向实践民俗学的纯正形式研究》，《民间文化论坛》2014 年第 3 期。

证的方式来参与，通过见证提出我们的一些观念来参与社会”[①]。“见证”这个概念的独特学术价值在于其将研究者纳入历史进程，即研究者既是生活的实践者，也是生活实践的见证者。作为感受生活的民俗学，其所研究的也正是研究者所经历和参与的社会生活。研究者不是当下生活的旁观者，而是参与者和见证者。民俗学者要做的是通过学术眼光去理解当下生活，并用学术的笔触将这些理解诉诸文字。归根到底，民俗研究者就是要为当下生活做个见证人。吕微认为，“我们关注老百姓是如何在自觉地重建自己的心性”[②]。从某种意义上说，重建心性也是老百姓的生活实践，研究者可以在观察或表述这种实践时，发现更有学理意义的东西，亦即学术成果，但学者不能代替老百姓去完成这个过程，更不需在此过程中指手画脚。虽然在学术理念上，将研究对象还原为生活主体的呼吁已开展了多年，但在具体研究中，在不少学术作品中还是鲜有生活或文化主体的存在。即便有，其也被赋予了某种学术作品功能，比如将人或生活作为研究的情境或语境等。本文认为，回归实践的民俗学需要在具体研究中破除把人直接或间接物化和对象化的倾向，需要真切地实现生活实践主体的主体性回归。不过，需要注意，主体性回归绝不应是一种口号，而是真正地将民俗视为民众的生活实践和交流实践，同时要承认这种实践反映了实践主体的自由意志及其行动的合理性。

吕微指出，把“生活世界”、日常生活的“理所当然”当作民俗学的终极问题，就像把文化问题、语言问题当作民俗学的终极问题一样，最终会迷失民俗学作为现代学科的实践方向。[③] 那么，民俗学的终极问题应该是什么？他认为是“纯正形式研究”。应该说，这种说法具有一定道理，毕竟民俗学无论如何标榜自己的实践属性，从学科体系和社会知识系统来看，它始终不能摆脱形而上的研究倾向。不过，转向纯正形式研究的民俗学并不能满足现代社会对该学科的期望。在社会转型时期，传统民俗学研究方案已难以理解和解释新出现的社会现象或文化事象，传统民俗学正面临着困

---

① 吕微：《走向实践民俗学的纯正形式研究》，《民间文化论坛》2014 年第 3 期。

② 吕微：《走向实践民俗学的纯正形式研究》，《民间文化论坛》2014 年第 3 期。

③ 吕微：《走向实践民俗学的纯正形式研究》，《民间文化论坛》2014 年第 3 期。

境。岩本通弥指出，并非以民俗为对象就是民俗学[1]。在这种研究思路转变中，研究者需要重新评估传统民俗事象的学术价值。民俗事象的学术意义可能要从研究对象转向研究路径，即“通过民俗进行研究”[2]。那么到底通过民俗研究什么呢？本文认为，当代民俗研究所根本关切的应该是民众的生活实践，及其在具体行动中赋予这些实践的根本价值和意义，或者说通过民俗进行研究的是生活实践的意义。正如刘铁梁所言，“要改变只关心事象不关心事件的研究习惯，那么，人在生活实践中的主体性地位就必然会被凸现出来”[3]。

十多年前，“非物质文化遗产”概念一经出现，即成为许多学者眼中的“香饽饽”。经过多年的实践与理论探讨，时至今日，“非遗”保护的话题热度有所下降，但与此同时，研究深度却在不断增强。透视学界对“非遗”进行的学理批评我们不难发现，“非遗”作为学术增长点的潜质非但没有随实践的逐渐冷却而式微，反而越发活跃，尤其是“非遗”保护行动引发民俗学者对民众实践的关注，更是成为当前民俗学学科反思的热门话题。[4] 在《非遗时代民俗学的实践回归》中，户晓辉指出“民俗的实践和民俗学的实践关乎人们的生活品质和政治身份”。在他的表述中，“政治”指的是“通过理性的言说和互动促成公民之间的自由和平等的公共活动”。他认为，“正因为有了实践理性的自由意志，我们才能看见‘人’（person），才能想起尊重人及其文化权利，才能看到以往被忘却和忽视了的人权、责任伦理和道德义务”。[5] 本文认为，在非物质文化遗产保护实践层面讨论实践民俗学或民俗学的实践，实际上仍未逃脱“民俗主义”和“公共民俗学”的议题范畴，这种将实践视为民俗学者行动的预设，本身即已包含了某种意义上的不平等。

---

① 〔日〕岩本通弥：《作为方法的记忆——民俗学研究中“记忆”概念的有效性》，王晓葵译，《文化遗产》2010年第4期。

② 李向振：《通过民俗：从生活文化到行动意义的摆渡——兼论当代民俗学日常生活转向》，《云南师范大学学报（哲学社会科学版）》2018年第1期。

③ 刘铁梁：《感受生活的民俗学》，《民俗研究》2011年第2期。

④ 萧放、朱霞：《民俗学前沿研究》，商务印书馆，2018；周星、王霄冰：《现代民俗学的视野与方向——民俗主义·本真性·公共民俗学·日常生活》，商务印书馆，2018；等等。

⑤ 户晓辉：《非遗时代民俗学的实践回归》，《民俗研究》2015年第1期。

尽管在民俗研究中，强调人的主体性和主体地位非常必要且紧迫，但近几年来，不少研究作品中呈现出过分强调人的主体性而忽视了民俗实践正是人获得主体性重要载体的“泛主体”倾向，也在一定程度上影响了民俗研究的深度。从某种意义上说，民众是通过民俗实践来呈现其自由意志的，如果忽视这一点，而单纯地以保护为名“粗暴”地干预或改造民众的生活文化，最终结果就是把民众的主体性形式化，而实际反映的仍然是研究者的主体性。

在《何谓非物质文化遗产的价值》中，菅丰指出：“最终因为非物质文化遗产保护而获得的利益，理所当然地应当还原给以保持这种文化的普通人民为主的群体。由此，可以认为非物质文化遗产的保护、保存以及有效利用，应该是各种类型的主体以对等的立场而进行的协作运行……”① 他的清醒认识，为研究者提供了思路，即在“非遗”保护这场社会实践中，所有参与者都是平等主体，在利益分配方面，各主体间需要平等协商并以此维系整个实践活动的有序运行。户晓辉说：“民俗学不是以客观主义和实证主义为范式的经验科学，而是一门通过回归生活世界而让人们过上好生活的实践科学，它要引入自由意志和价值考量，它要考虑的不仅有实然，而且有应然（学科理想或内在目的）以及如何让应然变成实然。”② 如果实践民俗学的学术旨趣仅仅是主动地造成某种意义上的“好生活”，那么，这种所谓的实践民俗学仍然仅仅是在强调民俗学者的实践行动，而不是民众的生活实践。如果实践民俗学关照的不是民众的生活实践，那么其“让人们过上好生活”的天然合理性在哪里，到底是谁或什么力量赋予民俗学者重建或者造就民众生活的权利等，都是需要研究者进一步回应的问题。

三　通过叙事：从事象到生活的双重还原

实践民俗学是面向生活实践和交流实践的民俗学，而不仅是将民俗学知识用于指导实践，或者民俗学者主动参与到社会生活之中。实践民俗学首先要承认，民俗是民众的生活实践，民众的生活实践又经常表现为琐碎

---

① 〔日〕菅丰：《何谓非物质文化遗产的价值》，陈志勤译，《文化遗产》2009 年第 2 期。

② 户晓辉：《非遗时代民俗学的实践回归》，《民俗研究》2015 年第 1 期。

的生活事件。正如费特曼所言，“在很多情况下，一个事件就是一种生活方式或是一个具体社会价值观的隐喻”①。当代民俗学“朝向当下”和迈向日常生活的学术实践，需要从过去的强调民俗事象研究还原到民俗事件研究，再由民俗事件研究还原到生活实践研究。

如何实现从事象到事件再到生活的双重还原？或许，日常生活中的个体或集体叙事可以成为一种路径。为此，本文提出叙事学作为研究策略，亦即叙事取向的回归，以此拓展民俗学现有的表征和解释空间，重新定位民俗学并回应民俗学学术传统的历史使命。在日常生活中讲述故事是叙事取向的恰当策略，人们在讲述过去场景时，倾向于将其按照时间序列表达出来。某种意义上说，民俗学、人类学的田野民族志也正是这样的历史叙事文本制作过程。在此过程中，借由个体或集体叙事，民俗学研究路径和研究对象的双重还原得以完成，亦即还原到民俗学原本所应关注的日常生活实践本身。

田野作业是民俗学经典研究方法之一，田野之于现代民俗学的重要性不言而喻。不过，大多数研究者都心知肚明田野是学术建构和创造的产物。尽管很多研究者基于各式各样的原因不愿承认这一点，甚至一些研究作品中还对此进行刻意修饰，以使得田野看起来非常天然和偶然。事实是，无论承认与否，田野都是研究者截取的民众生活片段，田野过程都是对民众日常生活的切割。虽然大多数时候，研究者都会通过口述资料和文献材料尽可能地扩展其时间轴，并通过各种技术尽可能全面地对日常生活进行解构，但无论如何努力，研究者最终截取的都是非常有限的生活片段，这是不可争议的事实。而且切割部位决定着研究者的阐释向度，切割部位也正是研究者赋予该研究以意义的所在。换言之，从哪里开始，到哪里结束，处于研究两端的边界才是研究者真正的研究意图之所在。

田野一旦被建构出来，即迅速成为访谈人或研究者与叙述者及其他在场者的交流场域，在该场域中，叙述者的讲述行为会受到其所感受和体认到的社会情境的影响。这种社会情境包括条件、状况和态度意识，既可以

① 〔美〕大卫·费特曼：《民族志：步步深入》，龚建华译，重庆大学出版社，2007，第79页。

是客观存在的对象，也可以是想象的、建构的对象，更重要的是叙述者赋予它意义——叙述者总是根据她/他对外界的解释和意义而采取讲述策略。因此，即便其所面对的对象可能是建构或想象的，但只要叙述者赋予其意义，该讲述行为就会产生某种效果。访谈人或研究者的任务就是捕捉这些意义和效果。叙述者同样用意义体系来预判行动所产生的效果，做出这些预判的基本条件就是行动者对自己所处的语境或社会情境的理解，而理解语境或社会情境则需要借助共享的地方性知识体系。叙述者在讲述时，通常倾向于默认访谈人或其他在场者与她/他共享相应的知识体系。这实际上为研究者提出了更高的要求，即研究者在进入田野之前，至少需要尽可能多地了解相关研究主题的地方性知识体系，这也是与叙述者建立平等协商关系的重要基础。

如何实现研究者与叙述者的平等协商？布尔迪厄指出，“要想从一般意义上研究沟通活动的关系，我认为，最真实也最现实的办法是从采访者和受访者之间的互动入手，重视这个特殊情形所凸显出来的问题”①。很多时候，田野中访谈人与叙述者之间是一种主体间的交流互动关系，二者共同创造了特定的叙事事件。叙述者在讲述时，往往会根据访谈者的不同采取不同策略，这在研究中已基本形成共识。叙述者的策略选择主要是基于所述内容之外的个人形象建构，甚至叙事本身可能也变得无关紧要，叙述者的一切行动都围绕着个人营造的形象及其希望别人产生的印象展开。此时，叙事也许仅仅是叙述结果的众多表现形式之一，而不是叙述者要传达的唯一信息。正如布尔迪厄所说，“受访者也会有意或无意地对这些效果加以利用，以便给访谈的情境定下调子，使一场交流变得对他们有利，因为交流的要点恰是他们如何看待自己和希望展示给别人和自己的自身形象”②。可惜的是，现有研究中，访谈人或研究者将关注点更多地放在了叙述内容本身，而忽视了叙事所承载的其他功能。

---

① 〔法〕皮埃尔·布尔迪厄：《世界的苦难：布尔迪厄的社会调查》（下），张祖建译，中国人民大学出版社，2017，第1136页。

② 〔法〕皮埃尔·布尔迪厄：《世界的苦难：布尔迪厄的社会调查》（下），张祖建译，中国人民大学出版社，2017，第1145页。

对于叙述者而言，其所讲述的故事，尽管听起来也像历史那样具备了时间、地点、人物、事件等要素，但对她/他而言，讲述本身并不承担制作历史的责任。她/他所讲述的东西，既不一定是客观事实，也不一定是虚构故事，而仅仅是其真实的生活体验，而且是当下生活的体验，或者说，她/他所制作的是与当下生活感受有关的充满意义的叙事，仅此而已。故事异文的存在是语境化的标记，同一故事产生的不同文本是叙事语境对文本影响的痕迹。故事之所以是故事，并不单由其形式决定，而由叙述形式与叙事语境间复杂的相互作用决定。同一事件，不同叙述者赋予其不同意义，在叙述实践中，故事文本自然会呈现出不同面向。除此之外，叙事策略还会受到哪些外在因素影响？访谈人或研究者又扮演着何种角色？也是非常值得讨论的问题。当然，在某个具体研究中，这些问题并非总要严肃回应，但研究者自己对叙述者讲述行为产生的影响，则不应忽视。

田野中叙述者的讲述可以看作是言语表达，这种表达实际上分为两个层面：给出的表达和流露出的表达。具体到叙事表达上，同样可以分为叙事内容的表达和叙事情境的表达两类。从意义赋予的角度来看，后者远比前者重要。通常的情况是，叙述者通过叙事情境表达来传达其真实的意思。比如，当某人讲笑话时，笑话的内容实际上会根据其所判断的情境进行设定，如果现场都是成年男性，他可能会讲黄色段子；但如果有未成年的孩子在场，他可能会讲普通笑话。这提示研究者，在进行民俗志或民族志研究时，有必要借鉴格尔茨提出的“深描”①，即不仅要描述人们的行动及其选择的表象，还要通过他们的话语去理解深藏于表象内部的意义。

当研究者打算对当地人的生活和文化进行“同情式”理解时，她/他需要参与当地人的生活世界与交流实践，还需要在生活中体会和把握那些难以言表却在实践中真实存在的默会知识。唯其如此，研究者才能建立起“同情”，即“同一种感情”“同一种经历”，比如关于流动人口的研究，如果没有体验过流动人口那种心理上的流浪感，研究者很难真正理解其处理自己与外部世界关系的种种行为。因此，舒曼说：“故事的讲述最大限度地

① 〔美〕克利福德·格尔茨：《文化的解释》，韩莉译，译林出版社，1999，第18页。

提供了移情和理解他人的可能性。移情最大限度地提供了跨越时空理解他人的可能性，但它很少能够改变罹受苦难的人的生存境遇。”[①] 尽管研究者很难真正改变受访者或叙述者的生存境遇，但研究者有责任在深刻理解这些苦难的基础上，将其诉诸笔端书写出来。尽管写作本身也充满风险：无论如何忠实于田野中的原声，也无法避免增添或减少访谈中的部分词语。毕竟，在访谈人与叙述者的交流互动过程中，有很多饱具意义的词语，被双方默认的“意会”省略掉了，或者双方会通过肢体表达来展示某种言语难以表述的情境。即便如此，研究者还是需要书写，只不过，“在这种情况下，牢牢把握观点才能有严谨性。这种把握自始至终体现在写作的每一个细节上”[②]。

在田野中面对访谈人或倾听者时，叙述者经常会通过讲述个体故事或集体记忆或日常琐碎的叙事等来构建和展示其身份，并通过构建的新身份和访谈人或倾听者建立对话与互动机制。或者说，研究者在弄清楚叙述者讲了什么的同时，还需要弄清楚她/他为什么以这种方式讲，以及讲述人在讲述时采用何种策略推动以叙述为核心的言语事件的进程等现实问题。叙述者所讲述的内容并非总是连贯的和具有时间秩序的，而访谈人或倾听者又总是期待着连贯的和具有时间秩序的叙事出现。于是，在访谈人或倾听者的适当干预或强行干预下，叙述者会通过回忆或虚构或建构他人的故事来支撑自己故事的完整性。显然，在这个过程中，被讲述者就成为该叙事的隐含主体，而叙事文本成为访谈人或倾听者与叙述者合谋的结果。可以说，访谈中叙事事件首要指向的是访谈人或倾听者与叙述者之间的互动与交流，至于内容的文本意义，则需要在交流互动的前提下具体解读。将访谈中的叙事过程看作言语事件，本身即已预设此事件本质是在场者或参与者共同制造的行动集合。换言之，访谈人的引导、叙述者的讲述，以及二者对于某种共享知识的默认，共同制造了这起言语事件。尽管影响事件推

---

① 〔美〕艾米·舒曼：《个体叙事中的“资格”与“移情”》，赵洪娟译，《民俗研究》2016年第1期。

② 〔法〕皮埃尔·布尔迪厄：《世界的苦难：布尔迪厄的社会调查》（下），张祖建译，中国人民大学出版社，2017，第1159页。

进的核心要素是叙事本身的故事特性，但将事件逐步推向深入，却是访谈人或倾听者与叙述者共同协商的结果。正如赫尔曼所说，“叙事只有在讲故事人与对话者协商的基础上，才能达到特定的交流目的”①。

毋庸置疑，以田野作业为主要研究方法的民俗研究，其产品是民俗志或民族志文本。这个文本本身也应该被看作一种叙事，不同的是，它的修辞是由学术话语或词汇构成。岩本通弥指出，“民俗学就是不借助记录，而是以‘记忆’为对象，通过‘访谈记录’的技法，通过人们的‘叙述’、‘对话’来研究人们的生活和意识的学问”②。作为田野过程见证的民俗志或民族志书写，其实很大程度上是研究者个人经验的描述，当地人则将其生活经验融入讲述现场及讲述过程。在面对访谈人或研究者时，叙述者通过言语或肢体动作将其感受到的生活实感表达出来。这要求研究者在将叙述者讲述的叙事文本作为田野资料进行分析时，也要注意叙述者为什么这样讲述、他们讲述的场合及其选择的讲述策略，等等。换句话说，研究者在面对叙述者的讲述文本时，需要保持警惕性和反思意识，形成文字的叙事可能仅是叙述者所要表达的冰山一角。在这种警惕性和反思意识的指引下书写的民俗志或民族志作品，才有可能将研究者的经验与叙述者的经验结合起来，最终形成共同完成的“深描式”学术作品。在此过程中，叙事不再仅仅是研究内容和分析文本，而是成为一种路径，即通过叙事，民俗学的研究对象实现了从事象到事件再到生活的双重还原。研究者借助这种双重还原，最终可以实现对叙述者生活实践与交流实践的关照，为理解民众的意义世界提供某种可能性。

四　制作叙事：讲述与书写生活故事

长期以来，民俗学领域存在着某种浪漫主义倾向，在研究者的想象与笔触中，民众的日常生活与日常交流仿佛就是由歌谣、民间故事、童话或神话等各式各样的民间文学体裁组成，而事实是，这些并非总是存在于民

---

① 〔美〕赫尔曼：《新叙事学》，马海良译，北京大学出版社，2002，第169页。

② 〔美〕岩本通弥：《作为方法的记忆——民俗学研究中“记忆”概念的有效性》，王晓葵译，《文化遗产》2010年第4期。

众的日常实践之中，日常生活中更常见也更具现实意义的往往是琐碎的片段式叙事。为此，西村真志叶指出，“在‘民间叙事’这种广阔的讨论平台上，无论研究对象的显著特点在于其艺术性还是在于日常性，无论研究者把研究重点放在对象的艺术性上还是放在日常性上，‘民间社会’的一切叙事都以同等的正当性可以成为研究对象”①。

转向日常生活的实践民俗学要求研究者将视野扩及民众日常生活中的一切民间叙事形式，这有利于民俗学突破传统民间叙事体裁，从而更深入理解民间叙事背后的意义世界。在鲍辛格看来，民众叙述的内容是真实世界的替代物，而这些叙述本身也是真实世界。② 但不可否认，这些叙事仍然都是研究者与叙述者共谋的结果。换言之，无论看起来多么天然的民间叙事都是一种合作的独特制作。合作双方是研究者与叙述者，合作方式是二者相互协商，协商的基础是借助共享的符号、语言或肢体动作等极富象征意义和极具阐释张力的文化资源。在田野中，多数情况下，叙事都是通过个体表达的形式呈现出来。在华莱士·马丁看来，“叙述过程是一个理解世界的种种片面的与不恰当的方式的过程，它留在身后的余波不是一个构筑出来的意义，而是各种不同的假设性观点”③。因此，田野中的叙事本身是一种交流实践的结果。这种交流实践至少包含三个层面的内容：一是叙述者与自己的过去进行交流；二是叙述者与研究者或倾听者进行交流；三是研究者或倾听者借助讲述内容与自己的生活经验进行交流。以此观之，任何一次叙事事件都是借助共享文化资源建立意义空间的过程。在这个空间中，借助叙事、事件与时间实现互释，而生活的意义也得以在此生成。

民众总是倾向于将个人或集体的记忆通过叙事展示出来。田野中的叙事具有极强的即时性和建构性特点，正如折晓叶所说，“故事可谓是‘讲出来的’事实，讲述的人具有话语权，因而‘故事’从某种角度上说，是经

① 〔日〕西村真志叶：《日常叙事的体裁研究：以京西燕家台村的“拉家”为个案》，中国社会科学出版社，2011，第 14 页。

② 〔德〕鲍辛格等：《日常生活的启蒙者》，吴秀杰译，广西师范大学出版社，2014 年，第 36 页。

③ 〔美〕华莱士·马丁：《当代叙事学》，伍晓明译，北京大学出版社，2005，第 165 页。

过讲述者建构的事实”[①]。田野中的叙事深受周边环境影响，是倾听者或研究者与叙述者共同完成的作品。访谈与叙述是叙事的制作过程。叙事的制作过程，受到性别、社会语境甚至微不足道的各种细小因素的影响。如果研究者不能以过程和实践的眼光来看待叙事，在阐述其蕴含的意义时，就容易误入自我建构的结构和意义陷阱之中，毕竟研究者也是叙事文本的参与者甚至制作者之一。

值得注意的是，研究者在田野中获得的各种类型性或非类型性叙事，并非可供收藏或进行学术分析的资料文本，而是可以借此理解叙述者生命历程以及当前社会生活的方法。从这个意义上说，回归叙事学的民俗学在解析日常生活的意义上即具有了形式上的合理性。换言之，研究者可以通过叙事实现民俗学对日常生活的解读。日常生活的基本特性是实践性和过程性，而日常生活的意义正是彰显于已经完成的作为过去式的历史形态之中。研究者挖掘田野中获得的叙事文本及叙事文本产生的过程，从而实现对叙述者生活世界意义的把握。讲述是叙述者的行动，叙事是叙述者的文本，故事是叙述者的策略。伯格指出，“这些故事实际上是亲近的、口头的、日常的历史，它们的功能是使得整个村子定义自身”[②]。

研究者在分析田野中的故事时，往往将其简化为叙事文本或归类为某种叙事体裁，进而对其进行结构性、功能性或关联性分析。这样做的好处在于，它能使研究过程看起来真实可靠，而且有理有据，然而弊端也正在于此，研究者一旦对田野中的叙述行为进行文本化叙事处理，那么她/他就有可能忽视掉叙述过程的生动性，进而不可避免地将叙事抽离出生活世界，像把玩艺术品那样，对这些叙事文本进行品头论足，从而将对叙述者生活世界的解析转化成对研究者本人学术素养进行检验的游戏。通过这种转化，民俗学学术作品与民俗文化持有者或叙述者间产生了极大的张力，而且这种张力正在变得越来越大。学术与现实间不断扩大的张力至少产生了两个方面的后果：第一，在学科建设方面，本应是最接地气儿的民俗学，在实际研究中却越来越倾向于形而上的哲学思辨，或基于丰富的想象力对部分

---

① 折晓叶：《“田野”经验中的日常生活逻辑：经验、理论与方法》，《社会》2018年第1期。

② 〔英〕约翰·伯格：《讲故事的人》，翁海贞译，广西师范大学出版社，2017，第20页。

特定经验进行过度解读，以至于出现研究作品中既看不到民也看不到俗的尴尬局面；第二，在社会实践层面，近些年来“非遗”保护、传统文化复兴等文化事件中不乏民俗学者的身影，甚至可以说正是以民俗学为代表的学术界推动了这些文化事件的发展，不过，研究者在这些文化事件中并非总是发挥着正面作用，相反很多研究成果在指导实践时反而出现了极大误差。造成误差的原因当然多种多样，但学术研究与社会事实的脱节或脱嵌的学术倾向，无论如何都难辞其咎。

从某种意义上说，民俗志或民族志文本也是田野研究者制作的某种学术叙事。福柯说：“文学就是一场冒险，是文学语句中所有词语开展的冒险行为，归根结底，这一冒险就是：词语、句子以及其他所有的一切可能都不遵从规则。”[①] 实际上，民俗志或民族志作品又何尝不是一场冒险？民俗志或民族志作品实际上是田野研究者对田野资料进行文学加工的结果。与纯粹文学作品不同的地方在于，民俗志或民族志作品的词语并非完全由其书写者决定。民俗志或民族志作品书写者，通过对叙述者讲述的叙事文本进行转译而完成将他者生活变成文字的研究历程。如何保证这种转译不太离谱，是民俗志或民族志书写者需要时刻警惕的问题。

在反思既有研究的基础上，讨论如何使学术作品尽可能贴近现实的问题，需要重新解析学术作品的生产过程。如果说处于故事或叙事与读者之间的是叙述者，那么处于叙述者与读者之间的一定是田野研究者。马丁说，“处在故事与读者之间的是叙述者，他决定着讲什么和让人怎么看”[②]。读者能够看到什么样的叙述者的何种生活以及对叙述者生活的理解程度，取决于田野研究者的转述或转译能力。当然，田野研究者也可能会故意施加小技曲解或错误传输叙述者的本意以迷惑读者，并使读者做出错误判断。田野研究者的“说谎”行为，也许只是为维持某种学术理论和学术工作的正当性，但其学术作品产生的不良后果，可能会影响深远。关于这一点，看

---

① 〔法〕米歇尔·福柯等：《文字即是垃圾——危机之后的文学》，赵子龙等译，重庆大学出版社，2016，第 107 页。

② 〔美〕华莱士·马丁：《当代叙事学》，伍晓明译，北京大学出版社，2005，第 3 页。

看以研究南太平洋上萨摩亚人著称的玛格丽特·米德与弗里曼的争论即可。[①] 虽然这段学术公案迄今尚未形成具有广泛共识的结论，但有一点是明确的，二人在同一地点对同一主题进行研究，结论大相径庭，肯定有一方未能如实呈现田野中叙事的本来面貌。这桩公案为后辈民族志学者提供了思考空间，研究者到底该如何呈现田野叙事成为20世纪七八十年代之交，西方人类学界对田野作业和民族志研究展开深度反思的重要议题。[②]

从对生活世界意义的探讨来看，研究者在准备将叙述者的话语或叙事文本转译成民俗志或民族志作品时，必须将自己置身于研究场域之外，必须假定研究者和叙述者在访谈与讲述的交流互动中，共处同一个生活场域，共享同一套知识体系，或彼此能够最大限度地理解对方的话语及话语的隐喻意义。然而，这只是想象出来的理想状态。由于研究者与叙述者生活经验不同，对待叙述实践的立场不同及其他诸多方面的不同，二者经常会在关键话语的理解上出现分歧；或者说，二者间建立共享知识或解释体系的难度非常大，大多数时候二者都是在进行各自表述。在这种情况下，书写的民俗志或民族志作品就会遭到质疑：呈现给读者的到底是虚构作品还是叙事文本。在万建中看来，“事实上，在民俗学界，民俗书写的单边主义被视为理所当然，访谈依旧是常见的田野方式。主动权为调查者所掌握，当地人总是处于被动地位，由调查者们任意支配”[③]。

实际上，研究者开始对叙述者实施问题式访谈时就已为这种风险埋下了伏笔。的确，无论是结构式访谈，还是半结构式访谈，还是无结构式访谈，只要是以问题为导向的询问式访谈，就存在引导式设问的可能性。引导式设问，最大的好处是能使叙述者快速进入讲述状态，同时她/他的讲述或回答也会更富有效率。但问题也恰恰出现在这里。研究者没办法确定叙述者讲述的叙事文本到底体现着谁的意志。如果仅仅是借助叙述者之口替研究者说出某种叙事文本，那么访谈本身可能仅仅是种形式，作为访谈的

---

① 〔澳〕德里克·弗里曼：《玛格丽特·米德与萨摩亚——一个人类学神话的形成与破灭》，夏循祥译，商务印书馆，2008，“代译序”，第6-11页。

② 〔美〕詹姆斯·克利福德、〔美〕乔治·E. 马库斯编《写文化——民族志的诗学与政治学》，高丙中、吴晓黎、李霞译，商务印书馆，2006，第43页。

③ 万建中：《民俗书写的权力与权力实践》，《思想战线》2018年第5期。

结果，民俗志或民族志作品仍然不能摆脱沦为虚构作品的宿命。在虚构的民俗志或民族志作品中，生活实践与叙事活动相互分离。此时，叙述者或许仅仅是参与了事件的引导式重构。事件到底是什么样子，也许早已变得不再重要。在研究者精心构建的学术话语场域中，叙述者也许仅仅是用看起来更接近生活的话语体系，重述了研究者的理论体系或为这种理论体系提供了看起来颇具说服力的“当地人”视角。在这个过程中，无论研究者还是叙述者，都成为被动地检验既定理论的执行者，从而丧失了交流实践中平等对话的主体性。在民俗学领域，钟敬文先生曾呼吁，中国民俗学不能做外国民俗学的“派出所”。① 这就要求民俗学在具体研究中，必须注重主体性，一方面是研究者的主体性，另一方面是叙述者的主体性。如何将实践主体拉回民俗学研究之中，是实践民俗学研究的重要问题。

五　民俗学的实践主体：讲故事的人和写故事的人

通过田野作业理解和解读民众生活文化与意义世界，是当代民俗学的学术追求之一。研究者与叙述者（被研究者）共同完成该研究过程。同时，通过学术话语的灵活运用，研究者将叙述者的生活及叙事转译成为民俗志或民族志文本。因此，民俗学的实践主体应由叙述者与研究者共同构成，亦即在民俗研究中，研究者与叙述者是互为主体的平等协商关系，是民俗志或民族志作品的共同制作人，可以说，“我们都是故事生产过程中的一个重要环节”②。

如果说研究者在书写民俗志或民族志作品中充当了写故事的人的角色，那么叙述者就是讲故事的人，而且她/他必然是书写故事作品中的主角。“故事”对于民众日常生活来说，有着重要的意义，它通常以叙事的形式表现出来。不过，比故事更有意义的是故事的讲述。成伯清说：“社会生活本身就是高度故事化和情节化的，人本来就是讲故事的人。”③ 讲故事本身是

---

① 钟敬文：《建立中国民俗学学派》，《民族艺术》1999 年第 1 期。

② 黄盈盈：《作为方法的故事社会学——从性故事的讲述看“叙述”的陷阱与可能》，《开放时代》2018 年第 5 期。

③ 成伯清：《时间、叙事与想象——将历史维度带回社会学》，《江海学刊》2015 年第 5 期。

一种艺术性的交流实践，通过故事的讲述，过去曾经发生过的或仅仅是建构或想象的事件，成为民众的集体记忆或个体记忆。本雅明指出，“讲故事的人取材于自己亲历或道听途说的经验，然后把这种经验转化为听故事的人们的经验。讲故事存在于人与人的交流当中”[①]。不过，一旦故事变成记忆的载体，它就与真实情境相分离了。或者说，此时，故事已变成通过“讲述”生产出来的事件。在这个意义上，故事具有了连接历史与当下生活的属性，作为表现形式的叙事也就具有了这种属性。

在叙事文本的生产过程中，最具权威的叙述者并不总是故事或事件的亲历者，而往往是那些有能力通过叙述策略和技巧将事件以有趣的方式呈现出来的转述者或讲述者。从这个意义上讲，故事属于讲故事的人，与亲历者或见证人关系不大（当然亲历者如果恰好是合格的故事讲述者除外）。另外，即便是那些不善言语表达或讲故事的天赋不是很高的叙述者，在倾听者或研究者的请求下，勉为其难地讲述一些经历过或听说过的事件时，也总是多声部地呈现，比如她/他可能会在叙述中多次提及，“某某人告诉我的”“我只是听说”“有些事我想不起来了，他们说……”等等。很多时候，事件经历者并非不愿为过去的历史做见证，很可能她/他只是不善讲故事。艾米·舒曼已经敏锐地发现，“尽管人们讲述的是自己的故事、经历，但这些讲述不可避免地间接地包含了他人的声音和经历”[②]。这并非奇谈怪调，研究者在田野中并不难遇到这样的例子，当问及自认为“嘴笨”的事件经历者时，她/他往往会说，“你去问某某吧，他当时也在场，他可会讲了”。又如笔者在乡村调研时，问及村中年长妇女有关“大饥荒”的相关记忆时，她们经常说“你问俺当家的去吧”或是“我一个农村妇女，能知道啥”之类的话语。

诸如“他会讲”（就讲述能力而言）和“当家的”（就讲述资格而言）之类的表述，实际上都暗含着至少两个层面的意思：第一，对于叙述者而言，其所经历的历史以故事形式存在；第二，这些故事需要会讲的人或有

---

① 〔德〕本雅明：《单向街》，陶林译，江苏凤凰文艺出版社，2015，第113页。

② 〔美〕艾米·舒曼：《个体叙事中的“资格”与“移情”》，赵洪娟译，《民俗研究》2016年第1期。

资格讲的人将其呈现出来。在这种机制下，有能力或有资格讲述的人构成了村落或社区知识精英，他们通常是村落或城市社区集体记忆的生产者，其他村民，包括事件亲历者或见证者都变成这些记忆的消费者和被动倾听者。民众之所以会将故事的讲述看得比故事（其所经历的事件）本身还要重要，大概是因为对于他们而言，讲述故事的主要目的也许并非还原过去的生活片段，而是赋予其当下生活的意义，以助于理解现在和更好地走向未来，“这样可以更好地设想一条通向未来的路径，将过去、现在和未来编织成一个有意义的整体”①。

20 世纪七八十年代以来反思人类学与反思民族志研究的出现，打破了传统人类学家制作民族志的规范，越来越多的人类学家开始承认自己并不能如传统人类学所要求的那样，成为全知全能的叙述“当地人”生活和以“当地人”身份发言的客观主体，“民族志的经验和参与观察的理想被证明是有问题的”②。在后来更多的民族志作品书写中，人类学家开始悬置主客体讨论，并开始尝试让“当地人”发声，让“当地人”真正成为生活和文化的实践主体；在民族志书写过程中，尽可能呈现“当地人”的声音，甚至有些作品把采访录音中整理出的语句作为文章标题或副标题，但这仍然是一种有意识地运用写作语用学的誊写方式。③ 同时部分人类学家也开始承认研究者永远不能穷尽“当地人”的文化事象，也很难从中归纳出抽象的普适逻辑和规律，他们开始意识到民族志作品撰写不过是一种“写文化”，是另一种形式的文学创作。④ 然而，无论这些反思人类学者如何表明态度，他们仍难以摆脱西方中心地位和西方主体地位的研究倾向。尽管在研究中研究者声称其尽可能运用了当地人的语汇分析当地人的文化意义与生活底蕴，但他们最终仍是将这些鲜活的语汇从生活中剥离出来，最终转译成符

① 〔澳〕杰华：《都市里的农家女——性别流动与社会变迁》，吴小英译，江苏人民出版社，2006，第 20 页。

② 〔美〕詹姆斯·克利福德、〔美〕乔治·E. 马库斯编《写文化——民族志的诗学与政治学》，高丙中、吴晓黎、李霞译，商务印书馆，2006，第 43 页。

③ 〔法〕皮埃尔·布尔迪厄：《世界的苦难：布尔迪厄的社会调查》（下），张祖建译，中国人民大学出版社，2017，第 1154 页。

④ 〔美〕詹姆斯·克利福德、〔美〕乔治·E. 马库斯编《写文化——民族志的诗学与政治学》，高丙中、吴晓黎、李霞译，商务印书馆，2006，第 55 页。

合西方学术话语规范的民族志作品。对此，布尔迪厄一针见血地指出，“誊写必定意味着书写，也就是重写”[①]。因此，对于同样以田野作业为主要研究方式、以民族志作品为研究展示载体的人类学而言，最纠结的大概莫过于在“重写”的文本中寻觅当地人“本真”的声音，而这本身就是悖论。

相对于以研究异文化为主要学术传统的人类学来说，民俗学更强调对本土生活文化的关注，并形成相应的学术传统。换言之，民俗学学术传统中鲜有西方人类学领域有意或无意地显露出对“他文化”的近乎天然的傲慢。这对突破人类学者主体性边界有着重要的助益，尤其是近些年来，中国民俗学界越来越多的学者开始注意到，在研究本土生活文化的田野中，需要将研究者个体的生活经验，同当地人的生活结合起来，通过“感受”[②]“体验”等方法，去理解当地人的生活意义，并把这些感受形成叙事文本呈现出来。至此，民俗不再仅仅是研究对象，而是可借以观察文化持有者心性以及探究民俗中所孕育的意义世界的路径[③]，同时，民俗也被看作文化持有者的交流实践以及研究者与叙述者之间的交流实践。岩本通弥指出，这便是通过民俗去研究社会生活，民俗在这里不再仅仅是一种研究对象，而更成为一个切入点，成为我们认识和理解民众社会生活的桥梁和路径。[④]

如何通过民俗去探究民众的日常生活及意义世界？本文认为，叙事学相关理论为民俗学提供了某种转向的可能，亦即通过对日常叙事的关注，实现对民众日常生活及意义世界的关注。日常叙事往往以故事或讲故事的形式呈现，正如伯格所言，“故事是纪实的，或目睹、或耳闻。每天发生的事件和遭遇被纳入人们的日常叙事，这些尖刻的评判和彼此间终生的熟稔构成了所谓农村的‘闲话’（gossip）”[⑤]。在澳大利亚人类学家杰华看来，民众的日常叙事和生活故事，除可以作为通向理解民众生活世界的路径外，

---

① 〔法〕皮埃尔·布尔迪厄：《世界的苦难：布尔迪厄的社会调查》（下），张祖建译，中国人民大学出版社，2017，第 1155 页。

② 刘铁梁：《感受生活的民俗学》，《民俗研究》2011 年第 2 期。

③ 李向振：《“通过民俗”：从生活文化到行动意义的摆渡——兼论当代民俗学研究的日常生活转向》，《云南师范大学学报（哲学社会科学版）》2018 年第 1 期。

④ 〔日〕岩本通弥：《以“民俗”为研究对象即为民俗学吗——为什么民俗学疏离了“近代”》，宫岛琴美译，《文化遗产》2008 年第 2 期。

⑤ 〔英〕约翰·伯格：《讲故事的人》，翁海贞译，广西师范大学出版社，2017，第 20－21 页。

还可以成为反思既有民族志作品中当地人主体缺位的研究倾向，“对于生活故事（包括事件结构、评价体系和解释体系）的批判性考察和比较，可以揭示人们在认同、经验和理解方面有意无意受到特定话语影响的方式……对生活故事的比较也可以揭示个体在相似的话语环境中所选择的不同路径，以及在特定的生活情境中获得的不同认同和采取的不同行动过程。这些又反过来对个人生活于其中的话语本身具有潜在的破坏或巩固作用”①。

尽管杰华等人意识到生活故事与日常叙事对于人类学民族志作品的重要性，但他们作为饱受西方人类学叙事训练，且没有太多田野区域生活经验的域外人类学家，无论如何也难以真正理解当地人文化和生活的最深层结构。因为“讲故事由说者和听者配合完成，需要双方建构一个会意空间，达成一定程度的相互理解”②。从某种意义上说，讲故事的人通过故事来理解和解读曾经发生的事件，同时研究者又可以通过故事去理解这些人的生活世界。因此，对于作为写故事者的研究者而言，讲故事的人至关重要。

六 结语

理解生活世界，为生活寻找意义，是人文社会科学不可推卸的责任。以研究民俗文化和民众生活为己任的现代民俗学，理应在理解生活意义方面做得更多。如何理解生活文化与意义世界？一代又一代的民俗学者为此付出了极大努力，无论研究方法还是研究理论，都在与时代博弈中不断更新换代。社会转型带来生活变革，生活的意义也随之发生改变。旧有理论工具与研究范式在面对新时代的生活世界时越发无力。在这种情况下，身处现代性囹圄的民俗学学科急需新研究理论或研究范式的拯救。然而，平地抠饼式的理论创设毕竟只有少数学术奇才才能做到，对于大多数研究者而言，与其重打锣鼓另开张，不如将精力用于借鉴其他学科的理论体系，以反思和完善现有的研究。

---

① 〔澳〕杰华：《都市里的农家女——性别流动与社会变迁》，吴小英译，江苏人民出版社，2006，第 17 页。

② 刘子曦：《故事与讲故事：叙事社会学何以可能——兼谈如何讲述中国故事》，《社会学研究》2018 年第 2 期。

如前所述，在文学评论领域，通过叙事理论理解文学作品早已是常识。但对于民俗学而言，通过叙事理论理解生活世界，却是需要深入讨论的话题。事实是，叙事正是研究者理解民众生活世界的入口，正如马丁所言，“我们每个人也有一部个人的历史，亦即，有关我们自己的生活的诸种叙事，正是这些故事使我们能够解释我们自己是什么，以及我们正在被引向何方”①。无论个体生活，还是集体生活，其能够躲过历史的车辙、穿过时间的隧道来到当前或走向未来，其所凭借的重要方式之一就是生活文本的故事化。对于民众而言，大多数时候，生活都是琐碎的，我们几乎体验不到意义感，然而，一旦以某个线索为契机，去回顾某个生活片段，这段生活就立即饱满起来，成为有血有肉的故事，并被叙述者以优美或生涩的语言表现出来。这就是生活文本的故事化过程，而叙述就是故事化的形式。叙述的内容亦即叙事则是生活的故事化呈现。从学术上解读生活实践，正是解读生活的文本化过程，即研究者在一个选取的线索指引下，抽丝剥茧般地将杂乱无章的生活理出一条脉络，然后将之化作文字，形成学术作品。

本文认为，将叙事学引入当代民俗学领域，至少存在三个方面的好处：第一，对田野民俗志或民族志研究进行反思，研究者在田野中不仅要倾听叙述者说了什么，更要以叙事学视角去分析作为行为表达的叙述所发生的社会情境、讲述方式以及叙述者话语中暗含的真正意图；第二，叙事学有助于研究者克服从田野到田野的学术倾向，有助于研究者深度解读田野访谈资料，有助于克服当前民俗学领域出现的“泛语境主义”倾向和过度强调文本的形式主义和结构主义分析倾向；第三，将叙事学引入民俗学，可以与民俗学叙事研究传统相呼应，在深化民俗学对日常生活领域观照的同时，推进民俗学的实践主体回归，为实践民俗学的具体研究提供可能的研究思路和可行性研究路径。

总而言之，在民俗学领域，通过田野获得叙事并非难事，但对这些叙事的解读并从中发现和体验到叙述者的生活意义，则需要敏锐的洞察力和

---

① 〔美〕华莱士·马丁：《当代叙事学》，伍晓明译，北京大学出版社，2005，第1页。

相关理论的应用能力[①]，以及对学术作品长期保持的警惕和反思能力。转向日常生活的民俗学，是对民俗学传统范式的革命；通过民俗去理解和解读日常生活，是对传统的研究对象日益消解的抗争；引入叙事学尤其是新叙事学理论，则是对通过民俗进行研究理念的路径探索。研究者需要在叙述者或显或隐的话语与修饰词中解读出其个体生活的真实感悟，以及时代与历史对其生命历程的影响，甚至还包含了国家与个体的互动和博弈、传统与现代的碰撞、研究者与叙述者的相互协商和交流实践，等等。从某种意义上说，实践民俗学就是强调研究者与叙述者的交流实践，以及叙述者的生活和文化实践，叙事学理论则对这些交流实践与生活和文化实践的深度理解和解读大有裨益。

---

① 刘子曦：《故事与讲故事：叙事社会学何以可能——兼谈如何讲述中国故事》，《社会学研究》2018 年第 2 期。

非遗论坛

非物质文化遗产保护运动是由政府发起与主导的传统文化保护运动。自2005年3月26日国务院办公厅发布《关于加强我国非物质文化遗产保护工作的意见》以来，非遗保护迅速成为一项广受各界关注的文化保护运动。反映在学术研究上，“非遗保护”成为民俗学、艺术学、人类学等各个学科广为关注的话题。作为当下非遗保护运动的主导性学科之一，民俗学更是这一话题的重要参与者：在广泛田野调查的基础上，对非遗保护的理念、行动、方式方法等进行广泛讨论，以图为当下的传统文化保护、政府政策制定、社会经济发展等提供建议、思路与对策。

中国非物质文化遗产保护理念的几个关键性问题*

马知遥　刘智英　刘垚瑶**

摘　要：中国非物质文化遗产的保护与发展，经历了由起步到发展，到推动和加速期及发力期五个时期。非物质文化遗产保护工作在实践中逐步深入，从对非物质文化遗产的保护到关注传承人能力的提高，再到帮助他们在实践中发展壮大。非遗研培计划使艺人们获得文化自信，非遗经纪人或文化中介人队伍也可为非遗的推广与创新助力。近年来，非物质文化遗产的公共文化属性正在不断增强，也逐渐得到各地政府的关注。但非物质文化遗产的共享性也使得手工劳作面临批量化生产的危机，因此需要对稀缺的非遗项目更加重视。创造性转化与创新型发展的非物质文化遗产保护理念需要深入人心。

关键词：非物质文化遗产；公共文化；文化中介人；非物质文化遗产评定标准

非物质文化遗产保护是人与社会长期互动的过程。这个过程从一个全民性的文化热题转向全民性的文化事业。这使得非遗的保护理念与原则不断地发展与完善。非遗保护理念如同非遗本身的活态性，也需要“活态”

* 本文选自《民俗研究》2019 年第 6 期。本文系国家社科基金重大委托项目子课题“天津皇会”（项目编号：YXZ2016017）、天津大学自主基金支持项目“非物质文化遗产的美学研究”（项目编号：0701020302）的阶段性成果。

** 马知遥，天津大学国际教育学院教授；刘智英，天津大学建筑学院博士研究生；刘垚瑶，天津大学建筑学院博士研究生。

调整。文化遗产保护工作者只有对保护理念不断地做出思考与调整，才能使非遗保护理念与实践相得益彰，共生共赢。因此，为做好当下非遗保护工作，我们有必要回溯非遗保护的理念，结合目前实践保护中出现的新问题与新现象，立足我国非遗保护的政策环境，提出一些建设性思考，为当下非遗保护工作提供借鉴。

一　当代中国非物质文化遗产保护发展脉络

中国非物质文化遗产保护工作已经进行了 19 年，这 19 年来人们对于非物质文化遗产的认识和保护理念也在不断发生变化。如果做一个历史的回顾，我们大体可以把非物质文化遗产保护工作分为五个阶段。2001—2003 年是非物质文化遗产保护的起步阶段。以 2001 年昆曲入选“人类口头与非物质文化遗产代表作”为标志，学者们开始投身于这一新的研究。同年 5 月 18 日，联合国教科文组织宣布第一批“人类口头和非物质文化遗产代表作”，包括我国昆曲在内的 19 项代表作获得通过。“非物质文化遗产”作为一个特定的专业学术术语进入学术界的视野。在中国知网输入“非物质文化遗产”关键词进行查询，期刊、论文、新闻稿、会议记录、访谈等文献 2001 年为 305 篇，2002 年为 611 篇，2003 年为 1097 篇。通过梳理与研究这三年文献，笔者发现，该时期“非遗”作为新生热词出现，学术研究还处于启蒙探索阶段，缺少积淀，学术自主性和独立性较差。

2004—2006 年是非物质文化遗产保护的启蒙阶段。其间最为显著的事件是 2004 年联合国教科文组织《保护非物质文化遗产公约》[①] 获得全国人大常委会通过，吹响了中国非遗保护的号角。2006 年，随着政府推出一系列与非遗保护相关的政策与方案（比如，5 月 20 日公布了第一批国家级非物质文化遗产名录，6 月 10 日设立“中国文化遗产日”等），非物质文化遗产保护开始获得广泛关注。这一关注辐射到各个高校，有关非物质文化遗产的专业教育成为热点话题。2006 年设立的“中国文化遗产日”对近年来非物质文化遗产的保护产生了积极的推动作用。

---

① 《保护非物质文化遗产公约》在 2003 年 10 月在联合国教科文组织第 32 届大会上通过，于 2006 年 4 月生效。

2007—2011 年是非物质文化遗产保护的推动和加速阶段。2007 年，对于中国非物质文化遗产保护而言意义非凡。这时，中国非物质文化遗产开始以自信的姿态、独特的魅力主动走出国门，走向世界，敞开怀抱接受世界的品评。以古琴为代表的中国非遗的展演、展示在世界舞台上大放异彩，专家学者向世界积极介绍、宣传中国非物质文化遗产，学术界视野更为开阔，非物质文化遗产研究更为丰满与具体。这一时期，保护主体各司其职、积极主动，非物质文化遗产保护工作多元并举。2011 年关于非遗保护实践的理论研究有很多，尤其是对博物馆、图书馆、档案馆、科技馆等公共文化机构更加关注，对非遗保护实践工作中总结、提炼出的理论进行反思与探究。特别是根据《中华人民共和国非物质文化遗产法》（以下简称《非遗法》）第 35 条的规定，保护实践，理论先行，为公共文化机构在非遗传播和传承中的作用指明了方向。承担非遗整理、研究与学术交流任务的高校也开始多手抓、多手硬，教育培训、宣传推广以及理论研究同步进行。《非遗法》的颁布让我们弄清了非遗保存和保护的区别，怎样去保存，成为学术界需要思考的问题。于是，最有效、最便捷、最科学的数字化保护在学术界获得广泛探讨。

2012—2015 年是“后申遗时代”的起步年，又属于非遗保护的稳定期和反思期，申遗热潮逐渐退去。这一阶段主要涉及的热点关键词有生产性保护、生态保护、非遗的产业开发、旅游开发等以及 2011 年刚颁布的《非遗法》。这一时期，保护与认识非遗的实践维度愈发获得重视，保护热词“生产性保护”在学术探讨中频出。非遗产业化与非遗产业开发的区分成为关注的热点。与此同时，非遗中的经济属性更受关注，表现为旅游产业与非遗具体融合。这一阶段，生态性保护成为非遗的一种重要的保护方式。

随着非物质文化遗产保护工作的深入，保护理念也在发生微妙的变化，过去一向被专家和保护工作者挂在嘴边的“原汁原味”的保护开始淡去，过去谈非遗与创意“色变”的情况已经不复存在。针对非遗保护工作中越来越明显的博物馆化、过分强调原汁原味带来的非遗僵化、过度的旅游开发和其他商业行为带来的非遗歪曲化等现象，政府部门已经开始了顶层设计，避免了一些有损非遗持续性发展的偏狭思路，并进一步明确非遗保护工作的指导思想、基本原则、主要任务和主体地位、成效衡量等。习近平总书记新时代中国特色社会主义思想和关于弘扬传承优秀传统文化、实现创造性转化和创新性发展的重要论述，是做好非遗保护工作的根本指导。时任文化部副部长项兆伦在讲话中提出：“1. 秉持见人见物见生活的基本理念。2. 注重实践。实践是非遗传承延续的核心，是非遗活力的基本体现。3. 尊重传承人群的主体地位和权利。”[①] 可以说政府主管部门对文化遗产保护意识的统一以及对非物质文化遗产保护原则的规定，是通过大量实践获得的，是带有中国特色的非遗保护思路和智慧的。和过去的保护思路比较，我们欣悦地发现，非遗保护已经不只是强调保护，而是在保护中强调对非遗传承人传承能力的提高，帮助他们在实践活动中发展壮大。这在以往的保护中是不可能实现的。

在有些掌握话语权的专家口中，非遗应该保持“原汁原味”，否则就是破坏。这样的思想延续了多年。大量的田野案例、大量的基层声音、大量的乡土实践反馈给我们的并不是这样。非遗主要活跃在乡村，其创作者是乡民，使用者是乡民，观赏者也是乡民。我们要做的是附耳倾听、眼光向下，因为非遗保护与传承靠的是他们。非遗的“原汁原味”不是专家的田园诗、山水画。走在乡间，生活在乡里，你看到的是一位头发花白，手艺精湛，为了供养孩儿深夜赶制草辫的老奶奶；是宁愿拆掉几辈世居的海草房，也要住上红瓦白砖的现代房的苫匠们；是深爱手头上的手艺却宁肯让它断掉也不愿自己后代从事同样手艺的年画师傅。这些才是真实的，这些才是现在非遗的“原汁原味”。我们要知道传承人不光有非遗，还有生活，让他们保护与传承，最主要的是要让他们活下去、活得好。笔者采访天津市刘家园永音法鼓杨奎举传承人时，他如是说：“还嘛原汁原味，你看嘛，不原汁原味都传承不下去了，（都）没人学了。”先不说技法、步调等的改良，法鼓传男不传女，传内不传外的传统传承方式早已不再“原汁原味”，

---

① 项兆伦在全国非物质文化遗产保护工作座谈会上的讲话，见 http://www.ichtianjin.com/a/policy/2018/0912/448.html。

杨奎举说："老外也收啊！太欢迎了，我们老祖宗的文化就不能传到国外嘛？"[①] 天津刘家园庆音法鼓田文起说："你只要是来学，不但不用你交学费，过后我还给你点小奖品。"[②]

第二批国家级非遗草编传承的状况进一步说明了"原汁原味"的保护是不可能实现的。草编最初的样式是草辫，草辫是草编艺术品的原始雏形，通过麦秸草、芦苇、玉米皮、拉菲草等乡土材料挑拨编织，掐出最初长辫形的样式，这个过程称为编草辫。在草辫基础上通过设计者提供的样图对草辫进行编制的过程，称作草编。在莱州，草编最早的原料是麦秸草，中华人民共和国成立前主要是用小市麦、蝼蛄腚、大红麦、小芒麦、白沙麦等麦秸草。中华人民共和国成立后至今，小麦品种更新 6 次，引进推广优良品种 78 个。随着新技术的引进，麦茎短而粗壮，使得麦秸草无法继续作为草辫原料使用下去。民国初年，在太平洋万国巴拿马博览会上获得特别奖的草编四大名品"沙河黄""沙河白""莱州锯条"与"莱州花"已然绝迹，当地乡民被迫在实践中不断改良与变化。

草编的另一个主要原材料玉米皮在玉米联合收割机等现代农机推广及脱皮技术跟进下，也难逃"厄运"。当地乡民为了让编草辫工艺继续活下去，开始引入蒲草、三菱草、拉菲草等，甚至出现当下比较多见的纤维质地的草绳。省级非遗传承人郑金波认为，编草辫虽然已有 1500 多年的历史，但是草编（不管是材料、工具还是技艺）近百年的变化比过去一千多年都要多。事实已然表明，僵化的保护方式不符合自然、社会发展规律，导致众多被保护下来的非物质文化遗产无法继续生存。如果无视当代生活需求的变化，如果传承人本身不去主动做出改变，按照专家设想的"原汁原味"保护，这种非物质文化遗产必将被淘汰。失去自我造血功能的非遗，一旦离开国家的扶持就会陷入贫困。所以"见人见物见生活"的原则是非物质文化遗产保护的根本，非遗本身就是生活的一部分，必须在人民群众的实

---

① 访谈对象：杨奎举；访谈人：马知遥、刘智英、马延孝；访谈时间：2016 年 11 月 3 日；访谈地点：天津市河西区南楼前程里 72 门 302 室。

② 访谈对象：田文起；访谈人：刘智英；访谈时间：2017 年 2 月 11 日；访谈地点：天津市北辰区刘园新苑活动室。

践活动中发展变化，它们本身就是群众劳作模式的一部分，就是传统的重要内容。群众会根据需要对其进行改造，没有实践能力的非遗必然失去活力。过去专家们提出的“民间生产，精英挑选”是对民间文化、对非物质文化遗产的不尊重。笔者在中国非遗传承人群面塑技艺研培研修计划前期的走访调查中，就面塑技艺走访发现，越是获得四邻八乡认可的、生意红火的传承人，越渴望获得进一步提高的机会。“你是不知道啊，之前是没有渠道，只能通过自己的摸索和一些机构组织的评比活动得到提升，老娘前几年瘫痪在炕，我日夜守候，伺候老娘，很多机会失去了，现在（母亲离世后）有了这个机会，我哪怕一个月不赚钱，也要去提升提升自己。”① 这是莱州市吴三村小有名气的面塑艺人盛乐文说的心里话。其实，他们才是民间生活的主人，是非物质文化遗产的创造者和传承者，他们有权利解说他们的作品，有权走出乡村获得更多受教育的机会。政府和专家倾听传承人的心声，对他们进行适时引导和帮助，是目前非遗保护和传承发展的积极思路。“民间创造，民间挑选”是非遗保护的一种更为可行的方式。“批判的立场帮助在日常生活中造成文化遗留物，反思的立场把文化遗留物命名为非物质文化遗产，给予遗留物重新成为日常生活的有机组成部分的机遇。”② 当我们的国家和民众已经将过去的传统视为被保护的对象时，非遗的发展迎来了机遇，对生活在其中的人也是机遇，而政府统一而明确的保护原则和工作理念必将给今后的非遗保护带来无限可能。

2016 年至今是非物质文化遗产保护的“发力期”。2015 年，文化和旅游部、教育部共同决定实施中国非物质文化遗产传承人群研修研习培训计划，计划着眼于“强基础、拓眼界”，旨在利用高校资源，对资深从业者或较高水平的从业者进行培训，实现跨界交流，助推非遗保护与传承。2016 年以后高校研培计划继续，非遗进入高校的新的保护和传承模式得到强化和推进。2017 年，中共中央办公厅、国务院办公厅发布《关于实施中华优

① 访谈对象：盛乐文；访谈人：刘智英；访谈时间：2019 年 5 月 21 日；访谈地点：莱州市吴三村盛乐文家中。

② 高丙中：《从文化遗留物到非物质文化遗产》，见 http://www.sohu.com/a/257199416_99944477，2018 年 9 月 30 日。

秀传统文化传承发展工程的意见》（简称《意见》），非遗作为增强社会主义文化软实力、实现文化强国任务的抓手出现在《意见》中，涉及全面传承与发展非遗工程，进一步完善非遗保护制度，实施传统工艺振兴计划，保护与传承方言文化等。同年，国务院发布了《中国传统工艺振兴计划》，针对非遗名录十大类中的传统工艺从国家层面做出了针对性计划；建立国家传统工艺振兴目录，扩大非遗传承人队伍，将传统工艺作为中国非遗传承人群研修研习培训计划的实施重点，将顶层设计与现实实践进行对接。

非遗保护与传承工作在此时段进行得更为从容，实践工作与顶层设计互动，顶层设计助推实践工作。对于非遗保护与传承的薄弱点、困难点，国家频频亮重拳，下猛药。这一时期总体着眼于现实，面向未来；既有全局把控，又做到了重点突出。

二　非物质文化遗产的“公共文化”性

公共文化是“相对经营文化而言，是为满足社会的共同需要而形成的文化形态，强调的是以社会全体公众为服务对象的公共行政职能，目标是人人参与文化，人人享受文化，人人创造文化”①。非物质文化遗产在不断的保护实践中，渐渐地从某些专家收藏式的欣赏和博物馆化的收藏视野中开始向大众展示和推广，这是近年来非遗保护原则和理念变化带来的最让人欣悦的事情。这说明政府和专家们已经意识到，非遗作为民众生活的一部分，不是谁可以私藏和独占的。非物质文化遗产的“公共文化”属性正在不断强化，而且事实上非物质文化已经成为公众共同关注和“消费”文化的一部分。公益性文化事业和经营性文化产业两大部分首次在党的十五大报告获得明确区分。随后，国家支持和保障公益文化事业在党的十六大报告中进一步明确。实践证明，以政府为主导繁荣公益性文化事业，以市场为主导发展文化产业，坚持文化事业和文化产业双轮驱动，才能形成公益性文化事业的“补血”和“造血”机制。除了国家政策的强势扶持以外，各地政府也纷纷出台相关保护条例对其进行帮扶，而且把非物质文化遗产

---

① 印兴娣：《浅谈苏南地区农村公共文化建设》，《常州信息职业技术学院学报》2015年第2期。

的保护和发展工作作为公共文化服务体系建设中的一项考核指标。非遗成为“公共文化”的组成部分已经成为事实。从公共文化的公益性、便利性、均等性特点看，非物质文化遗产都符合上述要求，而且随着文化与自然遗产日的深入人心，非物质文化的公益文化服务性质愈发明显。在这样的大趋势下，我们需要明确，作为公益性文化的承载者，非物质文化遗产传承人有责任和义务配合政府的文化宣传和公益性活动，积极开门收徒，宣传优秀的传统文化技艺和记忆。在自我传承中还需要不断加强自我造血能力，这时候作为公益的文化需要寻找市场规律，在提升文化附加值的同时，形成良性的可持续发展态势。在笔者实地走访全国各地多项非遗过程中，许多传承人都有自己的主业或副业，虽然这些事业多是营利性的、非公益性的，却反映了一个事实：有一部分非遗保护与传承需要市场来进行“补血”与“造血”。如浙江省东阳木雕市级传承人蒋宝良有自己的加工厂；山东省莱州市草编技艺省级传人孙玉兴平时开高端培训画室反哺草编传承。麻渠大糖制作技艺传承人孙聪彬平时也干着建筑工程的活儿。走向市场获取盈利的非物质文化遗产是否还属于公共文化似乎将成为一个问题。其实，公共文化服务从文化权益出发，可以分为基本公共文化服务与非基本公共文化服务两类。“非基本公共文化服务是指为了满足人民群众不断增长的文化需求，遵循非营利的原则，以低价有偿的方式向公众提供的文化服务。”①

现实存在的一个问题是，在非物质文化趋向公益文化事业，成为公共文化的一部分时，一些本来就有很高商业价值的非物质文化遗产开始受到市场的青睐，比如一些传统手工艺品从过去的价格低廉，到成为省级或者国家级非遗后身价倍增，有些价格已经不是普通消费者所能够接受的。本来的公共文化产品有不断向高端奢侈品发展的趋势，这时候如何看待公共文化的商业性和营利色彩是我们接下来要去思考的问题。

产业化经营是指集成同类或同行业的企业和组织，从零散的经营转向以市场为导向、以效益为中心、以工业生产为标准的大规模生产运作。在发挥产业化功能方面，可以以创意园的方式发挥地方非物质文化遗产产业

---

① 高福安：《公共文化服务体系建设创新研究》，中国传媒大学出版社，2018，第2页。

化功能。[①] 政府和专家已经意识到了这样的变化，并意识到非遗产业化的可能。这时候需要警惕的是，获取市场赢利能力的非物质文化遗产在不断地创新和发展中，在不断改善传承人生活境况的同时，会不会因为创新而损伤作为非遗存在的核心价值，如手工艺类非遗本身所承载的可贵的“手工性质”。笔者在田野调查中发现，黎侯虎是布老虎技艺中的一个品牌，传承人高秋英老师的生意却并不如意，其中有一个重要的原因便是高老师开门授徒后，徒弟们让“黎侯虎”的品牌进入了市场，这无形中冲淡了高老师的生意。作为该布老虎制作技艺原创者的她，如今却成了“受害者”。由此便可看出，非遗保护大势无形之中强化了艺人们文化自觉的潜意识，使得她们认识到了自己原创的手工技艺的价值和意义所在。与此同时，他们也在秉承手工性的传统工艺，可以市场上的种种因素使他们举步维艰。在生存和市场的双重压力下，如何让艺人做到心无旁骛，不因为订单的追逼和市场的诱惑而使珍贵的手工技艺尘封，致使批量化、简单化的作品产生，是值得关注和亟待解决的问题。[②]

三　非物质文化遗产的共享性

在新媒体发展的今天，非物质文化遗产已经开始成为新媒体关注的重要内容，非遗从公益性的公共文化事业正在成为一项可以共享的精神文化财富。这本来是好事，但在全民共享非物质文化遗产成果的同时，非遗本身具有的“核心价值”开始缺失。尤其是在传统工艺类的非遗在各种渠道的资助下获得全面复兴的今天，批量化的生产成为艺人们劳作的常态。

其一，共享性。非物质文化遗产一旦走入公众视野，过去“养在深闺人不知”的局面被彻底打破，过去可能只是某个区域或族群使用的非遗，被更广泛的民众认可并开始使用，通过新媒体的即时性传播，它们甚至为世界民众所认识。共享性已经成为非遗当前的重要特征。而人类非物质文化遗产保护的目的之一就是文化遗产的共享，在共享的同时保持文化的多

① 高福安：《公共文化服务体系建设创新研究》，中国传媒大学出版社，2018，第 84 页。

② 马知遥、唐娜、刘晓琰：《布老虎寻踪——北方三省布老虎活态调查和研究》，人民出版社，2017，第 284 页。

样性发展。学术界还有一种观点认为：文化共享会让文化产生变异，破坏差异性，从而使文化同质化发展。这些担忧有些多余。共享是非遗物质层面的共享，而不是非物质层面的共享。比如，相声作为大众的艺术，大众共享的是舞台呈现、临场发挥，而不共享其专业积累；对于剪纸，大众共享的是呈现的剪纸作品、原料工具与剪制过程。拿传统节日来说，即使中国最普遍的传统节日——春节，也仅在有华人的地方盛行，而且各地也有相当的差异，每个地方都各有特色。这种非遗共享本质上是其传播维度上的共享，而不是传承维度上的共享，这是有利于非遗保护与传承的。如果某一项非遗因为共享真的获得全世界的认可，那么这项非遗不是正好契合了非遗保护与传承的初衷吗？共享是让更多人知道，知道才有喜爱的可能，有了喜爱才能去保护与传承非遗文化。也正是因为这样的观点，一段时间内，中国的非物质文化遗产的保护向博物馆化方向发展，一些专家、学者的保护就是对非遗传承过程进行采录装进磁带里，放进数据库里，写入书本里，好似这样保护就完成了。其实这仅仅是保护的初级阶段，最多完成了非遗保护的“保”，忽视了非遗传承环节，完全没有为非遗的可持续性发展考虑。在记录性保护的同时，尽快利用传承的技艺开门收徒，让真正的活态的技艺传承下来，是非遗保护和传承的最终目的。一味强调记录的保护最终剩下的只有磁带和影像，不是真正的保护。在保护中一方面让艺人们传承有序，活态发展；另一方面改善他们的生存现状，让他们焕发出活力。单方面靠国家保护的非遗不是成功的保护，只有让非遗传承人获得自我“造血”能力，才能使非遗获得持续性发展的活力。尤其是非物质文化遗产中的“手工”特性，在保护中尤其需要得到强调，否则在不断批量化生产中，“手工”劳作可能会被自觉抛弃。经济效益实现的同时，文化的附加值会因为“手工”的丢弃而丧失，这种保护也是一种失败的保护。“民俗具有可变性。民俗文化变异相对于时间坐标来说可分为渐变和突变两种情况，前者是绝对的，后者却是相对的。”① 无论民俗文化如何变化，根植于其中的文化内核、原创的手工技艺是不会改变的，“手工”所承载的价值便

---

① 张步天：《中国历史文化地理》，湖南教育出版社，1993，第 121 页。

尤为重要。

其二，走向世界的文化符号。目前文化和旅游部、教育部、人力资源和社会保障部三部委实行的全国非物质文化遗产传承人研修研培计划从2015年开始已经推行3年，已经有110多所高校参与这项大规模的非物质文化遗产保护和发展工作。非遗研培计划的推行深得民心。学员们走出大山，走进高校，向民间艺术大师学习，和大学教授共同切磋，拓宽了视野，增长了见识，这些都增强了艺人们的文化自信。在研培计划中，针对不同地区的非遗传承人，高校采取了灵活多样的培养方式。有些古老传统的民间手工艺品在当代已经失去了市场，但高超的核心技术还在，这些掌握技术的艺人们经过和熟知国际市场的营销师合作，经过营销师的点拨，对未来的市场需求有了了解，自然会针对性地进行新的创造。非遗研培中不断出现这样的例子，传承人根据市场需求而进行的创意往往能够改善他们的生活，给他们的传承带来更大的后劲儿。其实在国外的调查中我们发现，华侨对传统文化的向往和热爱不亚于国内民众，他们迫切希望有中国味道的传统文化进入国际，以缓解他们长久的乡愁，这也表达了他们对中国传统文化的敬意和自信。

其三，私密性的冲突和调和。非物质文化遗产有不同的类别，但不论什么类别，传承人都有一个共同的愿望，那就是靠非遗的本领吃饭，不能让手中的金饭碗变成了无用的道具。所以包容性的经济发展是让传承人能够创造收入、体面地生活。共享让非遗过去的私密性特征开始改变。过去传承人的个人信息是闭塞的、隐秘的，现在单靠口耳相传是不够的，需要更大范围的宣传和包装，广泛利用电商和网络。目前“唯品会 + 蜡染合作社 + 村民”就是一个成功的模式。这种模式通过与知名电商合作，将民间工艺品推向网络，进行实名标价售卖，产生了比较好的经济效益。很多传承人已经意识到这个捷径，通过建淘宝商店和网络连锁的方式，积极联系销售渠道，带来了比较好的经济效益。宣传自我成为打破私密的第一步，也是多数非遗传承人的成功经验。人们在体验中走进传承人的日常生活，在体验中获得对文化遗产的认可。在各种展会上，传承人几乎和商品捆绑进行自我展示，有了文化明星的感觉。这是过去封闭的农耕生活所没有的，也是需要他们逐步适应的。

四 需要培养“职业文化中介人”

人们的非物质文化遗产的保护意识在不断地发生改变，并且开始为更多公众认可。文化和旅游部提出“见人见物见生活”，提出“用”字当头。这些从实践中获得的见识超越了初期一些专家们提出的“保护第一”的工作要求，这是观念上发生的重大变化。过去专家们提出当前的非遗保护最大的任务就是抢救和保护，至于保护以后该做什么很少达成共识。甚至于有些权威专家认为，保护就是最大任务，原汁原味地保护并让其继续生存就是非遗保护的最大目的。一旦有人谈到对非遗的创造性发展和应用，便会遭到多方批评。非遗动不得，改不得，真正为难的是非遗传承人。在他们那里，不能变化、不能随着人们的需要而进行改良的非遗只能走向末路。而得到各种称号后，他们只是成为非遗的延续者，被剥夺了再创造的权利。因为一旦改变了非遗的“原汁原味”就是“伪非遗”。那是专家的“原汁原味”，而不是参与主体的“原汁原味”。实践是检验真理的唯一标准，在田野调研中，刚开始交谈的时候，对方询问最多的是“你能给我带来什么？你能帮我做什么？”他们不要原汁原味，就想要这个文化能传承下去。实践出真知，经过十多年的探索，中国人走出了一条文化复兴和振兴之路，意识到了所有的民间文化都有自己发展的规律，没有一成不变的文化，民间文化包括非遗保持不变，最终必然走向消亡。只有不断变化的非遗才可能保持活力，才能在不断的调适中获得生机。“对无形的非物质文化遗产的保护，关键在于保证其活力的存续，而不是保证它永远的原封不动。”①

基于此，国家有关部门已经意识到非遗发展的必要性，也意识到了给传承人松绑的重要性，出台了各种政策，比如《中国传统工艺振兴计划》《乡村振兴战略规划（2018－2022年）》《中国非物质文化遗产传承人群研修研习培训计划》等，这些大政方针给非遗的全面发展和灵活机动地生存创造了优良的生存环境。非物质文化遗产传承人的自信心得到提升，他们

---

① 马知遥、孙锐：《文化创意和非遗保护》，天津大学出版社，2013，第41页。

的生活条件也获得较大改善。但必须意识到一个问题，多数传承人本身只是掌握了高超技艺的人，他们在急剧变化的时代，还很难华丽转身同时成为市场的弄潮儿，既掌握技术又具有市场营销能力的传承人极少。这从一些具体个案对比中可以看出，比如葫芦雕刻传承人赵伟，他通过家族传承掌握了葫芦雕刻的核心技艺，又十分精通营销。他有一套自己的“生意经”，对葫芦雕刻工具的每一次小的改良都会申请专利。赵伟曾自豪地对我们说：“葫芦雕刻工具市场这一块可以说80%以上都有我的专利，所以他们只要雕刻就免不了与我打交道。”[①] 葫芦雕刻技术有高有低，这就如同“道”，而葫芦雕刻工具是“术”，离开了“术”，非遗便无法“坐而论道”，它需要工具辅助呈现。赵伟从葫芦最初种植到最后文创产品的出现，都有着自己专门的技术、生产、营销团队和创意团队，会和时下最火的快手、抖音等媒体联合。这得益于赵伟早年在商海中摸爬滚打总结的经验，他能尽快捕捉到市场的命脉，而且也知道“非遗”的文化核心，知道非遗再怎么创新性发展和改造，也不能改变其核心技艺。任何人不能为了创新，把葫芦雕刻变成茄子雕刻，哪怕茄子雕刻市场再火，因为葫芦雕刻有葫芦雕刻的核心技艺和竞争力。真正可持续发展的传承人，在社会转型的当下，是迎合市场的，但是这种迎合是在钻研非遗文化核心基础之上，是沉淀后的突破、发酵后的创新。同理，民艺类非遗的竹雕可以做成自行车、人物头像、贴画等形式，既保留了非遗核心技艺，又满足了市场需求。但也有反例出现。笔者在浙江调研某位木雕艺人，谈到木雕创新的时候，这位艺人向笔者反映，由于木材的管控以及成本的升高，他打算用不锈钢取代木材，完成创新，这其实是对非遗发展与创新的偏离。故而在非遗发展的今天，如果要让非物质文化遗产获得人们广泛的认可并获得可观的经济回报，需要既懂市场又懂营销同时热爱非遗的专门的非遗职业中介人，或称文化经纪人。他们需要具备以下素质：能够适时掌握全国对非遗产品的需求，懂得非遗发展规律，内心对非遗事业怀有敬畏之心。这类非遗职业中介人或者文化经纪人的加入，会让传承人少走很多弯路，并且能够让非遗传承

① 访谈对象：赵伟；访谈人：刘智英、周晓飞；访谈时间：2018年7月15日；访谈地点：天津大学留园。

人放手进行自我创新和创造，不断地将绝技发扬光大。

五　结语

基于以上认识，笔者认为，非遗保护理念的当代转变与当前中央政府提出的创造性转化和创新型发展有很大关系，而最关键的是这一理念关注作为非遗主体的传承人的利益。从以人为本的理念出发，我们才能意识到非遗不随着时代变化和发展进行创新是对传承人群的不负责任，是无视传承人对现代化生活的向往，同时也是对非物质文化遗产的不负责任。“死保”的结果就是让非遗原地不动，无所变化和发展，导致的是非遗脱离时代、脱离民众生活、脱离文化消费的现实，把掌握核心技术的传承人拖入了贫困的泥潭，最终人为地加速了非遗的消亡。转变非遗保护理念，对历史和时代负责，对传承人群负责，这是当前专家学者和保护工作者都应努力的方向。

作为文化传统叙事的非物质文化遗产与传承*

田兆元**

摘　要：我们把非物质文化遗产定位为一种文化传统的叙事，于是找到了语言文字叙事、仪式行为叙事、图像景观叙事和数字多媒体叙事的多样传承创新形式，也有了对于非遗的一种定性：非遗是一种文化传统的叙事、一种口碑、一种品牌、一种文化认同，以及生生不息的文化创新。

关键词：文化传统；叙事；文化认同

非物质文化遗产是什么呢？看上去这已经不是问题了，因为联合国教科文组织《保护非物质文化遗产公约》已经有这样的定义了："非物质文化遗产，指被各社区、群体，有时是个人，视为其文化遗产组成部分的各种社会实践、观念表述、表现形式、知识、技能以及相关的工具、实物、手工艺品和文化场所。"如果说要靠这样的定义去理解什么是非物质文化遗产，那简直是没有办法把握的。该定义没有解释何以"视其为文化遗产组成部分"，因此社会实践、观念表述等都是泛泛而谈。为了让人们更好地理解这些概念，《公约》通过对对象的分类进行了进一步的解释：

1. 口头传统和表现形式，包括作为非物质文化遗产媒介的语言；

2. 表演艺术；

---

* 本文选自《群言》2019 年第 10 期。本文为文化和旅游部非遗司"非物质文化遗产保护能力研究"（编号：2017354761001）的阶段性成果。

** 田兆元，华东师范大学民俗学研究所教授，非物质文化遗产传承与应用研究中心主任。

3. 社会实践、仪式、节庆活动；

4. 有关自然界和宇宙的知识和实践；

5. 传统手工艺。

这还是很泛泛吧！表演艺术就是非遗？当然这样稍微让人明白了一些，我们便可以通过对象来认识什么是非遗。比如说，节庆就是非遗，木匠技艺就是非遗。但是要是这样就是非遗的概念的话，那还是让人诟病的，因为这里缺少对于非遗本质的阐述。到了今天，非遗保护已经进行了十多年，我们对于非遗的认识还是停留在分类讨论阶段，停留在功能分析方面，且概念很难界定准确。其实今天更有从不同的角度认识非遗的必要。只有对非遗的认识有飞跃，非遗的保护才能上台阶。非遗保护是一项文化实践，非遗研究是一种理论的探索和发现。在强调人文社会科学自主话语表达的今天，中国非遗保护如果没有自己的理论，只是跟在非遗保护公约后面亦步亦趋，很难谈得上真正保护好中国的非遗事业，更不要说对于人类文化有所贡献。今天的非遗保护，具体工作已经做了很多，但是有价值的理论真的很少。本文只是想谈一个问题，即我们应该从什么角度来认识非遗。我们应该有很多不同的角度来认识非遗，本文只讨论作为文化传统叙事的非物质文化遗产及其保护问题。

非遗是一种叙事，这肯定很多人不认同。为什么呢？你看非遗保护公约里没有关于“叙事”的概念，怎么能够说非遗是叙事呢？民俗学业内的人可能理解，口头传统大多是叙事，那社会实践是叙事吗？传统手工艺是叙事吗？

我们首先来对叙事加以解释。叙事是人类对既往的有价值的经历、经验和感觉的表述，实际上就是文化传统的叙事。因此，直接的叙事是非遗保护公约中五大类的第一类。以语言和文字呈现的叙事是不折不扣的叙事，它也是叙事的母本和基础。

故事是叙事的基本形式。一项叙事，有头有尾，有时间、地点、人物、事件，有事件的发生、发展和结局。但是叙事不是这样单纯，也不一定这样完整。比如，一项关于手工技艺的程序，单纯的可以是一个环节，复杂的则是一个谱系。它不仅仅是技术的过程，还有发明和发展的过程、社会认同的过程、文化含义叠加的过程、市场的过程。所以，一项关于手工艺的技术叙事就成为复杂的叙事谱系。手工技艺就不像经典的叙事形式，却是非常复杂的、内涵丰富的叙事谱系。而这个手工艺叙事的谱系最终会形成什么结局呢？我们认为，它实际上形成了一种口碑，用现代的话说，就是品牌。从这个意义上说，任何非遗形式都是叙事，因为它们都是千百年形成的社会文化认同，人们口口相传，使它们成为真正活态的文化传统的叙事。因此，我们将文化遗产定位为文化传统的叙事。

语言的叙事只是叙事的经典形式，近年学术界已经对叙事形式的多元性有了较为深入的研究。国外人类学家在研究仪式的时候发现了仪式与神话的互文性，即仪式在某种程度上就是神话的行为展演。中国的人类学界对此有很好的阐述，如厦门大学彭兆荣教授就介绍得较多。但是阐述最为深刻的是神话学家和民俗学家。1928 年，大夏大学文学院院长谢六逸先生在上海出版了他的神话学经典《神话学 ABC》。在这部著作中，他从学科发展历史的角度和学科内涵的角度分析了神话学和民俗学的相关性，甚至直接说，神话学就是民俗学，民俗学就是神话学，二者只是名称的不同。神话学偏重语言叙事，民俗学偏重行为叙事，二者互为表里。我们可以认为其受到了西方学说的影响。中国学者梁启超则在其著作《中国历史研究法》里，以端午节为例，讲述神话和节庆的相关性。他说："有种神话竟变成一种地方风俗，我们可以看出此时此地的社会心理。"神话变成了风俗，这在中国历史上是第一次表述。他在《中国历史研究法补编》中继续说道：

> 中国的过节实在别有风味，若考究他的来源，尤其有趣味。常常有一种本来不过一地方的风俗，后来竟风行全国。如寒食是春秋晋人追悼介之推的纪念日，最初只在山西，后来全国都通行了，乃至南洋、美洲，华人所至之地都通行。可是现在十几年来，我们又不大实行。又如端午，初起只在湖南竞渡，最多也不过湖北，后来竟推行到全国。又如七夕，《诗经》有"睆彼牵牛"之句，牵牛与织女无涉；古诗十九首有"迢迢牵牛星，皎皎河汉女。盈盈一水间，脉脉不得语"，成为男女相悦了；后来竟因此生出七夕乞巧的节来。最初不过一地的风俗，

> 现在全国都普遍了。这类的节，虽然不是科学的，却自然而然表示他十分的美。本来清明踏青、重阳登高已恰合自然界的美，再加上些神话，尤其格外美。又如唐、宋两代，正月十五晚，皇帝亲身出来凑热闹，与民同乐。又如端午竞渡，万人空巷。所以，最少，中国的节都含有充分的美术性。中国人过节，带有娱乐性。如灯节、三月三、端午、七夕、中秋、重阳、过年，都是公共娱乐的时候。我们都拿来研究，既看他的来源如何，又看他如何传播各地，某地对于某节特别有趣，某时代对于某节尤其热闹，何地通行最久，各地人民对于各节的意想如何，为什么能通行、能永久。这样极端的求得其真相，又推得其所以然，整理很易得的资料，参用很科学的分类，做出一部神话同风俗史来，可以有很大的价值。

这就是说，神话和风俗，即语言与行为是密切相关的。我们在这里之所以举出梁启超的观点，第一是他当年举例讨论的都是我们今天的民俗类的非物质文化遗产，如七夕节、寒食节、端午节等，其中端午节还是人类非物质文化遗产。第二，是他敏锐地看到文化形式之间的联系与转换。仪式行为就是神话，亦即民俗节庆仪式就是叙事。当我们确认仪式叙事与表演是一种叙事的基本存在形式时就会发现，所谓的表演艺术、社会实践、仪式、节庆活动等不过是仪式与行为的叙事而已。

如前所述，民俗仪式是叙事，手工技艺是复杂叙事，体育不更是一种行为的叙事？太极拳不是在讲述中国的文化传统吗？虚实相生、相生相克、以柔克刚，这是再典型不过的行为叙事—文化传统的叙事。至于龙舟竞渡就更不用说了，那是在讲述一个更大的中国故事：中国人是龙的传人的故事。

非遗的叙事行为不仅仅是语言的和行为的叙事，还包括图像的、物象的和景观的叙事。这其实是很好理解的，比如年画中有大量的“天河配”的叙事。图像的叙事有时并不一定是给语言当助手，有时具有独立的意义。如门神的图像，贴上门神就不是为了讲述，而是为了平安吉祥，这是语言达不到的功能。门神图像在，就如门神在。雕塑、壁画等都是图像的叙事。

那么粽子、龙舟呢？当然也是在叙事，这是物象叙事，它演绎了语言内涵，但有独特意义。在手工艺里，物质形式就是技术技艺的存在形式。文化空间往往是叙事的场景，带有浓厚的叙事意味。没有叙事就没有文化空间。我们之所以要到汨罗江去划龙舟，就是因为汨罗江是屈原故事的场景。在一定程度上，没有汨罗江就没有端午故事。所以，汨罗江就承载着厚重的传统叙事。在长期的文化实践中，语言的叙事与景观紧密连按起来，形成了深刻的文化认同。景观在一定程度上成为文化叙事本身。当下很多地方通过各种方式呈现的文化遗产本身，也有人将其视为文化遗产的转换形式。文化景观是文化价值实现的方式，如实现其教育价值需要景观，实现其经济价值也需要景观。

景观叙事与行为仪式的叙事两者不是割裂开来的。如仪式性表演本身构成了观赏对象，我们将其视为表演性景观。表演构成了流动的景观，通过视觉呈现，去感染人、教育人、娱乐人。所以文化遗产可以通过景观转换其叙事形式，也可以通过表演展现其叙事情节。

以上语言文字叙事形式、仪式行为叙事形式和图像景观叙事形式，虽然反映着时代特点，但都是传统叙事的不同的呈现方式。我们将其称为文化传统的复合复杂的叙事形式，在叙事谱系中，它们担当着传统的护卫与传承创新的重要功能。

在当代的文化表现形式中，非物质文化遗产有了多媒体的数字表现形式。今天，《哪吒之魔童降世》是不是非物质文化遗产的叙事形式？如果不是，那什么才是？数字多媒体技术文化遗产获得新生提供了机遇，我们应该打破非遗传承的陈规，重新审视文化传承的形式与规则。

当我们把非物质文化遗产视为一种叙事，就会找到新的路径。叙事视野更加宽阔，叙事传承才能有效。理解了非遗的语言文字叙事、行为仪式叙事、景观图像叙事，加上数字多媒体叙事，我们便有了传承非物质文化遗产的多样性的方法和路径。我们也有了认识非物质文化遗产特质的视角：非遗是一种叙事、一种口碑、一种品牌、一种文化认同，是生生不息的文化创新。

非物质文化遗产代表性传承人的制度设定与多元阐释*

王明月**

摘　要：非遗代表性传承人制度是国家公共文化生产在非遗保护领域的制度体现，它从身份界定、权利与义务、社会组织与管理等方面对“非遗代表性传承人”进行了制度设定。不过，非遗代表性传承人在商品消费文化领域被重新阐释，成为品牌的重要表征。传承人根据身份认同的显著性差异对非遗代表性传承人的意义进行策略性接受，其中部分传承人更重视商人的身份，以非遗代表性传承人的品牌意义满足自己赢利的欲望，忽视了官方认定的非遗代表性传承人的社会责任，这导致非遗传承效果大打折扣。因此，综合运用培训、财政与监督等方式，强化传承人对官方认定的非遗代表性传承人的身份认同，或是改善制度实践效果的可能路径。

关键词：非物质文化遗产；非遗代表性传承人制度；传承人；意义阐释；身份认同

引言

2007 年，文化部印发了《文化部办公厅关于推荐国家级非物质文化遗

---

* 本文选自《文化遗产》2019 年第 5 期。本文为国家社科基金重大招标项目“非遗代表性项目名录和代表性传承人制度改进设计研究”（项目编号：17ZDA168）的阶段性成果。

** 王明月，文学博士，天津大学国际教育学院博士后，主要从事文化社会学、非物质文化遗产研究。

产项目代表性传承人的通知》。自此，非物质文化遗产项目代表性传承人制度（以下简称“非遗代表性传承人制度”）在非物质文化遗产（以下简称“非遗”）保护工作中逐渐发挥重要作用。在该制度的推动下，非遗代表性传承人获得了国家和社会应有的重视，得到了一定的生活保障，非遗的传承与传播工作也得以有序开展。非遗代表性传承人制度已然成为中国非物质文化遗产运动的重要制度保障。

随着非遗保护与传承工作的开展，政府与学术界渐渐发现非遗代表性传承人制度存在着一些亟待完善的问题。就受益群体而言，非遗代表性传承人制度仅使少部分传承人获得了认定，更大范围的传承人被忽视，这就挫败了他们传承的积极性。[①] 就认定机制而言，非遗代表性传承人制度在认定对象，尤其在群体性传承人的认定方面缺少足够的制度考量；[②] 认定程序也造成了遗产持有者的缺席和失语。[③] 就规定细则而言，非遗代表性传承人制度的规定存在着表述宽泛、范畴模糊等问题；[④] 文件虽规定了传承人的义务，但对传承人的权利并无明确而具体的规定。[⑤] 以上诸问题在一定程度上给非遗代表性传承人的认定和管理工作造成了阻碍，影响了非遗传承工作的实际效果。为此，学者们提出了一系列制度改进的路径和理念。[⑥] 需要承认，非遗代表性传承人制度的诸多问题是制度设计造成的，但是仅从制度本体角度探讨能够完全发现并解决现存问题吗？

笔者认为，非遗代表性传承人制度面临的不仅是制度问题，更是文化发展的问题。高丙中曾指出，非物质文化遗产运动是国家公共文化生产的重要方面。[⑦] 从本质上来看，非遗代表性传承人制度正是国家公共文化生产在非遗保护方面的制度体现。它的终极目的并不限于高效的制度实践，而

---

① 刘晓春：《非物质文化遗产传承人的若干理论与实践问题》，《思想战线》2012 年第 6 期。

② 田艳：《非物质文化遗产代表性传承人认定制度探究》，《政法论坛》2013 年第 4 期。

③ 吴兴帜：《对非物质文化遗产传承人制度设计的思考》，《中南民族大学学报（人文社会科学版）》2017 年第 2 期。

④ 周超：《中日非物质文化遗产传承人认定制度比较研究》，《民族艺术》2009 年第 2 期。

⑤ 崔璨：《非物质文化遗产传承人权利的法律保护》，《沈阳工业大学学报（社会科学版）》2014 年第 3 期。

⑥ 冯彤：《日本无形文化遗产传承人制度》，《民族艺术》2010 年第 1 期。

⑦ 高丙中：《作为公共文化的非物质文化遗产》，《文艺研究》2008 年第 2 期。

是要让非遗代表性传承人接受公共文化的建构，自觉而有效地进行非遗的传承工作，从而助推中华传统文化的伟大复兴。换而言之，非遗代表性传承人制度建设嵌于国家传统文化复兴的进程。对非遗代表性传承人制度的分析应该超越制度本体的范畴，将其放在国家公共文化发展的整体视域中思考。

对于国家公共文化的发展而言，公共文化的生产是必要的，民众对国家公共文化的阐释同样不可忽视。作为国家公共文化发展的制度保障，非遗代表性传承人的制度设定属于文化生产问题，而传承人对制度设定的意义的阐释则属于文化接受的问题，二者缺一不可。因此，在关注制度设定的同时，我们需要观察并分析传承人对非遗代表性传承人制度的意义阐释问题。

文化生产和接受视角的引入或许能够让我们对这一问题有进一步的认识。文化生产和接受视角是 20 世纪 70 年代兴起的一种分析范式，它是对文化生产逻辑的强有力的挑战和修正。早在 20 世纪 40 年代，法兰克福学派提出了“文化工业”概念。阿多诺与霍克海默在《启蒙辩证法》一书中对当时文化工业的现象做了独到的分析，他们认为当时西方资本主义社会的文化工业是商业性的、同质化的、强迫性的。“一个人只要有了闲暇时间，就不得不接受文化制造商提供给他的产品。”① 在他们眼中，市场进行的文化产品生产是强制性的，民众对此无能为力，只能被迫接受。这种观点在文化研究和文化社会学领域受到了质疑。这两种研究取向的学者在对大众媒介、媒体文本的研究中提出了文化接受的问题。霍尔在《电视话语中的编码与解码》中以电视节目为分析对象，指出“广播员往往关注的是观众未能按他们的意愿理解意义。他们真正想说的是电视观众没有在‘主导的’或‘所选的’符码范围内活动”②。在霍尔看来，信息来源和接收者之间符码的不对称性，导致了意义阐释的不确定性。费斯克在对晚期资本主义大众文化的研究中也提出，大众的力量将文化商品转变成一种文化资源，还

① 〔德〕马克斯・霍克海默、西奥多・阿多诺：《启蒙辩证法》，渠敬东、曹卫东译，上海人民出版社，2006，第 111 页。

② 〔英〕斯图亚特・霍尔：《电视话语中的编码与解码》，肖爽译，《上海文化》2018 年第 2 期。

使文化商品提供的意义和快感多元化，它规避或抵抗文化商品的规训努力，裂解文化商品的同质性和一致性。① 这些学者的研究都说明，作为信息接收者的视听者对传播而来的文化信息有解码的能力，可能做出完全不同的意义阐释，这直接关系到文化生产的最终结果。可以说，文化接受是对文化生产很好的修正和补充，只有把文化生产与文化接受结合起来，我们才有可能理解文化生产的实际过程和最终结果。

虽然文化接受理念最初产生于大众媒介传播领域，但近年来它的研究对象已经扩展到日常生活领域，民众的传统、习俗与制度的生产问题也已经进入它的研究范畴。作为国家公共文化建设的组成部分，非遗代表性传承人制度也是文化发展的重要制度实践，它同样适用于对文化生产与接受的分析和解读。本研究将从文化生产和接受的视角出发，观察非遗代表性传承人制度对非遗代表性传承人的意义设定，以及这种意图在作为接收者的传承人那里是如何得到阐释的，进而分析文化生产与接受过程中出现的意义阐释多元化的问题，及非遗传承实践带来的实际影响，最终据此提出非遗代表性传承人制度发展的相关理念。

一　公共文化视角下非遗代表性传承人制度的意义设定

从共同体的角度看，公共文化是指每个成员都可以参与的文化，尤其是指在公开场所集体参与的文化；而且，因为共同享用、集体参与，这些文化或文化活动有利于人们的认同。② 也正是由于它所具有的公共性与共享性，公共文化被视为一种公共资源，成为一种公共物品，由国家进行提供。代表国家的政府机构由此成为公共文化的生产者。非物质文化遗产运动正是这种公共文化生产的重要组成部分。“非物质文化成为遗产，或者简单地说，被命名为遗产的程序就是一种公共文化的产生机制。非物质文化遗产是一个彰显文化自觉历程的概念，表明特殊样式的文化已经完成了权利主

---

① 〔美〕约翰·费斯克：《理解大众文化》，王晓珏、宋伟杰译，中央编译出版社，2006，第34页。

② 高丙中：《公共文化的概念及服务体系建设的双元主体问题》，《广西民族大学学报（哲学社会科学版）》2016年第6期。

张、价值评估、社会命名的程序而成为公共文化。”[①] 当前，中国各级政府正在建立“非物质文化遗产代表作名录”体系，民族民间文化中的部分项目被命名为“非物质文化遗产”代表作，从而拿到进入政府文化支持体系的入场券，成为新的公共文化。[②] 可以说，非物质文化遗产通过价值评估和社会命名而获得认定和政府支持的过程，就是国家进行公共文化生产的过程。

如果说非物质文化遗产运动是国家公共文化生产的重要方面，那么非遗代表性传承人制度就是国家公共文化生产在非遗保护方面的制度体现。作为非物质文化遗产运动的重要制度保障，非遗代表性传承人制度经历了一个长期的设计过程。2006 年，国务院发布《国务院办公厅关于加强我国非物质文化遗产保护工作的意见》，提出对列入各级名录的非物质文化遗产代表作，可采取命名、授予称号、表彰奖励、资助扶持等方式，鼓励代表作传承人（团体）进行传习活动。2008 年，文化部发布《国家级非物质文化遗产项目代表性传承人认定与管理暂行办法》，对国家级非遗代表性传承人做出了身份界定，对他们的权利和义务进行申明，对他们的社会组织管理做出规定。随后，各级政府分别制定了各级非物质文化遗产项目代表性传承人认定与管理（暂行）办法。2011 年，《中华人民共和国非物质文化遗产法》的第 29 条至第 31 条进一步对非遗代表性传承人制度做出规定。诸多法律法规和文件为非遗代表性传承人的认定与管理提供了制度支持。

从相关文件的内容可以发现，政府从非遗代表性传承人的身份界定、权利和义务、社会组织与管理等方面设定了非遗代表性传承人一系列社会文化意义。首先，非遗代表性传承人制度定义了非遗代表性传承人的身份。以国家级非遗代表性传承人为例，《国家级非物质文化遗产项目代表性传承人认定与管理暂行办法》第二条指出，国家级非物质文化遗产项目代表性传承人是指经国务院文化行政部门认定的，承担国家级非物质文化遗产名录项目传承保护责任，具有公认的代表性、权威性与影响力的传承人。[③] 这一条实

---

① 高丙中：《作为公共文化的非物质文化遗产》，《文艺研究》2008 年第 2 期。

② 韩成艳：《非物质文化遗产作为公共文化的保护——基于对湖北长阳县域实践的考察》，《思想战线》2011 年第 3 期。

③ 《国家级非物质文化遗产项目代表性传承人认定与管理暂行办法》，http://www.gov.cn/gongbao/content/2008/content_1157918.htm，最后访问日期：2018 年 10 月 21 日。

则对国家级非物质文化遗产代表性传承人在公共文化领域进行了身份界定。其次，非遗代表性传承人制度规定了非遗代表性传承人的权利和义务。各级非遗代表性传承人认定与管理（暂行）办法分别从资料呈报、传承工作开展、传播与交流工作、日常监管等方面对传承人的义务做了规定，与此同时又对相应的支持方式做了说明，这就为非遗代表性传承人设定了参与国家公共文化生活的基本行为规范。再次，非遗代表性传承人制度规定了代表性传承人的组织形式与管理方式。各级非遗代表性传承人认定与管理（暂行）办法对非遗代表性传承人申报、认定与管理的责任单位与具体办法做了说明，这将非遗代表性传承人嵌到了国家公共文化建设的社会体系之中。

简而言之，非遗代表性传承人制度从制度层面为“非遗代表性传承人”做出了身份界定，设定了非遗代表性传承人在参与公共文化建设时的组织形式与行为规范。这是非遗代表性传承人制度在国家公共文化生产方面做出的具体努力。不过，正如高丙中所言，文化的公共事业本来只是政府的事情，只有这个事业所传播的内容为民众所接受，成为民众的公共生活的内容，才成为“公共文化”。[①] 除了制度的意义设定，传承人如何理解和接受这些文化信息并进行相关的文化实践同样事关非遗代表性传承人制度的最终效果。

二 “非遗代表性传承人”意义的多元阐释

从制度角度而言，非遗代表性传承人制度具有明确的指向性，对“非遗代表性传承人”身份定位和权利义务做出了意义的设定。这些意义通过大众媒介与公众活动等向传承人传播开来。在大众媒介领域，日常生活所使用的电视、互联网络、广播、报纸等均向传承人传播着非遗代表性传承人的文化信息。在公共活动领域，在每年的“文化遗产日”等系列活动中，非遗代表性传承人都是重要的主题之一，活动通过展示和宣传非遗代表性传承人的典型事迹，向传承人传播非遗代表性传承人的意义。更为重要的

① 高丙中：《公共文化的概念及服务体系建设的双元主体问题》，《广西民族大学学报（哲学社会科学版）》2016 年第 6 期。

是，通过诸如传承人研培计划等方式，国家对非遗代表性传承人进行了文化的规训。以2018年天津大学布老虎和葫芦雕刻传承人培训班为例，培训班邀请国家非遗专家委员会成员向传承人详细解读了国家的非遗保护政策以及传承人的社会责任。通过以上方式，非遗代表性传承人逐步明确国家对非遗代表性传承人的社会文化定位。内蒙古突泉县县级剪纸传承人赵日霞就是一个典型例子。在被评定为县级非遗代表性传承人之前，她就是乡村的家庭妇女，剪纸仅是她的个人爱好。经过政府推荐并认定为县级非遗代表性传承人之后，她先后在呼和浩特、锡林浩特等地参加代表性传承人的培训活动。在此之后，她对剪纸的认知发生了很大的转变。在她的解释中，剪纸成为国家的非物质文化遗产，是中华民族的优秀传统文化，她则是突泉县县级剪纸的传承人，承担着传承民族文化的责任。在人社局和妇联的帮助下，她成立了赵日霞剪纸工作室，每年都定期组织剪纸的免费培训和体验活动。通过赵日霞的变化我们可以发现，通过诸多形式的社会活动，非遗代表性传承人能够理解并接受国家对他们的社会文化定位。

不过，非遗代表性传承人制度生产的意义在商品消费文化领域被进行了新的阐释。非遗代表性传承人受到代表国家的政府机构的认定，获得了其他传承人所没有的官方认定的称号与支持，这无形中制造了传承人群体内部的社会差异，这种差异在商品贸易中具有特殊的意义。以安顺蜡染市级传承人杨兰为例，2012年，杨兰希望拓展公司的业务，开辟海外蜡染市场，遂借助政府组织的海外交流机会与加拿大客商展开蜡染商贸洽谈。在洽谈中，加拿大客商得知杨兰不是官方认定的非遗代表性传承人，便认为其产品也就不具有质量保证和品牌价值。最终，加拿大客商回绝了与杨兰的合作意向。通过这次商业贸易失败的经历，杨兰才认识到非遗代表性传承人的品牌价值，因而立即回安顺积极申请市级非物质文化遗产代表性传承人资格，并于一年后获得了官方认定。通过杨兰的故事我们可以发现，官方认定的非遗代表性传承人在商品消费文化领域被赋予了商业品牌的意义，成为经销方和购买者对生产者评价的重要条件。通过商品贸易，这样的文化信息被传输给传承人，如杨兰一类的传承人则通过与其他参与者的互动理解了这种社会文化意义。可以发现，“非遗代表性传承人”仅是作为符码而存在，并不具备本质意义。它通过政策的传播渗入公共文化以外的文化领域，并在这些领域获得新的意义阐释。传承人们则在各个文化领域的实践过程中习得并理解非遗代表性传承人的多元文化意义。

值得注意的是，从目的指向性来理解，非遗代表性传承人的意义可能截然不同。在公共文化领域，非遗代表性传承人被官方认定为公共文化的传承与传播者，文化的保护、弘扬与传承是对其基本诉求，公益性是其基本特征；在商品消费文化领域，非遗代表性传承人则成为商品消费市场竞争的文化资本，通过品牌优势赢利是其基本功能，营利性是其基本特征。非遗代表性传承人这两种不同的文化意义暗含着两种行动取向，指向非遗实践的两种不同方向，即公益性传承与营利性开发。在这种情况下，传承人如何接受“非遗代表性传承人”的文化意义，并在意义的指引下开展相关的实践活动是较为关键的问题。

三　传承人的身份认同、意义阐释与行动取向

在非遗代表性传承人制度的意义设定中，非遗代表性传承人的身份界定是重要的组成部分。D. Holland 曾指出，身份意识是个体对其在特定文化世界中占据的社会位置的理解，包含着特定的社会文化规范。[①] 官方认定的非遗代表性传承人便是传承人在国家公共文化领域的身份设定。非遗代表性传承人的权利与义务、社会组织与管理等方面的意义设定都是以非遗代表性传承人的身份为轴心展开的。如果传承人认同了官方认定的非遗代表性传承人的身份，也就意味着他接受了公共文化领域非遗代表性传承人的社会行为规范，他会根据国家的公共文化的诉求履行非遗代表性传承人的权利和义务；如果传承人不认同官方认定的非遗代表性传承人的身份，也就意味着他们拒绝接受非遗代表性传承人的意义设定，他也就不会履行非遗代表性传承人的权利与义务。可以说，在公共文化领域，传承人对官方认定的非遗代表性传承人的身份认同直接关系到他们对非遗代表性传承人制度的意义阐释与非遗实践。

---

① Holland, D. Lachicotte, W. Skinner, D. et al., *Identity and Agency in Cultural Worlds*, Harvard University Press, 1998, p. 35 - 37.

官方认定的非遗代表性传承人的身份认同往往受到传承人其他身份的竞争。当前，传承人在以非遗代表性传承人的身份参与公共文化生活的同时，也或多或少地进入商品消费文化领域。在商品消费文化领域，这些非遗代表性传承人或是非遗文化产品的个体经营者，或者成为文化产业公司的老板，参与商品消费市场的竞争。他们既是官方认定的非遗代表性传承人，又是参与市场竞争的商人。在日常生活中，他们对两种身份的协调，关系到他们对非遗代表性传承人的意义理解和相关的文化实践。下面笔者以传承人 YX① 为例，分析他看待这两种身份的方式，以及采取的相关实践行动。

YX 自幼跟随母亲学习手工技艺，2000 年开办手工作坊并于 2008 年将其扩大为公司，2014 年被认定为市级非物质文化遗产传承人。现今，他既是市级非遗代表性传承人，同时也是非遗工艺品有限公司的董事长。作为市级非遗代表性传承人，他深谙这一身份背后的社会责任，因此他积极地开展非遗的培训与传播活动。每当政府发布相关的技能培训计划，他都会积极申报并开展培训活动。在调查期间，他便已经组织了两次培训活动。同时，他也频繁地以评委或比赛选手的身份参加各类市级、区级的非遗技能大赛。从行动来看，他的确在践行着市级代表性传承人的义务。不过，正如他所言，“我是传承人，应该多承担政府交给的工作，其实做这么多也是为了让政府认可我，只有和政府关系搞好了，以后它才能对我有支持”。在他看来，举办培训活动有两层意义：一层意义是履行非遗代表性传承人社会责任；另一层意义是能够与政府保持良好的互动关系，以谋求政府的商业支持。相较之下，第二层意义显然更为重要。对他而言，市级非遗代表性传承人的身份是很重要的，但是其重要性主要体现在荣誉称号和品牌意义上，这是他进行市场营销的手段。在公司最显眼的地方，他挂着市级非物质文化遗产代表性传承人的证书；在作为评委参加的技能大赛的幕布上，市级非遗代表性传承人的身份也最为显著。他尽可能抓住所有的机会向外界呈现其非遗代表性传承人的官方身份，最终目的则是满足其商人赢

① 为保护传承人隐私，在此以姓名首字母代替。

利的欲望。

正因此，他在市级非遗代表性传承人的义务履行上显得漫不经心。虽然他组织了免费的培训班，承接了政府各种各样的公益培训计划，但是笔者看到学员多是他找来充人数的，授课过程也较为随意。相反，他更关注的是签到表的规范、授课留影等，因为这是向政府说明其支持政府工作的证明。可以说，非遗代表性传承人的传承工作被 YX 有意地放在了次要位置而未达到应有的传承效果。

正如 YX 的例子所呈现的，虽然他也认同自己的双重身份，但是相较于市级非遗代表性传承人，YX 显然更认同商人的身份，这导致他对非遗代表性传承人意义的阐释也有侧重。虽然 YX 对非遗代表性传承人在公共文化与商品消费文化领域的两种意义均有充分的理解，但是在意义的选择上有主次之分。当处于商品消费文化领域时，他利用了非遗代表性传承人的品牌意义，极尽营销之道，以满足他作为商人逐利的欲望。在与政府打交道时，他既是一个官方认定的非遗代表性传承人，又是一个商人，他以表面履行非遗代表性传承人的社会责任换取了政府在商业发展方面的支持。可以说，对于 YX 而言，商人身份具有非常显著的地位，因此，非遗代表性传承人的品牌价值被放大，而非遗代表性传承人的相关社会责任并未得到较好的履行。

结　论

毋庸置疑，非遗代表性传承人制度是非物质文化遗产运动的重要制度保障，也是国家公共文化建设的重要努力方向。政府希望借此充分发挥非遗代表性传承人的作用，促进非物质文化遗产的传承工作，从而实现中华民族优秀传统文化的伟大复兴。因此，政府针对非遗代表性传承人制度的现存问题进行制度改进尤为必要。

正如本文所表明的，制度改进不仅关涉制度的意义设定，更与传承人对制度设定意义的阐释相关。非遗代表性传承人制度是国家公共文化生产在非遗保护领域的制度体现。在公共文化的视野下，无论是明确传承人的权利与义务，还是扩大传承人的认定范围，或是改进传承人的认定程序，诸多举措都聚焦于制度的意义生产层面，关注的是非遗代表性传承人制度如何设定非遗代表性传承人的行为规范。但是，这些举措忽视了传承人如何来解读和接受这些意义设定。通过本文的分析可以发现，“非遗代表性传承人”是以符码的形式存在的。虽然国家在公共文化层面确立了“非遗代表性传承人”的符号与意义的对应关系，但是“非遗代表性传承人”不可避免地在商品消费文化等领域获得了新的阐释。因此，“非遗代表性传承人”呈现出意义多元化的趋势，给传承人的意义阐释带来不确定性，也暗含着不同的行动取向。

具体而言，传承人的意义阐释与行动取向存在四种可能性。（1）传承人认同国家界定的非遗代表性传承人身份，完全接受非遗代表性传承人的意义生产，并按照制度的设定履行义务。这是非遗代表性传承人制度实践的最佳状态。（2）传承人不认同国家界定的非遗代表性传承人的身份，拒绝接受非遗代表性传承人的意义生产，拒绝履行非遗代表性传承人的义务。这样，传承人将会受到非遗代表性传承人退出机制作用而被取消代表性传承人的认定，退出非遗保护工作。（3）传承人既认同非遗代表性传承人的身份，又认同商人的身份，相较之下更认同商人的身份。在这种情况下，虽然他们也会履行非遗代表性传承人的社会责任，但因为传承人更注重发挥非遗代表性传承人的品牌意义，非遗代表性传承人的社会责任被置于次要位置而被忽视，非遗传承的效果因此而大打折扣。（4）传承人既认同官方认定的非遗代表性传承人身份，又认同于商人的身份。但是，传承人对两种身份同等对待或者更认同官方认定的非遗代表性传承人身份。在这种情况下，传承人会较为认真地履行政府所设定的非遗代表性传承人的权利与义务，非遗的传承效果能够得到一定保证。可以发现，传承人的身份认同关乎传承人对非遗代表性传承人的意义阐释与行动取向。

如果传承人能够形成非遗代表性传承人的身份认同，并将其置于各种相关身份中较为显著的地位，那么非遗代表性传承人制度的实施效果可能有所改善。基于此，首先，非遗代表性传承人的培训工作需要有针对性地设计课程。培训工作可以通过代表性传承人的经验分享以及非遗代表性传承人的制度剖析等方式，向传承人表达公共文化视域下非遗代表性传承人的应有形象，以此推动传承人的非遗代表性传承人的身份建构。其次，通过可能的财政渠道适度提升非遗代表性传承人的经济待遇，以此强化传承人对非遗代表性传承人的身份认同。目前，非遗代表性传承人将更多精力用于商业赢利而忽视非遗传承工作，最直接的原因就是非遗代表性传承人身份与相关活动无法为其带来稳定而满意的收入，因而他们才更加重视商人的身份。政府与学术界可以探讨以合理的方式提高非遗代表性传承人的经济收入，这或许能够提升非遗代表性传承人在诸多身份中的显著性，从而利于传承人自觉地开展非遗传承工作。再次，在科学论证的前提下分类设置合理的考核指标，量化非遗代表性传承人的工作指标，保障非遗传承质量。虽然传承人的商业行为经常阻碍非遗代表性传承人责任的履行，但是参与商品活动是传承人的基本权利。不过，我们需要制定合理的指标体系考核非遗代表性传承人的工作。在保障完成这一指标的情况下，传承人利用非遗代表性传承人的品牌意义进行赢利无须受到指责，但是若非遗代表性传承人无法完成这一指标，那么监管单位便需要对其严格执行退出机制。

从本质上而言，以上几点思考围绕的核心问题是非物质文化遗产管理工作中政府与民众之间的对话问题。作为国家公共文化的组成部分，非物质文化遗产的保护与传承工作具有公共性质，需要以政府为主导提供自上而下的公共管理与服务。作为非物质文化遗产的拥有者和共享者，民众和传承人则自下而上地理解非物质文化遗产的制度设计并开展相关文化实践。政府对非物质文化遗产政策的制定是基于公共需求与管理体制完成的，民众则是基于自己的生活经验对非物质文化遗产政策进行理解并展开相应行动的。二者对非物质文化遗产制度理解存在差异，导致制度与民众生活对接时出现了不匹配的情况，从而影响非物质文化遗产制度的实践效果。面对这样的制度实践状态，只有形成上下之间的良性互动，实现政府与民众的相互协商与理解，非物质文化遗产制度的实践效果才能得到保障。

老字号遗产资源的转化及其价值*

朱以青**

摘　要：根植于中国传统社会的老字号，历史文化悠久，具有物质和非物质文化遗产的双重属性。在现代社会转型和经济模式转换过程中，许多老字号面临生存危机，其遗产资源的转化成为政府、企业及学界关注的问题。老字号遗产资源转化的路径主要包括技术和产品创新、营销理念创新、旅游体验创新等，目的是使老字号与现代生活紧密相连，将现代生活元素注入产品中，以赢得消费者的青睐，扩大市场规模，在激烈的市场竞争中实现持续发展。这需要老字号自身的体制机制创新，也需要政府的政策支持。

关键词：老字号；遗产资源转化；创新

与一般的物质文化遗产和非物质文化遗产不同，老字号兼具物质和非物质文化遗产的双重属性，是传统工商业的精髓，是近代中国经济发展的重要组成部分。在当代城市更新及经济模式的转换中，许多老字号企业因不能适应环境的变化而倒闭或濒临倒闭，但以餐饮、食品、中药、酿酒为代表的一些老字号企业却能够充分利用自身的资源优势，及时调整和转变经营策略，在传承的同时获得了新的发展。作为传统社会遗产，老字号有其特殊的文化内涵，充分挖掘其资源并进行转化才能使其体现在当今社会的价值。

---

* 本文选自《民俗研究》2019 年第 6 期。

** 朱以青，山东大学儒学高等研究院《民俗研究》编辑部编审。

一 老字号遗产的特殊属性

老字号是指具有悠久的历史，在传承中形成了独特的产品、技艺和服务并拥有良好信誉的品牌。因植根于传统中国社会，老字号具有鲜明的中华民族传统文化背景和深厚的文化底蕴，并在此基础上形成了自己独特的企业文化，很难被模仿和复制，因此，文化是老字号的立身之本。正是通过一个个老字号，珍贵的产品和技艺得以流传，传统的店铺形象得以展现。但是，在中国社会从传统到现代的转型过程中，老字号也遭遇了生存危机，很多被列入非物质文化遗产保护名录，成为被保护的对象。但与传统音乐、戏剧、曲艺、舞蹈、体育、杂技等非物质文化遗产不同，老字号有自己的生产，有自己的产品，有自己的技艺，有的还有自己的老店铺及博物馆，具有物质文化遗产和非物质文化遗产的双重属性。

传统意义上的文化遗产主要指有形文化遗产，根据《保护世界文化和自然遗产公约》，它主要包括历史文物、历史建筑、人类文化遗址。一个重要的遗产项目，反映了古老的人类文明在这里产生发展，可能有一部分这样的文明，或者这样的一个文化，今天已经变了，但是一座古城或一个建筑群，是他们曾经存在的一个历史见证。老字号建筑就是中国重要工商业文化遗产的载体，透过一个个店铺、一块块匾额，中国经济社会的发展、文化的变迁尽显眼前。

北京的前门大街、大栅栏是形成于明朝中期的著名商业街，悠久的历史成就了许多老字号，如全聚德烤鸭店、同仁堂药店、瑞蚨祥绸布店、六必居酱园、长春堂药店、内联升鞋店、张一元茶庄、月盛斋酱肉店、都一处烧卖馆、亿兆百货等。大栅栏传统商业文化保护街区，1990 年被定为历史文化保护街区。包括瑞蚨祥旧址门面、谦祥益旧址门面、祥义号旧址门面、劝业场旧址的大栅栏商业建筑群，2006 年 5 月被中华人民共和国国务院定为全国重点文物保护单位。清雅的青砖路面，古香古色的建筑店铺，黑底金字的牌匾彰显着大栅栏的传统商业文化气息。

位于大栅栏街 5 号的瑞蚨祥总店，始建于清光绪十九年（1893），是大栅栏地区的标志性建筑之一，是拥有百年历史的国家级重点文物保护单位。

门面坐北朝南，砖木结构，建筑形式为西洋古典折中主义风格的二层楼房，是近代京城著名的商业老字号，以经营土布、丝绸、服装制作为主，为清末北京最大且具有特色的绸布店门面。另一家非常著名的老字号同时也是文物的全聚德烤鸭店门面，位于北京市东城区前门大街30号全聚德前门店内。清同治三年（1864）全聚德在前门设立，以传统挂炉烤鸭和“全鸭席”风味菜闻名于世，享有“天下第一楼”和“中华第一吃”的美誉。经过时间的变迁，旧时的全聚德店不复存在，但在如今的全聚德前门店内，工匠和设计师按照原尺寸并尽量使用原砖复原了全聚德起源店的门面墙。2011年，这面老墙被评为北京市市级文物保护单位，成为北京首个市级文物保护单位的餐饮类老字号。还有一些老字号属于北京市文物保护单位。“统计资料表明，全国列入各级文物保护单位的‘中华老字号’共有77处。其中，全国重点文物保护单位20处，省级文物保护单位14处，市、县级文物保护单位53处。”[①] 哪些古迹等能被列为各级文物保护单位呢？以北京为例，按市文物局的说法，大体如下：除了传统意义上的古迹，对于反映近现代经济和社会发展以及与重大事件和重要人物活动有关、具有突出价值的；对于反映北京地区某一时期美学思想、艺术发展等方面具有重要价值的；对于体现我国科学技术进步、促进社会发展和生活方式变化等方面具有典型意义的；反映北京地区某一时期生态保护、灾害防御及城镇规划、工程设计、材料、工艺等方面的突出成就的……都可以称为文物。[②] 依此，会有越来越多的老字号店铺、生产工具、牌匾、器物等以物质形态存在的、历史遗留下来的、在文化发展史上有价值的物件进入文物的行列。

对许多老字号而言，其历史文化价值还通过无形的非物质文化遗产的形式体现出来，如老字号的品牌、传说、工艺流程、商道文化等。根据联合国教科文组织《保护非物质文化遗产公约》的定义，非物质文化遗产（intangible cultural heritage）指被各群体、团体、有时为个人所视为其文化遗产的各种实践、表演、表现形式、知识体系和技能及其有关的工具、实

---

① 刘文艳：《文物保护意义上的“中华老字号”及相关问题探讨》，《中国文物科学研究》2016年第3期。

② 刘冕：《北京市第八批市级文物保护单位名单》，《北京日报》2011年3月8日。

物、工艺品和文化场所，是以非物质形态存在的与群众生活密切相关、世代相承的传统文化表现形式。[①] 非物质文化遗产是以人为本的活态文化遗产，它强调的是以人为核心的技艺、经验、精神，其特点是活态流变，突出的是非物质的属性，更多的是强调不依赖于物质形态而存在的品质。非物质文化遗产最大的特点是不脱离民族特殊的生活生产方式，是民族个性、民族审美习惯的“活”的显现。它依托于人本身而存在，以声音、形象和技艺为表现手段，并以身口相传作为文化链而得以延续，是“活”的文化及其传统中最脆弱的部分。中国于 2004 年 8 月加入联合国《保护非物质文化遗产公约》。根据联合国教科文组织《保护非物质文化遗产公约》中的定义，老字号所具有的“社会实践、观念表述、表现形式、知识、技能以及相关的工具、实物、手工艺品和文化场所”[②] 都可视为非物质文化遗产。中华人民共和国国务院公布的四批国家级非物质文化遗产名录中有许多老字号企业的技艺与文化，如同仁堂中医药文化、胡庆余堂中药文化、张小泉剪刀锻制技艺、景德镇手工制瓷技艺、南京云锦木机妆花手工织造技艺，等等。老字号企业是一批重要非物质文化遗产的载体，离开了这些老字号，此类遗产便有可能失传。一些重要的技艺、产品和民俗只有在老字号企业的生产和实践中才能活化起来，从而得以传承和传播；同样的，非物质文化遗产往往是这些老字号企业的核心财富，与其主要的产品和服务联系在一起，失去了这些遗产的内涵，老字号便名不副实。[③] 老字号已经与物质文化遗产和非物质文化遗产融为一体，老字号的发展与否，不仅仅是关乎企业命运的问题，还是关乎传统社会遗产能否传承和延续的问题。

二　老字号的分类及面临的困境

老字号承载着独具特色的传统技艺、精益求精的匠心追求与诚信厚道

---

① 联合国教科文组织：《保护非物质文化遗产公约》，http://www.npc.gov.cn/wxzl/wxzl/2006-05/17/content_350157.Htm，2003 年 10 月 17 日，检索日期：2015 年 9 月 28 日。

② 联合国教科文组织：《保护非物质文化遗产公约》，http://www.npc.gov.cn/wxzl/wxzl/2006-05/17/content_350157.Htm，2003 年 10 月 17 日，检索日期：2015 年 9 月 28 日。

③ 张少春：《非物质文化遗产的资源转化：一个老字号止咳药的工业化故事》，《思想战线》2015 年第 6 期。

的经营理念，已成为民族品牌的典范，为推动经济发展和文化传播做出了积极贡献，但在社会转型和城市变迁过程中许多老字号却失去踪影。从全国范围来看，为数众多的老字号企业中仅有 70 多家上市公司。商务部流通发展司 2017 年发布的《老字号发展报告（2015—2016 年度）》显示：针对 788 家企业的调查，2016 年实现销售收入 90299.78 亿元，平均增长 6% 左右；实现利润 7658.44 亿元，平均增长 20% 左右。在一些行业和地区，老字号的发展势头强劲，呈现可喜状态。对北京各类老字号中的 160 家企业的调查显示，2016 年有近 90% 的企业都处于赢利状态，尤其在互联网应用、连锁化发展上有长足的进步。[①] 截至 2018 年底，山东省共有“中华老字号”企业 66 家，“山东老字号”企业 280 家。2018 年，山东省 346 家省级以上老字号企业共计实现营业收入 1985.9 亿元，同比增长 9.4%。[②] 因为基础雄厚、信息发达、政府重视，北京、上海、广州等一线城市的老字号发展要好于其他省会城市和中小城市。“从全国范围来看，为数众多的老字号企业中有所发展的老字号企业占比不到 10%，能维持正常经营的约占 70%，大约有 20% 的老字号企业经营困难已经濒临破产。”[③] 老字号企业确实存在企业规模偏小、体制机制僵化、创新动力不足、技术附加值低、融资困难、后继无人等问题，这些问题单靠企业自身又很难解决。为此，商务部 2006 年开始实施“振兴老字号工程”，确定了第一批中华老字号名录，2010 年又确定了第二批。2017 年 1 月，商务部等 16 部门又联合出台了《关于促进老字号改革创新发展的指导意见》，以促进老字号改革创新发展为核心，以保护传承老字号为根本，进一步优化老字号发展环境，充分发挥老字号的榜样示范和引领带动作用，大力弘扬精益求精的工匠精神，促进老字号创造更多社会、经济和文化价值。促进老字号顺应消费需求新变化和“互联网 +”新趋势，加快改革创新发展，进一步弘扬优秀文化，拓展品牌价值，充分发挥其在稳增长、促消费、惠民生中的积极作用。[④]

---

① 葛亮亮、王珂：《你好！我是中华老字号……》，《人民日报》2018 年 6 月 5 日。

② 代玲玲：《山东老字号企业增至 280 家》，《大众日报》2019 年 3 月 29 日。

③ 转引自张继焦等《传承与发展：老字号企业创新研究》，《贵州民族研究》2016 年第 4 期。

④ 参见《关于促进老字号改革创新发展的指导意见》，http://www.mofcom.gov.cn/article/b/d/201702/20170202509727.shtml，2017 年 2 月 17 日，检索日期：2018 年 10 月 12 日。

除商务部认定的老字号外，各省、市都出台了老字号认定规范并进行了认定。如山东省有商务部认定的“中华老字号”66 个，山东省认定的省级“山东老字号”280 个。南京市于 2018 年 4 月启动了第三批老字号的认定工作，在此之前，有已认定的中华老字号企业 20 家，省老字号企业 30 家，市老字号企业 64 家，还有 10 家未被评定、20 多家停业仍保留字号的老字号企业。[①] 而在全国范围内，共有各类老字号 5000 多家，其中由商务部认定的老字号 1128 家，多数分布在沿海及内陆经济较发达地区，如上海有 180 家、北京 117 家、南京 20 家。相比之下西部地区就很少了，如宁夏只有 2 家，青海更是只有 1 家。

老字号不仅地域分布不均，发展状况也千差万别。有的已经成为上市公司，有的经营良好，有的经营困难，有的濒临倒闭，有的空有品牌已无产品上市。上市公司是老字号中发展最好的一类。像贵州茅台、五粮液、青岛啤酒、同仁堂、云南白药、东阿阿胶、全聚德等大家耳熟能详的 70 多家上市公司，紧跟时代步伐，积极转变经营方式，开拓业务领域，在企业市场竞争力不断提高的同时，引入资本，扩大了老字号企业规模。这类老字号既具地方特色又满足了民众的生活需要，而且在发展中不断创新，因此有极高的市场占有率与良好的经济效益。关键还在于这些企业有着高度的文化自觉，愿意通过创新发展使老字号及其传统技艺传承下去。对这类企业，政府应给予其相关荣誉及政策方面的扶持，不必在资金投入上下功夫，他们就会发展良好。

发展最差的是已经倒闭或者濒临倒闭的老字号企业。1991 年，中华人民共和国国内贸易部就启动了老字号认定工作，向 1600 余家品牌授予了“中华老字号”的牌匾和证书——这些老字号均是创立于 1956 年（含）以前的老牌企业。如今商务部认定的“中华老字号”共 1128 家，其中 20% 面临发展困境。这些濒危的老字号有的是因为经营不善，有的是因为社会的发展和科技的进步被自然淘汰。如从 20 世纪 90 年代中期开始，打火机普及、点火技术的发展使火柴行业衰落，成立于 1912 年的 20 世纪亚洲最大的

---

① 张希：《市级认定老字号有 64 家》，《南京日报》2017 年 6 月 16 日。

火柴厂——河北泊头火柴有限公司，于 2012 年 9 月 6 日正式退出历史舞台。与此同时，其他地方的许多火柴厂也先后关停。竹器曾经是人们生产和生活的必需品，但随着塑料制品的出现，竹子材料获取困难及人工成本上升，竹器制作面临危机。藤具制作也面临同样的问题。老字号是地方的一张名片，对这类即将消失的老字号，政府要进行全面摸底普查，建立较为详尽的老字号档案，用文字、图片、录音、影像资料等形式将建筑、牌匾、账簿、工艺流程等保留下来。特别有影响并能代表地方文化的还可以考虑建立博物馆，不能任其消亡。

除以上两类外，大部分老字号企业虽在经营中，但面对外部激烈的市场竞争，发展前景不容乐观。近年来，在城市建设中由于地铁兴建、道路拓宽，许多老字号从商业旺地消失，被迫搬到其他街区，失去了原有的营商环境，经营状况大不如前，不少老字号也因此消亡。因此，各地政府实施了针对老字号原址风貌、品牌文化等方面的保护。如昆明市商务局就为“老字号”争取到了市政府的支持性政策，因旧城改造被迫搬迁的老字号企业在省内、省外、境外新设营业网点的，分别给予 10 万元、20 万元、30 万元补助。[①] 上海陕西北路作为老字号品牌的集聚地，被中国商业联合会中华老字号工作委员会冠名为“中华老字号第一街”。为了更好地推动区域老字号集聚发展，2018 年 3 月以来，静安区全面启动陕西北路老字号街升级改造工程，邀请专业团队进行整体形象升级，调整引入更多老字号品牌，全力打造老字号定制体验中心、文化展示中心、新品发布中心和营销体验中心，打造陕西北路老字号专业街。[②] 各地政府还积极支持老字号核心技艺申请国家、省、市、区级非物质文化遗产保护，为老字号发展提供帮扶。

资金短缺是束缚老字号发展的瓶颈。如广东省老字号，多以小微企业为主，76% 为民营或私营工商企业，国有及控股仅占 24% 左右，大部分属于市场中的弱势群体。2010 年，浙江老字号福兴杭罗投资 3000 余万元建立了杭罗博物馆，之后资金几乎断链。银行贷款不够，只好向民间借贷，每

---

① 李双双：《昆明老字号经营状况普遍不佳　让其焕发新活力成当务之急》，《昆明日报》2018 年 7 月 19 日。

② 张仲超：《打响“上海购物”品牌　老字号迎新生》，《中国商报》2018 年 9 月 7 日。

年产值2000万元左右，还完利息和部分贷款，利润所剩无几。针对老字号融资难的问题，2017年商务部《关于促进老字号改革创新发展的指导意见》提出，“推动老字号积极对接资本市场”，鼓励“设立老字号投资资金”。为此，各地纷纷制定相应政策，为老字号融资出谋划策，如云南省昆明市就协调富滇银行、华夏银行、招商银行等银行，开展了老字号企业品牌抵押贷款业务。①

后继无人是老字号传承面临的又一问题。老字号独特的技艺是通过一代一代人的传承和革新而形成的，大部分是家族传承。许多技艺复杂难学，周期长，收入低，现在的年轻人很少有愿意学的。为此，文化部、教育部2015年起实施了“中国非物质文化遗产传承人群研修研习培训计划”，至今已有78所高校参加此项计划，目的是为非遗传承提供高校学术资源和教学资源支持，帮助非遗项目持有者、从业者等传承人群强化基础、拓展眼界、增强学养，提高文化自信和可持续发展能力。由文化部、工业和信息化部、财政部制定的《中国传统工艺振兴计划》，2017年3月12日经国务院同意并发布实施。其目的是鼓励技艺精湛、符合条件的中青年传承人，申报并进入各级非物质文化遗产代表性项目代表性传承人队伍，形成合理梯队，调动年轻一代从事传统工艺的积极性。各省市也举办了非遗传承人和从业者的培训，以解决老字号技艺传承的困境及人才匮乏的问题。

老字号是一个城市的名片，是地域文化的象征，政府的政策支持是必不可少的，但主要还得靠企业自身进行机制体制改革，创新经营管理模式、营销模式，激活创新思维，增强内功，实现资源转化，这样才能在激烈的市场竞争环境中存活下来。

三　老字号遗产资源的转化路径

如何使老字号延续和发展，以免沦为文化标本，是政府、企业及学界都在关注的问题。对老字号和非物质文化遗产中的传统技艺的变迁和创新问题，学界、地方政府、企业立场不同，观点也不一致。有些学者强调，

---

① 葛亮亮等：《各地在经营场所、商标保护、融资和人才培养等方面出台政策——老字号保护　力促转型升级》，《人民日报》2018年7月5日。

为保持非遗的“原真性”，必须原汁原味地继承传统技艺的精髓，不能创新和变通。而有些地方政府和企业为追求经济效益的最大化，完全不顾非遗项目文化和技艺传承的社会效益，过度产业化和市场化，使传统技艺失去其所承载的文化内涵。笔者认为，传承是非物质文化遗产的基本特征，尤其是老字号企业中的核心技术都是通过口传心授、师傅带徒弟的方式才世世相传，与各个地域的民俗风情、文化变迁、社会发展相交融，逐渐形成一种相对稳定的文化事项或文化模式。核心技艺和文化是老字号的精髓，是需要传承的。但在社会变迁和发展过程中，老字号也不能一味地固守传统而不求新，如此，只能消失在历史的长河中。已有学者指出：非物质文化遗产的保护不应该是僵化的消极保存，而应该是在不违背和破坏其核心价值和核心技艺的情况下，将之引入生产领域，让更多的非物质文化遗产进入到当代人的生活中去，让现代人享受祖先留给我们的物质财富和精神财富，使之在生产和生活实践中得到积极保护。[①] 针对实践中出现的问题，文化部提出了“生产性保护”的理念。2012 年 2 月，文化部印发了《文化部关于加强非物质文化遗产生产性保护的指导意见》，指出：“非物质文化遗产生产性保护是指在具有生产性质的实践过程中，以保持非物质文化遗产的真实性、整体性和传承性为核心，以有效传承非物质文化遗产技艺为前提，借助生产、流通、销售等手段，将非物质文化遗产及其资源转化为文化产品的保护方式。”[②] 老字号保护与创新问题在这里同非物质文化遗产保护与利用紧密联系在一起。这个世界正在产生变化，非物质文化遗产不会消失，但前提是它要被融入当代的生活，成为活的文化，成为当代社会的政治文化经济的一部分。如何做到？首先就是让这些“遗产”成为资源。资源是要为一定的社会活动服务的，离开社会活动的目的，资源毫无意义，甚至可以说，也就没有了资源的存在。从这个意义上来讲，资源并非完全客观存在，当某种存在物没有同一定社会活动目标联系在一起的时候，它

---

① 谭宏：《对非物质文化遗产生产性方式保护的几点理解》，《江汉论坛》2010 年第 3 期。

② 《文化部关于加强非物质文化遗产生产性保护的指导意见》，《中华文化报》2012 年 2 月 27 日。

是远离人类活动的自在之物，并非我们论述的资源。[①]

老字号的非物质文化遗产资源转化，主要包括老字号的概念、技艺、品牌等核心文化在现代生产条件下通过其产品传承再现，即利用现代科学技术、工艺、设计、规范改造传统产品，使其符合现代社会需要；运用现代营销手段扩大产品流通范围，打破地域界限，将一定空间内的文化符号放大；利用旅游休闲等方式强化顾客的体验感，使顾客在体验的同时消费产品，感悟文化；等等。其目的，就是将老字号遗产资源激活，使之适应现代社会的发展并发挥其在经济、文化及情感等方面的作用。

技术和产品创新是老字号资源转化的第一个路径。老字号企业都有自己世代相传的独门绝技，这些技艺成为企业的核心竞争力。如同仁堂按照宫廷高标准的制药技艺，为其赢得了“炮制虽繁，必不敢省人工；品味虽贵，必不敢减物力 ”的良好口碑，其产品以“配方独特、选料上乘、工艺精湛、疗效显著”而享誉海内外。张小泉剪刀以“选料讲究、镶钢均匀、磨工精细、式样精美、经久耐用”而著称。其他老字号也都有自己独一无二的技艺，这些技艺在世代相传中日臻成熟。如荣宝斋木版水印技艺、马聚源手工制帽技艺、都一处烧麦制作技艺，等等。这些经过几代人甚至十几代人传承的“绝活、绝技和绝艺”在老字号发展过程中起了决定作用，是老字号在激烈的商业竞争中存活下来的法宝。诚然，这些独一无二的技艺也并非一成不变，通过研究老字号的发展史可以看到，这些技艺也是适应时代发展而不断变异的。

现代社会日新月异，市场多元，消费时尚，一种或几种产品很难满足“90 后”、“00 后”消费者的需求。老字号引以为傲的传统工艺、手工作坊式的生产方式，成本高，效率低，很难适应大规模的工业生产。只有将传统技艺与现代科技相结合，通过技术创新生产出更多、更好的产品来满足消费者的需求，才能使老字号适应现代生活方式的需要，实现长久发展。研究发现，许多成功的老字号企业正是通过不断创新而得到消费者认可的。如始创于 1887 年的吴裕泰茶庄，将时尚理念融入茶文化中，积极探索茶叶

---

① 方李莉：《有关“从遗产到资源”观点的提出》，《艺术探索》2016 年第 4 期。

深加工之路，相继推出了茶食品、茶月饼、茶冰激凌、茶爽无胶口香糖等一系列茶叶深加工产品，努力实现茶产业的多品种发展。[①] 广州老字号中药企业潘高寿一直注重生产设施的科技化。根据张少春对潘高寿的考察，20 世纪 80 年代，潘高寿的中药生产开始由手工制作向机械化生产转变，昔日的手工作坊逐渐转变为现代工业化生产企业。1982 年安装了多功能提取罐，彻底改变了过去土炉明火式的制药流程；1983 年引进了全国第一条液体罐装生产线，使川贝枇杷露的分装从手工转变为自动化；2004 年向德国企业定制了高速全自动液体灌装生产线，这条生产线被认为具有速度高、精度高、稳定性高、独特性高、技术含量高等五大先进性；2013 年引进治咳川贝枇杷露自动包装线，结束了最后的人工流程。传统的手工制作工艺仍然掌握在少数老药工手里，由他们传授给年轻人，从而保证了以川贝枇杷露制作为主的传统制药工艺得以传承。[②] 时代在变，技术在变，工艺在传承中与时俱进。[③] 具有“黄酒北宗”之称的即墨老酒传承了传统酿造工艺精髓，与南方的“蒸饭法”完全不同，使用的是“煮饭加糗糜”的独特工艺，总结了“守六法，把五关”的工艺要求。所谓“古遗六法”，即黍米必齐、曲蘖必时，水泉必香、陶器必良、湛炽必洁、火剂必得。达到了“六法”要求，只是为酿造老酒准备了基本原料和设施，要酿出好酒，还必须把好五关，即烀糜、糖化、发酵、压榨、陈储。在继承传统工艺的基础上，即墨老酒不但进行工艺和设备更新，更是根据社会发展需要开发了能满足不同消费者需要的新产品，开发了干型、半甜型、清香型老酒及适合夏天喝的姜汁老酒，以及各种年份酒、即墨康酒等。2017 年 8 月，为扩大规模和产能，即墨黄酒厂有限公司搬迁至即墨龙山街道开河路 666 号，生产研发能力大幅提升，通过设备升级改造，节能化、机械化水平提升，实现了新旧动能的转换。年产值由原来的 2 万吨扩大到 5 万吨，2017 年销售收入达到 1.8

---

① 参见胡昕《北京老字号企业发展创新：现状、问题与对策》，《时代经贸》2017 年第 28 期。

② 张少春：《非物质文化遗产的资源转化：一个老字号止咳药的工业化故事》，《思想战线》2015 年第 6 期。

③ 刘涓溪等：《守正传承 擦亮金字招牌》，《人民日报》2018 年 6 月 8 日。

亿元。[①] 总之，老字号必须不断研发新技术，才能实现产品创新和产能升级，实现生产环节的工业化、现代化。“技术创新对老字号而言，具有生死存亡的意义。现代社会科技发展日新月异，仅仅攥着祖传的老秘方是远远不够的”“要保护传承好老味道、老工艺，就必须有先进技术作支撑，这样才能再现老字号的辉煌”。[②]

老字号遗产资源转化的第二个路径是营销理念创新。许多老字号固守“酒香不怕巷子深”的理念，坚持“只此一家，别无分店”的传统，导致了质量上乘的产品销售不出去的尴尬局面。从经济学原理上讲，消费是生产的最终目的，没有需求，没有消费，就没有市场，生产就是徒劳的。生产与消费是紧密相连的，消费是生产的内因。而如何使消费者认可产品、购买产品是营销者的责任。现代社会日趋多元、时尚化，消费者的观念发生了翻天覆地的变化。他们不再仅仅关注产品的使用价值，更注重产品背后的附加价值。老字号企业要在如此复杂多变的社会环境下生存，必须改变传统的营销模式，细分市场，细分目标客户群，采取多样化的营销手段。连锁经营是目前最具竞争力和发展潜力的营销方式。为适应形势发展，一些规模较大、实力雄厚的老字号企业也在全国其他城市、在海外实行连锁经营并取得了骄人的业绩。吴裕泰从 1997 年就融入现代的管理方式和商业模式，开始实施连锁经营。如今已经从 1 家店扩大到全国 416 家店，而且店面形象统一，风格一致，突出了古朴、典雅的灰、红搭配色彩，给人过目不忘的印象。吴裕泰还实行标准化和规范化管理，1999 年在国内茶叶行业首家通过 ISO9001 国际质量体系认证，率先在行业内通过了质量、环境、食品安全和职业健康的“四体系认证 ”，为连锁经营发展奠定了基础。1994 年全聚德开始引入连锁经营模式，企业规模迅速扩大，其成功之处就在于制定了连锁企业规模标准、装修标准、加盟商选择标准、市场选择标准、项目开发程序等一系列标准并实行标准化管理。集团专门成立了连锁经营公司，负责全聚德连锁经营事务。市场拓展扎实有效，连锁店发展的步伐

---

① 访谈人：朱以青；访谈对象：韩吉臣、冷蓬勃，即墨黄酒非物质文化遗产项目传承人；访谈时间：2018 年 2 月 27 日；访谈地点：即墨黄酒厂有限公司。

② 张武军：《守正创新 老字号演绎新传奇》，《人民日报》2018 年 6 月 13 日。

也不断加快，现在连锁店已超百家。特别是全聚德华东公司成立后，在苏州、南京、杭州开了多家连锁店，发展势头迅猛。[①] 全聚德还涉足新业态，探索新模式，触电“互联网 +”，推出全聚德专属 O2O 烤鸭外卖产品“小鸭哥”，搭建产品、品牌、系统、生产、配送五大关键运营环节，满足年轻用户便捷消费、品质消费、情感消费的需求。

现在越来越多的老字号企业搭上“互联网 +”的快车，利用电子商务平台和现代新传媒进行营销。根据胡昕团队对北京老字号的调查，已经有 78.99% 的被访老字号企业开展了“互联网 +”方面的经营和尝试，接近 50% 的消费者是通过网购购买到老字号产品的。通过设立电商旗舰店，进行网上宣传和销售，老字号拉近了与年轻消费者的距离，为持续发展增添了后劲。[②]“2017 年，中华老字号在天猫的消费者同比增长 170%，销售额同比增长 190%。通过电商，有些老字号还热销海外，跻身全球品牌。”[③]

老字号遗产资源转化的第三个路径是旅游体验创新。随着科技进步和经济发展，人们的休闲时间与时俱增，在“可支配收入增加”及“闲暇时间增加”两大因素的驱动下，旅游者已不满足于传统的观光旅游，开始选择富有特色的休闲度假旅游产品，进行地域特色、时代特色和个性特色鲜明的文化体验。“老字号企业作为一个商业实体，有着它独特的企业产品，无论是商品、技术或服务，它都向社会提供着自有的产出，同时，老字号企业通过这些产品，传承、体现着历史，传扬着文化，坚持着某种精神，这些都能够满足游客的吃、游、购、娱等要求，在旅游六要素中有着比较确定的功能对应位置，也就是说，老字号企业的外在产品、企业行为以及老字号所蕴含的精神文化，都可以直接参与和融入旅游活动中。”[④] 因此各省市都非常重视老字号旅游资源的开发利用并形成了几种模式。一是历史文化街区及文化古迹参观模式。老字号在长期的发展中留下了著名的老店铺、老牌匾、具有特色的装饰门面等历史文化遗迹，具有特殊的文化内涵，

---

① 参见胡昕《北京老字号企业发展创新：现状、问题与对策》，《时代经贸》2017 年第 28 期。

② 胡昕：《北京老字号企业发展创新：现状、问题与对策》，《时代经贸》2017 年第 28 期。

③ 葛亮亮、王珂：《你好！我是中华老字号……》，《人民日报》2018 年 6 月 5 日。

④ 李吉星：《老字号街——老字号与旅游发展、城市建设的交集》，《云南农业大学学报》2014 年第 5 期。

是城市工商业发展的见证，有的已经成为文物。游客可以通过参观，感悟传统商业文化的魅力。二是博物馆体验模式。为保护老字号的非物质文化遗产，现在很多老字号企业建立了博物馆。一方面展示企业的发展史、传统的手工艺，收藏重要的文献资料、工具、各个年代的产品等；另一方面建立数字展示区、动态演示区、生活体验区，真正让游客融入其中。如即墨老酒博物馆中有百年酒窖展厅、陈储酒库展厅，还有即墨老酒坊、品酒斋，游客在游览的同时还可以品味老酒的醇香。三是旅游商品开发模式。老字号凝结了地域文化的精华，其产品理应受到游客的喜爱。但一些老字号企业固守传统，不注重创新，其产品不能受到游客尤其是年轻游客的青睐。如何与时俱进，开发出好的旅游产品是老字号面临的新问题。旅游产品不同于一般的商品，它必须与文化创意相结合，因为游客更注重的是产品的附加价值，即体现地域特色的文化价值，在这方面老字号企业还要多下功夫。

四　结语

具有鲜明民族特色的中华老字号，因具有深厚文化底蕴而成为城市文脉延续的载体。但在全球化和洋品牌的冲击下，许多老字号企业陷入困境，呈衰落态势。一家老字号的消失不仅仅代表一个企业的倒闭，而更意味着一个传统文化基因不复存在，众多老字号消失的结果就是这种文化现象的消亡。老字号是中国工商业的精髓，凝聚了几代人的智慧，承载了无数的民众记忆，是诚信、道德、品质的体现。上至政府，下至企业，都在致力于使其长久生存下去。基于老字号的物质文化属性和非物质文化属性，保存老字号的生存土壤及文化空间，使其具有持续生产能力，使其产品对民众有持续的吸引力和影响力，增加民众的消费欲望和消费需求，才能形成老字号从生产到消费的良性循环。

民俗观察

民俗学的主要研究对象是活生生的民众生活文化，这一点决定了民俗研究关注“当下”的学术特色。民俗，虽然看似驳杂、琐碎，但其中蕴含着中华传统文化的“根”与民众生活的深刻逻辑，勾连着上至国家、下至社会的各个层面并与时代发展紧密相关。因此，以“民俗”为观察对象与切入点，可“透视”出国家、社会、民众生活等各个层面的内容。随着城镇化、数字化等的快速推进，社会各个方面都在发生着日新月异的变化，即使再边远的社区也不可避免受到这一潮流的巨大影响。在这一社会背景下，如何处理好国家治理、社会发展、文化保护等各个方面所面临的问题，是我们必须认真对待与思考的。而“民俗”，恰为我们提供了一个非常好的观察“窗口”。

新型城镇化与民俗文化的传续与创造*

林继富　谭　萌**

一　中国新型城镇化中的民俗文化问题

城镇化过程中“人”的观念转变问题。城镇与农村的区别是多方面的，传统村落民众生活基于熟人社会，他们以家族、家庭为生活单位，建立了便利生活的一切设施和关系。传统村落民风淳朴，居民构建了深厚的勤劳耕种的传统，以农为本的观念根深蒂固，商品意识不强。一些村民即使转变为城镇居民，也仍然不知如何适应城镇的社会经济生活，有的农民只能靠出租房屋或抽时间回农村种田为生，无法找到自己的身份定位、职业方向。

传统村落居民许多过去不太文明的观念给城镇社区环境带来较大影响。诸如随意向街道、河里乱扔、乱倒垃圾；婚丧嫁娶活动占用街道或者公共空间，阻塞城镇交通；每逢重要的祭祀时日，在公共场所焚香烧纸，造成城镇社区卫生状况差、空气污染严重；新型城镇内的居民没有绿化观念，缺乏防范灾害的意识。这些生活观念上的问题成为新型城镇建设、发展的制约因素。

城镇化过程中文化共同体问题。新城镇建设尽管由政府先行规划，然

---

* 本文选自《华南师范大学学报（社会科学版）》2019 年第 1 期。本文为 2016 年度国家哲学社会科学重大攻关项目“中国民俗学学科建设与理论创新研究”（项目编号 16ZDA162）阶段性成果，并获中央民族大学 2018 年度社会学一流学科建设经费资助。

** 林继富，法学（民俗学）博士，中央民族大学民族学与社会学学院教授，博士生导师，湖北民族学院“楚天学者”特聘教授，研究方向为民俗学、民间叙事文学、非物质文化遗产研究；谭萌，中央民俗大学民俗学 2017 级博士研究生。

而，当传统村落居民进入新的城镇生活，他们就想方设法扩展自己的生活空间，尤其是居住空间。扩展空间的无序性给城镇环境造成极大破坏，出现了土地资源的浪费和一系列社会问题。更为重要的是，进入新型城镇的居民各自将自己的利益最大化，各自在争夺物理空间和生活空间，由此导致许多社会秩序失范。这些问题的关键就是人与人之间关系的建立，即人与人如何在拥有自己生存权利的同时能够成为彼此宽容、理解、信任的邻居和朋友，如何实现新型城镇的文化凝聚力，形成新的文化共同体。

城镇化过程中传统文化的改变问题。新型城镇化往往依托特殊的地理位置，多数地区民众居住在良好的自然环境中，民族传统文化得到了较好的保护。民族传统文化依赖于民族生活环境和民众生活方式，如藏族赛牦牛、摔跤、藏棋，云南独龙族射弩、溜索，白族赛龙舟、荡秋千，哈尼族磨秋、打陀螺等活动。各民族特殊的生态环境和生活历史传统是其文化传统存续的土壤，也是该民族和该地域重要的自然和人文资源。包括传统节日符号在内的传统文化符号现代功能的转型是必然的，是城镇化的要求，是传统文化要素改变过程中的社会适应。但是城镇化中传统文化发生的改变是多样化的，有的导致了传统文化精髓的变异，有的表现为传统文化母题的扭曲，这些都是今天新型城镇化要认真对待的。

城镇化过程中传统文化的消失问题。40 年来中国农村在变革中发展，传统村落文化在变化中传承，但是，许多传统文化因为不适应当代新型城镇建设格局，不适应城镇居民生活习惯而被淘汰，这是文化发展的规律。但是，有些传统文化的消失则是新型城镇化过程中人们的不当行为造成的。无论哪一种原因导致传统文化消失，均是新型城镇化建设中我们需要面对的问题。

城镇化建设的文化产业问题。新型城镇建设，尤其是特色村镇建设以传统文化作为经济资本，在开发、利用村落文化过程中，出现了文化发展过度从属于产业经济发展的倾向。特别是在一些旧城改造过程中，城市独特的传统文化被简单再造，城市丢失了历史积淀下来的文化精髓。① 许多包

---

① 参见张红等《基于文化规划的旧城改造模式研究——以开封为例》，《生态经济》2010 年第 8 期。

含深厚文化底蕴的村落景观被赋予现代文化，或者被现代文化经济遮蔽，村落传统文化赖以生存的文化空间和土壤逐渐遭到破坏。

在新型城镇建设过程中，民俗文化往往被作为经济符号利用，用于发展民族地区的文化产业。许多城镇，尤其是特色村镇拥有丰富的民族文化资源。比如，一些城镇利用民俗文化资源发展旅游产业，但是旅游产业中的民族、地方特色不够鲜明，旅游产品尤其是旅游纪念品同质化现象严重。旅游中的民俗文化没有很好地体现出当地民俗文化的生活性、特殊性和多样性。

我们需要在新型城镇化建设过程中认真总结已有的经验和教训，深入调查研究新型城镇化居民传统生活习惯和文化传统，从生活和文化入手，寻找新型城镇建设的关键性因素，处理好民俗的传承与创新问题，让进入新型城镇生活的居民获得满足感、幸福感。

二　解决新型城镇化建设问题的民俗视角

新型城镇化建设的关键是“人的城镇化”。以“人”为中心的城镇化实质上就是文化的城镇化和城镇的文化化。以人为本的城镇化是多种资本综合动员的过程，需要经济资本重新组合，需要城乡社会资本重构，需要依赖于文化资本的积累与投入。文化是城镇的根与魂，它体现城镇的独有特色和资源优势。在新型城镇建设中，我以为文化主要表现在两个方面：一是传统文化在新城镇延续并实现创造性转化，使其兼具个人的文化、集体性的文化，以及城镇居民享用的公共文化；二是现代文化及其表现方式融入新型城镇。无论是传统村落文化进入新型城镇文化，还是现代文化或者外来文化进入城镇居民生活，新型城镇的文化建设均需要民俗学者从历史和现实，从民众生活需要和城镇可持续发展的视角进行调查和研究，提出新型城镇文化建设中文化资源、生活资源可以转换、转化的建议，提升新型城镇建设的文化品质、生活品位。

关系建立是新型城镇建设的重要内容，是建立和谐城镇社区的根本。新型城镇建设强调以人为本，任何有关促进城镇化建设的行为和活动都要考虑人的因素。新型城镇建设中的人来自不同村落、不同社区，需要在新的社区不断磨合，建立具有共同基础的新型关系。即使来自同一社区或者同一村落，生活环境、生活空间变了，彼此之间的关系就需要调整。可以说，新型城镇建立、调整人与人的关系是互动性的、互惠性的。

新型城镇建设中人与自然是重要的关系建设内容。无论是“就地城镇化”，还是“异地城镇化”，城镇居民的生活空间变了，组成生活空间的物理性始终存在，这些物理性的自然因为与城镇居民结合而形成了有情感、有文化的自然，此时生活在城镇中的人在与自然建立情感关系、文化关系时就需要尊重自然生态，将自然生态与城镇居民生活有机结合，不仅使城镇居民在自然环境中幸福生活，而且在新的人与自然关系中诞生、延续适合城镇居民生活的习俗惯制、文化传统。

新型城镇的居民生活与周边村镇、周边人员以及中国社会的发展联系在一起。新型城镇是社会系统的组成部分，新型城镇内的村民组织、经济方式、生活形式、文化形态等均受制于城镇内与外的关系的制约，新型城镇的社会关系从国家到地方、从城镇内部到周边地区，均以不同方式、从不同维度嵌入城镇生活，这些关系立足于城镇居民和谐、幸福生活的需要，立足于国家社会经济发展的需要。

也就是说，新型城镇建设离不开关系的建设。作为以关系研究为基础的民俗学，强调研究人与人、人与自然、人与社会关系的发生、发展，以及这些关系如何构成人的生活行为，如何促成人在各种关系网络中和谐生活。从这个角度来讲，民俗学恰好能够从历史和现实、从自然和人本等方面为新型城镇中以人为中心的关系建立、关系发展提供帮助。

在中国城镇化过程中，许多新城镇的居民属于不同民族，这就要考虑“多民族社区融入”方式的特殊性，考虑民族生活的多样性。当然，这种多样性并不是让新型城镇建设变得杂乱无章、各行其是，而是从不同民族、不同村落再融入城镇居民生活过程的时候，传统村落的民俗传统需要做出一些改变。传统村落居民携带传统习惯、传统生活融入新的城镇，他们适当进行改变，逐渐适应新型城镇的生活。只有这样，进入新城镇的传统村落文化才能获得新型城镇其他居民的接受，进入新型城镇生活的居民才能获得心理上的归属感和文化上的认同感。

城镇化过程是民众生活和文化传统包容性、融入性建构的过程。在建设新型城镇的时候，我们要有意识地保护民族传统文化，兼顾民族传统文化的特色传承。新型城镇化进程不可避免地会将先进的思想理念、技术和生产方式注入居民生活，这势必影响到居民对于民俗传统依恋的情感，这就要求新型城镇居民应该最大限度地包容民族、地域情感，增加民族之间、地域之间的交往与互动，打破传统村落社会中血缘、地缘、族缘关系的限制，增加新型城镇内居民间相互的信任与理解，缩小各民族间、各地域间的距离感和陌生感，从而在多元的社会中实现各民族团结与居民生活的融合。

新型城镇建设关涉多个生活空间问题，关涉传统空间弱化、新空间重建问题。新型城镇建设最大限度地实现了农村居民生活的空间集聚，这不仅体现在土地资源使用上，而且体现在文化资源传承、利用上。

新型城镇化需要特别关注社会结构、空间结构变化因素。新型城镇化意味着中国社会结构、组织方式、行为规范和价值理念均会发生巨大变革。传统的伦理原则、价值观念受到挑战，适应新型城镇居民生活的伦理原则和价值体系尚未真正建立起来。在新型城镇空间移动、再造过程中，不仅社会组织结构，而且文化结构等的变动都带来城镇居民生活的改变和文化的重建，这也是民俗朝向当下必须面对的。

在新型城镇空间里，应该充分尊重各民族文化差异性，加强各民族文化相互理解和包容、交流和合作，努力寻求各民族生活、文化的交汇点和共同点。在各民族交往过程中，促进多民族特色文化生长，挖掘社区各类特色文化资源，寻找现代城镇生活中居民的生活归宿感和文化归属感。新型城镇居民生活变化、民俗传统变化归根到底就是民俗生活和民俗传统的适应与改变。

新型城镇化是人的城镇化，进入新型城镇生活的每一个人，逐渐将传统村落的生活习性、生活方式变成“城镇性”。这种转变的根本就是人的观念转变，也就是新型城镇文化推动传统村民生活观念的转变。比如，我国西南地区有些民族原有的“穿在银上，用在鬼上，吃在酒上”的消费观念在新型城镇化过程中悄然发生了改变。民俗传承和创新因为新型城镇的生活环境变得更为开放。城镇化为现代信息传播提供了载体，为民俗文化交流和创新提供了广阔空间。现代生产和生活方式改变着从传统村落生长出来的民俗文化的传承发展。城镇工业、商业对传统农耕生产方式、宗教文化产生巨大影响，从农民到城镇居民的身份转化催生了新型文化结构。新型城镇建设使得民俗传统进入转型时期，正确处理好民俗传续、创造与城镇居民的关系显得尤为重要。

新型城镇建设在空间上不是毫无章法。绝大部分新型城镇建设保持了与传统村落的血脉联系，充分吸取了祖先生存、生活的智慧。比如，贵州苗寨、侗寨的新型城镇建设考虑了他们传统居民的生活方式，考虑了他们祖先在选择生活居住地上的传统惯习。贵州苗族、侗族大多靠山依水而居，这就决定了贵州苗寨、侗寨的新型城镇不宜采取大空间、大规模的建设方式，而是将城镇建设融入山水风光、民族风情、时代风貌，突出苗寨、侗寨的文化特色，将建筑美、自然美与生活美有机结合，不断提炼、运用民族建筑、民族传统特色元素、标志性符号，提升新城镇居民的文化认同感，形成特色鲜明的民族村镇。从自然生态环境、居民传统生活方式和人文历史传统出发建设新型城镇，提炼新型城镇的标志性符号和经典性元素。

建立新型城镇文化品牌，提炼民俗文化的内涵和精品，将民俗的传统性与民族性、生活性与现代性相结合，建设特色性强的新型城镇文化品牌，提升新型城镇的美誉度和影响力。比如，云南迪庆藏族自治州少数民族人口占总人口的85.61%，是历史上“茶马古道”的要冲。当地政府将得天独厚的自然条件与民族民俗文化资源相结合，摸清民俗文化的家底，开发传统民族歌舞、民间文学，保护民族民俗文化资源，将民俗文化融入迪庆的旅游产业中，从迪庆藏族传统民俗文化中提炼标志性、特色性符号，形成了“香格里拉”品牌。

在新型城镇建设中，民族或者地方性的老字号成为品牌建设的主要对象，这些老字号承载了民族或地方悠久的历史、文化传统和民众的生活情感，成为地方身份认同的重要符号。因此，在新型城镇建设中，应支持一批文化特色浓、品牌信誉高、有市场竞争力的中华老字号做精做强，将老字号作为品牌建设的主体，以此激活传统文化力量，弘扬传统文化精神。

新型城镇化需要产业，这种产业依赖新型城镇内的传统文化资源，依赖传统文化的创造性转化。新型城镇建设需要对各地的民俗文化进行深刻的剖析、整理，寻找当中的精华和可以现代化、产业化的因素，依托城镇物质载体，大力发展民俗文化产业。

中国许多城镇文化底蕴深厚，自然风光独特。在建立新型城镇过程中，旅游开发已经与区域发展和城镇化进程实现高度融合，形成了旅游产业导向下的产业聚合的区域经济与城镇化综合开发模式。新型城镇化在生态环保、以人为本的城乡协调等方面优于传统城镇、村落，这种优势源于传统文化与现代产业的有机链接，源于新型城镇居民生活的功能性诉求。

新型城镇建设需要利用并提升多元化的民族文化资源，以民族、地区特色文化为依托，将民族、地区的语言文化、节庆文化等元素吸纳到新型城镇文化建构中，将民族、地区传统文化精华与现代化文化元素结合起来，建立文化站、图书室和文化娱乐场所等公共文化服务体系，改善公共文化服务条件，满足新型城镇居民的精神文化需求，推进以文化为导向的新型城镇建设，形成有认同、有情感、有温度的生活文化。

中国新型城镇化需要对中国传统社会基本价值与核心观念进行调整与转化，以适应新的人际关系、生产关系。新城镇发展离不开文化支持，包括民俗在内的文化建设成为城镇化建设的重中之重。但是，新型城镇的文化建设不是简单的继承、简单的复制，而是融入了现代人的价值观念，采用了现代人的文化观念、文化运行机制和文化市场体系进行调控，在构建新型城镇现代公共文化服务体系之中，推进新型城镇传统文化传承发展和文化资本的累积，推进民俗传统的创造性转化和创新性发展。

新型城镇社区内，需要通过组织各种形式的文化活动，增进城镇居民互相了解和互动交流，增强城镇居民对社区集体的认同感和归属感，尊重普遍认同的价值观和生活方式，这就需要充分发挥民俗认同属性和凝聚功能，提炼或者重建“社区精神”，使城镇居民对于传承、建构的新型社区传统文化有充分的自信和自觉。

新型城镇化是民俗发生、发展的过程，也是民俗新生、重建的过程，也是民俗削弱、消亡的过程。这个过程充分显示了民俗起源、发展、传承的特点，体现了民俗功能转换以及民俗与当代中国乡村社会现代化的多维度关系。

当代都市消费空间中的民俗主义*

——以上海田子坊为例

徐赣丽**

摘　要：在当代消费主义强势冲击下，传统民俗文化往往成为商品市场上的民俗主义产物，尤其在民俗旅游的场域中，为了迎合现代消费者的需要，商家不断制造新民俗或挪移异地他乡的民俗，生产传统，贩卖乡愁，造成同一空间内不同时代的民俗层叠并置和同一时间内不同空间的民俗拼凑混杂。这种已经脱离民俗原生语境、出于商业目的而被复制或改造加工的民俗，与传统社会里的民俗相去甚远，其发生的变异、生产的目的、带来的影响，都为当代的民俗走向提供了思考，也为都市民俗学拓展了新的领域。

关键词：消费；民俗主义；旅游空间；上海田子坊

一　问题的提出

随着我国经济的高速发展，都市人群的生活得到极大的改善，消费主义逐渐兴起。在以符号消费为主要特征的后现代消费社会里，人们的消费对象发生了变化，产品的消费只是表面形式，对意义和过程的消费才是符号消费的真正价值所在。换言之，在后工业社会中，消费已不再注重商品的使用价值或其实用性，而更注重商品所具有的符号象征意义，包括消费

---

* 本文选自《民俗研究》2019 年第 1 期。本文是在笔者多次带领学生对田子坊进行田野考察的基础上写成的。笔者指导华东师范大学 2015 级硕士研究生秦娇娇对田子坊进行了深入调研，本文多处直接引用了她的访谈资料，特此说明。

** 徐赣丽，华东师范大学社会发展学院民俗学研究所教授。

过程中所体现出来的品位、地位、时尚、潮流等象征价值。被这种消费主导的“生产”，不是直接生产物质或财富，而是生产一些符号性的“标志”。在这样的消费时代里，文化的功能和性质也随之发生改变。民俗原本是指自给自足的小农社会里民众自我生产和享用的文化，并不以他者的消费为目的；但在当代开放的、流动的都市社会和消费语境下，民俗文化因为具有地方和传统文化符号特征，而被发明或挪移。这种应用民俗的做法在我国各地非常普遍，这样的背景下生产的民俗呈现出新的特点，从而也为民俗学提出了新的问题。

20 世纪 70 年代，美国文化社会学的奠基者理查德·彼得森（Richard Peterson）提出文化生产视角，他将文化生产视作创造、市场化、分配、展览、吸纳、评价和消费的进程，强调文化生产的过程，注重文化生产的方式和参与值，关注文化符号的具体生产语境及其对文化内容产生的具体影响。[①] 民俗学领域虽然也已经有类似研究，但还未有具体明晰的分析，文化研究大家彼得森提出的视角对民俗学是有启示性的。民俗旅游的开发既是经济活动，也是文化生产和消费过程。旅游场域中带有民俗意味的消费文化是如何生产出来的？是否可以称之为民俗或类民俗（folklike）？经过复制、挪移、加工改造、包装、新创的民俗与传统社会的民俗有何不同？其反映了怎样的内在发展逻辑或规律？给予现代化、都市化时代的民俗学研究怎样的启示？笔者近年来关注和调研过多地的历史民俗风情街，尤其是 2015 年以来对上海田子坊的民俗应用现象进行了持续的跟踪，下文即根据田野与文献资料对上文提出的问题进行初步讨论。

二　田子坊及其旅游概况

田子坊与许多城市都有的民俗风情街、历史文化商业步行街等类似，属于物质消费民俗极为丰富的旅游休闲空间。与一些具有旅游资源优势的老街不同，它并不是一开始作为旅游景区进行建设的，这里除了保留下来的石库门建筑是城市地方文化景观标志之外，没有太多可以直接作为旅游

---

① 卢文超：《理查德·彼得森的文化生产视角研究》，《社会》2015 年第 1 期。

景观的资源。田子坊在建设之初是作为创意产业园区及其销售区而设置的，后大量艺术家进驻，该地形成浓重的艺术氛围而吸引外来者参观和消费。再后来，商家和出租房屋的居民为获取各自利益共同参与田子坊的建设，从事关涉商业消费的各种经营活动，推动了田子坊的文化生产，使这里增加了越来越多的商业元素，旅游所必备的饮食、购物、休闲、体验成为其主要内容。

田子坊从一个文化创意产业区逐渐变成了城市休闲娱乐场所是在 2005 至 2007 年间。2005 年，田子坊区域开始租借房屋开设酒吧、餐馆；2007 年，休闲娱乐已经成为田子坊的主要业态；2010 年，田子坊正式被批准为国家 3A 级景区，成了真正的旅游景点。这个占地面积 7 万平方米的区域，在周末和节庆日常常游人如织。据田子坊管委会统计，2015 年“五一”游客超过 8 万，“十一”当天游客超 5 万，日均参观人数也有 2 万。① 目前田子坊已经成为沪上最有人气的旅游休闲街区。其中不能被忽视的是它所包含的文化因素，尤其是作为消费文化出现的类民俗因素。田子坊所蕴含的各种文化符号庞杂繁多，既有前卫新潮或复古怀旧的小店，又有体现旧上海风情或异域特色的装饰符号，还有属于本土的上海里弄的生活场景，这些都为分析当代都市消费空间里的民俗形态提供了丰富的样本。

三　田子坊旅游消费空间内的民俗应用

田子坊原本并没有计划打造成旅游休闲景区，只是遵照都市消费空间的市场逻辑进行文化生产。随着可参观性原则被不断延伸，旅游展示空间和其他空间的界限开始模糊，如文化广场就将各种购物、表演和展示的渠道结合在了一起。② 许多当代文化展示已经从官方的、仪式性的形式转向民间以往那些“房前屋后”的琐事，包括许多传统手工艺的生产、展示和销售，都成了旅游休闲场域的一部分，这为田子坊这样普通的历史街区的景区化提供了可能。换言之，在越来越普遍的无景区目的地旅游和休闲的趋

---

① 瞭望东方周刊网，http://www.lwdf.cn/article_2555_2.html。

② 〔英〕贝拉·迪克斯：《被展示的文化：当代“可参观性”的生产》，冯悦译，北京大学出版社，2012，《前言》。

势下，一些都市商业街为吸引消费者有意提供一个文化休闲的环境，在那里的购物和饮食消费在某种程度上也可以算作一种旅游消费。当然，在一个有边界的空间，要营造与众不同的视觉景观才能吸引匆匆过客的眼球，因此，为了满足不同游客的需求，民俗旅游开发总是尽可能组织丰富的民俗旅游资源，最大限度地体现多样性。从文化整合的观点看，民俗旅游开发是对民族文化传统进行整合，即把古今中外各种文化资源都集中起来提供给游客，使地方文化和民族文化重新汇聚，整合到旅游目的地多样性的文化系统中①。田子坊的文化生产的轨迹和思路与其他历史街区或民俗旅游景区一致，可粗略归结为以下几点：1. 制造地方性和传统，以时尚、流行外表为包装，营造符合不同消费者审美品位的文化符号。2. 制造奇异和他者文化元素，以满足旅游者追新逐异的心理。② 田子坊是上海知名度极高的商业街区，商业街区的特点是迎合消费者需要，尽可能呈现多样性和流行时尚，按照这样的市场需求逻辑进行生产，田子坊也就在无意间生产了地方和远方、时新与古旧各种民俗或类民俗。

（一）凸显地方性

全球化的一大特征是在带来全球文化同质化的同时又导致地方性的加强。现代大众旅游是全球化的一个窗口，作为吸引全球游客的文化资本，地方性被不断挖掘或制造出来。这不仅会激发地方精英重新以他者的眼光来审视地方，诠释地方性，唤起地方的自豪感，也会激发地方的传统和历史的重建。在旅游场域，地方性更多地跟消费主义勾连，也就是以地方为包装，把稍具地方性的衣食住行生活方式包装成可以消费的商品。即便有时没有地方性可言，也冠以地方的名头以作商业的噱头和引子，特别是近年来以大气响亮的名字更新老地名以博取外界关注的做法，更是广为盛行。

1. 地名的雅化和建构

田子坊是由多个里、坊组成的，其核心区包括“三里三坊”，即天成

---

① 徐赣丽：《民俗旅游与民族文化变迁》，民族出版社，2006，第 140 页。

② 徐赣丽：《追逐奇异性风俗：民族旅游的两难》，《西南民族大学学报（人文社科版）》2016 年第 10 期。

里、和平里、发达里、薛华坊、志成坊、平原坊。这里的一些建筑始建于1930年代，当时是法租界的边缘，处于“华洋”结合区。1933年，著名画家汪亚尘夫妇曾入驻志成坊中的隐云楼，并创办上海新华艺术专科学校和艺术家协会“力社”。徐悲鸿、张大千等大家也曾在此居住。因为有此艺术名家的渊源，著名画家黄永玉在1999年就把这片地方起名为“田子坊”，他是根据《史记》中记载的我国古代最年长的画家“田子方”之谐音而命名的，寓意这里曾是艺术人士的集聚地。也就是说，田子坊之名是跨越历史而来，在当地原来并无任何相关文化遗迹或记忆。作为旅游消费空间，发明传统和建构地方性从来不是新鲜事，更换地名带来的旅游效应人们也是有目可睹。为了显示这个新型的带有浓重艺术氛围的上海里弄的特殊性，以名人“田子方”来制造影响和增添历史文化内涵，是一种合理有效的手段。

外来者从田子坊的正门进去，在不远处就可以看到一个左手持书，右手持毛笔的古人铜像，塑像正是根据古代名人田子方之肖像所造。前文已述，田子坊因古人田子方得名，置于此处的塑像，似乎有意在制造一种地方感。“田子方”一脸祥和，也让每位游客有了亲近之意和进一步探究的欲望。我们多次去田子坊调查时，都发现在此铜像前面一直放有祭祀用的香炉，显然，田子方正被某（些）人当作神灵进行供奉和祭拜。田子坊商会办公室的管理人员王先生解释：“田子方塑像是我们出钱自己做的，一方面主要是想供游客拍照；另一方面，黄永玉将这个地方取名叫‘田子坊’，很多人都不知道为什么要叫这个名字，更不知道（他）长什么样子，在（景区）一号口进去有对田子方的介绍，我们在这里塑上他的像，这样就更加名正言顺……平时商家和游客都会有在这里烧香祭拜。”① 因为田子方不仅是战国时的画家，还是著名的道家学者，以其道德学问闻名于世，田子坊管理委员会为丰富该商业区的文化活动，彰显该历史人物的特色，还特地在这里举行了中国道教拜太岁文化活动。结合古代形象来建构当地的神灵，这种“民间造神”基于本土的传统逻辑思维，从某种意义上来说也是一种文化上的攀附。以传统形式祭拜新生事物或者人造事物的现象，包含了固

---

① 秦矫矫：《都市空间下的民俗文化生产——以上海田子坊为例》，硕士学位论文，华东师范大学，2018年，第47页。

有的传统，也包含了传统的变异，似乎可以称为类民俗的生产行为。

2. 上海旗袍的城市象征

旗袍是20世纪三四十年代上海女人的一个标志。旗袍在传入上海前，只是一件肥大的、没有腰身的、男女装无太大区分的褂子。进入上海后，裁缝师傅将西方时装的元素如打裥、收腰、装垫肩等注入，使之成为女性的经典服饰。当时，上海大部分女性都有一件旗袍，如我们普通民众的常服一般流行。新中国成立之后，尤其是在“文革”时期，旗袍一度被冷落。改革开放以后，旗袍开始复兴；但是这个时期，除了影视镜头有所偏爱，旗袍大多已经脱离了其本身作为常服的功能，主要是作为中国传统文化符号或餐厅和会议上的迎宾小姐的礼服出现。进入21世纪以来，随着传统文化的复兴，尤其是具有社会影响力的人士在重要场合穿着旗袍后，旗袍又开始进入大众的视野，设计师对之进行改良，使其又重新流行起来。

旗袍既然是上海女人的经典着装，也成为上海的城市象征，在田子坊这样的消费空间里自然也少不了它的位置。据于海等人2015年的调查资料记载，田子坊内的586家商铺中，数量最多的就是服装店，占22.92%[①]，而这些服装店多以设计制作传统中式服装为主，如盛唐牡丹（SHENG TANG PEONY）、紫莲汉唐、金粉世家（Feel Shanghai）等。在田子坊泰康路210弄五号画家楼下面是“郭·许”唐装服饰店，由毕业于清华大学服装系的郭玉军和英国圣马丁学院的许玉磷创办，他们两人都领略到中国传统服饰文化的深厚底蕴，在吸收了国际流行服饰最新理念后，将其与中国传统服饰文化元素结合起来进行创新。这家服装店的衣服以高端定制为主，在剪裁上都是采用上海裁缝传统的做法，做工非常精细，在细节的处理上传承了海派旗袍的精华。旗袍作为上海的文化符号，正是田子坊兜售地方性的文化资源。旗袍借助田子坊这个特殊的旅游休闲消费空间得以传承和传播，而田子坊借助旗袍丰富了地方文化内涵，也增添了别样的上海风情。

除了旗袍，能引起人们对旧上海想象的还有雪花膏与怀表等物品。雪花膏曾是中国最早规模化生产的化妆品之一，深受女性甚至明星们的宠爱。

---

① http://sh.sina.com.cn/news/m/2016-03-19/detail-ifxqnski7743481.shtml.

20 世纪三四十年代，上海城市街头到处都能看见“上海女人”雪花膏的广告，美其名为：“最为爱美仕女之妆台良伴”，包装盒上也是盛行一时的“月份牌美女”。消费者主要是外地游客，因为他们觉得这种东西比较能代表上海，有纪念意义。正是为了迎合外地消费者，田子坊才不断地挖掘和呈现地方性。一位居住在田子坊的本地居民透露说：“其实他们（游客）都想找这种感觉……过去我们石库门没有这些‘上海女人’‘上海雪花膏’，都是现在弄上去的。”① 这种现象的出现，是因为“随着地方消费的历史传统和生态结构渐渐地‘固化’，也就形成了各具地方性色彩的具体消费形式和内容”②。由此可以看出，对于民俗游客会选择具有地方性的商品进行消费，其消费意图和消费动机往往是基于地方文化符号带来的想象。民国时期的上海成为人们记忆中的“老上海”而被符号化：众多表现旧上海的影视作品，经常有浓妆艳抹、身着旗袍的上海女人和穿西装拿怀表的男士镜头，以呈现当时上海生活的浮华奢靡。这些物质符号经影视作品的传播，在国人心目中已经成为上海这座城市的文化符号。在西方人眼里，上海是别具异国情调的东方城市，身着旗袍的旧上海丽人，更能满足他们对东方的想象。于是，这种刻板化的记忆成为兜售传统的经典符号。这都成为地方被消费的一个缘由，在那个年代广为流行、被人们普遍消费的物成了时下大家对上海的认知。

上海作为现代城市的代表，一直以生活方式的时尚和前卫著称，但作为一个移民城市，其地方性却是乏善可陈的，为了凸显城市文化底蕴，在当代也加入了建构地方性的行列。田子坊中的商家店铺众多，其中售卖的商品以体现本地文化的最多。以上海标志性景观为图案的各种冰箱贴等饰物和手绘上海原创明信片，本身就是一种地方性的宣传。此外，各种或隐或显标示着“上海”的店名，如上海手表、老克勒、阿拉丝语、上海女人、上海女人雪花膏、老上海冰棍、老上海芝麻酥等，都标志着上海本土本地

---

① 秦娇娇：《都市空间下的民俗文化生产——以上海田子坊为例》，硕士学位论文，华东师范大学，2018 年，第 46 页。

② 陈映婕：《地方性消费：一个新的消费文化研究视角——概念的提出及其民俗学意义》，《浙江师范大学学报》2006 年第 6 期。

的文化特色，并有浓浓的复古气息。还有的是标有“上海”二字的传统产品，赋予其地方意味和特殊的时代想象或生活记忆。产品如果没有标以“上海”，则会想方设法附会相关的地方性名称，如海派餐厅、本帮菜、弄堂包脚布[①]、弄堂小馄饨等，冠以“海派”“本邦”“弄堂”之名等同于贴上了“上海”的标签。即使有些商品本质上并不属于上海，也要故意在名称上划入本土的范围，如把其他地方都有的芝麻糖、花生糖、葱油拌面化妆成有老味道的“老上海特产”。这些做法都是为了强调地方性，以吸引各地游客，满足其对地方性的消费。被外来游客所偏好的地方民俗物产原是地方性认同的重要符号，在旅游消费空间，外来游客消费更多是出于对作为异文化的地方性的好奇和想象。这也是民俗主义得以泛化的原因之一。

（二）移植异质性

文化元素的挪移在当代旅游设计中可谓随处可见，一如贝拉·迪克斯所说：“从‘别处’转移到‘此地’，似乎已经成为一条旅游通律，越来越多的博物馆、主题公园、购物中心等都在营造多样景观，使得游客可以直接体验他时他地的真实。”[②] 田子坊也有许多外国文化和外地文化的移入。走在田子坊，虽然周边的石库门建筑提醒人们这里是上海，但是耳旁听到的是各种外国语或国内各地方言。你刚刚发现身旁的游人用英语或法语在交流，转过头突然换成了日语或韩语，再走一会，可能又听到粤语或东北话。酒吧、咖啡屋、许多小店的名字充满了异国文化色彩，各种语言文字的标牌本身即构成了一个多元文化大花园的语言景观，加上来来往往和沿街随处可见的咖啡馆、酒吧里休息的不同肤色和着装的外国人，让人恍如置身于异域他国。

在田子坊，对外国文化最直接的体验就是那里的各色酒吧和餐饮店，全球各地的饮食很多都可以在这里找到身影。那里充斥着各类风格迥异的餐厅，诸如异域风情的西餐厅、东南亚餐厅以及韩式、日式料理店等。游

---

① 即“煎饼”。

② 〔英〕贝拉·迪克斯：《被展示的文化：当代“可参观性”的生产》，冯悦译，北京大学出版社，2012，《前言》。

客可以品尝到各种口味的西式餐饮，如：卡布奇诺、意式特浓、美式清咖、焦糖玛奇朵等各种不同风格的咖啡，提拉米苏、芝士蛋糕、比萨、意大利面等不同西式餐点，雪碧、可乐、各式奶茶等多样的外来饮料。此外，各种外国餐厅的装饰也充满了异域的风情，如：兔子威廉的英式茶屋、泰迪之家主题餐厅、泰式东南亚风味的星岛食堂、韩国乌云冰激凌原创品牌，等等。

在田子坊，还能找到诸多异域他国的民俗文化商品。猫头鹰在中国人的传统观念里常被看作不祥灵物，视为厄运和死亡的象征，有“逐魂鸟”“报丧鸟”之谓，民间有“夜猫子进宅，无事不来”“不怕夜猫子叫，就怕夜猫子笑”等俗语，还有相关的禁忌。但在一些国家却有截然不同的意义：希腊神话中的智慧女神雅典娜的爱鸟就是一只可预示事件的猫头鹰，人们把猫头鹰尊为雅典娜和智慧的象征；在日本，猫头鹰被视为福鸟，长野冬奥会的吉祥物就是猫头鹰，它代表着吉祥、聪明、智慧和幸福。在田子坊的很多文创小店都可以看到猫头鹰造型的玩偶、摆件等。这样的外来异质文化为何能在田子坊被接纳和受欢迎呢？据调查，购买者认为猫头鹰看上去挺可爱的。商家解释，其实猫头鹰的内涵有很多，在东南亚地区是守护家园的意思，在欧洲有提升智慧的意思，有学生的家庭都喜欢挂猫头鹰饰件，希望能增加灵性，因此，外国游客比较喜欢；中国游客受西方文化的影响，出于好奇与追逐时尚的心理也会购买。除此之外，在“田子坊剪纸”店里也有卖猫头鹰形象的剪纸。店主解释：在日语中，“猫头鹰”的发音跟“招福”的发音一样。很多老外喜欢这个形象，一些中国游客尤其是很多上海人也喜欢猫头鹰①。与之类似的有“上海田子坊招财猫门店”，以“开运招福”为主题迎合当代人的心理欲求。在店面门楣上头印有“家内安全”“恋爱成就”“心愿成就”“商业繁盛”等字样。从某种角度说，这种从国外引进的祈愿招财猫就是新的财神信仰。

除此之外，还有许多其他的外国文化元素作为时尚出现在田子坊，如印度海娜手绘文身、日本天空之城，等等。显然，上海作为一座国际化大都市，包容了各种来自不同地域的文化，田子坊作为创意产业园区，吸纳

① 秦娇娇：《都市空间下的民俗文化生产——以上海田子坊为例》，硕士学位论文，华东师范大学，2018年。

了20多个国家和地区的创意企业入驻，经营者中有80余人是外籍人士，因此，这里的异国情调也比别的城市里的旅游街区更为明显。

对于大都市的人来说，我国偏远少数民族地区的民俗如同外国民俗一样有吸引力。田子坊200弄有一家苗族刺绣手工坊——“硕勇坊间”，里面有两位身着苗服、包扎苗族头饰的绣娘在专注地刺绣，从窗户远远望去，如同一幅苗家女红风情画，吸引了不少来往的游人拍照留念。她们不仅展示了苗族形象，也招揽了生意。苗绣的主要流传地在贵州省，这种场景应该在少数民族地区上演，但是被搬到了上海这座国际性大都市。这种舞台化的呈现使时空被重置，远方变得触手可及，眼前即是昨日。这家店的装饰有着浓郁的苗族民俗风情风格，苗族服饰挂满了衣架和墙壁，店里既有从苗族村寨带来的已经穿旧的衣物，也有各种新做的服饰绣片和各种体现苗族刺绣工艺精华的文创生活用品。现代都市人对苗绣的消费脱离了传统语境，苗族人在节日或结婚等重大场合穿着绣满美丽图案的盛装有着特别的意义，移植到都市就被视为“异文化”符号而被消费。

总之，田子坊内挪移了国外多国和国内多地的民俗文化。这里以本地民俗为底色，增添了一些突兀的外地如苗族和藏族文化元素，以及全国各地已经旅游商品化了的特色小吃。符合当下中国人心理、能够代表时尚前沿和奇风异俗的外国民俗也充斥其中。这种文化往往充当一种对异文化的体验而被接受。如前述各国特色风味餐厅和小饰品或玩偶，对于国人，尤其是当下已经广泛接触西方文化而具有开放包容心态的年轻人来说，会在产生新鲜感和好奇心之后进行消费。

（三）兜售传统

在全球化和城市大拆大建快速发展的语境下，乡愁与怀旧一时成为社会风潮，城市出现了许多以怀旧为主题的特殊消费空间和文化空间。“乡愁”一词已经摆脱了最初的医学起源，内涵延伸到怀念往昔、对地方的渴望和依恋等相关内容，成为当下的一种文化实践。[①] 特别是面对社会巨变所

---

① Bonnett, A., *Left in the Past: Radicalism and the politicsof nostalgia*. London, UK: Bloomsbury Academic, 2010.

带来的危机感，人们不约而同地转向对传统、历史和民族等共同话语的追寻，怀旧和乡愁就变成了认同的手段。① 怀旧的本质是建构一种对过去的怀念，并且借由往昔时代的符号与象征物，企图再创造与重现曾经拥有的一切。② 上海的一些怀旧酒吧和最新开业的商业购物中心都有把陈旧的日常物件堆砌在消费空间的某个角落，营造一种消逝的、记忆中的或想象中的历史氛围的做法。由此看出，这种消费心态一方面体现了当下消费者对美丽奢华、舒适感和个性化的追求，另一方面是对传统的认可，在一定程度上促进了对民俗传统生活的认同和回归；当然，也暗含了当下人们对旧上海的无限眷恋之情。

小吃向来是普通百姓的日常食品。在民俗旅游点，代表地方文化特色的小吃总是极其丰富，田子坊也不例外，其中上海本地的小吃主要有上海老冰棍、老上海刨冰、老上海豆花、排骨年糕等，对于这些物质匮乏年代里被视作美食的小吃，许多老上海人都抱有特殊的情感。在很多中老年人的记忆中，夏天吃冰棍是一种美好的享受。夏天去田子坊，每隔不远就有一家店铺门口卖上海老冰棍，有的还配有"上海老冰棍，小时候的味道，童年的记忆"的叫卖声或文字宣传，不免勾起人们儿时的记忆。以前只卖几毛钱的"上海老冰棍"，现在在田子坊内平均价格是五元，有一两家甚至卖到了十元。几位被访谈人说道："其实全国各个地方都有卖老冰棍的，这种老冰棍放在其他地方就是一个普通的冰棍，但是放在田子坊就贴上了复古怀旧的标签，人们来了这个地方，还是想尝一下。""想吃到小时候那个冰棍的味道，这家门店看着很复古，就想来尝尝。""感觉老冰棍不便宜，就是怀旧的感觉挺吸引人的，我看到也有老外来买老冰棍，估计就是觉得挺新鲜的，老上海人买就是怀旧了。"③ 这些人所说正体现了他们消费传统的心理。

---

① 〔英〕戴维·弗里斯比：《现代性的碎片》，卢晖临、周怡、李林艳等译，商务印书馆，2003。

② Hirsch, A. R. , "Nostalgia: a neuropsychiatric understanding", *Advances in Consumer Research*. vol. 19, no. 1 (Jan 1992), pp. 390 – 395.

③ 秦娇娇：《都市空间下的民俗文化生产——以上海田子坊为例》，硕士学位论文，华东师范大学，2018年，第40页。

此外，豆腐花，又叫豆腐脑，也是老上海的传统小吃。从田子坊 3 号门进去到 248 弄 15 号，可以看到一家“弄堂豆花之弄堂大个子薯条”，尽管价格不便宜，但是口味和品种新奇多样，传统加创新的豆花可以满足不同消费者的需求，吸引了众多国内外游客在这里排队。“弄堂豆花”是具有代表性的“老上海”意象，商家为了吸引具有怀旧心理的消费者而起了这个名字。那么，人们是出于什么心理要排队购买这家豆花的呢？不同的人给出了不同的说法：“说不上好吃不好吃，就是觉得来了上海一定要尝一下当地比较出名的小吃，上海豆花算是上海比较出名的小吃了。”“吃的是一种特别的回忆吧，小时候经常吃，现在在外面就不常见了。”“田子坊是上海传统的石库门弄堂，在这样怀旧的地方吃这种比较怀旧的小吃，有种回到小时候的感觉，现在我们吃的东西都是面包、蛋糕什么的，这种东西很少了。”① 田子坊的豆花不止在口味和价钱上与以前不同，更主要是意义不同；以前是作为日常饮食调剂而被消费，现在则是作为一种地方或传统特色小吃而被消费。

老冰棍和豆花为什么会在这个空间重新出现？这些过去时代里的平常小吃为什么受到当下人们的欢迎？这种现象不是偶然的，而是几乎遍布全国各地的民俗旅游点。这些小吃所承载的不仅有地方的依附性，更有情感上的认同。商家很巧妙地将人们对以往物品的怀旧情感附加到相同的商品上，从而实现了商品的文化增值和商业增值；借助民俗风情街特定的区域所营造的怀旧氛围，在某种程度上重新唤醒了人们的童年记忆、激发了人们的怀旧情感和消费欲望。在现代社会里广泛弥漫着一种乡愁，这种乡愁情结是对现代都市化背景下社会急遽转型导致的传统文化快速消亡的一种反映。消费者来购买老冰棍和豆花，其实更多的是寄托一种的乡愁记忆，乡愁在这些民俗事象中得以寄托和表达。民俗是安放乡愁的地方，乡愁本身就是民俗，是在我们的行为中延续的文化记忆。上海老冰棍和豆花从日常生活空间消失，在都市旅游空间重新回归到大众的视野，可以说是消费语境下民俗主义的一种表现。

---

① 秦娇娇：《都市空间下的民俗文化生产——以上海田子坊为例》，硕士学位论文，华东师范大学，2018 年，第 42 页。

当怀旧风行，传统开始变得珍稀或升值。消费场域中不断以传统的古旧之物营造怀旧景观和氛围。石库门、老弄堂、旧情怀是田子坊的空间特色，是其独特的文化资产，这源于历史时光的沉淀，具有了永远被模仿却无法被超越的竞争力。有人对田子坊的旅游者体验需求和体验满意度进行了分析，结果显示，旅游者“符号消费”特征明显，他们对历史街区建筑符号感知明显。① 条石门头、黑木门、铜环、壁柱、格扇窗、落地长窗、匾额等石库门特有的元素，加上铁艺、木牌、铜灯、彩色玻璃等现代设计手法，重新演绎了石库门里的故事，令游人在 20 世纪的石库门民居和时尚街道之间穿梭。相对成片的石库门建筑风貌而言，田子坊内仍保留的清代民居无疑是独特性的存在。田子坊建国中路 155 弄 25 号小院是一个民居改造的酒吧：厚厚的木门上贴着传统的门神，但“秦琼”和“尉迟恭”不是用来驱邪；竹木篱笆围墙与低矮的墙檐传递了一种传统田园风格的气息；屋子正厅门口老旧的木制架子上摆放着旧式竖屏钟表，角落堆放的复古梳妆台上放着一个黑白电视机和欧式台灯，以及院子的门口作为文化装饰的上海牌缝纫机，这些老旧的东西都能唤起人们对过往生活的某些记忆。店主明确地说明他这样做的动机：“因为这是一栋老房子，主要想显得复古一些，这是一种艺术，跟外面经常看到的那些不一样，给人营造出一种怀旧的空间氛围。”② 这样的做法，当然不只是田子坊才有，它体现了当代世界性的民俗主义潮流，也说明传统民俗再生产具有了新的语境和不同的功能，需要我们加以观照和重视。

除此外，还有许多物品本身不仅是一种怀旧的符号，也在营造这个空间的怀旧氛围。田子坊弄口墙上有幅大型风俗画，画上的“烟纸店”“公用电话”“修鞋摊”“修车匠”还原了上海老弄堂的各种风情；而另一条弄堂口放满了连环画、旧小人书。弄内 16 号气味图书馆旁装饰着各种彩色信箱，方的、圆的、尖的，装点了满满一面红砖墙，特别是 1980 年代标志装饰的

---

① 潘艳玲：《基于符号认知的历史街区旅游体验研究——以上海田子坊为例》，硕士学位论文，上海师范大学，2012 年。

② 秦娇娇：《都市空间下的民俗文化生产——以上海田子坊为例》，硕士学位论文，华东师范大学，2018 年，第 82 页。

绿色信箱，一下子唤起人们对过往岁月的怀念。田子坊里有的店本身就是以上海记忆为卖点，如弄堂里有家“摩登红人”售卖上海特色的化妆品，店里商品的包装设计全部是20世纪二三十年代上海月份牌女郎头像。许多咖啡馆和餐厅里也有这样的头像，人们看似在消费现代的餐饮，其实也在消费传统。

（四）制造流行和时尚

上海自近代开埠以来，商业繁荣发展，城市消费市场活跃，逐渐成为全国消费时尚的中心和前沿。一首流行的民谣这么唱：“乡下娘娘要学上海样，学死学煞学不像。学来稍有瞎相像，上海已经换花样。”① 这反映了上海流行服饰变化之迅速和人们对作为时尚之地上海的崇拜。上海这座城市具有包容性的城市特征，并养成了吸纳西方最新信息的主动性，赢得了世界时尚之都的声誉。改革开放后，新的移民群体进入，使上海再次成为流行和时尚的中心，并在全国发挥引领作用。从国内各地和世界各国来的游客也对这里的流行文化元素有着特别的敏感性。田子坊本没有更多的传统文化元素或自然景观可供参观，这个消费空间及来这里的消费者不断地在生产和制造着新的可供人消费的“景观”，其中流行时尚是汇聚到这里的人们生活的鲜活状态，也是这个空间的观光资源。田子坊内的不同经营者善于抓取现代都市消费群体的特性，进行准确的商业定位，以引领时尚前沿。它既满足了部分消费者对本土性的需求，也满足了中国消费者的国际文化需求。作为国际性大都市的上海，从历史到如今都不乏全球性的发展要素，田子坊为中国人提供国际文化消费的窗口，成为中国人看世界创意的浓缩景观。② 众多外来文化的植入使田子坊充满了时尚的符号，这里也成为潮流的标杆。

这里有各种古灵精怪的新奇物品，如大好几号的木铅笔，手工制作的硬皮笔记本，印着毛主席、奥巴马头像的杯子和本子，各种潮流的鼠标垫，

---

① 胡祖德：《上海滩与上海人·沪谚外编》，上海古籍出版社，1989，第18页。类似的歌谣还有“人人都学上海样，学来学去难学像。等到学了三分像，上海早已翻花样”。

② 张颿：《上海都市文化消费路径塑造与都市文化传播——从田子坊看都市复古风与文化消费潮》，《今传媒》2013年第2期。.

或者写着各种标语的饰物。这里还是实现梦想的虚幻空间，你可以“寄给未来/过去的自己一张明信片”。这里有“老相机制造坊”逗号先生、精致的饰品小店“八六子”、萌物大合集“一家很奇特的小店”；还有许多迎合时下年轻人爱好的地方，如“猫咪咖啡馆”（一家可以玩猫的咖啡馆）、“芝士火锅店”。此外，以旗袍、围巾、高级成衣等为代表的服饰风格更是引领着都市潮流。正是这些新面孔、新做法、新理念吸引了人们的眼球，并使用产生消费的欲望。

与其他旅游休闲购物街区不同的是，这里原先是艺术创意区，后来逐渐发展成可参观和体验的旅游休闲街区。众多个性化商铺出售的多是设计师的最新原创作品，包括服饰、玩具、小吃、香薰、文身等。与其他都市大商业圈不同，田子坊还往往带有一点传统的意味，是传统的再创造和翻新。其中，较有代表性的是手工艺品的时尚化。在田子坊有六家剪纸店，大多以上海的石库门弄堂生活、上海代表性景点或地标性建筑以及卡通形象为主题。这些手工制品体现了当下人们的生活趣味和审美走向。手工艺品所代表的流行时尚与这种历史风貌保护区的风格也非常一致。正如有人所说的，“带有传统与原始感觉的产品已构成当代全球消费的一股潮流，当下‘破旧风尚’成为好品位的代表”①。这似乎与当下保护传统与民俗复兴的潮流有着一种暗合。正是在怀旧成为时尚的时代，承载着往昔记忆的小吃和物品成为人们怀旧消费的对象，一点儿也不便宜的老冰棍因为迎合了当下乡愁的时潮而走俏。

总之，田子坊所生产的民俗，有国内外各地移植而来的，也有对传统的再发掘和对时尚的再创造。那里所展示和消费的各类文化不仅来源不一，而且种类多样。不仅有国内各地特色的小吃、物产，也有异国风物风情的展示以及生活方式的推销。这里是文化多样性的集中展示空间，也是各种不同风格和来源的文化和谐相处、互相映衬的包容性空间。田子坊空间所生产的“民俗”在一定程度上可以代表当代中国抑或全球化时代的民俗生产和民俗文化走向。现代旅游伴随着全球化，具有诸多现代性的特征。现

---

① 刘永孜：《审美资本主义的中国路径：从“宜家”到“家园”》，《贵州大学学报》2016 年第 6 期。

代性的特点就是“模糊历史与现实、真实与非真实、古典与现代、生产和消费、全球性与本土性（尺度模糊）、不同文化、不同地方之间的界限”[①]。传统与时尚、日用品和艺术品、日常行为和审美行为不再严格区分。如果说在传统社会里，诸多事物都有相对严格的界限和稳定的秩序，那么，在“一切坚固的东西都烟消云散了”的今天，许多事情变得不那么界限分明。正是这种不确定性和多元性导致了以田子坊为代表的消费空间的混杂性和多元性。

四　田子坊空间中的“民俗”特征辨析

旅游休闲场域生产的许多民俗，无论是作为一种异文化的体验，还是作为一种时新的流行风尚，或是一段曾经的生活记忆，都与日常生活中的民俗有着联系，又超越了日常。毕竟日常生活更为单一和常规化，而旅游场域是超日常和反日常的。现代旅游场域中的民俗生产，不是仅仅把日常生活搬到消费空间，即使这里仍然保留着所谓“原生态”的居民日常生活空间，这里的日常改造过的日常，是掺杂了大量外来元素的日常。旅游是一种“阈限体验”现象，是区别于日常生活和日常社会过程的一种个人体验[②]，因此才能容忍那么多的混乱和新奇；而日常生活中如果存在太多的多元和混乱，则会导致认同错乱和选择焦虑。既然旅游作为消费场域是一种不同于日常的审美实践活动，那么它必然会更为注重文化和审美性，以及娱乐、消遣性，并且追求奇异和新鲜。这就与传统民俗的面貌区分开来了，与当代人们日常生活中的民俗也有着区别。这些民俗首先需要满足当代消费市场的多样性需求，其次也具有一定的文化符号价值，因此一定是经过选择和再创造的，这就使得田子坊整体空间凸显了某些特征，其中最为重要的是怀旧感和时尚风，而为此又形成了多样混杂的样态和商业消费的模式。总体上看，田子坊民俗文化现象具有共同的特征，即：怀旧、时尚、消费性和混杂性。

---

① 钟士恩，章锦河：《从古镇旅游消费看传统性与现代性、后现代性的关系》，《旅游学刊》2014 年第 7 期。

② C. Ryan, *The Tourist Experience: A New Introduction*, Cassell, 1997, p. 3.

乡愁或怀旧，是当代都市的流行病。后现代旅游消费行为中充满了向传统的回归，童谣、儿童游戏、舞厅、弄堂、老照片、月份牌、旗袍等元素都曾在老上海人的心里种下深深的印记，田子坊空间除了老弄堂，并没有太多可以唤起人们记忆的物象，因此，在后来的旅游休闲消费目的的导引下，不断有商家增添了这些元素，尽可能地用各种与老上海的生活记忆相关的内容填满这个特殊的消费空间。商家用广告、壁画、物象或文字来诠释和渲染怀旧溯源之情，如热销的老冰棍，今天在平常街区已经少见，因被赋予了记忆和传统的符号、增添了附加值而备受欢迎；又如“老上海芝麻酥”店铺标注的广告是“您买的不只是芝麻酥，而是一种老上海的糖文化”；上海老豆花的广告则是“纯正风味・祖传秘方・独门秘酱”。这些都迎合了怀旧的需求。田子坊以古老的石库门建筑和各种唤起人们记忆的传统形式，配合当代精巧时尚的装饰陈设，营造了一种传统再价值化的环境。换个角度说，田子坊这样的消费空间正是恢复和酿生传统民俗的温床。过去的家乡味道、已经消失的传统物件可以借助消费空间再行恢复，并借此发扬光大。

田子坊里制造的许多民俗都披上了时尚的外衣。现代都市的消费文化契合民众的消费心理。民俗脱离了原初语境而被移植和再利用，也需要符合当代人的消费品位和审美需求，最后被消费的对象常常是新旧文化元素的融合。正如前人所说：“一个种族内部的民俗文化变迁是一个兼容着新与旧的总体选择过程。”① 因此，商家往往会对传统文化进行包装和改造，使之具有流行文化的外衣，努力把流行文化融入传统之中，从而使其呈现出新旧混搭的风格。田子坊里的豆花虽然还叫豆花，但是味道和花样却多了许多，有当地原有的符合南方人口感的甜味，也有北方地区普遍流行的咸味，还有十几种新的口味：上海风味辣肉豆花、弄堂豆花、酸辣豆花、变态肥肠豆花、抹茶红豆花、太极豆花、五彩蜜豆花、姜汁豆花，等等。口味繁多、风格多样的豆花正好满足了当下社会人们追求个性化的流行文化需要。这也说明，民俗往往能结合时代特色进行新的样式生产，以顺应今

① 〔英〕R. R. 马雷特：《心理学与民俗学》，张颖凡等译，山东人民出版社，1988，第 2 页。

天的消费潮流，民俗在自然变异过程中不断以新的流行面孔出现。

通常人们认为，流行时尚不是民俗。如有人说："风俗不同于时尚：时尚有集体性，但却无记忆性，它往往昙花一现；风俗则具有相对稳定的时间性。"[①] 同样，作为时尚近义词的流行也被视为与民俗不同，流行在时间上是趋新的，往往转眼就被新的时尚替代，民俗则相反，是代代沿袭的。流行时尚足够新颖和刺激，能吸引广大民众参与，但不能给人宗教般的情感，民俗则能承载民族的情感和精神。齐美尔说，时尚一方面给人提供了一个普遍模仿的领域，另一方面又给人提供了突显个人、强调个性、个别装点的个人人格。[②] 所以，时尚与民俗一开始就有类似的地方——类型化、模式化；但与传统民俗消融人的个性不同，时尚总是展现一个人的个性、品位和新潮，它具有反传统性，与以往大多数人的生活方式、习惯做法有较大差异，甚至反其道而行之。尽管有这些差异，但二者的联系人们也是有目共睹的。如孙本文认为风俗与时尚只是时间上的差别与固定性的不同，即"风俗是过去相传的行为规则，而时尚是现时流行的行为规则""风俗的变迁较少故较为固定而永久，时尚则常在变迁中"[③]。流行与风俗都是有一定的规模、时效性和周期性的文化现象。民俗学界尽管一直都强调只有历史上传承多年至今仍存的风俗才是民俗，但在社会急剧变化的现当代，这样固守传统的观念开始被突破。在传统社会里，民俗变化不明显，流行时尚常常风行一时而被人遗忘。在当代社会，一些流行时尚也如季风一般来了又去，一些当代的生活方式和行为方式以流行时尚的面貌出现，开始被人接受并逐渐沉淀下来，并替代了以往的生活方式和行为方式，这样看来，流行时尚与新民俗的界限并不分明。另外，传统以时尚的方式重新出现，不容易分辨民俗与流行的界线，当代传统刺绣服饰或改良旗袍的兴起[④]，都体现出这种规律。这提醒我们必须重新审视民俗定义的时限。不仅跨世代

---

① 高兆明：《论习惯》，《哲学研究》2011 年第 5 期。

② 〔德〕齐美尔：《社会是如何可能的：齐美尔社会学论文选》，林荣远编译，广西师范大学出版社，2002。

③ 孙本文：《孙本文文集（第二卷）》，社会科学文献出版社，2012，第 309 页。

④ 旗袍在 1929 年被中华民国政府确定为国家礼服，在当时深受女性的欢迎，一时流行开来并延续至今，成为民族服饰。

传承60年的生活文化事象在今天不多见，连传承概念本身也不再那么重要。此外，也需要更为重视时尚与民俗的相通之处，重视当下民俗的变迁形态和趋势。当时尚渐趋流行，流行逐渐过时，彰显个性化的作用消亡时，流行就成为一种习俗沉淀下来，或被合并到其他新的生活方式中，或被新的时尚更新。在田子坊，那些旅游消费空间里生产的专为游客消费的民俗，有可能会变成地方民俗的一部分，也就是后来者看到的“传统”，一如历史上的流行时尚后来有的成了新的民俗，成了表征地方的一部分。

相比于传统民俗的神圣性和自给自足性，田子坊空间里的民俗具有更多的消费性。即使有的民俗原来也是在市场中的，现在的市场也与以往有了不同。这种不同是因为在消费主义时代里消费的对象和消费的方式发生了改变。也就是说，消费主义语境下人们更多不是消费物本身，而是消费物的文化意义，消费方式本身构成一种意义。传统社会主要是生存性消费，现代则是体验性消费、炫耀性消费和享受性消费；二者的目的不同，生产的结果不同。满足生存性消费的生产更为简单，如豆花在一定区域内基本上只有一种口味，成为地方模式化的饮食民俗，而旅游消费场域中的豆花则要满足不同喜好的人群的不同口味需要，甚至创造发明出各种奇怪的口味，颠覆了人们习惯的味觉喜好，迎合了当下人们追新求异，寻求刺激的个体性的审美爱好。换言之，豆花作为传统乡土文化的符号，在被赋予诸多口味、花色和现代包装之后，明显已经成为现代消费主义空间里流行文化的一种代表。

田子坊空间生产的民俗还具有混杂性的特征。[①] 不同地方、不同民族、不同国家，以及不同时代的文化，共同造就了这个消费空间里人们多样性的选择。那里售卖的猫头鹰饰品和苗族的刺绣品等所反映的文化，是适当改造的外国和外地的民俗，不是地方的文化；李守白的剪纸则是利用民俗的外形和具有民俗元素的符号，进行符合现代人审美品位的艺术创造，是一种流行文化包装的传统。再以田子坊内热销的小吃为例，薯条在西方快餐文化中很常见，大个子薯条却是少见的，虽然仍然是薯条，却又不同于

① 参见徐赣丽《当代都市空间的混杂性——以上海田子坊为例》，未刊稿，2017。

一般的形状。而店名“弄堂豆花之弄堂大个子薯条”，也体现了全球化带来的文化混合性。同时，薯条的品种也多样化了，有海苔芝士、芥末色拉、经典番茄味、奶香芝士、苏菲儿酱、蜂蜜色拉、泰式酸甜、榴梿味等。薯条虽不是上海地方小吃，而是外来文化，在这里却同样吸引着来自世界各地的游客，这也说明旅游消费场域可以包容多元文化，只要换上新包装，呈现为现代符号景观，那么都可能被赋予新的价值而得到消费者的青睐。田子坊里所展示的民俗也超出了人们的想象，既有流传久远的地方民俗传统，也有披上了时尚外衣的旧民俗，还有新创造的流行时尚和从异国他乡移植来的民俗，呈现出混杂性特征。

从以上的例子可以看出，旅游场域中的民俗或类民俗已经变成了一种异域的、浪漫的、契合人们怀旧情感的、可以与时尚相衬的消费品。许多传统民俗从国外流入国内、从乡村走向都市、从传统走向时尚、从自我享用走向他者消费。① 作为现代消费空间的旅游场域在不断创造异质性和多样性的文化，还往往跟流行文化消费紧密结合在一起，生产出综合传统与现代、地方性与全球性的文化混合物，以满足不同地方来的或不同年龄、不同偏好的游客。全球化必然带来西方强势文化及国内不同地方的文化，最终当代我国社会的转型及其所伴随的文化变迁引发了对传统的价值重估，最终文化产业化催生出了这样离奇而多样的民俗文化。

田子坊对外国和外地民俗以及对传统民俗的再生产或仿制，自然不是真正地移植了世界各国的民族文化，而仅仅是某种程度的感性需要层次的融通和认同。这说明，在当代都市语境下，科学技术和人口流动导致人们思想观念发生重要变化，民俗在新的语境下诞生了新的形态，产生了新内容和功能。民俗曾经的规范性和神圣性以及集体性、地方性、传承性等都在减弱，其认同功能也在更新，现代消费社会里的消费性和娱乐性等特征增加。

五　余论：民俗主义语境下当代都市消费空间里的民俗变异

上文我们论述了田子坊空间中的民俗特征，可以看出，这些民俗与我

① 徐赣丽：《城市化背景下民俗学的“时空转向”：从民间文化到大众文化》，《学术月刊》2016 年第 1 期。

们所熟知的民俗不太一样。在民俗主义泛化的背景下，我们需要面对这样的现实，并思考这样的民俗是否应成为民俗学关注的对象或是否会带给民俗学新的视角。

（一）民俗主义及其在中国的普遍性

随着传统农耕文明的消失，尤其是现代性的影响，民俗的应用非常普遍。这种脱离原来的语境具有新的功能和内容的民俗现象，在国外早已引起民俗学家的关注。这种现象在世界各国都存在，但不同的学者对之有不同的理解和认识。本迪克丝指出：民俗主义指"脱离了其原来语境的民俗，或者说是伪造的民俗。这一术语被用来指涉那些在视觉和听觉上引人注意的或在审美经验上令人愉悦的民间素材，例如节日服装、节日表演、音乐和艺术（也包括食物），它们被从其原初的语境中抽取出来，并被赋予了新的用途，为了不同的、通常是更多的观众而展现"①。苏联学者维克多·古瑟夫（Viktor Gusev）认为，民俗主义是"民俗的适应、再生产和变迁的过程"②。还有研究指出：在"民"和"农民"被"居民"和"市民"取代，"传承文化""民俗"被"日常文化"取代的过程中，民俗主义带来了一种认识论上的转变，冲击了人们所固守的民俗概念，如传承的连续性、稳定的共同体及其生发且维系的民俗等。③ 我国旅游场域中广泛存在着对民俗的应用，但学者们秉持正统的民俗观念，较少有人持正面的态度看待民俗主义现象和进行相关的学术分析。但今天民俗主义已经成为我们在人造节庆、商业促销、政府宣传或在影视网络空间中常常见识的文化现象。换言之，在当代社会，随着文化产业迅速发展、传统文化日益资源化，许多民俗都以民俗主义的姿态出现，所谓纯粹的民俗已难见到。正如周星所指出的，当代民俗主义无时不在、无所不在，已经在人们日常生活中成为常态现象。很多貌似传统的事象，不再具备其原有的生存土壤，而是和现代社会的科

---

① 转引自杨利慧《"民俗主义"概念的涵义、应用及其对当代中国民俗学建设的意义》，《民间文化论坛》2007 年第 1 期。

② 〔美〕古提斯·史密什：《民俗主义再检省》，宋颖译，《民间文化论坛》2017 年第 3 期。

③ 〔日〕西村真志叶、岳永逸：《民俗学主义的兴起、普及以及影响》，《民间文化论坛》2004 年第 6 期。

技生活彼此渗透。“无数脱离了原先的母体、时空文脉和意义、功能的民俗或其碎片，得以在全新的社会状况下和新的文化脉络中被消费、展示、演出、利用，被重组、再编、混搭和自由组合，并且具备了全新的意义、功能、目的以及价值。”[①] 尽管民俗主义是把民俗转为消费主义逻辑下的民俗利用，并不同于民俗自然变迁到今天的新面貌[②]；但是，在快速变动的当代都市社会，还有多少民俗能够抵抗社会转型大潮的裹挟和各种外界压力，而继续在其自然变迁的轨道上前行呢？民俗不再是当初发明其名词之时的意义，它不是人们头脑中固定的模式和内容，更不是教科书中抽象的概念，而是发生在当下日常生活中的活生生的现象。因此，我们需要重新调整眼光去审视民俗的定义和对其的研究志趣。

（二）当代都市里的民俗变异：朝向大众文化

民间文化与大众文化一向被视为不同时空范围内的文化。民俗学主要以乡村的、传统的、底层民众的生活文化为研究对象，而大众文化主要指当代流传在城市的普通市民的文化，具有商业性、娱乐性和消费性等特征，因此，当代许多传统民俗被商业化利用的现象，不断受到学界的诟病[③]。但在消费主义日趋主宰我们日常生活的当下，要继续保持民间文化的纯粹性，似乎不太可能。我们通过田子坊的案例可以发现，当代都市消费语境下，民俗生产的主体、功能和模式都发生了变化。首先，生产者、生产目的和面向不同。传统民间文化是民俗文化主体为了适应特殊的生存环境而生产，主要目的是自我享用或群体的自我消费。当代都市空间里的民俗生产往往是消费主导的，商家不仅生产各种新奇和怀旧的民俗物品，还通过广告语及宣传画对所兜售的各种带有民俗意味的商品进行再诠释，以增加其文化内涵。市场规律决定这种生产不管是移植异域还是营造乡愁，都是为了迎合消费者，其文化生产遵循的是商业的逻辑其目的是为他者消费。其次，

---

① 周星：《民俗主义、学科反思与民俗学的实践性》，《民俗研究》2016 年第 3 期。

② 王杰文：《“民俗主义”及其差异化的实践》，《民俗研究》2014 年第 2 期。

③ 虽然很多学者对民俗主义现象持批判的态度，但正是经由旅游的传播、媒体的传播，民俗的价值重新被发现，从而被赋予新的意义，并整合进都市生活中，传统民俗得以重新流行开来。

与生产目的和生产语境的变化相伴随的是，其生产的模式也不同。在乡村高度同质化的社会，一定空间范围内的民俗生产、传承和流通传播的模式及内容都是相对单一的，而其传承是代代相传、相对持久的；在空间传播上也呈层圈式逐渐变异的规律。都市消费空间里的民俗，则未必有明显的传承轨迹，跨越时空的传承或断裂之后再传承都有可能，未必代代相传甚至有时是后辈对前辈的反哺；在空间上呈现显著的传播变异特征，既有本土特色，也有异地文化的融合。在传播手段上，更多借助了大众传媒而不是以往那样依靠受众主体的口耳相传和行为相传。仅以田子坊这样的消费空间为例，大部分的文化传播途径都是便捷式和快餐式的，主要有广播电视、杂志、旅游宣传小册子、导游词、小说、游记或自传、网络随笔、各类摄影作品以及曾经的到访者的口头传播。这些未必是文化的生产者或拥有者的主动传播，有的是一种接受者的再次传播。这些现代技术手段对于传统民俗的营造、对于民俗意象的再诠释迎合了当下人们的消费心理，调动了人们的民俗情怀，有利于推动传统民俗的再生和民众对其再认知。当然，传播或传承的民俗可能是碎片化的，也可能是片面的，是经过市场或相关经营者筛选的，未必是经过民众或文化经营者全面考察选择的。再次，民间文化在当代消费空间更多是作为快餐式的文化被生产和消费，更为标准化和多样化。总之，不同于传统的民间文化（传统的、乡村的、底层的民众自我创造和享用的文化），当代都市消费文化空间里的民间文化提供的是以都市市民大众为消费主体，以广播、影视、广告、网络等现代传播媒介为手段，具有商品化、共享性和消费性、流行性、通俗性、娱乐性等特征的文化。但在都市语境下，民俗文化与都市中的大众文化正在不断发生勾连。都市空间下的民俗文化已经失去了其内生性，其生产大多只是为了迎合消费者的消费诉求和情感体验，不可避免地具有了大众文化的属性。①虽然其有过重的商业化痕迹和倾向，但在当代消费社会，大众文化浸润在都市生活的方方面面，成为最为普及并占据主流的一类文化。消费力量成为民俗传播和民俗再生产的重要力量，由此也导致民俗文化向大众文化转

---

① 徐赣丽：《城市化背景下民俗学的“时空转向”：从民间文化到大众文化》，《学术月刊》2016 年第 1 期。

化。也就是说，随着时代语境的变化和人们需求的变化所导致民俗生产目的、内容和形式的变化，民俗不再是民众自我生产和享用的对象，也不再具有单纯的或纯粹的民间性，而有更多的异质性介入，呈现为多元主体创造的迎合商品市场需要的超越地方性的混杂性对象。[①] 另外，都市的包容性和丰富性造就了多样化的文化认同，民俗的复制和加工生产不再呈现为单一的传统样式，以地方性为特征的民俗让位于以多样性为特征的大众文化。仅以饮食口味为例，在上海豆花和薯条都有多种口味，甚至从前嗜甜怕辣的上海人也沾染了西部内陆的嗜辣食俗，这不是因为水土民性或地方的物质和自然地理条件，更多是与年轻人好奇求异、贪图口欲，或现代都市人在生活压力下追求刺激和新鲜感相关。这自然导致民俗随着空间和时代的变异从内到外产生全面的变迁。这种都市民俗，正如前人所说，“现存于上海城市中的传统民俗文化空间，却是一种再生态的文化现象，它们已经与原来的现实生活场景相脱离，已经被现代社会中的人们按照自身的文化需求进行过一定程度的复制、再创与加工改造。它们的文化内涵中，固然还保持着一定成分的传统民俗文化原貌，同时也融入了某些代表现代都市人的文化情趣与文化理念”[②]。处于都市空间的田子坊体现了当代我国转型期民俗的多样性与混杂性，城市化进程中，民俗逐渐成为被都市社会消费的大众文化，契合时尚，不断被改造和走向奇异多元，以满足年轻消费者追求个性的要求。借此，民俗也不断发生变异而走向未来。

总而言之，现代都市空间是流动性的复杂空间，全球化通过旅游、移民、传媒和消费，建立了充满活力的、令人兴奋的杂交文化网络，比如通过衣着、事物和音乐而形成的身份认同，[③] 这种认同并不是统一和单一的，而可能是多样共存的，不同的认同圈存在交叉，并随不断变幻的语境而变动。与此同时，大众媒体和广告商迎合大众的心理需求，不断炮制出满足大众特定审美与心理需求的象征符号，将传统民俗文化转化为当代时尚、

---

① 徐赣丽：《当代民间艺术的奇美拉化——围绕农民画的讨论》，《民族艺术》2016 年第 3 期。

② 蔡丰明：《上海城市传统民俗文化空间》，《民间文化论坛》2005 年第 5 期。

③ 〔英〕卢克·马特尔：《社会学视角下的全球化》，宋妍译，辽宁人民出版社，2014，第 99 页。

中产品位，使之具有个性化、现代感、视觉美感，刺激着人们的消费实践。在消费主义的强力冲击下，当代流行文化抹平了时空、地域和种族的差异，成为占据主流的大众文化，挤压着传统民俗生存的空间。当代城市社会已然变成了一个以消费为主导的社会，所有的文化都可能朝着这个方向改造和生产。因此，民俗学关注民俗主义现象、关注日益占据主流文化阵地的大众文化、关注当代流行文化与民间文化的互动关联，已经是逃脱不开、必须面对的课题。

图书在版编目(CIP)数据

2019民间文艺研究论丛年选佳作. 民俗文化 / 王加华主编. -- 北京 : 社会科学文献出版社, 2021.12
ISBN 978-7-5201-8962-0

Ⅰ.①2… Ⅱ.①王… Ⅲ.①民间文学-文学研究-中国-文集②风俗习惯-中国-文集 Ⅳ.①I207.7-53 ②K892-53

中国版本图书馆CIP数据核字(2021)第175756号

2019民间文艺研究论丛年选佳作·民俗文化

主　　编 / 王加华

出 版 人 / 王利民
责任编辑 / 张建中
责任印制 / 王京美

出　　版 / 社会科学文献出版社·政法传媒分社（010）59367156
地址：北京市北三环中路甲29号院华龙大厦　邮编：100029
网址：www.ssap.com.cn
发　　行 / 市场营销中心（010）59367081　59367083
印　　装 / 三河市龙林印务有限公司

规　　格 / 开　本：787mm×1092mm　1/16
印　张：22.25　字　数：332千字
版　　次 / 2021年12月第1版　2021年12月第1次印刷
书　　号 / ISBN 978-7-5201-8962-0
定　　价 / 128.00元

本书如有印装质量问题，请与读者服务中心（010-59367028）联系